I0762457

OCÉANO exprés

NOCTURNO BELFEGOR

ANTONIO MALPICA

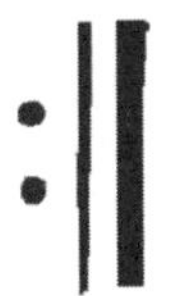

exprés

NOCTURNO BELFEGOR

Diseño de portada: Roxana Deneb y Diego Álvarez

Guillermo Barroso 17-5, Col. Industrial Las Armas
Tlalnepantla de Baz, 54080, Estado de México
www.oceano.com

Primera edición en Océano exprés: abril, 2025

ISBN: 978-607-584-073-4

Impresión y encuadernación: Impregráfica Digital, S.A. de C.V.

Impreso en México / *Printed in Mexico*

Para Laura y Bruno,
que soportaron heroicamente
estos tecleos nocturnos

Primera parte

18:35 - 7 de diciembre. Viernes. Adagio

—Nuestra pieza número veintidós es este óleo de autor desconocido, que se presume del año 1847, identificado en el catálogo como: *Silueta en la noche*. Comenzamos en quince mil dólares.

La voz del subastador colmaba la sala, apenas a la mitad de su cupo. Era una fría noche de finales de otoño y el reporte meteorológico había anunciado la posibilidad de que las nieves se adelantaran para ese año en Nueva York. Pese a que la puja por las piezas había sido mediocre, el subastador se esmeraba con la usual repetición de montos, a la espera de mejores ofertas.

—Quince mil, quince mil, quince mil...

Una mano se levantó en el centro de la sala.

—Gracias, caballero. Dieciséis mil, dieciséis mil...

Habiendo llegado a la pieza número veintidós, el presentador podía asegurar que la subasta no sería el éxito que esperaba la casa de arte propietaria de la colección; algunas piezas incluso habían tenido que ser devueltas a su embalaje. Con todo, el profesionalismo al que se veía obligado le impedía hacer algún tipo de gesto que delatara sus pensamientos. Una mano se alzó al frente de la sala.

—Diecisiete. Diecisiete mil dólares. Diecisiete...

Secretamente, el subastador agradecía que el evento tuviera poco éxito. Podría volver pronto a su casa y ver completo su programa de televisión favorito.

Una mano más.

—Dieciocho mil quinientos. Dieciocho mil...

El lote era de cincuenta y ocho piezas; acaso, a ese ritmo, en menos de una hora habría terminado todo. En la sección de los clientes anónimos, uno de los telefonistas realizó una nueva oferta.

—Diecinueve. Diecinueve mil. Diecinueve...

Trece años trabajando en Christie's, la legendaria casa de subastas, daban al presentador la confianza y el aplomo de los que hacía gala.

—Diecinueve mil dólares. Diecinueve mil dólares...

Creyó que hasta ahí llegaría la oferta por el cuadro. Su experiencia le dictaba que así debía ser.

Sin embargo, en ese momento se levantó una mano sosteniendo un cartón en el fondo de la sala, en una sección que a primera vista parecía estar vacía. No pudo evitar delatar una reacción. Era muy raro que ocurriera algo como lo que en ese momento estaba presenciando. Dejó escapar un suspiro.

—Ciento ochenta mil dólares. Gracias, caballero. Ciento ochenta. Ciento ochenta mil dólares.

La sala enmudeció. Varios miraron hacia atrás, hacia el fondo de la sala. El hombre del teléfono que ofreció diecinueve mil dólares en representación de algún cliente a distancia negaba con la cabeza, admitiendo que no estaba dispuesto a cubrir la nueva oferta.

Era extraño que una obra que parece estacionarse en un precio repentinamente diera un salto de diez veces lo que se estaba ofreciendo. El subastador lo sabía. Por ello echó una nueva mirada al óleo. No era más que el retrato de una figura sombría a la luz de una vela. La ejecución de la obra no era soberbia, que si lo sabría él, que había tenido entre sus manos pinturas de millones de dólares.

—Ciento ochenta mil dólares. Ciento ochenta mil...

Dirigió un vistazo al caballero de la extraordinaria oferta. Ocupaba un lugar en la penúltima fila. Un solo hombre se encontraba a su lado, a todas luces su subordinado.

—Ciento ochenta mil...

No sólo era una oferta inusual. Era una oferta absurda. El caballero habría podido ofrecer veinte mil y aguardar. O seguir pujando hasta conseguir el cuadro. Se animó entonces a hacer una conjetura: el comprador, quien quiera que fuese, estaba pagando por el cuadro lo que creía que valía en realidad, sin importar lo que el mundo o los expertos pensaran al respecto. Estaba tratando de demostrar algo.

Golpeó al fin sobre el atril.

—Vendida al caballero en ciento ochenta mil dólares. Muchas gracias.

En cuanto se anunció la venta, el misterioso comprador se puso de pie, al lado de su acompañante, resuelto a abandonar la sala. Para todos los congregados resultó evidente que había acudido a la subasta para hacerse de un solo cuadro, ahora rodeado de un aura de misterio.

El subastador miró por última vez el retrato: una extraña sombra de cuerpo completo, a la luz de una vela mortecina puesta sobre una mesa de madera. Eso era todo. Al menos a la vista, nada explicaba el comportamiento del comprador. "Excentricidades propias del mundo del arte…", se dijo, antes de continuar con la subasta.

Una vez que le fue entregada la obra, el nuevo propietario de *Silueta en la noche* y su acompañante se dirigieron al Lincoln negro que los aguardaba en un estacionamiento de la calle 49. Una helada ventisca los cubrió al atravesar la plaza Rockefeller y el hombre que sostenía el cuadro tuvo un presentimiento, un feliz presentimiento de que todo había valido la pena.

En el interior del vehículo se apresuró a rasgar las cubiertas de plástico y tela con las que había sido protegida la obra para su traslado. Su rostro se iluminó de satisfacción al confrontar a la difusa sombra.

—¿Está complacido, señor Morné? —preguntó Wilson, el chofer y secretario, tratando de hacer contacto con los ojos de su patrón, que se deleitaban en la superficie del cuadro.

Morné no respondió. Acarició el lienzo y aguardó a que Wilson encendiera el auto.

—A casa —sentenció.

En un santiamén hizo un corte sobre el fieltro de la parte posterior que cubría el cuadro. Se asomó al interior y exhaló con vehemencia, como hace quien ha estado conteniendo la respiración por un largo tiempo. Ahí estaba.

La nota faltante.

—¡Claro! ¡Un *ritornello*…!

—¿Señor? —preguntó Wilson.

Morné se permitió una sonrisa de liberación, una multitud de pensamientos gratos. Nunca se hubiera imaginado que la nota faltante en realidad no fuera tal, sino un símbolo. Un sencillísimo símbolo.

—¿Todo bien, señor? —insistió Wilson sin recibir respuesta.

Morné cubrió con el fieltro desgarrado la parte posterior del lienzo, lo tomó con ambas manos y lo colocó sobre sus piernas. Con urgencia extrajo su teléfono celular y, luego, un papelito que llevaba en una de las bolsas de su traje. Marcó los números del pedazo de papel.

—Profesor... Profesor Carrasco... —dijo.

—¿Quién habla? —respondió una voz cansada del otro lado de la línea.

—Soy yo... "Thalberg" —titubeó un poco al presentarse con el apelativo que durante tanto tiempo no había utilizado.

—¿Cómo dice?

—Thalberg.

Un largo silencio fue la respuesta.

—Profesor... ¿sigue ahí?

—Aquí estoy.

—¡La tengo, profesor Carrasco! ¡Estamos salvados! ¡Salvados!

Un nuevo silencio.

—¿Me escuchó, profesor? ¡Estamos salvados!

Del otro lado de la línea, a miles de kilómetros de ahí, el viejo profesor de piano se acercó a una vitrina para extraer una botella de brandy. Necesitaba un trago para asimilar la repentina noticia. Su mente recorrió en un segundo los treinta años que habían pasado desde aquel entonces. Sus ojos se posaron en las vetustas paredes, en los inquisitivos retratos, en la tela desgastada de su único taburete.

—Heriberto... —musitó, ahora sentándose en el gran sillón a sus espaldas.

—¿No está contento, Maestro?

—Heriberto, no tienes idea de lo que tienes en las manos.

—¿De qué habla, Maestro? Es nuestra salvación.

—¡No entiendes, Heriberto! Quémala. ¡Quémala cuanto antes!

—El que no entiende es usted, Maestro. Le digo que...

El viejo apuró el contenido del vaso de un solo trago y colgó. Treinta años había esperado para pagar su deuda. Volvió a servirse más brandy. Sospechó que sería una larga, muy larga noche.

En ese mismo instante, Heriberto Morné, también conocido como "el zar de los diamantes" mexicano, se enfrentó con el sonido de la línea interrumpida. El lujoso Lincoln de su propiedad avanzaba sobre la Quinta Avenida, en dirección a su apartamento en la zona residencial de Park Avenue. Los ojos de Wilson, en el retrovisor, no se despegaban de él.

Morné anheló llegar a casa. Y ese pensamiento le hizo tomar una súbita decisión. Una que tal vez debía haber tomado hace mucho tiempo.

—El viernes volamos a México, Wilson. Hágase cargo.

Dio un par de palmadas a su nueva adquisición. "El que no entiende es usted, Maestro", se dijo para no dar cabida al pesimismo.

La sombra del óleo se fundió con las tinieblas del estacionamiento, justo en el momento en que el Lincoln era engullido por las puertas metálicas del edificio.

Capítulo uno

Brianda se detuvo ante el umbral, apartando con la mano una delgada cortina que separaba la habitación de Sergio del resto de la casa. El fuerte viento que entraba por la ventana abierta hacía volar los cabellos de su fleco, apenas sostenidos por una diadema.

—¿Pedro? ¿Estás bien?

La tarde estaba muriendo; su pálida luz pintaba todos los objetos del mismo tono grisáceo. Brianda accionó el interruptor de la entrada del cuarto sin éxito. Un siseo detrás de ella la hizo detenerse y mirar en derredor.

—¿Quién anda ahí?

No hubo respuesta. Se llevó una mano a la boca y comenzó a morderse las uñas. Volvió a confrontar la entrada de la habitación. Tenía que apretar los ojos para evitar que el viento les pegara de lleno. Dio un largo suspiro y volvió a aproximarse a la raída cortina. Desde su punto de vista, sólo se distinguían los negros contornos del escritorio y la computadora, haciendo contraste con la claridad de la ventana.

Dio un paso más.

—¿Pedro?

Un nuevo paso. La cortina, frente a ella, danzaba a causa de la corriente de aire. Brianda volvió a apartarla con la mano, dubitativa.

Otro ruido a sus espaldas la hizo detenerse y girar. Detrás no había nada, sólo oscuridad que crecía a cada minuto y que parecía reclamarla.

—Pedro… te juro que si es una broma…

Avanzó un paso más, justo para alcanzar a ver la orilla de uno de los platillos de la batería de Sergio, arrumbada sobre el piso al lado de una silla tirada de espaldas. Un paso más y tendría a la vista toda la habitación. No habría marcha atrás. La alternativa era volver a la oscuridad, cruzar de nueva cuenta el umbral en sentido contrario, desentenderse de todo. Pero no quiso hacerlo. Quería ver la cama, los tambores arrancados de sus soportes, los libros dispersos. Posó una mano en el muro y se aproximó a la orilla, que le revelaría lo que quedaba oculto a sus ojos.

Un poco más.

Un charco sanguinolento entró en su campo de visión. Los reflejos del cuarto de Sergio, en la líquida y rojinegra superficie, le provocaron un asalto de memoria: todo lo que había ocurrido en ese mismo lugar hacía apenas unos cuantos meses, los eventos sobrenaturales que Sergio había vivido en esas cuatro paredes. Los espectros. El miedo.

No pudo continuar.

—Esto es grotesco, Jop.

—¡Corte! —exclamó Jop—. ¿Otra vez, Brianda?

—¿Por qué no filmas una historia de otro tipo?

Jop se vio obligado a apagar su cámara de video. Se sentó en la cama, claramente molesto. La sonrisa cómplice de Sergio, recargado de brazos cruzados contra las puertas del clóset, no fue de consuelo para él. Parecía decirle: "A mí ni me mires, yo sólo pongo el set".

—Si ya habías aceptado ayudarme como actriz, para qué insistes con eso, Brianda —refunfuñó Jop—. Es la cuarta toma que arruinas.

Caía la noche del primer viernes de las vacaciones de invierno. Y Jop comenzaba el rodaje del primer filme de su vida.

Después de pasar los últimos días de clase más absorto en la escritura de un guión cinematográfico que en las tareas y exámenes de la escuela, Jop había dispuesto todo para comenzar cuanto antes su carrera como director de cine. No tenía más actores ni locaciones y el guión estaba incompleto, pero esto no mermaba su entusiasmo. Al menos no tanto como tener que enfrentarse a cada momento con las dudas de Brianda.

—Perdón, Jop... —dijo ella—. Yo creo que el terror no es lo mío.

Sergio, manteniendo la sonrisa solidaria, se puso a limpiar el suelo de falsa sangre.

—No te enojes —le dijo a Jop, convencido de que hasta ahí llegaba el primer día de filmación—. Le seguimos otro día. Velo como un ensayo.

Jop suspiró. Se resignó a devolver la cámara de video al estuche. Brianda, como si hubiera estado esperando esta señal, trepó a la silla del escritorio para poner el foco que habían extraído de la lámpara del techo. En cuanto encendieron la luz todo volvió a la normalidad de una noche que ya se había volcado por completo al interior del departamento de Sergio.

—Bueno —dijo Jop al poco rato, menos desanimado—. De todos modos quiero darle una última revisada al guión. No sé si queda mejor que el sicópata sea un alumno o un maestro. Yo creo que mejor un maestro.

Con ese comentario consiguió conjurar la frustración que los invadía a todos.

—Ayúdenme a acomodar antes de que llegue Alicia —pidió Sergio. A fin de cuentas, él también lamentaba un poco el tono del filme escogido por Jop, pero sabía perfectamente que el terror era la pasión de su amigo desde hacía muchos años. Por ello, no pudo negarse cuando éste le pidió que la primera víctima del asesino "viviera" en su casa.

Se dieron a la tarea de acomodar libros, muebles y batería en silencio. Sólo Brianda se atrevió, después de un rato, a comentar algo.

—Sigo pensando, señor director, que "Sangre a la medianoche" es un título muy malo.

Jop prefirió ignorarla y comenzó a descolgar la "macabra" cortina que había puesto en la puerta del cuarto de Sergio: unos pedazos de tela de cortina vieja que encontró en su casa y que había recortado para lograr un mejor efecto.

—A ver si el día que retomemos la filmación nos toca un viento tan bueno como éste —se quejó.

—A propósito de vientos... —dijo Sergio, abandonando su labor de limpieza—, voy a cerrar la puerta de la entrada para cortar la corriente.

—Buena idea. Ya empezó a enfriar —lo apoyó Brianda.

Sergio salió de su cuarto con un sentimiento de tranquilidad que había aprendido a trabajar a voluntad en los últimos meses. El encuentro en el bosque con aquel demonio asesino de niños no era más que un recuerdo. Los días en que Farkas se había inmiscuido en su vida obligándolo a aceptar un rol que todavía no le quedaba del todo claro también habían quedado muy atrás. Desde el inicio del segundo grado de secundaria llevaba una vida bastante común, sin grandes sobresaltos, sin presentimientos inquietantes.

Por eso sospechó del escalofrío que sintió en la nuca mientras caminaba hacia la puerta de entrada del departamento. Se estaba acostumbrando a vivir sin aquel viejo conocido que tanto lo había atormentado durante toda su vida: el miedo.

Le pareció ridículo preguntar "¿Quién anda ahí?", así que no lo hizo. A sus espaldas, las voces de Jop y Brianda discutiendo se fueron apagando en el interior de su cabeza.

Tal vez sólo fuera una simple suspicacia.

Intentó tranquilizarse. Pese a la densa oscuridad, todo parecía normal. La maceta que detenía la puerta para evitar que se azotara con el viento seguía en su sitio. Lo mismo los muebles. El reloj de pared. Los adornos del trinchador. Sólo tenía que alcanzar el interruptor, encender la luz, recorrer la maceta y cerrar la puerta. ¿Por qué el miedo?

Llegó a la entrada del departamento. No parecía haber nada del otro lado de la puerta. Encendió la luz.

Tuvo que contenerse para no gritar.

Un hombre de mirada felina se encontraba en el pasillo. Se trataba de un viejo con gabardina y sombrero negros que, al instante, se llevó un dedo a la punta de los labios, pidiendo a Sergio su silencio.

—Por favor... no hagas ruido.

Sergio miró por encima de su hombro. Jop y Brianda, al fondo, no se habían percatado de nada. El hombre sonrió y Sergio instantáneamente dejó atrás el miedo. Comprendió que lo que había sentido momentos atrás había sido una falsa corazonada. Algo en los ojos del visitante, en su sonrisa, en su forma de pedir silencio, se lo decía.

El hombre se acercó con cautela a la luz para que Sergio lo viera bien. Se trataba de un hombre de rasgos angulosos, muy alto y delgado, con el cabello plateado y la nariz aguileña. Tal vez tuviera unos sesenta o setenta años. Portaba anteojos redondos y diminutos e iba vestido de negro. Le ofreció a Sergio una afilada y blanca mano. Habló en voz baja.

—Tú eres Sergio Mendhoza, ¿verdad?

Sergio, aún reticente, se resistió a devolver el saludo. Apenas comprendió que lo que había visto en los ojos del visitante, aquello que lo había hermanado con él, era algo muy similar al miedo. Como si éste viniera huyendo de algo y necesitara refugiarse ahí.

—¿Y usted es...? —al fin le estrechó la mano.

—Discúlpame, Sergio. Es que estoy muy nervioso. Soy... el padre Ernesto Cano, de aquí de la iglesia del Sagrado Corazón —señaló hacia el frente, tratando de dar a entender que pertenecía a la iglesia que se encontraba pasando la calle.

—¿No desea usted pasar? —hizo la oferta Sergio, convencido de que el hombre no representaba ninguna amenaza.

—Preferiría no hacerlo, Sergio. Preferiría... no involucrar a tus amigos.

Sergio tuvo de nuevo esa sensación de peligro que no había experimentado en meses. De algún modo se sintió decepcionado. Hubiera deseado que todo siguiera siendo normal. Hubiera deseado que las vacaciones decembrinas corrieran velozmente hacia el nuevo año sin contratiempos. Le hubiera gustado una navidad tranquila.

—¿De qué se trata? ¿Quién lo mandó conmigo?

—No tenemos mucho tiempo, Sergio —exclamó el viejo—. Necesito saber si estás dispuesto a ayudarme...

—¿Ayudarlo?

—Sí... con un... exorcismo.

Todo se revolucionó en su interior. Era real, estaba pasando. Los meses de tranquilidad no habían sido más que una tregua. Recordó la angustia por atrapar a Nicte. Recordó la repulsión que le causaba el hedor de Guntra. Experimentó el miedo.

—Checho... ¿qué tanto haces? —le gritó Brianda desde la habitación.

—¿Cuándo? —preguntó Sergio al recién llegado.

—Ahora mismo.

Recordó lo difícil que había sido conciliar el sueño en aquellos pasados días del caso Nicte. Los problemas con Alicia. El asedio de los fantasmas, de los demonios.

—¡Checho! —gritó Brianda.

Sergio volvió a mirar al hombre de actitud medrosa y cansada, trató de leer en su rostro aquello a lo que estaba a punto de enfrentarse. Quiso lograr un asidero, el que fuera, para no volver a rendirse a esa sensación tan familiar de desamparo.

—¡Checho!

—Está bien, padre, cuente conmigo.

—Te espero allá abajo en mi auto —resolvió éste, volviendo a la penumbra.

Capítulo dos

Hablabas con alguien? —dijo Brianda, al momento en que Sergio movía la maceta y ella se acercaba a la puerta.

—No, ¿por qué?

—No me mientas, Sergio Mendhoza —lo reprendió, cruzándose de brazos—. ¿Por qué te tardaste tanto en cerrar la puerta?

Sergio terminó de arrinconar la maceta, evadiendo la mirada de Brianda. Trabajaba alguna buena mentira que nunca llegó. Brianda se anticipó y salió del departamento a toda prisa, apenas para ver, a través de los huecos entre las escaleras, a un hombre de negro que hacía su camino hacia la calle. Volvió a la casa con todos los signos en el rostro de quien está conteniendo el enojo.

—¿Quién era ese hombre?

—Mmm...

—Checho...

Sergio sabía que, mientras más ajenos permanecieran sus amigos a todo eso, mejor. Era el único modo de evitar ponerlos en peligro.

Jop apareció entonces en la estancia, sosteniendo entre las manos el trapo de la limpieza, ahora teñido de rojo.

—¿Qué pasa? ¿Por qué esas caras?

—No sé. Que te diga Sergio.

De mala gana, Sergio se recargó en la vitrina a sus espaldas. Se encorvó e introdujo las manos a los bolsillos de su pantalón.

—Vino un hombre a pedirme ayuda.

—¿Ayuda para qué?

—No sé. No me dijo —se encogió de hombros—. Me está esperando abajo.

—Y supongo que no se trata de cambiar una llanta —resolvió Jop, perspicaz.

Brianda dio rienda suelta a su enojo.

—¿Y se puede saber por qué tienes que ayudarlo? ¿Porque eres "un mediador"? —hizo la mímica del entrecomillado con un tono de fastidio.

Sergio se sintió más apesadumbrado. Los miró como si acabara de ser desleal con ellos. ¿Tenía en verdad que ayudar al sacerdote? Seguramente no. ¿Por qué no negarse y seguir con su vida? Revisaba en su interior la verdadera razón por la que había accedido a ayudar al padre de un modo tan impulsivo. Tal vez, efectivamente, lo mejor sería...

—No lo molestes, Brianda —interrumpió Jop sus pensamientos—. Si tiene que ayudar, que lo haga.

—Y ponerse en peligro de muerte como la otra vez, ¿no?

Sergio reconoció que Brianda tenía razón. Pero también sabía que no había modo de rehuir ese tipo de labores. Se lo dijo en su momento Farkas. Lo presentía cada vez que abría el Libro de los Héroes. Y suponía que, si no había aprendido la lección con el caso Nicte, seguramente no había aprendido nada.

Para su fortuna, Brianda se suavizó después de algunos segundos de incómodo silencio.

—Discúlpame. Es que no quiero que te pase nada.

Extendió, sin cambiar de sitio, sin apartar la vista del suelo, su mano derecha. Y Sergio la afianzó con la punta de sus dedos, también estirando el brazo.

—Pero te puede acompañar el teniente, ¿no, Serch? —se atrevió a decir Jop.

Y aunque Sergio hubiera querido mentir de nuevo, esta vez no tuvo el coraje.

—No, no puede.

—¿Por qué?

—Está tomando clases de baile los viernes por la noche.

—¿Clases de baile? —exclamó Jop asombrado—. ¿El teniente Guillén está tomando clases de baile?

—Estoy segura de que comprenderá —objetó Brianda—. Si quieres yo hablo con él.

"Y si le mando a Brianda por delante, me va a matar lentamente y con dolor", pensó Sergio.

—No, Brianda —volvió a meter las manos a los bolsillos—. Se inscribió desde hace más de un mes. Y creo que está verdaderamente interesado.

—Puedo preguntarle a mi papá si me deja ir contigo —anunció Jop, a sabiendas de lo que diría Sergio—. Decimos que es una fiesta. Una preposada. Estoy seguro de que me da permiso.

—No, Jop. Gracias. Y antes de que se te ocurra también a ti... —se dirigió a Brianda—, prefiero ir solo. De hecho, *tengo* que ir solo.

—¿Cómo sabes que no corres peligro?

—No. No puedo saberlo —se sinceró Sergio.

Brianda se sintió abrumada. En su memoria se sucedieron los eventos que casi le cuestan la vida a Sergio, a ella misma, en días pasados. Desvió la mirada tratando de hacer acopio de fuerzas.

—Prométeme que te vas a cuidar —se esmeró por ocultar su angustia—. Y que me llamas cuando regreses, no importa la hora que sea.

—Te lo prometo.

Lo tomó de las manos por unos segundos, evitando sus pupilas, tratando de transmitirle el peso de su preocupación. Deseaba abrazarlo pero no se atrevió. Pudo más su miedo a ser demasiado enfadosa con él.

Jop aprovechó el momento para ir por la cámara, su chaqueta y el suéter de Brianda.

—Bueno. Pues vámonos, que aquí el señor tiene que matar algunos monstruos.

—Cállate —sonrió levemente Sergio—. Ni siquiera sé de qué se trata.

—No importa —respondió Jop, dando unas palmaditas a su cámara—. Algún día me va a tocar acompañarte y todo va a quedar registrado. Vamos a revolucionar la industria del cine con escenas reales "nunca antes vistas".

Se despidió de mano de Sergio y, para su sorpresa, Brianda hizo lo mismo; abandonó el departamento a toda prisa y Jop tuvo que seguirla a la carrera, apenas hubo cerrado la puerta.

Sergio se quedó de pie en la estancia, contemplando las líneas de la madera en la puerta, sintiéndose más solo que nunca. Recordó que al menos en el caso Nicte tenía el contradictorio apoyo de Farkas. Estudió la posibilidad de llamar al teniente Guillén y pedirle que lo alcanzara. El padre Ernesto tenía, por fuerza, que comprender.

El miedo, su viejo amigo. Ahí estaba, como un depredador que reemprende la caza en cuanto vuelve a sentir apetito.

Hizo un esfuerzo por sacudirse la pesadumbre y fue a su habitación para hacerse de un suéter abrigador, echar dinero a su cartera, prepararse para la partida. Mientras confirmaba que su celular tuviera batería, echó una mirada al grueso volumen del Libro de los Héroes sobre su escritorio, durmiendo el sueño que sólo está concedido a los viejos grimorios.

Lo había leído de principio a fin. Creía conocer todos sus secretos. Desde aquel tiempo no dejaba de hojearlo todos los días, de repetir sus fórmulas, de revisar sus grabados. Pero no se sentía mejor por ello. Tal vez porque la teoría y la práctica —lo pensaba muy a menudo— son cosas diametralmente distintas. Mucho más cuando se trata de aniquilar demonios. Trató de recordar lo referente a posesiones diabólicas y sólo pudo traer a su mente el único consejo de esa sección que, además, estaba disperso por todo el libro: "Con los demonios no se dialoga".

Tomó sus llaves, listo para partir, y salió de su habitación justo en el momento en que apareció Alicia por la puerta de entrada.

Enfundada en un caluroso abrigo, volvía antes del trabajo. Y Sergio adivinó un ánimo jovial en sus ojos verdes. Creyó saber por qué al instante.

—Hola —dijeron al unísono.

Su relación había crecido en más de un sentido los últimos meses. Alicia confiaba más en él y procuraba no ser muy entrometida. Pasaban juntos todo el tiempo que podían e incluso hicieron planes para irse a una convención en Florida a la que tenía que asistir Alicia en primavera. Sergio temía que la cordialidad con su hermana mayor se fuera al traste si empezaba con problemas como los del tiempo en que Farkas se hizo presente en su vida.

—No me digas que vas a salir, Sergio. Hoy va a venir a cenar Julio —exclamó ella mientras depositaba sobre la mesa del comedor algunas compras que llevaba: una botella de vino, refresco, pan, queso y carnes frías.

—Te iba a llamar, te lo juro.

Alicia se mostró decepcionada. Llevaba varios días intentando que Sergio y su novio se conocieran. Después de estar saliendo con él por más de un mes sentía que las cosas iban por buen camino. Se trataba de un joven gerente de una empresa extranjera con el que había hecho buena química desde el primer día.

—Ay, Sergio... ¿y a dónde vas? —dijo desde la cocina mientras metía las carnes frías en el refrigerador.

"No tengo la menor idea", se lamentó Sergio en secreto.

—Dije que a dónde vas, Sergio Mendhoza...

Lanzó la única mentira que impediría a Alicia preocuparse más de la cuenta.

—Voy a andar con el teniente Guillén.

Ella asomó la cara a través del hueco de la puerta y Sergio adivinó en su gesto un dejo de sospecha. Prefirió anticiparse a su reacción.

—Ni que te importara tanto quedarte sola con tu novio —bromeó—, si hasta vino trajiste.

Alicia negó con la cabeza. Lo conocía demasiado bien como para no leer entre líneas que le ocultaba algo. Con todo, prefirió no estropearse el humor.

—Tú no te imagines cosas y vuelve temprano —fue su única respuesta.

Sergio se aseguró de que la prótesis de su pierna estuviera bien puesta y volvió a su cuarto para confirmar a través de la ventana que el auto del padre Ernesto estuviera a la vista. En la acera de enfrente, en un auto viejo y compacto, se encontraban dos hombres de aire consternado. El conductor, un muchacho joven, no dejaba de apretar el volante y mirar su reloj. A pocos metros de ellos, sobre la misma acera, las luces de las farolas alumbraban una plaza llena de gente ajena a sus preocupaciones. Decenas de niños jugando hacían contraste con el rostro preocupado de ambos personajes.

Sergio dirigió un pensamiento a la estatua de Giordano Bruno, como hacía desde la última vez que confrontó a Farkas. "Haz que todo salga bien. No permitas que me equivoque. Haz que siga el camino correcto." Recordó cuando él mismo se burlaba de Brianda por hablar con un monumento y sonrió. "No es un santo, Brianda", le decía. "Pero sé que me oye", respondía ella.

"Sé que me oye", se repitió a sí mismo, queriendo también creerlo. Por alguna razón se sintió más entero, más tranquilo.

Se despidió de Alicia. Atravesó la puerta y bajó las escaleras sin prisa, tratando de conseguir esa calma artificial que había aprendido a trabajar en los últimos meses. Palpó instintivamente su celular, traicionado por su memoria: recordó cuando Farkas no temía comunicarse con él en cualquier momento y por cualquier medio para advertirlo de posibles amenazas. "¿Cuánto miedo puedes soportar, mediador? ¿Cuánto?"

"¿Cuánto miedo puedo soportar?"

"¿Lo habré averiguado ya?"

Abandonó el edificio, entregándose a una repentina ventisca que corría por la calle de Roma. Atravesó hacia la otra acera. Al instante el joven chofer del auto compacto se apeó para abrirle la puerta posterior. Era un hombre moreno, alto, que no podía ocultar su nerviosismo.

En cuanto Sergio estuvo arriba, el sacerdote giró para encararlo.

—Te felicito. Tienes una novia admirable —dijo, sacándose los anteojos y limpiándolos con un pañuelo.

—No es mi novia —aclaró Sergio.

El viejo no pareció interesarse en la explicación, empeñado en dejar relucientes sus dos circulares gafas.

—Nos acaba de hacer saber que si no regresas sano y salvo, ella misma se encargará de denunciarnos.

A Sergio no le costó ningún trabajo imaginar a Brianda tomando nota de la placa del viejo automóvil y amenazando al par de individuos. Era muy de ella.

—Él es Genaro, uno de mis mejores alumnos de teología —presentó el padre al chofer, quien de inmediato buscó la mano de Sergio a través del asiento.

—Se llama Daniela —el padre Ernesto le entregó una fotografía sin más preámbulos. En ésta se veía a una niña de unos diez años, rubia y sonriente—. Es una niña excepcional. Conozco a sus padres desde hace varios años. Son estupendas personas.

Sergio sostuvo sin interés la foto. Prefirió no perder más el tiempo, pues Genaro había encendido el auto.

—Padre... le he dicho que lo acompaño y pienso mantener mi palabra. Pero sí quiero imponer una condición.

—Te escucho —lo urgió el padre, haciendo un ademán a Genaro para que retrasara la marcha.

—Quiero que me permita hablarle a un amigo mío que es teniente de la policía para que nos acompañe. O, cuando menos, para que nos alcance allá a donde vamos.

Ambos hombres se miraron. El padre volvió a extraer el pañuelo de la bolsa interior de su saco y se limpió el sudor de la frente. Por un instante no se escuchó más que el motor del auto, aguardando el cambio de velocidad para poder avanzar.

—Tendrás que disculparme, Sergio, pero esto no puede ser.

—¿Por qué?

—¿No te has preguntado quién me puso en contacto contigo?

Sergio miró nuevamente a Genaro, pues en su angustiosa reacción creyó poder leer aquello a lo que tendría que enfrentarse.

—Si lo recuerda, fue casi lo primero que le pregunté hace rato.

—Aquél que me puso en contacto contigo... aquél que pidió tu presencia en el exorcismo... fue muy claro a este respecto. Me dio tu nombre y dirección. Todas tus señas. Y me exigió que fueras solo.

—¿Y de quién estamos hablando? —indagó el muchacho, molesto. La conversación, para él, había llegado a su fin si el padre era incapaz de comprender que necesitaba contar con la presencia de Guillén. Pensó en bajarse del auto y volver a casa, desentenderse de todo eso antes de que el rostro en la fotografía lo persiguiera hasta en sus más íntimos pensamientos.

Genaro se santiguó mientras ponía la palanca en primera para poder avanzar, aunque sin soltar el embrague. Esperaba una señal de su maestro.

—Aquél que pidió tu presencia... es el mismo demonio que vamos a intentar expulsar del cuerpo de Daniela.

El padre hizo una señal a Genaro. El auto ingresó al tráfico de la calle de Roma.

***

Se miró en uno de los espejos del salón y se sintió ridículo. Había echado más panza que nunca. Y así, sin el saco puesto y con el fino talle de la maestra de baile a su lado haciendo contraste, se sintió completamente fuera de lugar. Retiró la mano de la cintura de ella y se alisó los bigotes, cediendo a un tic nervioso que sólo lo acometía cuando estaba ahí.

—A ver, Orlando... no te distraigas.

—Sí, Mari. Disculpa.

—Y deja de mirarte los pies.

—Sí, Mari.

Su presencia ahí, todos los viernes de ocho a diez de la noche, tenía que ver con la necesidad de conocer más gente, de hacerse de una vida un poco más "normal" que la que llevaba, de poder sacudirse, aunque fuese por dos horas a la semana, todos los crímenes, todos los asesinatos, todas las investigaciones inconclusas que lo perseguían hasta en la cama. Y aunque no era el mejor alumno, la mayor parte de las veces conseguía distraerse. Hasta se sorprendía disfrutando del esfuerzo que hacía por no pisar los pies de su pareja.

Hubiera podido ser un club de ajedrez. O de cine. Habría podido inscribirse a una de esas asociaciones en las que sólo son bien recibidos los solteros, los viudos y los divorciados. Pero nunca había aprendido a bailar en toda su vida, y siempre había deseado hacerlo. El anuncio en el periódico decía que se atendían "los casos más difíciles", y eso le causó muy buena impresión. Esto, aunado al hecho de que en su vida jamás había visto ojos más bellos que los de Mari, la maestra de baile, lo retuvieron desde la primera clase.

—Se supone que tú me llevas, Orlando, no yo a ti.

—Sí, Mari. Disculpa.

Siete parejas seguían las circunvoluciones ordenadas por la música. Y Guillén, el único que se presentaba a la clase sin compañera, se sentía transportado con sólo entrar al amplio salón. Era como hacer una cita cada viernes con una mujer hermosa para bailar por dos horas. Aunque no fuera el mejor de los alumnos. Y aunque hubiera echado más panza que nunca. Cosa de no mirar demasiado hacia los espejos.

Los acordes de la salsa en las bocinas dieron un giro repentino, hacia el doble del ritmo. Guillén volvió a soltar a su pareja.

—No te distraigas, Orlando.

Una vuelta de rigor y Guillén creyó que le dislocaría a Mari un hombro. Con gran bochorno vio que ellos eran los únicos que no habían podido continuar con el nuevo fluir de la música.

—Mil disculpas.

Cuando sonó su teléfono celular, se sintió rescatado. Era la sexta clase que tomaba y no podía asegurar si Mari acabaría por renunciar a su caso; a esas alturas no sabía si seguía asistiendo a las clases por el aprendizaje o por la cita semanal, por los grandes ojos oscuros de su maestra.

—¿Tienes que contestar? —le recriminó ella.

—Perdón, Mari.

Ahora fue ella quien lo soltó y caminó como entre nubes a una mesa cercana a tomar de un vaso de agua, aprovechando para evaluar a sus otros alumnos. Guillén abandonó el centro de la pista y fue al perchero en el que descansaba su saco, con el celular dentro.

—Dígame, Capitán.

Sus condiscípulos lo observaron con recelo. No era buena señal que el teléfono celular de un detective de la policía sonara a las nueve de la noche de un viernes.

—¿Pero qué tiene que ver con nosotros? Eso es en otra coordinación territorial —se atrevió a reclamar Guillén—. Además yo estoy... digamos... ocupado.

Escuchó lo que le tenía que decir su jefe sin apartar la vista de Mari, buscando algún contacto visual. A la tercera clase supo que era veracruzana, que alguna vez estuvo casada pero que no había corrido con suerte, que le gustaban las películas cómicas y que tenía una gran debilidad por los gatos siameses. Y a la cuarta clase supo que sería incapaz de invitarla a salir por miedo a ser rechazado, pero que, por el momento, se conformaría con esas dos horas de su compañía a la semana.

Ahora, a la sexta clase, supo que la suerte lo abandonaba. Tal vez esa ilusión de llevar una vida "normal", no fuera del todo posible.

—No, Señor. Hizo usted bien en llamar —palideció Guillén—. Voy para allá.

Colgó el teléfono celular y se recargó en una de las ventanas, al lado del perchero. El salón estaba en un cuarto piso y podía observar, desde ahí, la calle invadida por adornos navideños. Sintió que todo eso le estaba negado. El baile. La fiesta. En el reflejo de la ventana vio a Mari aproximarse.

—¿Continuamos, Orlando?

—Voy a tener que irme antes —dijo Guillén con pesar.

—¿Qué pasó?

Las trompetas, los timbales, el piano, los trombones, la orquesta entera renegaba de él. La vida de un policía poco tenía que ver con todo eso. La amplia sonrisa de un Santa Claus de papel, pegado en la pared del salón, le pareció grotesca, burlona.

—Tengo que acudir a la escena de un crimen —dijo el teniente con el rostro encendido. Le pareció que sonaba ridículo, como si estuviera confesando ser el criminal. Se sintió avergonzado. Nadie ahí habría de ser llamado por un asunto como ese. Todos eran capaces de apartar dos horas de sus viernes sin mayor problema.

Se metió en su eterno saco café y dio un beso a la maestra, quien le sonrió comprensiva.

—Bueno, pero nos vemos la semana que entra.

Guillén contempló sobre su hombro la escena: una jubilosa salsa servía de pretexto a un grupo de gente para divertirse, para aprender la forma en que el ritmo puede transformar una vida. Y él...

Iba a decir algo, pero Mari se lo impidió.

—Puedes llegar antes para que practiquemos. No te aflijas.

...él iba a enfrentar un homicidio. Traspasó la puerta lo más rápido que pudo.

Se apresuró a bajar las escaleras, abandonar el edificio e ir a su auto particular, aparcado en la calle. Subió y encendió en seguida el motor. Antes de avanzar, dudó en poner la torreta sobre el techo y encender la sirena; aunque no se trataba de una verdadera emergencia quería llegar cuanto antes al lugar del crimen. No porque estuviera huyendo de las burlas de las trompetas y los coros en las bocinas del salón de baile, sino por lo que le había dicho al teléfono el capitán Ortega cuando le preguntó qué hacía fuera de su jurisdicción.

"Me parece que tiene que ser usted, Guillén, el que atienda este caso", rugían en su cabeza las palabras de Ortega mientras avanzaba a toda velocidad por las calles de la ciudad. "Trate de venir de inmediato a la siguiente dirección".

El capitán había tenido la delicadeza de no darle la noticia directamente. Pero con el domicilio le bastó a Guillén para darse cuenta de que su jefe tenía razón, que nadie más podría encargarse de ese caso.

Capítulo tres

Guillén estacionó su auto y caminó unos pasos hacia la casa en la colonia del Valle donde había sido citado.

Se quedó unos minutos observando la fachada antes de entrar. Las torretas encendidas de las patrullas estacionadas frente a la casa le conferían un aire mágico al ladrillo verde del edificio. Extrañó los días en que podía fumar un cigarro para calmarse. No estaba seguro de poder enfrentar lo que se avecinaba sin ese tipo de muletas emocionales. La gente, congregada en grupos a pocos metros de las patrullas, confirmaba la magnitud de la tragedia.

En cuanto Guillén atravesó el marco de la puerta lo golpeó el fétido olor. Nadie tuvo que explicarle que el cadáver llevaba varios días en estado de descomposición. Volvió a preguntarse si estaba listo para eso. Se cubrió la boca con una mano.

Los peritos, en sus batas blancas, tomaban fotografías y muestras dactilares de los muebles. Uno de los expertos en criminalística lo saludó con un gesto y le señaló al capitán Ortega, de pie en el inicio de las escaleras que conducían al piso superior.

—Guillén... lo estuve pensando. Tal vez sea mejor que otro tome este caso.

—No, Capitán. Le dije que había usted hecho bien.

—Es que... cuando le llamé no había visto... en fin, creo que sería mejor que...

—No, Capitán. Insisto. Si asigna a otro no voy a estar tranquilo. Mejor que lo haga yo.

—Supuse que diría eso —Ortega se pasó una mano por la cara—. En fin...

Le señaló el camino a la planta alta pero Guillén sólo miró hacia arriba. El capitán se animó a hablar de nuevo.

—Calculamos que deben haber pasado unos cinco días desde su asesinato. La vecina de la casa de al lado llamó a la policía en cuanto el olor se volvió insoportable y los canarios dejaron de hacer ruido.

—¿Cómo lo mataron?

El capitán iba a enunciar algo pero se arrepintió de inmediato.

—Mejor que usted lo vea por sí mismo. Es decir... si...

—Ya le dije que está bien, Capitán.

Ortega le entregó a Guillén el frasco de mentolato para que se untara debajo de la nariz. En cuanto el teniente se protegió el olfato, subieron a la planta alta. Era la típica casa de un anciano que vive solo: llena de recuerdos y retratos añejos, muebles de madera y espacios oscuros y confortables. Todo limpio y bien atendido por una mano cariñosa. Ni un cuadro fuera de sitio. Ni una mota de polvo.

Guillén notó que la policía había tenido que echar abajo la puerta del cuarto de música, del que surgía el repugnante olor.

—¿Estaba cerrada por dentro, Capitán?

—No tiene lógica —se apresuró a explicar su jefe—. Se había encerrado en ese estudio; encontramos la llave metida en la cerradura por dentro. Además, la única ventana también estaba asegurada. Incluso había una silla atrancando la puerta. Y sin embargo...

El capitán dudó, rascándose la barbilla.

—¿Y sin embargo? —lo instó Guillén a continuar.

—Véalo usted mismo.

Guillén escuchó, a la distancia, música de fiesta. Era viernes por la noche. En alguna casa en los alrededores otros estarían celebrando. Volvió a sentir que el destino se burlaba de él. Al darse cuenta de que el capitán no tenía pensado ingresar al estudio, se adelantó hacia el dintel de la puerta. El capitán lo detuvo de un brazo.

—Teniente... quiero que sepa que lo lamento en verdad.

Guillén prefirió no seguir retrasando las cosas. Ingresó al estudio.

Sólo la débil luz de un foco de cuarenta y cinco watts iluminaba la escena. Una nube de moscas se cebaba en el cadáver, hinchado por la acumulación de gases internos, tendido sin ninguna dignidad en el suelo del cuarto.

Para no sentirse enfermo, paseó la mirada por la pequeña habitación. Los despedazados cuadros de Mozart y Beethoven, los dos atriles derrumbados, la puerta vencida del armario lleno de partituras, el hermoso piano vertical.

En especial le llamó la atención la gran cantidad de sangre que ensuciaba la habitación. El banquillo del instrumento, el tapiz de las paredes. La música en el suelo. Todo estaba salpicado de sangre.

***

El viejo auto había abandonado la ciudad y subía trabajosamente por la carretera a Toluca. Pasaban de las once de la noche, pues el tráfico para abandonar el Distrito Federal los había retrasado mucho, y alcanzaban esa zona en la que el frío, aún en temporadas de calor, se hace presente, y el único paisaje posible es el follaje verdinegro que, como una pared, se repite kilómetro a kilómetro.

El ánimo de los tres tripulantes del automóvil era funesto; no habían hablado durante todo el trayecto. Sergio, por su parte, no sabía a qué debía atenerse. Se había arrepentido de su decisión de acompañarlos desde que el padre le dio la espantosa noticia. Pero se daba cuenta de que no tenía opción. Comprendía que no habría podido conciliar el sueño si se hubiera negado a continuar con el plan, pero... ¿había hecho lo correcto?

La carretera, aunque bien iluminada, le parecía tétrica. Las altas coníferas a los lados de la carretera le recordaban la experiencia en la casa de las siete celdas, donde tuvo que enfrentar sus peores miedos.

Miraba su desvanecido reflejo en el cristal de la ventana y, por un momento, lamentó no haber dejado crecer su cabello como se había propuesto hacer al inicio del segundo año de secundaria. La directora de la escuela le había concedido esa licencia y él, acaso por no llamar demasiado la atención, había preferido desdeñar el favor. O acaso porque nunca sintió que se lo mereciera del todo.

El padre Ernesto rezaba en voz baja; le temblaban las manos y respiraba con gran agitación. Durante todo el trayecto Sergio había contado por lo menos doce vueltas al rosario. Y, aunque se negaba a admitirlo, el murmullo del sacerdote le causaba aún más desasosiego.

De repente, Genaro disminuyó la velocidad, prendió las luces intermitentes y se orilló. Hizo entrar el auto en un pedregoso camino que se internaba en el bosque. El padre detuvo sus oraciones como si éstas hubieran dejado de tener sentido. Ni siquiera se persignó al guardar el rosario.

Avanzaron con lentitud durante algunos minutos, aferrados a los dos fantasmagóricos haces que iluminaban el boscoso trayecto, conteniendo la respiración. A Sergio le parecía que hacían un viaje sin retorno, que los latidos de su corazón no anunciaban nada bueno. No era un temor como el que se había acostumbrado a identificar en presencia de algún demonio, pero tampoco era una sensación natural. Tuvo el presentimiento de haber caído en una trampa, que tal vez ni el padre ni el seminarista fueran realmente dos personas de fiar sino...

Apartó los ojos de la ventana y miró al viejo. En su interior se activó una sutil alarma. Le pareció que el religioso, en la penumbra, también lo miraba desde el asiento delantero, aunque sin haber girado el cuello, pendiente de algún oculto reflejo.

No obstante, revisó en su interior y tuvo que reconocer que seguía sintiendo confianza. Incluso se sintió un poco apenado por dudar de los dos hombres que, al parecer, sólo deseaban ayudar a la niña de la foto.

—Sergio... —exclamó el sacerdote sin cambiar su postura—. ¿Tienes idea de por qué el espíritu infecto que atormenta a Daniela ha solicitado tu presencia?

—No, padre —contestó con franqueza.

—Yo... —se animó a decir el sacerdote después de unos minutos más de traqueteo—. Yo tengo una teoría.

—¿Cuál es? —preguntó Sergio.

—Luego te la diré. Ya estamos llegando.

Las luces dieron contra una enorme reja de hierro y el auto tuvo que detenerse. Genaro llamó entonces con el claxon varias veces. Al poco tiempo se accionó un motor y la reja se abrió. Ingresaron en el enorme terreno bardeado y continuaron a través de un camino un poco más transitable, aunque no menos tenebroso. Sergio concluyó que habían entrado en una finca muy lujosa; los jardines estaban muy bien cuidados y los arbustos al lado del nuevo camino habían sido podados con mano artística.

El auto siguió avanzando hasta que llegaron a un arco de piedra en el que los recibía la primera luz del camino. Un vigilante, desde una pequeña caseta, les hizo una venia de reconocimiento. Sergio reparó en el escudo de armas que adornaba las columnas del arco que pronto dejaron atrás. El sendero continuaba, flanqueado por faroles.

—No se preocupe, padre... —se atrevió a decir Sergio—. Estoy seguro de que todo saldrá bien.

En el fondo, quería creer que podía ser cierto, que el demonio en turno no podría tocarle un pelo porque, a fin de cuentas, hasta entre los demonios hay jerarquías y potestades.

El padre lo confrontó.

—Sergio... no es nada común que un demonio se presente a sí mismo como Belcebú. Nada común.

Al muchacho no le gustó nada lo que distinguió en los ojos del sacerdote.

—Eso sólo significa dos cosas... —regresó la vista al camino—. O está mintiendo... O en verdad se trata del príncipe de las tinieblas. Y hay alguna razón muy poderosa para que se haya tomado la molestia de una posesión como la que nos ocupa.

Sergio extrañó el sonido de sus tambores. Extrañó la comodidad de su casa. Extrañó a sus amigos, sus cosas, su vida. Identificó el miedo.

No tardaron en dar vuelta a una floresta y dar de frente con la enorme mansión, una gran casa con techo de dos aguas y dos pisos. Sólo en una de sus ventanas, en la planta baja, se percibía algo de luz. Una luz tan precaria que a Sergio le pareció una provocación. Como si la gente en el interior no deseara perturbar al demonio y por ello prefirieran permanecer en tinieblas, sometidos a la voluntad del monstruo.

Genaro estacionó el auto al lado de dos camionetas lujosas. Apagó el motor pero no se apeó. El Padre Ernesto miró a través del parabrisas, aguardando. La puerta principal se abrió; la silueta de una muchacha de servicio apareció en ella, cobijándose a sí misma con un chal que revoloteaba con el viento.

—¿Estás listo? —preguntó el sacerdote, sin apartar la vista de la muchacha que se dirigía a ellos.

Sergio no respondió. El sonido de los grillos, del viento a través de los árboles, de los pasos sobre la hierba de la mujer que se aproximaba... todo le parecía un horrible preámbulo de algo de lo que seguramente se arrepentiría siempre.

Genaro abrió la puerta y saludó de mano a la muchacha.

—Los esperan los señores —anunció ella, atisbando con disimulo hacia la parte trasera del auto.

El padre Ernesto y Sergio se apearon. Al instante, éste se enfrentó con los ojos de la chica, apenas más alta que él. Algo parecido a la admiración irradiaba su mirada, acaso convencida de que con Sergio llegaba la salvación.

En silencio siguieron a la muchacha y entraron a la mansión. Sergio se percató de que la única luz que había notado desde el exterior provenía de la chimenea encendida, al fondo de una larga estancia de confortables sillones. De pie, en el centro de la enorme habitación, un hombre y una mujer, con la angustia pintada en el semblante, aguardaban. Él fumaba de una pipa; ella se frotaba las manos.

—Padre... —se apresuró el hombre a saludar al sacerdote.

La señora no apartaba la vista de Sergio. Sus ojos estaban hinchados.

—Señor Ferreira —respondió el padre Ernesto—, hicimos todo lo posible por volver cuanto antes.

—Sí, lo sé. Y se lo agradezco.

Fue de inmediato con Sergio. Le extendió la mano. Era un hombre de sienes plateadas y ceño adusto. Un empresario, tal vez.

—Soy el padre de Daniela. Supongo que ya te contaron.

—Sí, señor —respondió Sergio.

—Te estamos muy agradecidos por venir.

Sergio sólo asintió. Dirigió una mirada a las escaleras de madera que conducían al segundo piso. Se sumían en una profunda oscuridad que, en breve, tendría que afrontar.

—No tengo idea de por qué el demonio que aterroriza a nuestra hija pidió verte. Pero estoy seguro de que sólo así la abandonará. Y te lo agradezco infinitamente.

El padre Ernesto puso una mano sobre el hombro del señor Ferreira.

—Recordemos con quién estamos tratando, señor Ferreira. Aunque lo haya prometido... los demonios no tienen palabra de honor. Al final, tal vez tengamos que reiniciar el exorcismo.

La señora Ferreira se acercó a Sergio. Era una mujer guapa, pero las horas de espanto la tenían transformada. Su rostro se debatía entre el temor y la ira.

—¿Por qué tú? ¿Por qué te mandó llamar? —preguntó ella.

El muchacho buscó refugio en los ojos del padre Ernesto, quien se mostraba mortificado por la situación y no supo cómo auxiliarlo. El señor Ferreira tomó a su esposa de los hombros y trató de apartarla.

—Vamos, mi amor...

—¿Por qué él? ¡Quiero saberlo!

—Mi amor... comprende que...

—¿Y si sólo está jugando con nosotros?

No pudo más. Escondió el rostro entre los brazos de su marido y dejó escapar el llanto. Tal vez no esperaba ver a un niño cuando el padre Ernesto les comunicó que iría por un tal Sergio Mendhoza, cuya presencia estaba solicitando el demonio en posesión de su hija. Tal vez sólo era el agotamiento.

Sergio iba a decir que él tampoco tenía idea del por qué de tan extraño llamado cuando un viento helado recorrió la casa. Venía del piso superior. El fuego en la chimenea se avivó para, casi en seguida, volver a la normalidad.

A la ráfaga siguió una terrible voz, también proveniente del siguiente piso. Una voz que hizo que Genaro se santiguara.

—Sergio… ya estuvo bien de plática. Sube a jugar.

El sacerdote dirigió la vista a las escaleras.

No era, en lo absoluto, la voz de una niña de diez años. Sergio miró al padre, quien se deshizo de la gabardina para mostrar su traje eclesiástico. Extrajo de entre sus ropas el libro del rito y lo besó.

—Vamos, Sergio —anunció.

Sergio suspiró y miró también a la escalera. Entonces, la voz.

—¿Y a ti quién te invitó, patético mensajero? Sergio debe subir solo… o haré un festín con lo que queda de Daniela.

La señora Ferreira sollozó con fuerza.

Capítulo cuatro

No era la primera vez que veía un muerto con varios días de descomposición. Sabía que los cuerpos suelen hincharse hasta la deformidad. Pero esto era diferente. Se paseó nerviosamente por el cuarto del Servicio Médico Forense mientras el médico volvía de contestar una llamada.

El cuerpo del viejo maestro de música se encontraba tendido de espaldas sobre la plancha. Guillén trataba de dilucidar qué es lo que en realidad había acontecido en aquel estudio.

Sintió un nudo en la garganta. La masa pulposa en la que se había convertido el rostro del profesor lo hacía irreconocible. Buscó en su memoria y sintió que los ojos se le anegaban de lágrimas. Un largo verano en la playa. Un viaje a Mérida. Algunos fines de semana de carne asada y refrescos...

Volvió el médico forense.

—¿Sigues aquí? —preguntó a Guillén al ingresar a la sala.

—El capitán me ordenó un informe a primera hora.

El doctor lo miró con suspicacia.

—¿Qué interés tienes en este caso, Orlando? Hay procedimientos.

—Dime la verdad, Doc —lo ignoró Guillén—. ¿Cómo lo mataron?

El doctor echó una rápida mirada al cuerpo del recién llegado.

—Dime lo primero que te venga a la mente... —Guillén se recargó en una de las paredes de blancos mosaicos, con los brazos cruzados.

—Golpes, Orlando. En todo el cuerpo. Golpes y más golpes. Lo golpearon hasta matarlo. En la cara con más rabia, como puedes ver.

El doctor revisó el primer informe de los peritos. "Felipe Carrasco García", sesenta y tres años, más de cinco días de haber fallecido, profesor de piano retirado. Volvió su vista al desnudo cuerpo.

—¿Por qué tienes tanto interés en él...? —preguntó otra vez el médico.

Por respuesta, Guillén extrajo la credencial que lo acreditaba como parte del cuerpo policiaco. Se la mostró.

—¿Es decir que...? —dijo el doctor al ver que el segundo apellido del teniente era Carrasco.

—Era mi tío —luchó por que la voz no se le quebrara.

***

Sergio se detuvo en el primer peldaño. La linterna que le había proporcionado el señor Ferreira parpadeó, así que volvió sobre sus pasos.

—Es la única luz posible —le dijo el anfitrión al momento de darle un par de golpes a la lámpara con una mano—. Los fusibles de la casa revientan cada vez que los cambiamos.

La linterna, al tercer golpe, volvió a iluminar. No era una gran ayuda, pero era mejor que subir en completa oscuridad.

—Sólo tienes que gritar para que vayamos a ayudarte —le dijo el padre Ernesto, tomándolo por los hombros—. Un solo consejo: no dialogues mucho con él; con los demonios no se puede negociar.

—Sí, lo sé.

—¿Lo sabes?

Sergio prefirió no extender esa conversación. La espera lo estaba matando. No es que tuviera prisa por subir, pero el ánimo de los que estaban ahí no le ayudaba en nada. El seminarista apretaba sus manos, una contra la otra. La señora Ferreira se había retirado a llorar en la cocina. Sergio apoyó un pie en el primer escalón.

—Puedes pedirme lo que quieras si me devuelves a mi hija —sentenció el señor Ferreira con la voz apagada y mirando hacia el suelo.

Por respuesta, el muchacho dio un gran respiro y subió con decisión los peldaños, arrojando apenas un débil círculo de luz amarillenta para no tropezarse.

En el segundo piso lo más evidente fue el frío, sobrenatural de tan intenso. No había ventanas abiertas, pero era como si hubiera ingresado a un refrigerador. Dirigió la linterna hacia la entrada de uno de los cuartos; un buró estaba tirado sobre un costado. Siguió alumbrando y notó que la habitación era un caos, las cortinas estaban desgarradas, la cama había sido arrastrada y el colchón arrojado contra una pared; los espejos, todos rotos. La puerta se azotó repentinamente. Lo mismo otras cuatro que estaban abiertas. Sólo quedó entornada una puerta de todas las que tenía a la vista. La invitación a entrar era evidente.

La cabeza de una muñeca rodó hacia afuera.

El miedo lo acometió en una forma real, tangible. Los vellos de los antebrazos se le erizaron, el frío lo hizo tiritar.

Avanzó con lentitud sin dejar de alumbrar. El desorden del otro cuarto se repetía en éste. Todo estaba destruido o fuera de sitio. El círculo de la linterna se difuminaba mientras más intentaba abarcar.

Antes de entrar a la habitación recogió del suelo un pedazo de madera de algún mueble destrozado. Su aliento arrojaba sobre el aire un hálito vaporoso. Sabía que los demonios suelen ser traicioneros, así que prefirió anunciar su llegada, sosteniendo su rústica arma en una mano.

—¿Quién eres y qué quieres de mí?

La única respuesta fue un espasmódico gruñido. "Esto no está bien", se dijo. Dio un nuevo paso. Otro. Entró al cuarto. "Esto no está nada bien".

Alumbró cada rincón de la habitación, en otro tiempo de una niña feliz. Los tonos pastel en muebles y adornos ahora parecían una broma cruel. Todos los muñecos estaban despedazados. Sólo una pequeña mecedora se encontraba en pie. Daniela no se veía por ningún lado. Dirigió la luz a la mecedora y ésta comenzó a moverse. Era un movimiento casi imperceptible, como si alguna invisible mano la meciera con ternura.

Detrás de él la puerta se azotó con fuerza. Ahora estaba encerrado con quien quiera que hubiese solicitado su presencia.

—¿Quién eres y qué quieres de mí? —insistió.

A lo lejos alcanzó a oír los sollozos de la señora Ferreira, sustituidos, poco a poco, por una leve risita.

Dio con Daniela. Sentada en el suelo en un rincón del cuarto, reía. Llevaba una piyama de franela y, aunque a primera vista parecía estar bien, algo en su rostro, en esa voz que no era la suya, en la mirada sanguínea, indicaban a Sergio que no se trataba sólo de una pequeña niña.

Lo asaltó un golpe de adrenalina.

—¿Miedo, mediador? —dijo el demonio.

—¿Qué quieres de mí?

Daniela se puso de pie y caminó hacia Sergio. La mecedora seguía con su balanceo, pero ahora con un movimiento frenético.

—¿De veras no tienes ni tantito miedo, Mendhoza?

El rostro de la niña se acercó al de Sergio, quien prefirió mirar a otro lado. Los ojos blancos y la lengua bífida quedaron demasiado cerca de su cara.

—¿O debería decir... Dietrich?

Sergio recordó el nauseabundo aliento de Guntra y no era ni la mitad de asqueroso que el que ahora confrontaba. Sí, era miedo. Uno muy parecido al terror, pues sabía que un pedazo de madera no le salvaría la vida si el demonio decidía hacerle daño. Se arrepintió de haberse presentado sin Guillén.

Se apartó. Se dirigió hacia una cómoda derribada y se sentó. Era un movimiento osado, pero quería mostrar al demonio que no sería su juguete, que aún era dueño de su voluntad.

—Ya que sabes mi verdadero nombre, dime cuál es el tuyo —jugó un poco con la linterna, haciendo elipses de luz sobre la pared, sobre las floridas grecas y la larga cenefa en forma de tren con vagones de abecedario.

El demonio fue a la mecedora y se arrojó sobre ella. Se abrazó las piernas. El balanceo se detuvo.

—Soy el primero que juró lealtad a aquél que fue desterrado, aquél que fue despojado, aquél que fue traicionado. Soy el señor de las moscas. Soy Belcebú.

Sergio dirigió la luz hacia el rostro blanquecino de la niña. Intentó recordarla como la había visto en su fotografía. En algún lugar de ese cuerpo, el alma atormentada de Daniela luchaba por escapar de los demonios. Tendría que darse prisa. No le gustó el tono formal que adoptó el demonio para presentarse.

—¿Y por qué, si se puede saber, el gran Belcebú se entretiene con pasatiempos como éste? ¿No tienes nada mejor que hacer?

La risa volvió. El balanceo también, aunque la lechosa mirada se proyectaba más allá de las paredes.

—A mí me parece que no eres más que un pobre infeliz que quiere hacerse el importante —insistió Sergio.

La risa. Atroz, irónica, cruel.

—Eres insolente, Mendhoza... eso me gusta, aunque... considerando que Daniela es mía, no deberías serlo tanto. Podría disponer de su mísero cuerpecito y trozarlo a la mitad como si fuese un palillo. Ándate con cuidado.

Sergio volvió a luchar internamente por no mostrarse nervioso. Siguió con su artificioso juego de luz sobre la pared, sobre los muebles. Temía haberse arriesgado mucho, pero no podía permitirse que el demonio lo notara.

—Bien... —insistió la voz—. Hechas las presentaciones, te diré que he venido a una sola cosa. Y luego me iré. Pese a lo que dicen tus insignificantes amigos allá abajo, yo sí tengo palabra.

Se levantó de la mecedora y fue hacia Sergio. Éste no pudo mostrarse indiferente. Algo le decía que el demonio había dejado de jugar y que, puesto a prueba, sería capaz de cualquier cosa.

—Te conozco, Mendhoza. Más de lo que tú mismo te conoces. Y sé que me puedes ser valioso. Muy valioso. Así que he venido a hacerte una oferta.

—¿Una oferta?

—Cuando alguien repite en forma de pregunta lo que su interlocutor acaba de afirmar denota nerviosismo o estupidez. No pierdas mi tiempo, Dietrich. Ni el de Daniela, si es que te importa.

Sergio hizo un mohín de disgusto. Puso la linterna sobre la cómoda y le dedicó toda su atención al demonio, muy a su pesar.

—El mundo es de mi señor, mediador. Basta con asomarse a la televisión o al internet. Bastan cinco minutos frente a un puesto de periódicos. Y sólo es cuestión de tiempo para que nos hagamos de él. La lucha entre demonios y héroes llega a su fin. Así que, si sabes lo que te conviene, escogerás bien el bando en el que quieres luchar.

Sergio no comprendía del todo, pero estaba seguro de que Belcebú se haría entender.

—Te ofrezco que renuncies al Libro de los Héroes y trabajes para mí. Hazlo y serás bien recompensado. Niégate y me estarás declarando la guerra. Y juro que no descansaré hasta verte ardiendo en los dominios de mi señor por una eternidad.

La mente de Sergio trabajaba a toda velocidad. No le quedaba claro por qué el demonio de mayor jerarquía en las huestes de Lucifer se tomaba esas molestias por un simple mediador.

—No entiendo —se atrevió a hablar—. Si me niego, ¿no podrías acabar conmigo aquí mismo? ¿Qué caso tiene lo que responda?

El demonio rió con sutileza.

—No es así, mediador. Esta guerra se libra en distintos niveles. Y el que a mí me compete no tiene que ver con el físico. No temas, responde con la verdad.

La niña se paseó por la habitación. Tomó del suelo el cadáver de un hámster con moño al cuello, alguna mascota de Daniela que había corrido con muy mal sino.

—Soy el amo de la mentira, mediador, así que me daré cuenta si no eres sincero.

El demonio comenzó a desmembrar al roedor. Una grotesca sonrisa se dibujó en su boca.

—A la una... —una pata cayó al suelo— no es tan difícil la elección, mediador. Edeth lleva siglos oculto, el muy cobarde. ¿Por qué ser leal a un cerdo sin agallas?

Sergio contempló al demonio. Seguía sin comprender. ¿Todos los mediadores serían tentados en algún momento de su vida? ¿Quién era Edeth?

—A las dos... —otra pata—. Soportas bien el terror, Mendhoza, pero nada de lo que has visto se compara con el inframundo. Ahí, a cada segundo que pasa deseas morir. Y a cada segundo que pasa... te das cuenta de que ya estás muerto.

Sergio sabía lo que debía contestar, pero no comprendía el proceso al que estaba siendo sometido. ¿Por qué él? ¿Qué había detectado el príncipe del mal? "Te conozco". ¿Qué había detectado?

—A las tres... No entiendo el tamaño de tu imbecilidad. Si aceptas, llevarás una vida llena de lujos. Tú y Alicia no tendrán jamás de qué preocuparse. Si te niegas, vivirás siempre con miedo. Además, te aseguro la más horrible de las muertes, mediador; una tan horrible, tan lenta y dolorosa, que desearás jamás haber nacido. Desde luego, yo no me ocuparía personalmente, pero tengo muchos interesados en ello...

Sergio se estremeció. Por un momento dudó y el demonio pareció darse cuenta. Tuvo miedo, en efecto. Sintió el terror de una vida condenado a la lucha sin descanso contra seres cuya maldad era inconcebible, seres que no dudarían un instante en hacerlo pasar por los más espantosos horrores. Sintió que no se lo merecía, que él no había pedido nada de eso. Que un mediador debería poder desentenderse, pasar de largo, seguir con su vida y dejar esa guerra para otro con más vocación y más entrega. Dudó y se lamentó por ello. Una lágrima se anunció en sus ojos.

—¡Bien, Mendhoza! ¡Así me gusta! ¡Un solo héroe que me entregues y tendrás una vida espléndida! ¡Uno solo y estarás sellando este pacto! ¡Serás uno de los favoritos de Lucifer! ¿Qué me dices? —lo urgió el demonio.

Sergio suspiró. Jamás se habría imaginado que había sido convocado a esa confirmación. No se sentía orgulloso, pero tampoco sabía qué otra cosa hacer.

—Mi respuesta es no.

El demonio arrancó la cuarta pata del cuerpo exánime del roedor y arrojó el ínfimo muñón contra una pared.

—¡Idiota! —rugió—. ¡Crees que puedes retarme! ¡Crees que has conocido el terror! ¡Pues entiéndelo de una vez: este tipo de cortesías no las tengo con nadie! ¡Te arrepentirás! ¡Y para que veas que no te engaño, te diré el momento exacto en que comenzará tu caída: a las pocas horas de haber dado inicio la natividad serás presa de los más insoportables horrores! ¡No lo olvides, Mendhoza! ¡Te arrepentirás tanto que desearás jamás haberme dado la espalda, porque aquí, conmigo, están todos! ¡Todos! ¡TODOS!

El grito fue ensordecedor. Era el grito de la derrota y de la ira, que poco a poco fue dejando su lugar al llanto de una niña indefensa que cae al suelo y despierta de una horrible pesadilla.

No obstante, para Sergio aún no terminaba la experiencia. Con el grito de Belcebú fue llevado por unos segundos a contemplar una incomprensible escena que tenía lugar en su propio cuarto a mitad de la noche: se vio a sí mismo, su batería, su cama, su escritorio... vio al teniente Guillén, de rostro abatido, hablando con él... vio entre sus propias manos una rara estructura blanca de unicel, trapezoidal, una caja grande de cartón... vio... vio...

Entonces fue arrastrado al abismo del cual surgía la atronadora voz. Al gritar el demonio que todos sus enemigos se encontraban ahí, Sergio se asomó a las fauces del infierno. Sin saber cómo, pudo ver, en un infinito mar de desesperación, las almas de todos aquellos que habían luchado por las causas buenas, por los buenos sentimientos, por las buenas acciones. Sergio vio a los héroes de cada siglo, de cada lugar, de cada tiempo. Vio a los mediadores, vio a los ojos a todos y cada uno de los que se habían opuesto, desde el principio de la lucha, a la voluntad de El Maligno. Todos sufrían. Todos lloraban. Todos deseaban morir. Todos deseaban jamás haber nacido. No podía decir sus nombres pero, en su corazón, creía poder identificarlos.

Todos, como dijo Belcebú.

Cuando regresó de tan pavoroso viaje, el padre Ernesto lo sostenía entre sus brazos.

—¡Sergio! ¡Sergio! ¿Estás bien?

Se agitaba como si hubiera sido arrancado de las garras de la muerte. No pudo evitarlo y lloró. Lloró como si hubiera cometido el peor error de su vida y ahora fuera demasiado tarde para enmendarlo.

Capítulo cinco

Una taza de leche caliente le hizo sentir mejor. La luz había vuelto a la casa y el ambiente era más respirable. Frente a él, sobre un sofá, se encontraba Daniela, abrazada a su madre, envuelta en un abrigo. Sergio seguía maravillado ante la transformación. Le pareció increíble lo que podía hacer un espíritu inmundo en el cuerpo de una inocente.

Afortunadamente todo había pasado. Al menos para Daniela.

—Bueno... si no le importa, padre —dijo—, creo que deberíamos volver.

El padre Ernesto, sentado en una silla del comedor, se puso de pie al instante, al igual que Genaro.

—¿Estás bien? ¿Seguro que no prefieres pasar la noche aquí?

—No, padre.

Le había tomado unos diez minutos reponerse de la pequeña muerte que había sufrido; la lividez y los jadeos lo abandonaron cuando pudo sentarse y tomar algo. Inclusive el señor Ferreira había ofrecido llamar al médico de la familia. Pero el calor del hogar, la leche caliente y los rostros amigos le devolvieron a Sergio la calma.

El horror de las visiones, en cambio, estaba seguro de no poder olvidarlo jamás.

—Bien. Entonces nos vamos —resolvió el padre.

Sergio advirtió de nueva cuenta el escudo de armas de la familia, sobre la chimenea, tallado en piedra: un león, un dragón, una torre. Comprendió que la fortuna de los Ferreira debía ser considerable, de esas de añejas estirpes y árboles genealógicos llenos de nobles antepasados. Y ni ellos estaban a salvo de los demonios. Ni ellos ni nadie. Un estremecimiento le recorrió el cuerpo al traer a la memoria una horrible afirmación: "El mundo es de mi señor".

El señor Ferreira se apresuró a dar la mano a Sergio.

—Sergio, insisto... puedes pedirme lo que quieras.

—No es necesario, señor —respondió. Ya se había negado en un par de ocasiones a hacer válida la oferta del padre de Daniela mientras terminaba su leche. Y no se habría atrevido a abusar de la bondad de éste por una simple razón: que se sentía, en parte, responsable por lo que ahí había acontecido.

—Bueno. Si necesitas algo... házmelo saber.

Le extendió una tarjeta de presentación y Sergio la guardó en una bolsa de su pantalón, convencido de que jamás recurriría a ella. La señora Ferreira, abrazada a Daniela, acariciaba el cabello de su hija, entregada al sosiego que por tantas horas se les había negado. Sergio no se animó a acercarse a ella, así que se despidió con un ademán. La señora esbozó un mudo "gracias" con los labios y desvió la mirada. Daniela apenas sonrió. Tal vez, a partir de ese momento, la rutina volvería a sus vidas.

Salieron los tres visitantes al frío. Pasaban de las doce. El concierto de grillos ahora parecía más natural, menos ominoso. Lo mismo el viento, la noche.

Cuando avanzaba el auto sobre el empedrado, Sergio miró hacia atrás, hacia la casa en la que había sentido, por unos muy breves instantes, el peor terror de su vida. Le hizo sentir desolado la idea de que, en cualquier lugar, por confortable o protegido que estuviera, podían hacerse presentes las fuerzas del mal. "El mundo es de mi señor".

Regresó la vista al frente; el padre lo estudiaba desde el asiento delantero.

—Sergio... no creas nada de lo que te haya dicho ese engendro. Su juego es ese. Parecer convincente. Hacerte dudar.

Quería creerle al padre Ernesto pero lo que había experimentado no admitía réplica. Si lo que le mostró el demonio era una mentira, era tan impactante que se sintió imposibilitado para desecharla de su mente. Sintió miedo. Pensó en la sentencia que Belcebú le había dictado. Miró la fecha en su reloj: 15 de diciembre. Sábado.

Ni siquiera al salir del bosque y volver a la carretera hacia el Distrito Federal pudo recobrar la calma. Tuvo la repentina certeza de que, entre más adentro se metiera en esa guerra, más feroces serían los demonios que habría de enfrentar. Entregar un héroe, le había demandado el demonio. Entregar un héroe. Un hormigueo le recorrió la espalda.

El padre Ernesto detuvo sus rezos hasta que llegaron a la caseta de cobro.

—¿Necesitas algo, Sergio? ¿Quieres ir al baño?

—No, padre. Estoy bien.

El sacerdote guardó el rosario que llevaba entre las manos. No había hecho más que rezar desde que salieron de la casa de los Ferreira. Sin voltear, sin mirarlo a los ojos, con la vista puesta en las luces traseras del auto que los precedía, se atrevió a decir:

—Dime la verdad, Sergio... ¿será posible... que seas un mediador?

Sergio reaccionó de inmediato y buscó un contacto visual que no se produjo. Genaro, en cambio, sí lo miró por el retrovisor mientras extraía el dinero para pagar el peaje. El muchacho no supo decir si el seminarista comprendía la magnitud de la pregunta hecha por su mentor.

—¿Qué sabe usted de eso? —lo cuestionó Sergio.

—Entonces tengo razón.

Dejaron atrás la caseta en medio de una sutil tensión. El padre seguía con la vista puesta en el haz de luz que barría el camino. A los pocos minutos se animó a romper de nuevo el silencio.

—Conocí un mediador en el Vaticano hace unos treinta años.

Esperó una reacción en Sergio que nunca llegó. Después de aclararse la garganta, continuó, seguro de que sus palabras producían en el muchacho algo que no se decidía a revelar.

—Una tarde aparentemente ordinaria, después de haber asistido al nombramiento de un cardenal amigo mío en la Santa Sede, me abordó un hombre en la calle con cara de no haber dormido en días. Todo este tiempo me he preguntado por qué yo, por qué se fijó en mí en una ciudad llena de curas, si yo ni siquiera era del país. El caso es que, con desesperación en el rostro, me rogó en italiano que lo confesara de urgencia. Llevado por un ánimo piadoso, lo seguí a su casa. Ahí, con un vaso de vino sobre una mesa rústica de madera, me lo contó todo. Pensé que estaba loco. Ni siquiera cuando me mostró el libro le creí.

Sergio tuvo una rara sensación de abandono. Desde las pláticas con Farkas no había hablado con nadie de eso, excepto con sus amigos. Repentinamente los miedos se materializaban de nuevo, cobraban sustancia, se volvían reales.

—¿Tú... tienes el libro también, Sergio?

—Sí, padre.

El sacerdote giró el cuello y se apoyó en el respaldo del asiento. Miró al muchacho como si sintiera una profunda pena por él, como si comprendiera el enorme peso que tenía que soportar.

—Había comenzado a abrigar dudas, el infeliz. Se había encargado de diecisiete demonios, según él. Y de pronto quiso la anuencia de la iglesia para continuar con su misión. Yo no sabía si darle la absolución o una recomendación para asistir al siquiatra.

—¿Pero... —se atrevió a decir Sergio— al final le creyó?

—Tuve que hacerlo.

—¿Por qué?

—Siempre quise creer que la lucha entre el bien y el mal debía ganarse en el terreno de lo espiritual, Sergio —afirmó con un dejo de decepción en la voz—. Pero no es así. Al menos no todo el tiempo. Esa misma tarde lo comprendí.

Cruzaban los lindes de la ciudad de México, las cuadriculadas fachadas de luz de los enormes edificios de oficinas consiguieron que Sergio se sintiera un poco más a salvo, más en casa.

—Después de escucharlo por varias horas, me hizo prometerle que lo acompañaría, al día siguiente, a enfrentar al supuesto demonio tras del que andaban él, un bibliotecario y un fontanero. A mí todo eso me pareció una locura, pero accedí. Tal vez porque el tipo parecía buena persona. Sentí simpatía por él.

Hizo una pausa, apretó el rosario en el interior de su gabardina. A Sergio le dio la impresión de que Genaro, sólo por respeto, no intervenía. Conducía en total mutismo, sin atreverse a mirar al viejo sacerdote.

—Al final tuve que creerle, Sergio, porque a las pocas horas ocurrió algo muy similar a lo del día de hoy. Iba caminando por la calle oscura, de regreso a la casa de mi congregación en la que estaba hospedado, cuando fui interceptado por un individuo calvo y contrahecho. A primera vista parecía cualquier persona, quizás un mendigo, pero a la luz de los faros de los autos que daban vuelta a la calle, adquiría rasgos... cómo decirlo... inhumanos.

Sergio supo perfectamente a lo que se refería. Acaso Genaro, por el retrovisor, se dio cuenta.

—Este hombre, en perfecto español, me dijo: "Oso... esta lucha no te corresponde. Ni siquiera pienses en participar". Luego, me acometió una visión como un relámpago. Vi el cuerpo del hombre que acababa de confesar atravesado por una lanza que apuntaba al cielo, sostenido en posición horizontal, retorciéndose y mirando hacia la noche en agonía. A su lado, en idéntica tortura, dos hombres a quienes de algún modo supe identificar como el bibliotecario y el fontanero, pese a que yo jamás los había visto en mi vida. Y por último, un golpe en mi propio vientre, como si una lanza hiciera lo mismo conmigo para levantarme del suelo como un insecto penetrado por un alfiler. Fue sólo un segundo, un segundo de dolor incomparable, pero eso bastó para que corriera a refugiarme con mis hermanos y me pusiera a rezar hasta el amanecer. Jamás me presenté a la cita el día siguiente.

Por fin las calles de la ciudad se mostraron ante ellos. La zona de oficinas había quedado atrás y la urbe cerraba sus espacios. Sergio sólo quería llegar a casa.

—No sólo fue la visión, ¿verdad, padre?, lo que lo convenció.

—No —admitió el sacerdote—. Fue el apodo. Así me decían en mi infancia. "Oso". No había ninguna razón para que un mendigo, en una calle oscura de Italia, lo supiera.

El silencio volvió al interior del auto. Sergio se sorprendió a sí mismo reflexionando cuán distintos podrían ser un bibliotecario y un fontanero de un teniente de la policía. Si en verdad tales contiendas se librarían todos los días, en todos los rincones del mundo.

—No me enorgullece lo que hice —dijo el padre a unas cuantas calles de que llegaran a la colonia Juárez—. Pero creo que, en el fondo, es cierto. A mí me toca luchar otras batallas.

Nadie volvió a hablar hasta que arribaron a la calle de Roma y Genaro estacionó el auto frente a la iglesia. Se apearon con la mirada perdida. Pasaban de las tres de la mañana. La ciudad era una caricatura de sí misma, transfigurada por la noche, por la indiferencia de todos aquellos que dormían.

—Te lo agradezco mucho —el padre le extendió la mano a Sergio—. Y cuenta conmigo para cualquier cosa. Tal vez no sea yo un valiente, pero he vivido mucho. Y tú... bueno, tú eres un muchacho. Cuenta conmigo para lo que sea.

Sergio le sostuvo la mano por unos cuantos segundos y pudo notar en su mirada esa lástima que, en cierto modo, le parecía justificada. Sin pensarlo dos veces se habría cambiado por él para pelear su guerra, la del "terreno espiritual", donde nadie debe morir de manera sangrienta y espantosa, donde nadie debe ser cruelmente atravesado por una lanza en medio de la noche.

El eco de un ladrido lejano adquirió una sustancia desmesurada. Las risas de algunos muchachos en una calle cercana le parecieron fantasmales.

—Resuélvame una duda, padre... ¿la natividad y la navidad son la misma cosa?

—La palabra navidad proviene de natividad, nacimiento. ¿Por qué la pregunta?

—Por nada.

Sergio reconoció que el hormigueo en su espalda se transfería a todo su cuerpo, a su mente, a su espíritu. Le pareció que la noche sería eterna.

—Acompaña a Sergio a su edificio, por favor —dijo el sacerdote a Genaro para, en seguida, dar la vuelta en redondo y dirigirse a la casa parroquial dando pequeños pasos. Sergio le sostuvo la mirada por unos instantes. No habían pasado ni ocho horas de que se conocieran y sentía que estaban unidos por lazos inquebrantables.

Alcanzó la puerta de su edificio, al lado de Genaro, y no sacó sus llaves sino hasta que se convenció de que nada de eso tenía por qué seguirlo hasta su cama, hasta sus sueños. Quería creer que, si iba a lidiar con ese tipo de eventos, sería capaz de desentenderse de ellos y continuar con su vida. Tenía las manos sudorosas pese al intenso frío.

El seminarista lo tomó por un hombro mientras miraba hacia atrás, hacia el otro lado de la calle, hacia el pasillo por el que había desaparecido el padre Ernesto.

—Sergio... no sé si te parezca útil el dato pero... yo... conozco a un mediador.

—¿Cómo dices?

—Se llama Francisco Gómez Ruíz; vive en un edificio en Doctor Vertiz, a un lado de la pizzería "Reynaldo". Pregúntale a la portera.

—¿Por qué me dices esto ahora?

Genaro se rascó la cabeza y forzó una sonrisa.

—Supuse que si te lo decía frente al padre me iba a regañar por no habérselo contado a él antes. Nunca me imaginé que creyera en estas cosas. De hecho... no sé todavía si yo mismo creo.

—¿Cómo sabes que es un mediador?

—Por el libro. Él mismo me lo mostró. Fuimos buenos amigos en un tiempo.

Por primera vez dejó de ver a Genaro como a un mero comparsa. Quiso distinguir, en su evasiva mirada, algo de su verdadera personalidad, pero no le fue posible. Tal vez el miedo, que parecía tan evidente en el seminarista, era el que lo mostraba tan confuso, tan desdibujado. Algo similar a lo que él mismo sentía.

—Un buen tipo, Sergio, aunque...

—¿Aunque qué?

—Mejor que tú mismo lo averigües. Tengo que irme.

Sergio estrechó su mano y le dio las gracias sin saber siquiera si le parecía "útil el dato". ¿Quería conocer a otro mediador? ¿Estaba permitido que los mediadores entablaran contacto entre ellos? ¿Por qué no le preguntó más cosas a Farkas cuando todavía estaba presente en su vida? Retuvo el aliento mientras los pasos de Genaro se perdían a sus espaldas, convenciéndose de que sí era posible dejar todo eso ahí fuera, en el frío cobijo de la noche.

Entró a su casa preguntándose si el sueño lo visitaría, si en algún momento podría sobreponerse a lo vivido. "No creas nada de lo que te haya dicho ese engendro", le había aconsejado el padre Ernesto; sin embargo, no podía quitarse de la mente una idea. Una sola.

Tan poderosa como una sentencia de muerte.

En su habitación, tardó en acostumbrarse a la acogedora protección de su recámara a oscuras. Su mente seguía trabajando la posibilidad de desprenderse de su misión como si se tratara de despojarse de un atuendo, de accionar un interruptor. Una imagen mental lo hizo volver sobre sus pasos hasta la puerta de entrada del departamento. Se había sembrado en él una nueva inquietud desde que llegó a su casa, una que no había podido reconocer en seguida.

Ahí, en el piso, se encontraba una hoja que, al primer golpe de vista, había confundido con un volante publicitario.

Se trataba de un símbolo dibujado a pluma: un sol negro rodeado por un triángulo cuyas puntas tocaban una circunferencia exterior. En la parte baja de la hoja, una sola leyenda: *Quaere verum*.

La certeza fue absoluta. No había marcha atrás. La tregua había terminado. Pensó en Farkas.

Sonó su celular, causándole un leve sobresalto.

—Dime una cosa, desconsiderado, ¿ya llegaste a tu casa? Digo, para ver si ya me duermo o sigo viendo películas viejas en la tele.

—Sí, te iba a llamar ahorita. Te lo juro.

—Sí, cómo no —gruñó Brianda antes de colgar de golpe.

Y con la seguridad de que esa hoja accionaba mecanismos ocultos a su entendimiento, como si presenciara la caída de una ficha de dominó que habría de producir un millón de caídas más, volvió a su cuarto.

Se arrojó sobre la cama con una sola idea, irrefutable y poderosa, machacándole el cerebro: "Los más insoportables horrores... a las pocas horas de dar inicio la natividad."

11:27 - 15 de diciembre. Sábado. Andante.

Al bajar por la escalinata de su avión privado, el primer pensamiento que asaltó a Morné fue que tenía más de diez años lejos de México y que hubiera querido sentir una nostalgia más sincera, pero lo cierto es que le daba lo mismo. Había hecho suficiente fortuna en Estados Unidos como para poder prescindir de todo tipo de apego a sus raíces. En algún momento de su autoexilio rompió para siempre las ligas sentimentales con su familia y amigos. Se había hecho a sí mismo sin requerir de nadie y estaba orgulloso de ello. Ni una sola persona, después de todo ese tiempo, representaba algo para él de este lado de la frontera.

Wilson bajó a toda prisa detrás de su patrón con el único equipaje del que no se había querido separar Morné durante el viaje: un liviano portafolios de cuero que contenía un óleo y una partitura.

Dos hombres aguardaban en la parte inferior de la escalinata. Uno, el director general de las empresas de Morné en México; el otro, un representante del gobierno de la ciudad. Ambos con sendas sonrisas forzadas, tolerando el protocolo de la bienvenida.

—Licenciado Morné, un gusto verlo por acá —extendió la mano el más próximo.

—Gracias, Martínez.

—Permítame presentarle al licenciado Uribe, de la Secretaría de Seguridad capitalina. El jefe de gobierno se mostró muy interesado en hacerle sentir como en casa. Y el licenciado Uribe es el encargado de que se cumplan sus órdenes.

Morné recordó en seguida aquel desplegado periodístico en el que se había afirmado que el zar de los diamantes mexicano no sentía deseos de volver a su propia patria por el clima de inseguridad que se vivía en ella. Sonrió, porque no era sino una conveniente mentira que él mismo había trabajado para no dar explicaciones por su extendida ausencia. Nadie más sabía que sus razones para no volver a México eran completamente distintas.

—Quiero decirle que no tiene nada de qué preocuparse durante su estancia en el Distrito Federal, licenciado.

—Le agradezco mucho, Uribe —respondió Morné con diplomacia y retomando su paso en dirección al auto que habían dispuesto para su traslado. Al lado de éste, un par de patrullas de tránsito y dos camionetas completaban el frío comité de bienvenida. No muy lejos, un enorme Boeing se encaminaba pesadamente, como un monstruo antediluviano, hacia una de las pistas de despegue.

—El jefe de gobierno y el secretario de seguridad me encargaron que... —Uribe no pudo terminar su frase. Morné había ingresado a la parte trasera del flamante BMW negro, estacionado a pocos metros de donde se encontraba el avión. El ruido de decenas de turbinas parecía avalar la decisión de Morné de no alargar el momento.

Wilson le entregó a su jefe el equipaje de mano y cerró apresuradamente la puerta del auto. Sus órdenes eran llegar cuanto antes a la suite/oficina que habían alquilado en la Torre Cenit y no deseaba contrariar a su jefe. Tanto Martínez como Uribe, tras un momento de asombro, corrieron también hacia sus propios autos. Después de esperar por más de una hora la llegada del retrasado vuelo de Morné, ser cortados a media conversación por éste era lo que menos se esperaban.

Morné se sintió divertido con la reacción de sus anfitriones; en ocasiones le gustaba parecer excéntrico y ésta, por mucho, era la situación idónea. Puso el portafolios de piel sobre el asiento y se estiró a sus anchas. Reparó en que la edición matutina de un periódico local lo esperaba a un lado, lo mismo que un café cargado y un poco de fruta. Hizo una seña de consentimiento y Wilson echó a andar el motor del auto. En breve, las patrullas comenzaron a avanzar.

Morné se sintió optimista en cuanto probó el café. Por un breve instante sintió que acaso sí pudiera dedicarse a tocar el piano nuevamente, dormir en paz por primera vez en años, como si lo ocurrido cuando era un niño hubiera sido una pesadilla y nada más.

Abrió el periódico de ese sábado naciente y miró por la ventana. En un santiamén estaban a las puertas de vigilancia de los hangares los autos de Uribe y Martínez, completando los trámites, allanando la partida.

Y fue justo cuando abrió el periódico, al momento en que los cinco autos esperaban el consentimiento de los guardias del aeropuerto, que la mirada del pequeño Liszt lo acometió como una de esas punzadas dolorosas que le ocurrían en sueños.

—Válgame...

Separadas por una tarjeta de presentación, las páginas del periódico le mostraron la sombría realidad. En un apartado rincón del ejemplar, entre otras funestas noticias urbanas, se anunciaba: "Asesinan brutalmente a profesor de piano retirado".

Un dolor incomprensible. Y luego, un súbito mareo.

Como una avalancha, los recuerdos de lo hecho en los últimos días lo asaltaron uno tras otro. "¿Qué hice mal?", se dijo. El cuadro, el símbolo, la partitura, la sombra... "¿Qué fue lo que pasó? Conmigo funcionó perfectamente..."

Leyó el nombre para estar seguro. Felipe Carrasco García. Asesinado brutalmente en su propio hogar.

Tal vez estaba empezando... tal vez...

Miró la tarjeta que marcaba la noticia en el periódico. ¿Quién más podría saber que estaba relacionado con la noticia? Sólo aquél con el que habían contraído la deuda... sólo *aquél*.

¿Qué hice mal? No se suponía que debía ser así, profesor. No se suponía...

"Quémala". "No sabes lo que tienes en las manos". ¿Qué sabía Carrasco que él no? ¿Qué había ocurrido? ¿Por qué?

La tarjeta de presentación tenía una sola palabra impresa: "Oodak". En el centro, un número telefónico. Y, con bolígrafo, escrito al reverso: "Bienvenido".

Morné supo que el periódico en el asiento trasero del BMW no había sido una gentileza de Martínez. Y que la tarjeta no pertenecía a nadie que tuviera algo que ver con su recibimiento. Se sintió mareado por las luces de las torretas policiacas, aguardando el consentimiento del paso hacia la ciudad, hacia las calles, hacia el mundo.

Tuvo un incontrolable deseo de llegar a su suite. Desempacar el cuadro. Sentarse al piano.

Capítulo seis

Sergio contemplaba los avances en la construcción de cierto edificio en la calle de Dinamarca. Sentado en una acera del otro lado de la calle, recordaba lo que había vivido ahí y procuraba darle sentido. A diferencia de aquellos días en los que las obras estaban detenidas, ahora había mucho movimiento de hombres y maquinaria. Se preguntaba si la habitación que ocupaba Farkas como guarida conservaría algo de la magia negra que éste había utilizado para comunicarse con él. Se preguntaba si el oficinista que se sentara en el mismo lugar en el que Farkas se había alimentado de perros callejeros podría dormir tranquilo por las noches o si tendría visiones terroríficas mientras intentaba trabajar en su computadora.

Sacó de una bolsa de su pantalón la hoja que había encontrado a la entrada de su casa y la contempló. No le decía nada el símbolo. Y las palabras, tampoco. Había indagado en internet el significado y había dado con que la frase, en latín, significaba: "Busca la verdad". Odiaba admitirlo pero, en el fondo, extrañaba a Farkas. Casi hubiera deseado que fuera un mensaje de él. Pero sabía que no podía darse el lujo de sentir ningún tipo de añoranza. Farkas "no trabajaba para su equipo". Ésa, prácticamente, había sido su frase de despedida.

Acaso por eso se decidió a buscar al mediador que le había sugerido Genaro la noche anterior. Presentía que tal vez podría resolver algunas dudas con él. El símbolo que ahora tenía entre sus manos, por ejemplo.

Se rascó el punto de unión entre su rodilla derecha y la prótesis. Miró su reloj de pulsera. Jop no tardaría en llegar a la plaza de Giordano Bruno y Brianda seguramente estaría atisbando desde su ventana para salirse de su casa. Habían quedado de verse a las once. Él hubiera preferido que la mañana se le fuera practicando la batería, pero sabía que era imposible que sus amigos lo dejaran en paz si no les contaba lo que había ocurrido la noche anterior. Además tenía ganas de verlos. El mundo, al menos en apariencia, adquiría un tono más luminoso siempre que estaba con ellos. Y no podía desdeñar ese nuevo miedo... el de la cuenta regresiva.

"Diez días", dijo para sí. "Diez días".

Abandonó el edificio en construcción sobre Dinamarca regalándole un último pensamiento, a manera de despedida: que todo lo que ahí había ocurrido quedaba para siempre en el pasado, que Farkas estaba perdido en algún lugar del mundo y él debía continuar con su vida (con su "misión", reflexionó, aunque odiaba pensar de esta manera) sin ayuda sobrenatural.

Al llegar a la plaza dirigió la vista hacia el edificio en Bruselas en el que vivía Brianda. Tal y como había imaginado, ella estaba ahí a la espera de su aparición. Se saludaron. Brianda se apartó de la ventana en seguida y Sergio supo que estaría, en pocos segundos, tomando el ascensor, entrando al vestíbulo, corriendo hacia la calle.

Típica mañana de sábado en vacaciones. Unos niños pequeños jugaban a arrojarse una pelota, dos novios adolescentes se besaban a los pies de Giordano Bruno, un abuelo leía el periódico. Sergio se recargó contra la pared, tratando de no consentir pensamientos aciagos.

—Hola —le dio ella un beso en la mejilla en cuanto llegó a su lado—. ¿Cómo te fue?

Llevaba su atuendo típico, a pesar de no tener clases de ballet por el resto del año: tutú, pantalones de mezclilla y tenis. El cabello recogido con una cinta. Los anteojos que, lejos de ocultar sus bellos ojos claros, parecían resaltarlos.

—Más o menos —respondió Sergio.

—¿Por qué? —preguntó un tanto alarmada.

El destello de una pesadilla acometió a Brianda en ese momento: el recuerdo de un sueño que se había callado en los últimos días. De pronto sintió que debía darle importancia. Sergio en una cámara oscura de altos techos y enormes vitrales... Sergio confrontando a un enorme monstruo a punto de asestarle un golpe de muerte... Sergio con el rostro transformado por la vista de aquello que enfrentaba.

—¿¡Por qué!? —urgió a Sergio.

—Ahora que llegue Jop les cuento a los dos.

—Ya pasan de las once, Checho. Me cuentas de una vez aunque tengas que repetirle la historia a Jop. O si no...

—Antes dime si tienes algo que hacer en la tarde.

Ella se serenó al instante. Que Sergio la invitara a salir un sábado por la tarde era algo con lo que soñaba desde que se habían conocido —desde el momento en que decidió que se harían novios algún día—. Algo que, a la fecha, seguía sin ocurrir.

—¿Me vas a invitar al cine?

—No... Quería pedirte que me acompañes a buscar a una persona que quiero contactar.

—¿Nada más nosotros dos o también Jop?

—Nada más nosotros —confirmó él—. Por eso te lo quise pedir ahorita, antes de que llegue Jop, porque de unos días para acá no suelta su cámara para nada. Y no sé qué tan buena idea sea llevar un "reportero".

Brianda se mordió las uñas. Había abrigado la esperanza de una cita romántica. O una cita de cualquier tipo. El tono que había utilizado Sergio no lo sugería.

—¿Es peligroso?

—No —respondió Sergio—. Es decir... no creo.

Ella no pudo indagar más. En ese momento se estacionó sobre la calle de Roma un Cadillac bastante familiar para ellos. Saludaron con un ademán a Pereda, el chofer y, por una de las puertas traseras apareció Jop, enfundado en unos pantalones deportivos y cargando su cámara de video, dentro del estuche. Sergio y Brianda se miraron.

—Vengo por usted como a la una, joven Alfredo —gritó Pereda a Jop en cuanto éste se apeó.

El auto se perdió por la calle y Jop se aproximó a sus amigos, con su usual sonrisa de chico despreocupado, cineasta en potencia, freak de las computadoras.

—Pereda anda estrenando novia. Y yo lo cubro para que mis padres no se enteren que hasta la pasea en el coche.

—¿Por qué tienes que cargar tu cachivache ese para todos lados, Jop?

—Uno nunca sabe cuándo puede presentarse algo digno de ser filmado, Serch —respondió dando palmaditas a su videocámara.

—¿Sabe tu papá la clase de monstruo que creó al regalarte esa cosa? —gruñó Brianda, cruzándose de brazos. Ella misma aparecía en más videos de la colección de Jop de los que quisiera.

—Búrlate, pero algún día mis imágenes darán la vuelta al mundo y nos van a hacer famosos a los tres.

Sergio se encogió de hombros, divertido. Ese era el Jop que tanto estimaba, el que no dudaba que algún día haría cosas muy importantes, pese a las malas calificaciones en la escuela y los constantes castigos de sus padres. Iba a iniciar su relato cuando se acordó de la hoja de papel que llevaba y prefirió no dejar el asunto para después.

—Por cierto, Jop... ayer me hicieron llegar esto. ¿Se te ocurre alguna forma de buscar el símbolo en internet?

Jop lo contempló por un momento.

—Las palabras significan "Busca la verdad" —aclaró Sergio.

Brianda tomó la hoja. Después de unos instantes, se animó a preguntar.

—¿Te "lo hicieron llegar"? ¿Quién? ¿Farkas?

—No.

—¿Cómo sabes?

Sergio prefirió no llevar la plática por ese rumbo. ¿Cómo lo sabía? No, de hecho no lo sabía.

—¿Se te ocurre alguna manera, Jop? —insistió.

—Préstamela —el muchacho la introdujo doblada en la bolsa de su holgado pantalón—. Yo la escaneo y pregunto en algunos foros.

Sergio se subió entonces a una de las jardineras. Y ahí sentado comenzó a contarles, sin más preámbulo, lo que le había acontecido la noche anterior. Les contó incluso aquello que les había ocultado en principio: la identidad del personaje que había acudido en su busca, y Brianda comentó que conocía de oídas al padre Ernesto por su madre, aunque no en persona.

Bajo el potente sol de invierno, Sergio culminó su relato sin interrupciones. Sólo se calló dos detalles deliberadamente: el nombre del demonio con el que se había enfrentado... y la supuesta fecha del principio de su caída.

El principio de su caída. La sola idea lo hacía revivir las imágenes del averno obsequiadas por Belcebú. Sufrió un ligero estremecimiento.

—¿"Edeth"? —preguntó Jop mirando la parte posterior de la hoja, donde Sergio había garabateado el nombre. Durante el relato de Sergio, había estado sacándola y volviéndola a guardar en su pantalón.

—Es alguien que mencionó el demonio ayer —respondió Sergio—. Ya lo busqué en internet con todas las ortografías posibles. No he dado con nada que parezca tener sentido.

—Déjamelo a mí también —resolvió Jop.

Entonces, el segundo concierto para piano de Rachmaninoff.

—Me choca que sigas con eso en tu celular, Sergio... —se quejó Brianda—. Me choca.

Pocos días después de resolverse el caso Nicte, Sergio programó en su teléfono la misma música que lo había acompañado en el "Tártaro" con los otros niños. La decisión parecía de locos, pero Sergio tenía una buena razón para haberla tomado: la música funcionaba como un recordatorio permanente de que lo peor no había acabado aquel último día del caso sino que, en realidad, apenas había comenzado.

Nunca sintió más atinada su decisión.

Miró la pantalla de su teléfono. "Guillén", decían las letras parpadeantes que anunciaban la llamada entrante. Pasó saliva. Desde hacía varios meses el teniente no se comunicaba con él. Mantenían buen contacto por correo electrónico y se mandaban mensajes de vez en cuando, pero, al celular, que recordara, no le había llamado en mucho tiempo.

—Hola, teniente, ¿qué tal van sus clases de baile?

—Tengo la gracia de un oso con mareos, pero me divierto.

—Me da gusto oír eso —notó que Brianda comenzaba a torcer la boca—. Es decir... que se divierte.

—En realidad te llamo... —titubeó un poco Guillén—, porque estoy investigando un homicidio y... bueno...

Sergio detectó al instante que no era una llamada fácil para el teniente, que romper la tregua de semanas le estaba costando mucho trabajo.

—Mmh... —continuó al fin la gruesa voz del policía—. Verás, Sergio. No te llamaría si no supiera que, con tu ayuda, podría resolver esto mucho más rápido y...

Había sido Farkas quien, aquella primera vez, los puso en contacto. Y Sergio siempre sospechó que su relación con el detective no se remitiría a un solo incidente. De hecho, estaba seguro. Por el Libro de los Héroes sabía que no sería así. Que, en realidad, todo ese tiempo no había sido más que una momentánea espera.

—En fin, quiero que me acompañes a la escena del crimen, a ver si tú detectas algo que a mí o a los peritos se nos haya pasado.

—Está bien, teniente. Estoy con mis amigos en la plaza que está frente a mi casa.

En cuanto colgó, pensó la mejor manera de decir que tendría que marcharse antes de tiempo, que su primer sábado de vacaciones tendría que seguir un derrotero inesperado. Pero sabía que ellos no necesitaban explicación.

Brianda, de cualquier forma, no iba a quedarse callada.

—Vamos a ver la tele a mi casa, Jop —refunfuñó—. Por lo visto, "alguien" se tiene que ir a salvar al mundo.

***

También Sergio, al entrar en el estudio del profesor Carrasco, sintió una involuntaria arcada en el estómago y se llevó la mano a la boca en un acto reflejo. Guillén tuvo que disculparse por no haber llevado mentolato. Era una de tantas distracciones a las que había sucumbido desde la noche anterior, presa de los más inquietantes pensamientos.

La casa en la colonia del Valle estaba totalmente acordonada y, desde que habían extraído el cuerpo, nadie había entrado en ella. El cuarto de música, como el resto de las habitaciones, seguía intacto. Todo estaba tal y como se encontraba al momento del terrible hallazgo.

La mirada de Sergio se posaba, sobre todo, en las marcas de sangre que había por doquier, incluyendo el teclado del piano. Las marcas de lucha, presentes incluso en el neutro rostro de Mozart, arrancado de la pared.

—¿Qué puedes deducir de lo que ves, Sergio?

El muchacho miró al teniente y se sintió transportado al pasado reciente. Recordó cuando estudiaron juntos las casas de los niños de Nicte y se despertó en él la simpatía por el hombre cuarentón, obeso, de bigote a cepillo y corbata mal anudada que todavía luchaba por dejar el cigarro y que, pese a sus innumerables sinsabores, adoraba su profesión.

—Me da la impresión de que fue una lucha tremenda. Y de que la víctima fue golpeada por el asesino hasta morir.

Guillén se rascaba la barbilla. Asintió después de unos segundos.

—Bien, pero... —y aquí hizo un intento por impedir que sus sentimientos lo delataran— ¿qué dirías si te cuento que la habitación estaba completamente cerrada? La ventana, como podrás ver, sólo se puede asegurar por dentro. Y la puerta tenía echada la llave y el seguro. Incluso estaba esta silla atrancándola. ¿Cómo pudo huir el asesino?

Sergio paseó la mirada por el espacio, los libros, los cuadros, la alfombra, el piano vertical...

—Ya revisamos, no hay puertas falsas o pasadizos... —le informó Guillén.

Sergio se acercó al piano, un hermoso instrumento de superficie negra y lustrosa.

—Revisamos el piano por dentro —confirmó el teniente—.

Cuando los muchachos del departamento echaron la puerta abajo, no había nadie ahí ni en ningún otro sitio. Sólo el... cuerpo del profesor en el suelo.

A pesar de la explicación, Sergio se aproximó más al instrumento. Se trataba de un piano viejo, pero con la dignidad que conceden años y años de cuidado y atención. Las teclas, donde no había sangre, estaban limpias. Lo mismo se podía decir del perfecto trabajo de ebanistería que daba cuerpo al piano. Sergio paseó con delicadeza una mano sobre la caja; luego, se inclinó sobre el atril y lo observó con atención. Pasó un dedo sobre la superficie y lo apartó pintado de negro. Aspiró el polvo.

—¿Y si...? —contempló a Guillén, percatándose al instante de lo que reflejaba su rostro: que no se trataba de un caso común y corriente. El teniente desvió la mirada.

—¿Y si qué? —contraatacó, enjugándose los ojos con la manga de su traje.

—No, teniente... nada —la mente de Sergio comenzaba a sacar conclusiones pero prefirió no anticipar nada—. ¿Tiene fotos del cadáver?

Guillén resopló. De su saco extrajo las fotos del profesor en la morgue.

—¿Es necesario que las veas?

—Si no quiere...

—El capitán me va a matar si sabe que te he pedido ayuda —le entregó las fotos.

—No tiene por qué enterarse, no se preocupe.

Sergio pasó frente a sus ojos las fotografías, una por una.

—Cualquiera diría... —esbozó, como si pensara en voz alta—, que se estaba escondiendo. Que huía de algo o de alguien. Pero ni siquiera el más blindado encierro pudo permitirle escapar de eso que... lo perseguía.

Hablaba con recelo, pues a cada segundo le resultaba más claro que no era, para Guillén, un caso como cualquier otro. Él mismo comenzaba a sospechar que había, como en el caso de los esqueletos decapitados, alguna extraña intervención paranormal.

—¿Qué relación tenía usted con el profesor de piano, teniente? —se animó por fin a preguntar.

—Era mi tío —respondió en seguida.

—Lo siento mucho.

—Era mi único pariente vivo. Cuando mis padres murieron, fue por mucho tiempo mi sostén y mi mejor amigo. Es cierto que hacía muchos años que había perdido la chispa en los ojos, como si de pronto se hubiera rendido ante la vida... pero nunca dejó de ser, para mí, una gran persona.

Sergio se sintió más incómodo; no sabía si debía abrazar al teniente o permanecer estático. Hizo lo más fácil y se ancló al suelo, mirando a las paredes, a las grotescas repeticiones sangrientas del rostro del profesor, una y otra vez azotado contra las paredes. Iba a repetir sus condolencias cuando Guillén volvió a hablar.

—¿Quién le hace algo así a un viejo de sesenta años?

Acaso porque era la primera vez que lo hablaba con un amigo, aunque éste fuera un muchacho de trece años, Guillén acabó por derrumbarse. Sollozó unos instantes y, después de que Sergio intentara balbucear algo, se recobró a toda prisa, como si estuviera haciendo el ridículo. Sonrió un poco apenado.

—Hay que dar con el desgraciado que hizo esto, Sergio.

Sergio asintió.

Con todo, Guillén sabía que desearlo no bastaba. Los peritos no habían hallado huellas distintas a las del profesor por ningún lado, no sabían si tenía enemigos y, al vivir solo, no podrían preguntarle a nadie con excepción de los vecinos. En resumen, no tenían ninguna pista. Pero haberlo comentado con Sergio lo hizo sentir mejor. Le permitió pensar que podrían dar con el responsable. Dejó escapar un gran suspiro y volvió a ser el mismo de siempre.

—Vamos, te invito a comer. Y luego te llevo a la dirección que me dijiste. Es en la colonia Narvarte, ¿no?

Sergio se sintió abrumado. El único pariente vivo del teniente, asesinado brutalmente. Y ahí estaba éste tan entero, reprimiendo las lágrimas, invitándolo a comer, prometiéndose a sí mismo que darían con el homicida.

—Creo que sí —respondió un tanto apenado—. Sólo que antes hay que pasar por Brianda. Se lo prometí.

Iban a salir de la habitación cuando Sergio recordó un detalle y detuvo al teniente.

—Por cierto... —volvió a pasar el dedo índice por el atril del piano— ¿tiene usted idea de qué es lo que se quemó aquí?

Guillén contempló la yema negra del dedo de Sergio y frunció el entrecejo. No recordó la mención de esto en el informe pericial. Pasó su propio dedo por las cenizas y lo acercó a su nariz. Dijo lo primero que le vino a la mente.

—Papel.

***

El edificio al lado de la pizzería "Reynaldo" no tenía nada de particular; era un inmueble como cualquier otro, de puerta metálica con ventanales de cristal al frente y pintura gris acabada por el tiempo. De cualquier manera, Sergio no esperaba ninguna seña distintiva; el edificio en el que él mismo vivía tampoco era especial en ningún sentido.

Brianda se adelantó a Sergio y presionó el botón que, con letras desgastadas, decía a un lado: "Conserje".

—¿Diga? —exclamó una voz femenina por el interfono.

—Buenas tardes, somos amigos de Francisco Gómez Ruiz —dijo Brianda acercándose a la bocina y guiñando un ojo a Sergio—, pero no nos acordamos en qué departamento vive. ¿Nos dice, por favor?

—El ciento uno —resolvió la voz.

Brianda iba a presionar el botón pero Sergio la detuvo.

—¿Y qué le vamos a decir? ¿Que venimos a invitarlo a un club de mediadores?

Brianda lo miró, divertida. Se encontraba en un estado de ánimo inmejorable. Tal vez no fuera la cita que siempre soñó pero no estaba mal para ser la primera vez. Ella y Sergio solos, sin supervisión adulta, en algún sitio de la ciudad que ninguno conocía, cualquier cosa podía suceder.

—No me vas a decir que no pensaste antes en lo que le ibas a decir, Checho.

—Tenía la esperanza de hablar con él cara a cara, no a través de... —señaló Sergio el interfono.

—Entonces hay que entrar y llamar a su puerta —sentenció Brianda—. Mira esto.

Presionó el último botón, el del 404. Una voz preguntó "¿Quién?" y ella repuso: "Yo", sin dar más explicaciones. La puerta fue liberada por el timbre electrónico. Volvió a guiñarle un ojo a Sergio.

—Casi nunca falla. Y cuando falla, pruebas con otro timbre.

Dio un fugaz beso en la mejilla a Sergio y empujó la puerta hacia adentro. Éste no pudo evitar sentirse un poco orgulloso de ella. En lo absoluto parecía aquella chiquilla que, meses antes, le había pedido ayuda para obtener un recibo de un tendero malicioso.

Entraron a la planta baja, apenas alumbrada por un foco de baja potencia. La noche se había apropiado del edificio aun antes que de la ciudad. Brianda, entusiasmada por la aventura, corrió hacia las escaleras del fondo, que torcían en espiral hacia el siguiente piso.

Sergio utilizó de pretexto su pierna ortopédica para ir más lento, pero la verdad es que no tenía ninguna prisa por llegar. Había decidido ser sincero con Francisco Gómez y, a cada minuto, el encuentro le parecía más difícil. A cada paso se convencía más de que eso no terminaría bien. No obstante, en cuanto se cerró la puerta de la calle, se sintió súbitamente entusiasmado. Hasta ahí llegaban los acordes, en guitarra eléctrica, de una canción de Scorpions, uno de los grupos de Heavy Metal que más gustaban a Sergio.

—Vamos, ¿por qué te detienes? —lo urgió Brianda desde el descansillo.

—Por nada —le parecía una muy buena señal que en ese edificio viviera alguien que también apreciara su música favorita. Sería mucho pedir a la suerte que dicho aficionado al rock viviera en...

—El ciento uno. Aquí es —dijo Brianda, apostándose frente a la puerta blanca de madera que ostentaba el número—. ¿Qué tal la música, eh? Es como lo que tú oyes.

El nerviosismo asaltó a Sergio. De pronto tuvo miedo de llamar. ¿Cómo sería el tal Francisco? ¿Se parecería a él más de lo que esperaba?

—Ándale, toca.

—Nomás que termine de ensayar. O no nos va a oír.

Brianda se sentó al lado de la puerta, cruzando las piernas a la altura de los tobillos e invitó a Sergio a unírsele dando unas palmaditas sobre el suelo. No, no era una cita, pero a ratos lo parecía.

Así estuvieron, escuchando la práctica de la célebre canción de Scorpions *No one like you,* al menos durante quince minutos, hasta que Brianda se desesperó y decidió que ya estaba bien. Procurando que Sergio no la viera, llamó a la puerta aprovechando una breve pausa que hizo el guitarrista en el interior.

—¿Qué haces? —la reprendió Sergio.

—Nada. Apresuro un poco las cosas. Así que ahora o nos echamos a correr, o piensas qué decimos.

Como el silencio se alargó, Brianda volvió a llamar. Se escucharon pasos en dirección a la puerta. Brianda tuvo que taparse la boca para no reír abiertamente de la cara que puso Sergio.

—Te pasas, Brianda...

—¿Quién? —dijo una voz de tono grave del otro lado de la puerta.

Sergio se puso de pie a toda prisa para poder ser visto por el hombre, si es que éste se asomaba a la mirilla de la puerta. No deseaba causar ningún tipo de desconfianza.

—Buenas noches... estoy buscando a Francisco Gómez Ruiz.

—¿Para qué asunto?

Decenas de pensamientos cruzaron por la cabeza de Sergio. Había estado intentando, mientras escuchaba la práctica guitarrística, dar con algún modo de aproximación que no pareciera demasiado absurdo, pero nunca encontró nada. Había que ser sincero, esa había sido su única conclusión. Finalmente, si en realidad se trataba de un mediador, tenía que comprender.

—¿Es usted?

—¿Para qué asunto?

—Es que... me dijeron que... Francisco Gómez Ruiz... es un mediador y... —no supo cómo continuar. Se sintió ridículo.

El silencio fue muy explícito. Sergio notó que el hombre, detrás de la puerta, se recargaba en ella y, ahora sí, lo estudiaba por la mirilla.

—No sé de qué me hablas.

—Por favor... —se atrevió a insistir Sergio—, me manda Genaro, el seminarista. Es que... resulta que yo también... umh... yo también soy un mediador.

Volvió el silencio. Sergio trataba de hacerse una imagen mental del hombre que en esos momentos lo observaba tras la puerta. Forzó una sonrisa.

—No sé de qué me hablas —dijo el hombre para, en pocos segundos, volver sobre sus pasos y retomar su práctica en la guitarra, ahora con más volumen.

Sergio tardó en apartar los ojos del minúsculo círculo de la mirilla. En un instante tuvo que renunciar a la posibilidad de no sentirse tan solo en la lucha contra los demonios. Brianda se puso de pie, le tomó la mano y se la apretó con fuerza.

—Ni modo. Ya me imaginaba que no podía ser cierto.

—¿Por qué? —le preguntó Brianda.

—Se supone que hay veintidós copias del Libro de los Héroes en el mundo. ¿Cuál es la probabilidad de que haya dos mediadores en una misma ciudad, Brianda?

Ella no supo qué decir. Sin soltarle la mano lo instó, con gentileza, a bajar las escaleras.

Aún no daban las siete, pero el cielo decembrino estaba completamente oscuro. Brianda sugirió que pararan un taxi y, si les sobraba dinero, cenaran tacos en algún lugar cerca de sus casas. Él, aunque apesadumbrado, consintió. Había asuntos en los que era imposible contradecir a Brianda.

21:04 - 16 de diciembre. Domingo. Andante maestoso

Terminó de tocar el vals minuto de Chopin y se puso de pie de un salto, regocijado. En toda su vida adulta jamás había tocado tan bien, y por eso se permitió una sonrisa. Era como si jamás hubiera dejado el piano en su juventud para dedicarse a los negocios, como si nunca hubiera cambiado el arte por el dinero. El miedo se había ido; en su lugar sólo quedaba una sensación maravillosa de gran vitalidad. Se imaginó de veinte años, antes de embarcarse para buscar fortuna, antes de instalarse en Amberes y empezar a especular con las piedras preciosas, antes de decidirse a la frenética búsqueda de lo que ahora confrontaba en el atril de su reluciente piano de cola. Se sentía como un muchacho, como si los años lejos del instrumento no hubiesen sido sino un mero descanso para volver con nuevos bríos.

—Bravo, señor —dijo Wilson desde la cocina de la suite—. Ha mejorado su técnica notablemente.

—Gracias, Wilson...

La energía no se iba. Era como si pudiera tocar por horas y horas. Sus dedos no estaban fatigados; por el contrario, parecían exigirle más.

—No sé por qué me separé tantos años de él —acarició el instrumento como si fuese un animal que pudiese comprenderlo—. Esto debió ser mi vida, Wilson.

El asistente se acercó a su jefe con una botella de vino recién descorchada y una copa, en la que sirvió una generosa cantidad de líquido.

El corazón retumbaba en el pecho de Morné como si hubiese sido forzado a la más extenuante práctica deportiva, sólo que sin el agotamiento físico. Se sentía exultante, eufórico, feliz. Tomó la copa y la depositó sobre dos teclas negras contiguas. Sacó una hoja minúscula de su cartera y marcó un número en su teléfono. Aguardó a que le contestaran.

—¿"Pixis"?

—¿Cómo dice?

—Pixis... soy yo, Thalberg —dijo Morné, agitado.

—¿Thalberg? Yo... no...

—Te voy a mandar un regalito... algo que has esperado por más de treinta años.

—Pe... pero...

—No me des las gracias. Luego te busco para charlar.

Dicho esto, el millonario colgó el teléfono. Sonrió a Wilson y levantó su copa. De pronto sintió pena por el profesor Carrasco, incapaz de comprender por qué con él no había surtido efecto el hallazgo si, en su caso, había sido de lo más natural. Sintió pena y estuvo tentado a brindar por él, por él y los otros en quienes tanto había pensado mientras vivía en el extranjero.

Sus ideas le trajeron la imagen del pequeño Liszt y sufrió un escalofrío. Acaso porque, a través de su copa, alcanzó a ver *Silueta en la noche*.

—¿Pasa algo, señor? —preguntó Wilson.

Como si cayera a un gran abismo, todo su entusiasmo se disipó. Su mirada volvió a oscurecerse, la simpatía que había sentido por el viejo profesor de piano fue aplastada por un inesperado arranque de odio. Algo en su interior cambiaba, se perdía por completo.

—No pasa nada, Wilson. Es sólo que... —se detuvo como si le costara trabajo recordar qué deseaba de su asistente, como si de pronto ni siquiera supiera su nombre—, que... me gustaría que entregara la fotocopia de una vez. No esperemos hasta mañana.

—Como guste, señor —respondió Wilson solícito. Salió de la estancia y fue a la oficina para volver a los pocos segundos con un sobre amarillo tamaño carta entre las manos. Morné se encontraba de pie frente a la pintura, estudiándola con detenimiento, la mano en la copa, la mente en algún lejano sitio.

El ayudante estaba por salir cuando Morné, percatándose de un terrible descuido, lo detuvo.

—¡No! ¡Espere! —corrió hacia la puerta de la suite y tomó el sobre de las manos de Wilson—. Falta algo.

Sacó la única hoja que venía dentro del sobre y, sobre ésta, plasmó una corrección con su propia pluma fuente. Escribió una recomendación al reverso. Devolvió el papel al sobre y se lo entregó a su asistente con una palmada.

—En las manos de Mario Cansinos y de nadie más, Wilson. Por favor.

Wilson asintió con un gesto y abandonó la suite.

Apenas se quedó solo, Morné se sintió impelido a sentarse en el piano a seguir tocando, como si cualquier otra cosa que hiciera el resto de la noche fuese una pérdida de tiempo. Lo asaltó una nueva reflexión: que lamentaba que los periódicos no hubiesen publicado fotografías de la muerte del profesor Carrasco, el rostro deshecho, el cuerpo putrefacto, el...

—¿Qué me pasa?

Se frotó la cara. Terminó su copa y se sirvió más vino. Volvió a levantar la vista y la posó en su cuadro de ciento ochenta mil dólares.

No podía asegurarlo, pero le parecía que el óleo había cambiado. Ahora la sombra era más grande, menos difusa, más corpórea... estaba más próxima a la vela.

Capítulo siete

El domingo corrió muy lento para Sergio. Había decidido no salir de casa por dos razones: Alicia había citado a Julio, su novio, para comer con ellos, y se había propuesto revisar los informes periciales de la policía. Julio nunca se presentó —un imprevisto de negocios le impidió asistir y obligó a los dos hermanos a comer solos y en silencio— y Sergio no detectó nada que valiera la pena en el reporte policiaco. A las nueve de la noche fue vencido por el sueño con los audífonos puestos y la almohada sobre la cara.

Durmió profundamente hasta las ocho de la mañana del lunes, hora en que el teléfono lo despertó. Hacía un día soleado y Alicia se había ido a trabajar. Oficialmente, era el primer día de vacaciones de la escuela.

—Qué tal, Serch —dijo Jop entusiasta del otro lado de la línea—. ¿Te desperté?

—¿Tú qué crees?

—Oye... estoy en el parque Pushkin.

—¿El parque Pushkin?

—El que está cerca de tu casa, en la colonia Roma. ¿Te acuerdas del tipo ese que nos encontramos cuando fuimos a la casa de Luis? Lo estoy grabando.

Para Sergio fue como si lo despertaran con un cubetazo de agua fría.

—Es con mero interés documental —agregó Jop.

Mientras se ponía la prótesis y se vestía a la carrera, Sergio recordó que unas cuantas semanas atrás habían ido él y Jop a casa de un compañero de su escuela en la colonia Roma para realizar un trabajo de equipo. Mientras iban por la calle salió de una vecindad un individuo que le provocó a Sergio un ligero escalofrío. El temor que sintió en su presencia le hizo sospechar que podría ser un ente maligno y lo comentó con Jop. Pero eso había ocurrido hacía varias semanas y lo creía olvidado.

—¿Estás loco, Jop?

—Tranquilo. Estoy bien escondido. Ahorita está lavando su feo coche verde.

—¿Y se puede saber para qué me llamaste?

—Porque quiero que veamos mi video al rato en tu casa. Por si descubrimos algo.

—¿Qué? No te muevas. Voy para allá.

Sabía que de nada serviría discutir con su amigo, tratar de convencerlo de que dejara esa estúpida idea y abandonar el lugar. Mejor ir por su cuenta a arrancarle la cámara de las manos, de ser necesario.

A los pocos minutos, cuando llegó al parque, la imagen mental que se había hecho de su amigo era casi idéntica a la que tenía frente a sus ojos. Ahí estaba Jop detrás de unos arbustos, con la cámara apagada, atisbando a través de la calle. Dirigió una breve mirada al individuo que lavaba con tranquilidad su auto con un trapo y una cubeta. Se trataba de un hombre mayor, si acaso con el cabello un poco más largo de lo usual pero, fuera de eso, una persona común y sin ninguna cualidad o defecto aparente.

—Qué bueno que viniste, Serch. Con suerte y lo agarramos en algo —dijo Jop, sonriente, haciendo lugar para Sergio en el reducido espacio que había escogido para su absurdo espionaje.

Sergio se arrojó al césped en seguida, temeroso de que el hombre los descubriera y fuera a reclamarles su conducta.

—Jop, a ver cuándo te vuelvo a contar algo. Podrías estarte poniendo en peligro de la manera más idiota... ¿Qué pasó con tu película? ¿Por qué no mejor te dedicas a eso?

—Estoy revisando el guión. Además, le estoy echando la mano a Pereda. Ahorita está en la feria de Chapultepec con su novia.

—Estás mal de la cabeza. ¿Crees que el tipo va a ahorcar o apuñalar a alguien mientras lo espías? ¿A plena luz del día?

—Uno nunca sabe con tipos como ese, ¿no? —Jop volvió a encender su equipo y dirigió la lente hacia allá, encorvándose del mismo modo que haría un reportero de la vida salvaje capturando a un oso solitario tras el follaje.

A Sergio le bastaron unos cuantos minutos contemplando la aburrida escena para convencerse de que se había equivocado aquella vez y que Jop sólo estaba grabando a lo tonto. Tras la cortina de autos detenidos por la luz roja del semáforo, el hombre dio la última secada al coche y entró en la vecindad con la cubeta y el trapo en la mano.

—Vaya tontería —se animó a decir Sergio—. Seguro ese día tuve una falsa impresión y tú estás grabando a un pobre señor que en su vida ha matado una mosca.

—Uno nunca sabe —dijo Jop mientras detenía la grabación y regresaba la secuencia para ver en la pantalla la escena de un viejo tallando las defensas de su auto.

Usar su instinto era primordial en la batalla que había emprendido, Sergio lo sabía. Pero también reconocía que eso no lo eximía de actuar correctamente. Lamentó, mientras observaba al señor exprimiendo el trapo en la pequeña pantalla de la cámara, haber cometido una injusticia con él. Cierto, pensaba, uno nunca sabe, pero eso no significa que...

—¿Se puede saber qué están haciendo?

Tan sólo se habían distraído por un par de minutos, pero eso le bastó al sujeto para salir por alguna puerta trasera de la vecindad y capturarlos *in fraganti*. Sergio sintió cómo se activaba en su interior una alerta conocida. No tuvo más que mirar al hombre a los ojos para darse cuenta de que no había sido una falsa alarma. Y éste no fue indiferente a ello.

Llevaba al cuello una estrella de cinco picos, la barba de días, un cierto aire de complacencia.

—Vámonos, Jop —aventuró Sergio.

—Así que... al final volviste —concluyó el sujeto, tomando a Sergio de un brazo.

—No sé de qué me hablas —insistió Sergio y procuró zafarse, pero la mano del hombre lo aprisionó con más fuerza.

—Tu nombre.

Sergio lamentó que Jop lo hubiera puesto en ese predicamento.

—Déjame —reclamó mientras buscaba zafarse—. Sabes que no puedes hacerme nada.

El rostro del hombre denotaba sorpresa. Parecía agradarle el comentario de Sergio, como si éste hubiera reconocido la importancia del encuentro.

—Tu nombre, mediador —insistió.

—Oiga, déjelo o llamo un policía —exclamó Jop, molesto y apresurándose a devolver su equipo al estuche. A pocos metros de ellos, unos muchachos con un balón pasaron de largo, indiferentes a la discusión.

—Es posible que tenga un mensaje para ti —gruñó el hombre.

—Recibí el mensaje, si no te importa... —por fin pudo liberarse Sergio—. Me lo transmitió directamente "tu señor".

La sorpresa volvió al rostro del individuo. A Sergio le comenzaba a parecer grotesco el modo en que se le marcaban las arrugas a éste en la cara, como si tuviese más de ochenta años pero conservara el cuerpo de un joven. Su nariz bulbosa, sus dientes amarillentos, contrastaban con sus bíceps, sus amplios pectorales.

—No entiendo. ¿Mi señor? ¿Ood...?

—El príncipe de la mentira —interrumpió Sergio—, el señor de las moscas. Tu señor. Habló conmigo. Dile que mi respuesta sigue siendo no.

El hombre estudió a Sergio. No se veía amenazante, sino incrédulo.

—Estás alardeando —dijo—. Él jamás hablaría con un mediador.

—Tienes razón. Vámonos, Jop.

Sin apartar la mirada del hombre, traspasaron los arbustos, abandonando el césped y volviendo al piso de cemento. Jop no lo podría asegurar, pero tenía la sensación de que el individuo era otro después de unos cuantos minutos, como si hubiese sufrido un cambio desde la última vez que lo grabó.

Se alejaron de ahí tratando de no mostrarse demasiado nerviosos. Ambos querían echarse a correr pero prefirieron no llamar demasiado la atención. Sólo hasta que pudieron dar la vuelta a la esquina se animaron a darle velocidad y terminaron trotando al paso que les permitía la prótesis de Sergio. Cuando al fin estuvieron lo suficientemente lejos, se detuvieron a descansar en una acera.

—¿Traes dinero? —dijo Sergio.

—Más o menos —respondió Jop, casi sin aliento—. ¿Por qué?

—Porque tú y tu "mero interés documental" me van a invitar el desayuno.

***

—En el Libro de los Héroes los llaman emisarios negros —dijo Sergio dando un sorbo al jugo de naranja recién llegado—. Son personas que se sienten atraídas por el mal pero aún no se convierten por completo. Y trabajan para algún demonio a cambio de sus favores.

El día volvía poco a poco a la normalidad. Ingresaron al primer restaurante que encontraron, una fonda semivacía sobre Avenida Cuauhtémoc que ofrecía "Desayunos completos" por cuarenta pesos.

—¿Por qué le dijiste que no te podía hacer nada?

—Porque, en teoría, así tendría que ser. Ellos no debieran intervenir. Lo mismo que los mediadores, deben quedarse al margen.

—Pero de todas maneras acabamos corriendo.

—Tú empezaste a apresurar el paso y yo... pues no quise quedarme atrás.

—Uno nunca sabe, Serch —rió Jop. En un ambiente tan tranquilo como el de esa fonda, con la televisión prendida y la cháchara jovial de los meseros que discutían algo sobre un intercambio de regalos navideños, a Jop le era bastante fácil volver a su estado de ánimo de siempre.

—¿Cómo supiste que no era un demonio?

—Fue... algo que sentí cuando me tocó. Es difícil de explicar.

Jop se mostró interesado pero no por ello dejó de atacar su segundo desayuno del día. En su casa había dado cuenta de un par de huevos y ahora acometía unos chilaquiles con pollo, pan tostado y refresco de cola.

—¿El miedo?

—Con un demonio es distinto. Muy distinto.

—¿Por qué?

—Un demonio está vacío de buenos sentimientos, Jop. Te das cuenta de inmediato que no hay humanidad en él. Una persona no sólo está hecha de carne y hueso. También está eso que no se ve. ¿Alma? No sé. Pero sí sé que en la gente común y corriente caben el bien y el mal. Y también la duda. Los demonios no dudan. Los demonios odian en forma absoluta. Y eso se siente.

—Bueno... lo sientes tú.

Sergio desvió la mirada hacia la ventana del restaurante, hacia la calle y sus personajes cotidianos. No había hablado del Libro de los Héroes prácticamente con nadie. Alicia seguía creyendo que sólo hojeaba el grueso volumen sin comprenderlo. Brianda, por su parte, prefería no enterarse y nunca preguntaba nada. Y Jop, en cambio, sí había preguntado antes pero muy vagamente, nunca como lo hacía por fin en ese momento. Sergio meditó sobre las decenas de horas que había estudiado a solas el contenido de su libro. Se preguntó si era esa una plática normal entre dos muchachos de secundaria, si debía hablar de ello con Jop.

—¿Y de veras puedes matar a un demonio?

—Enviarlo al infierno. Para el caso, es más o menos lo mismo.

—Pero hacen falta balas de plata o crucifijos, ¿no?

Horas de estudio con la música de Led Zeppelin sonando en las bocinas de su computadora y el libro sobre sus rodillas. Horas y horas y horas. Las conclusiones a las que había llegado no estaban claramente expuestas en el libro, pero sabía que eran correctas. No necesitaba de ningún mentor o un guía para reconocerlo.

—Son símbolos, Jop. Las balas de plata, por ejemplo, se utilizaban en la antigüedad porque la gente creía en la pureza del metal del mismo modo que creía que la tierra era plana. Pero es otra cosa la que vence a un demonio.

—¿Cuál?

—Es algo muy difícil de encontrar en estos tiempos. Y sólo la hallas en ciertas personas.

—¿Dónde? ¿Quiénes?

Entonces surgió en su mente, mientras hacía memoria de las páginas del Libro de los Héroes, aquella sensación de estar a punto de descubrir algo.

—¿Qué pasó, por qué esa cara? —preguntó Jop.

Sergio se esmeró en no dejarlo ir pero, como ni siquiera estaba seguro de qué es lo que le ofrecía su mente, sobre qué estaba arrojando su memoria esa pálida luz, la sensación de triunfo se apagó y todo volvió en un segundo a la misma tiniebla.

—¿Qué pasó? —insistió Jop.

—Nada. De repente creí que... nada, olvídalo. ¿Qué te decía? Ah sí. Los Héroes.

—¿Los Héroes?

—A los demonios se les vence con la espada —sentenció Sergio—. Pero es más importante quién empuña la espada que el material del que esté hecha.

—¿Si no eres un Héroe no puedes vencer a un demonio?

—Sí, pero es muy difícil. Acercarse por detrás a un vampiro y cercenarle la cabeza es casi imposible si no tienes contigo eso que los antiguos buscaban en la plata o en el agua bendita.

—¿Y qué es lo que te hace ser un Héroe? —preguntó Jop con la boca llena.

De nuevo, la misma sensación de triunfo. Se esmeró por no dejarla ir pero no sabía cómo asirse a algo que carecía por completo de sustancia.

—¿Y qué crees que es lo que te hace volverte un demonio, Jop? —respondió, procurando que la sensación no lo abandonara otra vez, tratando de no concentrarse demasiado en ella por si fuera esto lo que la estuviese ahuyentando.

Jop fingió sumirse en una profunda reflexión. Hizo un ruido

exagerado al tomar de su refresco, antes de volver a hablar.

—¿O sea que una persona se puede convertir en un demonio?

—Excepto algunos de las más altas jerarquías, todos los demonios fueron alguna vez hombres. Satanás no tiene el poder de crear. Toma de lo que está creado y lo convierte al mal. Le da fuerza. Lo transforma. Pero necesita despojarlo de todo rastro de humanidad. Por eso a los demonios les es tan sencillo adoptar formas monstruosas, porque son más engendros que personas.

Sergio volvió a sentir que perdía el hallazgo.

—¿Es el valor? —preguntó Jop—. Lo que distingue a los héroes. En todos los cuentos y en todas las películas, los héroes son muy valientes.

—No.

Entonces, con la fuerza de un rayo, la luz en su interior.

El símbolo.

—¿Qué pasó? ¿Por qué la sonrisota? —lo cuestionó Jop en seguida.

—Dime una cosa, Jop. ¿Encontraste algo en internet de la hoja que te pasé?

—Todavía no. Nadie sabe qué es. A algunos les llama la atención el sol negro de doce puntas y hasta me han pasado algunos links pero no, nada. Tampoco del tal Edeth he hallado nada.

—No importa. Creo que tengo una idea aunque... preferiría decírtela luego. ¿No te importa si nos vemos en la tarde?

Se puso de pie, a pesar de no haberse comido más que dos de los cuatro molletes que ordenó, como si fuera primordial que confirmara su ocurrencia de inmediato. Como si la idea fuera a huir de su cabeza nuevamente, cuando en realidad la tenía asegurada y, por decirlo de algún modo, bajo llave. Jop, acostumbrado a ese tipo de desplantes de Sergio, apenas esbozó una mueca.

—Me llamas al celular porque quién sabe hasta qué hora se desocupe Pereda.

Sergio salió a toda prisa del restaurante y caminó lo más rápido que pudo hacia su casa. Estaba seguro del golpe de memoria que lo había acometido.

En menos de quince minutos ingresaba a su habitación y tomó el Libro de los Héroes. Lo abrió a la mitad y comenzó a recorrerlo en sentido inverso. A las primeras treinta páginas de viaje dio con lo que buscaba en un grabado. Se sintió sacudido.

En la imagen se observaba una reunión de gente común en una plaza de algún pueblo. El estilo del dibujo era el mismo que aparecía en todo el libro: gótico, de trazos simples y poco realistas, más ocupados en ilustrar una idea que en mostrar habilidad artística. Dicho grabado formaba parte de un relato en el que, para desterrar a una bruja, los vecinos se habían reunido a la hora de los maitines a decidir la suerte de la hechicera.

Pero ahí estaba. Sergio se sintió complacido. No se había equivocado.

Ahí, en el pecho de uno de los campesinos, de una forma casi imperceptible al primer golpe de vista, se encontraba dibujado el símbolo de la hoja que había recibido anónimamente. El círculo, el triángulo, el sol negro en el interior de ambos. El hombre miraba hacia un lado. Nada en él, aparte del símbolo y la mirada distraída, lo hacía distinto de los otros que participaban en la reunión.

El símbolo. Ahí mismo. En el Libro de los Héroes.

No obstante, no había ninguna explicación, ninguna referencia a lo que representaba. Ninguna pista. Sergio volvió a recorrer las páginas. Al poco rato dio con un nuevo grabado. Un íncubo sostenía entre sus brazos a una mujer con el símbolo en el pecho; estaba a punto de asestarle una letal mordida. La mujer se encontraba suspensa a mitad de un grito. Pero nada explicaba, nuevamente, la naturaleza del símbolo.

Del mismo modo recorrió Sergio las páginas en busca de más grabados. En la quema de un brujo y su demoníaco doppelganger, uno de los hombres que observaba el suceso llevaba sobre el pecho el símbolo. Sin explicación alguna.

Más búsqueda. Más grabados. Cero explicaciones. Y al final, después de una minuciosa revisión al ejemplar completo, Sergio pudo anotar cuarenta y trés apariciones del símbolo. En una forma aparentemente irrelevante, en el pecho de gente que no tenía nada de peculiar, nada de especial, que no ofrecía ninguna puerta a esa "verdad" que debía buscar Sergio.

Se sentó, molesto consigo mismo, a tocar la batería. "¿Y te dices mediador? ¿Cuándo dejaste de observar?" Se odió por no ser capaz de deducir nada de lo que había encontrado. Por haber tardado tanto en recordar que el símbolo lo había visto antes. Odió al libro por tener ocultos tales misterios.

Sólo le alegró una cosa: el haber podido sacudirse la sensación, desde que había recibido el dibujo, de estar perdiendo el tiempo en tonterías que acaso no significaran nada. Ahora podía asegurar que el símbolo no carecía de importancia. Estaba en el Libro de los Héroes.

Capítulo ocho

Las calles estaban vacías. Todo estaba oscuro y en silencio. De pie frente a su edificio, Sergio toleraba, descalzo y en piyama, el fuerte ventarrón que se había desatado de golpe a lo largo de la avenida. Un repentino llamado interior, un incomprensible instinto de abandonar su cama, su recámara, su casa, lo había conducido hasta ahí. El campanario de la iglesia del Sagrado Corazón recortaba una luna menguante investida en funestas tonalidades rojas.

Un inexplicable llamado interior. No sabía qué debía esperar. Cuánto más frío, cuánto más silencio, cuánta más oscuridad.

De entre los jardines de la plaza Giordano Bruno surgió una figura embozada. Y Sergio supo en seguida que a eso había bajado, a encontrarse con el personaje que lo había instado a confrontarlo durante el sueño. Se vio a sí mismo en tercera persona avanzando a saltos hacia la plaza, sobre un pie, fascinado y temeroso. La figura huyó entonces en dirección contraria y Sergio se vio impelido a una persecución absurda a través de la plaza. Se oyó reclamándose a sí mismo por no haberse puesto la prótesis.

El eco de sus saltos, como una rítmica y solitaria palmada, era lo único que se escuchaba en la noche. Se oyó gritarle a la figura que lo aguardara. Pasó al lado de la estatua de Giordano Bruno y reparó en su mirada benevolente, en una voz que jamás había escuchado antes y que le decía: "Sergio... ubica el miedo". Una voz que le hizo sentir confiado, tranquilo, como jamás se había sentido en su vida.

Atravesó la calle de Liverpool, llegó a la reja de la cancha de basquetbol y se detuvo en seco. El hombre al que perseguía se encontraba justo a la mitad, de frente, con los brazos ocultos en el interior de la larga túnica que portaba. Detrás del embozo sólo se distinguían un par de flamígeros ojos y se adivinaba una respiración fatigada. Sergio atravesó el enrejado, consciente de que eso era lo que debía hacer. Se transportó por el aire, llevado por un hilo invisible, un transporte fantasmal. Pero no tuvo miedo. La voz continuaba en su interior. "Ubica el miedo, Sergio."

Volvió a pisar el suelo a pocos centímetros del hombre al que había seguido hasta ahí. Extendió de nuevo la mano, totalmente libre de inquietudes, libre de temores, cuando se dio cuenta y fue demasiado tarde.

Una garra emergió de entre las ropas del personaje y, con un certero golpe, arrancó la mano a Sergio, quien observó horrorizado cómo el muñón que quedaba en su lugar se encendía en burbujeantes centellas rojas. Un grito surgió de su pecho, tan urgente como una bocanada de aire para salvar la vida, en el preciso momento en que un enorme lobo negro se despojaba del indumento y, saltando sobre sus patas traseras, prensaba el cuello de Sergio con su hocico.

—¡Sergio! ¡Sergio!

En un segundo, el mismo hilo que lo había llevado hacia la cancha, hacia la plaza, se contrajo como si cediera a un resorte y lo llevó de vuelta a su cama. Se apoyó en las palmas de sus manos agitado, sudando. La figura de Alicia, en el marco de la puerta de su habitación, sustituyó en un instante a aquella del lobo negro. El mismo lobo que, después de una tregua de pocos meses, había vuelto a sus sueños para alimentar sus más íntimos terrores.

—Perdón, Alicia... es que... —no supo cómo continuar.

—¿Estás bien?

—Sí. Es que... bueno, ya sabes.

Miró los dígitos rojos del reloj sobre su buró. Las tres de la mañana con cuatro minutos. Pensó en pararse por un poco de leche, ponerse a jugar algo en la computadora, leer alguna historieta...

Contempló a Alicia; algo nuevo había en sus ojos. Le pareció como si ella hubiera estado ahí, en su pesadilla, y le preocupara igual que a Sergio lo acontecido en el sueño: la voz, la confianza traicionada, la nueva pérdida.

—Farkas... —musitó Alicia.

Y Sergio padeció una nueva oleada de temor. Presintió que no había despertado del todo de la pesadilla y ésta lo había alcanzado fuera del sueño. Se imaginó a sí mismo gritando nuevamente y arrastrándose, como un náufrago, hacia la verdadera conciencia, sujeto del torso, de las piernas, por negras manos de uñas alargadas.

—¿Qué dices?

—Farkas... fue lo que gritaste antes de despertar. ¿De dónde sacaste ese nombre?

Era cierto. No era parte de la pesadilla. Estaba ocurriendo. El nombre del engendro estaba siendo convocado por los labios mismos de su hermana.

—Sergio, ¿en qué estás ayudando ahora a Guillén?

—En muy poco, la verdad —se apresuró a contestar—. Mataron a un tío que él quería mucho. Y no tiene, es decir... no tenemos ninguna pista todavía.

Alicia lo miró con benevolencia. Suspiró.

—¿De dónde sacaste ese nombre?

—Jamás lo había oído en mi vida.

Alicia detuvo sus ojos un buen rato en los de Sergio. Trató de conjurar a las sombras de la noche. En el fondo sabía que todo era parte de lo mismo, desde aquella noche sin luna de su infancia en el desierto. Y que, mientras no pudiera explicárselo, tendría que seguir conviviendo con ello sin atormentarse por la falta de respuestas. Muy a su pesar.

—Trata de dormir, por favor —pidió a su hermano, resignada.

Pero lo cierto es que Sergio tuvo que pararse por leche y ponerse a jugar con la computadora en silencio. La desazón que le causaba ver a Farkas en sus contactos del Messenger seguía intacta. Ahora tenía conexión rápida a internet. Y, no obstante, sabía que si Farkas hubiera deseado comunicarse con él en ese preciso momento lo habría hecho sin ningún problema, con módem o sin él, con banda ancha o sin ella. Con la computadora prendida o apagada.

"Farkas aparece como desconectado".

Se mantuvo en vela hasta que salió el sol y se aburrió de jugar y escuchar música con los audífonos puestos. Eran las siete de la mañana y, tal vez por su frustración respecto al significado del símbolo o por haber estado tanto tiempo pensando en Farkas, sintió una gran necesidad de hablar con Guillén.

Después de liberar la vejiga, se despojó del grueso cobertor con el que había estado transitando, durante toda la noche, de su cama a la silla del escritorio, de la sala al baño y de vuelta a su recámara. Hacía frío pero se había propuesto despertar, sacudirse de encima el desasosiego, dejar atrás los lobos. Se sentó sobre la cobija en el suelo de su recámara.

—¿Qué tal, "ahijado"? —preguntó Guillén, utilizando ese apodo cariñoso con el que lo identificaba en ocasiones.

—Nada más quería saber si ha detectado algo, porque yo...

—También estoy en tinieblas —admitió el teniente—. Sólo descubrí algo que no sé si tenga importancia. El profesor recibió una llamada hace unos diez días. Está grabada en el identificador de llamadas de su teléfono pero... el número está... cómo decirlo. Estropeado.

—¿Estropeado?

—No son números ni letras, Sergio. Son signos indescifrables. En fin... que es algo muy raro.

—Sí, comprendo.

—Estoy pensando que esto nos va a llevar más tiempo del que creíamos. Te busco luego.

Colgaron y Sergio tuvo que admitir que no se sintió mejor con la llamada. Se dio cuenta de que el sentimiento de angustia que lo acompañó durante la noche seguía instalado en su pecho. El hormigueo de varios días lo acompañaba a todos lados. Comprendió que sólo había una forma de arrancarse de veras la inquietud, que sólo tenía un camino claro para dejar de sentirse tan desamparado.

A las once de la mañana y minutos, en cuanto realizó sus obligaciones de un martes cualquiera —que según un acuerdo tácito con Alicia debía cumplir sin falta, así fueran vacaciones: lavar la ropa de ambos y arreglar las habitaciones—, se dispuso a partir, haciendo acopio de valor. Dejar atrás la noche no era tan fácil como sacarse de encima un cobertor.

Le dio gusto encontrarse a Brianda en la puerta de entrada del edificio.

—¿A dónde vas, Checho?

—Voy a regresar a casa de Francisco Gómez. Necesito hablar con él.

—¿Por qué?

—Sólo siento que lo necesito.

***

Al tercer intento les funcionó el truco de Brianda para entrar al edificio aledaño a las Pizzas "Reynaldo". Dentro, Sergio decidió que no podía titubear más, que hablaría con Francisco Gómez aunque tuviera que forzar las cosas. Por lo menos para descartarlo como aliado en esa lucha en la que se sentía cada día más solo y desorientado. Más ahora que las pesadillas estaban de vuelta.

En cuanto estuvieron frente al departamento 101 les quedó claro que Francisco Gómez tenía una pasión similar a la de Sergio por la música. Los acordes de guitarra con distorsionador llegaron hasta ellos.

—Este tipo está peor que tú —sentenció Brianda—, parece que no descansa nunca. Se me hace que los vecinos han de odiarlo.

El Heavy metal. Un guiño de camaradería, de reconocimiento.

Sin embargo, Sergio volvió a sentir que eso no tenía caso. Que dos mediadores amaran el rock pesado parecía tan improbable como que compartieran la misma ciudad. Esperó un minuto. Luego otro. Brianda lo contemplaba tratando de no presionarlo mostrándose impaciente. Y al fin, después de escuchar con atención la práctica que tenía lugar del otro lado de la puerta, Sergio obtuvo una pequeña ayuda del destino. No dudó más. Llamó con insistencia.

—¡Vaya! —exclamó Brianda—. Supongo que has tenido una idea genial.

Sergio simplemente dejó de sentirse mal. La suerte estaba ahora de su lado.

—¿Quién? —dijo, del otro lado de la puerta, la misma voz del sábado anterior.

—Te estás comiendo varias notas.

—¿Qué? ¿Quién es? —insistió la voz al atisbar por la mirilla—. Eres tú otra vez. ¿Qué quieres?

—Por lo mientras, decirte que te estás comiendo varias notas.

Como si hubiera tecleado el password correcto de una página llena de candados, la puerta se abrió y dejó ver a un individuo de unos treinta y tantos, pasado de peso, barbón, de cabello rubio largo y una playera negra de Judas Priest. Llevaba una guitarra colgando del hombro y un cigarro a medio terminar entre los labios.

—¿Conoces esa canción? —refunfuñó.

—¿*Paranoid*? Como la palma de mi mano.

El desgarbado músico midió con la vista a Sergio y luego a Brianda. En seguida les dio la espalda y volvió al interior del departamento dejando la puerta abierta. Ambos muchachos se miraron por unos instantes, sin comprender.

—¿Qué están esperando? ¡Pasen! —tronó la voz desde adentro.

Entraron al departamento, hecho un completo desastre. Al atravesar la estancia comprobaron que lo que habían adivinado en el arreglo personal de Francisco Gómez se transmitía como un virus por toda su casa: la estancia estaba llena de discos LP, audiocassettes y CDs dispersos por doquier, ropa sucia y sin planchar aquí y allá, pósters de grupos de rock e incluso comida a medio terminar. Siguieron hacia el fondo del departamento, donde los esperaba su singular anfitrión conectando de nuevo el cable de su guitarra a un gran amplificador de sonido.

Al entrar a la habitación, Brianda supo que la visita no sería en vano, fuera Francisco o no un mediador. Ahí había de todo para los amantes del rock: equipos de sonido, sintetizadores, micrófonos, un par de guitarras más, un bajo eléctrico y, por supuesto, una batería completa con todos sus platillos y todos sus tambores.

—A ver, tipo listo... —gruñó Francisco—. Tengo las tablaturas de unas fotocopias que saqué directamente del libro de Sabbath. Así que...

Se dio a la ejecución de la canción que Sergio había identificado con tanta facilidad. En cierto pasaje, el muchacho levantó una mano.

—Ahí. Ahí mismo.

Francisco, suspicaz, volvió a tocar el pasaje. Sergio asintió. El guitarrista fue hacia unas hojas de papel. Las estudió en silencio y luego, contrariado, se pasó una rechoncha mano por el desaliñado cabello.

—Me lleva... tienes razón.

Sergio sonrió pero no quiso mirarlo directamente a los ojos para que no creyera que se envanecía con su triunfo. Paseó la vista por el cuarto, lleno de un mundo de parafernalia musical que él sólo conocía por las páginas web que visitaba o las revistas que compraba.

—Pancho Gómez, para servirles —tendió la mano.

—Sergio Mendhoza —se presentó Sergio.

—Brianda Elizalde —lo secundó ella.

—¿Cuántos años tienen? ¿De veras les gusta el metal?

—A él —se defendió Brianda—. A mí, para nada.

—Así pasa —respondió Pancho—. Todos los rockeros del mundo buscamos andar con chavas fresas. Son las más guapas por donde le busques.

Brianda aceptó el cumplido con una sonrisa mientras paseaba una mano por entre las páginas de un cúmulo de libros de música.

Pancho se sentó en una de las sillas plegables que se encontraban por todo el cuarto e invitó a ambos a imitarlo.

—¿Es cierto? —preguntó a Sergio mirándolo a los ojos, dando un gran jalón a su cigarro—. ¿Que eres mediador?

Escupió el humo. Sentado parecía más gordo, el dibujo de su camiseta se ajustaba a la redondez de su barriga.

Brianda miró a Sergio en complicidad, sin dejar de atisbar entre las cosas de Pancho.

—Pues... sí —respondió Sergio—. ¿Tú también?

—Es una maldita monserga. ¿O no? Por eso hay que dedicarle la vida a lo que vale la pena: la música, por ejemplo.

Sergio admiró el talante de Pancho Gómez. No se veía en lo absoluto mortificado por la supuesta "misión" que tenía que cumplir.

—No me malentiendas, Sergio —continuó Pancho—. No es que me haya retirado ni nada por el estilo. Es que ya no estoy interesado.

Volvió a pulsar la guitarra, repasando en silencio el requinto de alguna canción de su repertorio, como si cediera a un impulso irresistible por seguir tocando.

—¿Ya no estás interesado?

—Los héroes, Sergio. ¿Conoces alguno? Porque si dices que sí, es que vives en otro planeta. Hace años creí que valía la pena el asunto. Pero ahora... ahora sólo nos queda escondernos y esperar ser tan afortunados como para morir de cáncer o de una maldita espina de pescado atorada en el pescuezo —una nueva fumada—. ¿En serio te gusta el metal? ¿Cuál es tu grupo favorito?

—Led Zeppelin —contestó Sergio como un reflejo, con la mente en otro lado.

—Y además toca la batería —añadió Brianda.

—No es cierto —repuso Pancho.

—Un poco —admitió Sergio.

—Carnal... no puedes decir algo así si no estás dispuesto a demostrarlo.

Se puso de pie y tomó un par de baquetas que estaban puestas sobre la batería. Se las pasó a Sergio y, con la otra mano, le mostró que el banquillo estaba libre. Sergio tomó las baquetas y le reclamó con la mirada a Brianda, quien no se dio por aludida. Se sentó, dio un largo suspiro y comenzó a tocar una de sus canciones favoritas de Led Zeppelin: *Rock & Roll*. Pancho lo contempló en silencio con los brazos cruzados y sin atreverse a opinar. Después de un par de minutos, Sergio detuvo su ejecución, incómodo.

—"Un poco" —hizo mofa Pancho—. Tocas bastante bien, carnal. Te felicito. Me recordaste a Rick Allen.

—El baterista de Def Leppard —reconoció Sergio.

—Pero no en mala onda. Tocas súper bien. Tienes que pegarte conmigo y mi grupo un día de estos.

—Cuando quieras —respondió Brianda para, de inmediato, volver a la revista que hojeaba y hacer como si no estuviera presente.

—Sergio, ésta es tu casa. Puedes venir las veces que quieras a echar *jamming*.

—Oye Pancho... —prefirió Sergio desviar la plática—. Dime una cosa. ¿No te molestan los demonios?

—Todo el maldito tiempo. Pero cuando aprendes a distinguirlos, no te metes con ellos y hasta puedes llegar a tu casa con la cabeza en su sitio todos los días. Yo llevo jugando a eso prácticamente desde que me entregaron el libro, cuando tenía diecinueve, y no he parado hasta ahora, a mis treinta y seis.

Sergio se sintió triste pero no se supo explicar por qué.

—Es una batalla perdida, Sergio, créeme. Es mejor ser un cobarde vivo que un valiente con un epitafio memorable.

—A mí me dijeron que es imposible desentenderse —sentenció Sergio, aun cabizbajo.

—Tú y yo sabemos que nuestro miedo también es nuestro aliado. Y que usándolo es como podemos vivir el mayor tiempo posible, así tengas que esconderte todo el tiempo.

—¿Es lo que tú haces?

Pancho encendió un nuevo cigarrillo. Escupió el humo antes de contestar. Apretó la vista, rehuyendo la espiral grisácea que despidió el cigarro.

—Sólo salgo los viernes y los sábados en la noche a mis tocadas. No me molesta vivir así, siempre y cuando esté... —escupió otra bocanada de humo— sí, vivo.

Brianda miró a Sergio y comprendió lo que estaba sintiendo. Vivir con miedo. Enfrentándolo o dándole la espalda. Poniéndote en peligro o huyendo todo el tiempo. Siempre el miedo. Siempre.

—¿Te puedo preguntar otra cosa? —se animó Sergio.

—Las que quieras, aunque no creo que te sea de mucha ayuda. Yo no he ayudado a aniquilar un solo demonio en mi vida, ni siquiera uno pequeñito. El mundo se ha quedado sin héroes, créeme. Te lo dice alguien que los ha buscado por más de quince años y no ha dado con uno solo.

Sergio ignoró el comentario. Buscó las palabras adecuadas.

—¿Quién es Edeth?

Pancho lo miró como si le estuviera tomando el pelo.

—¿Qué te pasa? Tienes el libro, ¿no?

—Claro que lo tengo —respondió Sergio.

—¿Entonces por qué me preguntas? ¿No lo has leído ni una vez? Qué chafa, carnal.

Sergio se detuvo, confundido. ¿Estaba en el libro? ¿Y porqué no lo había detectado? ¿En qué había fallado? Decidió revirar para no perderse en sus pensamientos.

—Hablando del libro... este símbolo... —sacó una hoja de su pantalón que había preparado previamente y en la cual había reproducido el signo—, aparece ahí pero no tiene explicación. ¿Tú sabes lo que significa?

Pancho tomó el papel e hizo una mueca.

—¿En serio está en el libro?

—En varios grabados. Te lo juro.

—No tengo la menor idea. ¿Por qué te intriga?

—Porque alguien me lo hizo llegar de manera anónima. Supongo que por alguna razón.

—Ni idea, carnal. Pero te diré qué haremos... —se levantó Pancho—, vienes otro día y platicamos de música. O hacemos música, que es lo que importa, ¿te parece? Dejemos que los demonios se maten entre ellos.

Se puso de pie y palmeó a Sergio, todavía en el banquillo de la batería. Éste comprendió que era hora de partir y abandonó el instrumento. Brianda cerró la revista que tenía en las manos y también se espabiló.

—Mucho gusto en conocerte, Brianda. Tú también puedes volver cuando quieras.

—Gracias. Lo pensaré —respondió mientras abandonaba la habitación y entraba a la desordenada estancia.

En ese momento sonó el teléfono y Pancho se apresuró a contestar.

—Sí, Claudia —dijo al aparato—, espérame un momento. Gracias por venir, chavos. Y perdonen que el otro día haya sido tan grosero. Comprenderán que en mi situación... bueno, hay que andarse con cuidado.

Estrecharon manos y Pancho esperó a que salieran para volver a la bocina del teléfono. Sergio y Brianda dejaron el departamento y no se animaron a hablar sino hasta que estuvieron de vuelta en la calle, con el sol en los ojos y el ritmo cotidiano de la ciudad sustituyendo al del rock pesado.

—¿Y bien? ¿Valió la pena? —preguntó Brianda a Sergio.

—No sé. Tú dime —respondió éste—. No pude resolver ninguna de mis dudas.

—Pero ya tienes con quién tocar la batería —lo golpeó cariñosamente en el hombro—. ¿Por qué le recordaste al baterista de Def Leppard?

—Supongo que porque sólo tiene una mano.

—¿Pero toca bien?

—Toca muy bien.

—Entonces fue por eso.

Capítulo nueve

Sergio se quedó en su casa revisando el Libro de los Héroes toda la tarde. Y lo que antes había interpretado como un defecto en el empastado tuvo que reconsiderarlo con más detenimiento: le habían arrancado varias hojas. Era un detalle a primera vista imperceptible pero abriendo el libro y forzando un poco la portada, se alcanzaba a distinguir que unas quince hojas habían sido cortadas cuidadosamente.

Odiaba tener que enfrentarse a esos nuevos cuestionamientos, odiaba sentir que, con sus indagaciones sólo encontraba más y más interrogantes. Eran las nueve de la noche cuando sonó su teléfono celular.

—Sergio... voy por ti, necesito que veas algo.

—¿Es respecto a lo de su tío, teniente?

—Quisiera decir que no, pero... sí.

Distinguió el ruido de fondo en la llamada del teniente. El tráfico delataba que iba en el auto, que hacía la llamada con urgencia por llegar a su casa. Por lo visto, su plan de acabar el día viendo la televisión no iba a prosperar.

—Por cierto, dime una cosa...

—¿Sí, teniente?

—¿Has estado durmiendo bien?

Sergio temió indagar la razón de la pregunta.

—Es que... —se anticipó Guillén—. No es nada agradable lo que quiero mostrarte.

—Está bien, teniente —respondió Sergio—. No se preocupe. Toque el timbre del edificio cuando llegue y yo bajo.

Se vio obligado a cerrar el Libro de los Héroes y a mirar por la ventana. Recordó, por las luces que adornaban varios edificios, que le había prometido a Alicia poner el árbol de navidad y no había cumplido. Ni siquiera había sacado el pino artificial de su caja. Miró su reloj. Fue a la habitación de Alicia, arrastró el banquito de su tocador y alcanzó la enorme caja del árbol en la parte superior del clóset.

"¿En verdad quiero que llegue la navidad?", se preguntó al mirar involuntariamente la fecha en un calendario sobre el tocador.

Con ese simple recordatorio volvió el hormigueo a sus pies, a sus manos. Una peculiar opresión en el pecho.

Empujó la caja a la sala. En un santiamén tenía fuera el árbol, pero apenas terminaba de embonar las partes cuando sonó el timbre exterior. Tuvo que dejarlo completamente desnudo de adornos y metido a la fuerza entre los sillones de la estancia, burda representación de una navidad que le causaba muy poco entusiasmo.

En breve bajaba las escaleras, tratando de imaginar qué era lo que Guillén deseaba mostrarle y para lo cual debía estar preparado. Se preguntó si algún día dejaría de experimentar tan desagradable sensación ante lo incierto. "¿Cuánto miedo puedo soportar?"

Guillén lo esperaba tras el volante, la mirada puesta en algún punto del infinito.

Subió a la patrulla y el teniente lo saludó apenas con un ademán. Era una noche fría, la gente huía de las calles, la luna formaba una triste sonrisa incompleta. En cuanto ingresaron a Insurgentes, Guillén hizo sonar la sirena y encendió la torreta de la patrulla, revelando la importancia que tenía su repentina visita. Sacó una bolsa de mantecadas de la guantera y le ofreció a Sergio, quien se negó.

—¿De qué se trata, teniente?

—No es lejos —repuso Guillén—. Mejor que lo veas. Pedí que dejaran la escena como la encontré. Por eso tenemos que apresurarnos, tenemos cerrada toda la avenida San Cosme y eso no ayuda nada a este maldito tráfico.

Sergio sólo asintió, sin perder detalle de la ruta que hacían, de cómo los autos trataban de apartarse abriendo huecos para que la patrulla avanzara lo más rápido posible.

Por fin llegaron a San Cosme, al sitio en el que otras dos patrullas obstruían el ingreso a la avenida. Dos uniformados, de pie y desviando el tráfico, saludaron al teniente y, con una seña, hicieron que uno de los autos se moviera para que él pasara. Los curiosos eran apartados por varios policías que no cesaban de empujar y maldecir. Sergio distinguió, a través del parabrisas, un cuerpo cubierto por un plástico gris a mitad de la calle.

—¿Tiene alguna relación con lo de su tío, teniente?

—Ahora lo compruebas tú mismo.

En cuanto estuvieron a un lado del cuerpo, Guillén se valió de dos policías para que le ayudaran a levantar el plástico, procurando que la gente arremolinada alrededor no pudiera atisbar demasiado. Los dos hombres se arrodillaron y tomaron la orilla del plástico, mirándose entre sí.

—¿Listo, Sergio? —dijo Guillén.

Sergio asintió. Ambos hombres apartaron la mirada con repulsión. El barullo aumentó de intensidad. Sergio contempló por algunos segundos y luego con una seña solicitó que los hombres volvieran a cubrir el cadáver.

—Lo mató la caída —dijo el teniente, señalando hacia arriba, hacia un edificio que mostraba un gran ventanal roto en el séptimo piso—. Pero tiene la cara deshecha a golpes. ¿Te suena familiar?

Sergio no respondió, en vez de ello levantó la vista. La distancia que separaba el lugar de la caída y la entrada del edificio era considerable. El hombre había conseguido dibujar una parábola desde el séptimo piso hasta el pavimento. Su mente comenzaba a sacar conclusiones, pero prefirió no adelantar nada.

—¿Usted cree que... lo aventaron desde allá?

—Así parece —afirmó Guillén—. Con una fuerza inaudita.

Conforme con la revisión que había podido hacer Sergio, Guillén dio permiso de que retiraran el cadáver. Una camioneta del servicio forense se echó en reversa para poder recoger el cuerpo. La gente hizo un último intento por hacerse una idea de lo que había ocurrido ahí.

Sergio y el teniente caminaron entonces hacia la acera, a través del cerco de la policía, y se introdujeron al edificio acordonado. El barullo de la gente, de las patrullas, del tráfico, quedó del otro lado de la puerta, custodiada por un uniformado.

—Ahora quiero que veas esto —apuró Guillén a Sergio mientras caminaban hacia el ascensor.

Éste abrió sus puertas al cabo de un rato y, en cuanto entraron, el teniente pulsó el 7. Era un edificio de departamentos algo viejo, con ascensor de doble puerta y pisos de techos altos. Llegaron al piso siete y Guillén condujo a Sergio hacia el departamento 7C, en ese momento con la puerta abierta y con la gente de criminalística ocupándose de la evidencia. El capitán Ortega esperaba a Guillén en el interior, lo que produjo un titubeo en su andar.

—A ver, Guillén... ¿me quiere decir qué demonios está haciendo? —se precipitó hacia el exterior del departamento.

—Le recuerdo que usted me asignó el caso, Capitán.

—Ni siquiera sabemos si es el mismo caso.

—Bueno, hay que consi...

—Negarse a recoger un cadáver para que lo vea un muchacho, ¿está usted loco? ¿No le ha quedado claro que con la prensa hay que tener cuidado?

A Sergio le molestó que al referirse a él el capitán ni siquiera lo mirara.

—También le recuerdo, si no le ofende —arguyó ahora Guillén—, que Sergio colaboró mucho en...

—Sí, y el procurador le dio las gracias. Pero hasta ahí tenía que llegar la cosa. ¿Quiere incluir al muchacho en el cuerpo de la policía ministerial o qué? ¿Quiere que le pasemos un sueldo?

—No sería mala idea.

—No se haga el chistoso conmigo. Vine sólo a confirmar lo que me dijeron por teléfono. Ahora pida al cielo que el procurador no se entere por la prensa que tiene otra vez metido un niño en estos asuntos.

"No cualquier niño", pensó Guillén, pero prefirió seguir otro rumbo.

—Apenas había un par de reporteros. La televisión no estaba presente.

El capitán hizo un gesto de desagrado. Iba a replicar cuando fue interpelado por radio. Guillén aprovechó esta distracción para rodearlo con cuidado y llevar a Sergio hacia el interior del departamento, directamente a la estancia. Un hermoso piano de media cola adornaba el sitio. Los ojos del muchacho se dirigieron, automáticamente, al atril. Guillén, adivinando su reacción, fue al instrumento y arrastró un dedo sobre la base del atril; lo levantó para que Sergio notara que se había pintado la yema.

—Papel quemado —sentenció—. Idéntico al que hallamos en la casa del profesor Carrasco.

—¿Algún tipo especial de papel? —se interesó Sergio.

—No. Simple y vulgar papel bond.

Tomó entonces una foto enmarcada que se encontraba sobre un mueble, donde aparecía un hombre maduro que, en vez de sonreír, parecía estudiar con gran detenimiento el lente de la cámara que lo había capturado.

—Se llamaba Mario Cansinos. Arquitecto. Vivía solo. Es posible...

—¿Es posible qué?

—Es sólo una conjetura. Por la edad, podría haber tomado clases de piano con mi tío.

Sergio sintió un arrebato de camaradería con el teniente. Se decidió a llevarlo aparte, lejos de las miradas de los otros miembros de la policía. El capitán Ortega no se veía por ningún lado.

—Teniente... dígame una cosa. ¿Ya consideró la posibilidad...?

—¿De qué?

—De que... —se arrepintió en seguida de su conjetura. Miró las sangrientas marcas en las paredes, idénticas a aquellas que hallaron en el estudio del viejo profesor Carrasco. En varias de ellas se distinguía el rostro del difunto, golpeado despiadadamente. Prefirió no decir nada; tal vez sería más fácil creer que Cansinos había sido arrojado con una fuerza descomunal a través del vidrio.

Guillén, seguramente para borrar de su rostro ese gesto de descontento, fue al teléfono inalámbrico que descansaba sobre una mesita y, poniéndose antes guantes de látex, lo sostuvo frente a él. Pulsó varios botones hasta llegar a la llamada que deseaba mostrar al muchacho en la pantalla del aparato: crípticos símbolos sin ningún sentido. El domingo anterior, poco después de las 21 horas.

—Te apuesto lo que quieras a que es imposible de rastrear.

Sergio se dio entonces a la tarea de husmear por todo el departamento. En principio suponía que no hallaría nada útil en esa primera revisión, pues nada en la vivienda indicaba qué o quién podría ensañarse tan espantosamente con un arquitecto de tan pulcras costumbres como para asesinarlo a golpes y arrojarlo por la ventana. No obstante, al poco rato detectó sobre el buró de la recámara algo que hizo sonar una campana en su cabeza. Un grupo de CDs con un post-it encima: "Devolver a Rogelio junto con el insecticida".

Volvió al lado del teniente, quien revisaba en una cámara algunas fotografías tomadas por los peritos.

—Acompáñeme, teniente.

Sergio abandonó el departamento y esperó en el pasillo, frente al ascensor. A los pocos segundos Guillén se le unió sin comprender nada. Sergio fue entonces al departamento 7D y llamó a la puerta con suavidad. Apareció un hombre viejo de apariencia apacible, con una bata anudada por la cintura y pantuflas en los pies.

—¿Ya terminaron con...? —preguntó éste, arrepintiéndose en seguida al ver que era Sergio quien tocaba—. Perdón, creí que era la policía.

—Sí. Es la policía —mostró Guillén su identificación—. ¿Nos permite entrar?

—Sí. Adelante —respondió el anciano, turbado.

En cuanto estuvieron en la seguridad del 7D, de disposición idéntica a la del 7C, sólo que con simetría invertida, Sergio comenzó a indagar.

—Usted disculpe, don Rogelio, es por lo de la muerte de Mario, su amigo.

—¿Qué hace un niño como tú con la policía? ¿Es una broma? —preguntó el vecino, con más curiosidad que malicia en la voz.

—Créame, don Rogelio —apuntó Guillén—. No es un niño como cualquier otro. Responda a lo que le pida, por favor.

—No sé mucho —admitió don Rogelio después de un rato en el que se fue a sentar a la sala—. Es una tragedia que ocurran cosas así en esta ciudad. Una verdadera tragedia. ¿Tienen idea de quién lo hizo?

—Dígame una cosa, don Rogelio. Usted y Mario compartían el cariño por la música clásica, ¿verdad?

—Tocaba muy bien el piano. Y yo soy un amante de la música de concierto. Alguna vez tuve una colección inmensa de discos, pero los perdí en una mudanza. Las cosas que podría contarles yo de la gente que abusa de la gente de mi edad...

Sergio sonrió por pura cortesía.

—Respóndame con toda sinceridad, don Rogelio. ¿Se escuchaba hasta acá cuando Mario tocaba?

—Sí. Era una delicia.

—¿Notó si variaba en algo su repertorio en los últimos días?

—No lo creo. Le gustaban los románticos aunque... —el viejo se detuvo.

—¿Aunque...? —lo apresuró Guillén.

—Aunque, curiosamente, nunca tocaba a Liszt. Y ayer... tocó una pieza que, podría jurar, era de Liszt, aunque nunca la había escuchado antes en mi vida. Era una pieza preciosa, fuerte, melancólica... lástima que sólo la ejecutó esa vez. De hecho pensé preguntarle el nombre y de dónde la había sacado, pero... bueno, ya ven.

Sergio se sintió complacido. Se puso de pie, seguido por Guillén.

—Muchas gracias, don Rogelio —le ofreció la mano el teniente—. Le avisaremos si sabemos algo.

El viejo los acompañó a la puerta. Taciturno, les confió antes de que salieran:

—No tenía familia. Era un hombre muy solo. Supongo que por eso nos llevábamos tan bien.

Cerró la puerta. A Sergio le pareció que tarareaba una melodía, acaso aquella que escuchara y que no pudiera reconocer. En el ascensor, Guillén tuvo que sacarse de encima la duda.

—Por amor de Dios, dime de dónde sacaste tanta cosa. Cualquiera diría que eres brujo o adivino...

Sergio apretó el botón que los llevaría a la planta baja.

—Di con unos compactos de música clásica con un post-it que decía: "Devolver a Rogelio junto con el insecticida". De ahí deduje que eran prestados, que un tal Rogelio se los había facilitado. El detalle del insecticida me ayudó a saber que se trataría, por fuerza, de un vecino. Es del tipo de cosas que se piden prestadas a los vecinos pues se usan en el instante. Y bueno... supe que vivía en el 7D porque hace rato, mientras esperábamos el ascensor... —dijo esto al momento de bajar del mismo—, pude echar un ojo al directorio del edificio.

Guillén confrontó el directorio. Cierto. 7D: Rogelio Villalba F. Aunque, para ser justos, era sólo un nombre entre los otros treinta y cinco del total del edificio.

El teniente se frotó el bigote. Sergio se dirigió a las escaleras que subían en espiral. Sintió deseos de ajustarse la prótesis, así que se sentó en el primer peldaño. Comenzó a arremangarse el pantalón.

—Usted no habría relacionado ambas muertes si no hubiera habido un piano de por medio. Me parece que éste tiene más importancia de la que creemos.

Guillén contempló cómo Sergio se colocaba la pierna. Se congratuló consigo mismo por haber involucrado al muchacho, incluso se sorprendió sintiendo algo de admiración. Dejó de frotarse el bigote. Sus dos mejillas se curvaron con una sonrisa.

18:27 - 19 de diciembre. Miércoles. Largo espressivo

Morné se sentó de espaldas a la calle, como le habían ordenado por teléfono. Se trataba de una cantina de tercera, sucia y casi vacía. Sólo lo acompañaban un par de albañiles, de actitud somnolienta, y el encargado. En cuanto ocupó su sitio, ordenó dos copas de vino, siguiendo al pie de la letra las indicaciones que le habían demandado presentarse, además, sin compañía.

Miró su reloj. No tenía tiempo para ridiculeces. Los dedos le urgían a sentarse al piano, como había hecho en días anteriores, con una novedosa habilidad que no dejaba de maravillarle. En tres días había puesto completo el concierto para la mano izquierda de Janacek. Estaba rebosante de virtuosismo y no pensaba desperdiciarlo así, perdiendo el tiempo en esperas absurdas.

Por más de un cuarto de hora no se había atrevido a tocar su copa de vino. Suspiró y miró sobre su hombro. Quienquiera que lo hubiese citado llevaba bastante retraso. Tamborileó los dedos sobre la mesa, emulando cierto pasaje del concierto de Janacek. Luego, extrajo de la bolsa de su camisa las tres tarjetas. "Oodak" en la esquina. El teléfono en el centro. Sólo disímiles por el mensaje escrito a mano en el reverso. "Bienvenido", decía la primera. "Bien hecho", decía la segunda, arrojada bajo la puerta de su suite justo después de haber hablado por teléfono con "Pixis". "Ahora no hay retorno", la tercera, dentro del periódico que anunciaba la muerte de Pixis, Mario Cansinos, el arquitecto solitario.

Se había decidido a llamar por teléfono para entender de qué se trataba y todo lo que consiguió fueron esas escuetas indicaciones que ahora ejecutaba de mala gana.

A los veinte minutos decidió que no valía la pena e hizo la seña de que le mandaran la cuenta. El cantinero, con toda intención, no hizo caso. Le señaló la puerta y Morné pudo ver cómo ingresaba a la cantina un hombre completamente vestido de negro. Por la forma de moverse parecía un joven, pero en el rostro y los ojos surcados por diminutas venas se leían la astucia y la madurez. Éste, de un modo extrañamente jovial, se sentó sin mayor preámbulo en la mesa de Morné. Portaba pantalones de vestir, suéter cerrado y bufanda.

—Brindemos —anunció el recién llegado, tomando su copa.

—¿De qué se trata todo esto? —se negó Morné a aceptar el brindis—. Explíquese. Sólo a eso he venido.

El misterioso hombre devolvió la copa a la mesa con delicados movimientos.

—Disculpe, Morné. Creí que estaba claro. Dos crímenes. Eso lo hace a usted formar parte.

—¿Crímenes? No sé de qué me habla.

El individuo se reclinó hacia atrás. Se recargó en la mesa sin perder el aire jovial y, en cierto modo, macabro. Entrelazó sus manos y clavó sus ojos vivaces en su interlocutor. Algo en él demandaba respeto, sumisión, miedo.

—El profesor Carrasco y el buen arquitecto Cansinos. ¿O prefiere usted que lo llame... Pixis?

Morné se sintió fulminado. Nadie conocía ese nombre. Nadie debía conocer ese apelativo. Si acaso...

Se estremeció. Miró con atención en los negros ojos del hombre que lo confrontaba, en su amplia frente, en la oscura bufanda, en las largas manos.

Si acaso... sólo *aquél*. Una gota de sudor frío le corrió por la frente.

—¿Cómo sabe ese nombre?

—Sé tanto, querido "Thalberg". Tanto... —levantó la copa. Morné lo imitó. La chocó con él sin mucho convencimiento. Bebieron.

—Yo... —se defendió el millonario— no he tenido nada que ver. Hice lo que se supone que debía hacer. No sé por qué murieron.

El hombre se aproximó por encima de la mesa, poniendo sus manos sobre la superficie, como si fuera a entablar contacto con él. Morné se echó para atrás instintivamente y éste, con paternal benevolencia, retiró las manos. Lo estudió.

—Nunca mejor dicho, Morné. Hizo usted lo que "debía hacer", aunque los resultados no fueran los esperados. Ellos murieron porque, como ambos lo sabemos, merecían morir.

Una voz en la cabeza de Morné se adueñó de él, le susurró que estaba en lo correcto. Que había hecho su parte. Tan obvio era, que él sí estaba a salvo. No tenía nada que reprocharse. Nada. En sus ojos brilló una chispa de satisfacción.

—Oodak —le tendió la mano el visitante—, como dice la tarjeta. Bienvenido.

—¿Bienvenido?

—Los cambios que has experimentado, por ejemplo. Son un regalito. Un regalito... de *aquél* en quien has pensado todos estos años.

Morné terminó su copa de vino. "No hay retorno", decía la tercera tarjeta que le había hecho llegar Oodak. Con un descaro aterrador agregó, a mitad de los sombríos pensamientos del millonario:

—No, querido. No hay retorno —y, diciendo esto, giró el cuello. El cantinero, haciendo una sutil lectura de sus deseos, corrió hacia allá cargando un teléfono inalámbrico y más vino para Morné.

A Morné le asombró, aunque cada vez se sentía menos incómodo con esta sensación, que Oodak no tecleara un número en el aparato. Apenas presionó el botón de "Talk" y comenzó a hablar. Se sentía invadido por un sopor delicioso, arrebatador. Lo que escuchó en boca de Oodak le pareció, incluso, divertido.

—¡Perro inservible! —dijo éste con furia, aunque sin modificar el volumen de su voz—. ¡Te pedí una sola cosa y te has tardado tanto que no sé por qué me molesto en dejarte vivir! ¡Voy a poner tres de mis mejores monstruos a seguirte a todos lados, cerdo repugnante! ¡Y no les voy a permitir volver si no me traen tu miserable cuerpo descuartizado para devorarlo yo mismo!

Colgó y volvió a levantar su copa. Morné sostenía una lánguida sonrisa en el rostro.

—No. No hay retorno —agregó Oodak—. El símbolo no puede añadirse a la partitura, querido Thalberg. No hay tinta que lo consiga. Como si no lo supieras...

Morné también levantó su copa, fascinado, atraído, atemorizado. Confrontaron los cristales.

—Por "Czerny" —brindó Oodak.

—Por "Czerny" —se sorprendió Morné respondiendo.

Capítulo diez

Sergio había sacado las cajas de adornos del clóset. Esferas, luces, escarcha, bastones y demás motivos navideños aguardaban ser liberados de sus encierros y colocados en el árbol que, desde hacía dos días, seguía en el mismo sitio y en las mismas condiciones: desnudo y abandonado. Pese a que sólo pensar en el 25 de diciembre incrementaba la opresión constante que sentía en el pecho, hacía todo lo posible por no ceder, por convencerse de que el príncipe del averno había estado fanfarroneando cuando lo amenazó hacía casi una semana.

En tales reflexiones estaba cuando llamaron a la puerta. Se levantó a abrir, seguro de que se trataría de Brianda, a quien había prometido esperar para adornar el árbol juntos.

Lo sorprendió una conocida voz del otro lado.

—Soy yo, Sergio —dijo el padre Ernesto.

Sergio abrió al instante.

—¡Padre, qué gusto! ¡Pase!

—Se me ocurrió venir a verte. ¿Cómo estás?

—Bien. Siéntese. ¿Quiere un vaso de leche? ¿O le preparo un café?

—No, Sergio, no te preocupes.

El viejo se sentó a la mesa del comedor. Aunque llevaba ropas de civil, a Sergio le parecía que conservaba un aire eclesiástico y benevolente. Se puso a lavar los trastos del desayuno pero siguió conversando con el sacerdote desde la cocina. Eran ese tipo de situaciones mundanas las que le hacían sentir más entero, menos a merced de fuerzas malignas. La plática informal, las labores cotidianas...

—¿Cómo ha estado, padre?

—Bien. Aunque no creas... cada día me pregunto si no debería retirarme. Ayer tuve dolor de articulaciones durante todo el día.

—Podríamos pedirle a Alicia que lo revise, si gusta.

—¿Alicia?

—Mi hermana. Está estudiando medicina.

Cuando todos los trastos se estaban escurriendo, Sergio volvió al comedor y obsequió una palmada en la espalda al padre, un gesto de excesiva confianza que se permitió sólo porque habían compartido una experiencia nada despreciable. Y eso, en su opinión, los unía indefectiblemente. Se sentó en el sofá grande, haciendo a un lado una caja incompleta de esferas.

—Sergio...

El padre se quitó los anteojos y se frotó los ojos. Dio un gran suspiro. Sergio adivinó que el anciano sacerdote deseaba manifestarle algo que no le resultaba fácil. Trató de ser perceptivo, pese que él hubiera preferido llevar la conversación hacia otros terrenos. Hubiera preferido extender la charla banal.

—Dígame, padre.

—Estuve pensando el otro día... después de que hablamos... que tal vez debería ser más generoso con lo que he recibido.

—No creo comprenderlo, padre.

—Bueno... no soy un hombre joven, es cierto. Pero... quería que supieras que estoy dispuesto a ayudarte. Sé que la lucha que te ha tocado emprender es difícil. Y quiero que sepas que cuentas conmigo. No tengo ni idea de qué es lo que se supone que podría hacer, pero tampoco creo que deba hacerme a un lado.

Sergio se acercó a él y volvió a ponerle una mano en el hombro, tratando de infundirle fuerzas. En momentos como ese no podía evitar pensar en el padre que nunca tuvo, en los abuelos que nunca conoció.

—No hay día en que no piense en aquel hombre cuya muerte presencié en Roma a través de una infame visión. No hay día en que no piense que pude hacer más.

Exhaló con fuerza, como si se hubiera quitado un gran peso de encima.

—¿Me prometes que, si encuentras algún modo en que te pueda ayudar, me lo dirás? —insistió apretando la mano de Sergio.

—Se lo prometo, padre.

—Bueno... entonces, está hecho.

—Por ejemplo... —estudió Sergio al padre con una sonrisa cómplice—. Por ahora, podría ayudarme a poner el árbol.

—Será un placer.

—Nada más que hay que esperar a que llegue Brianda. Se lo prometí.

—¿Brianda? Ah sí. Tu novia que no es tu novia.

Se hizo un silencio que Sergio aprovechó para empezar a revisar las series de luces. Intentó reavivar la plática pero no pudo. El sacerdote se mostraba retraído.

—Por cierto... —exclamó éste—. Quería pedirte algo. Si no quieres, te puedes negar.

—No se preocupe, padre. ¿De qué se trata?

—Me gustaría... si no te importa, ver el libro.

—Claro —respondió Sergio al instante, como si le hubiese pedido contemplar el álbum familiar. Fue a su habitación para volver en seguida con el Libro de los Héroes bajo el brazo—. Sólo le pido que si llega Brianda lo guardemos, porque no se lo presto ni a mis amigos.

Se lo extendió al sacerdote y éste lo depositó sobre la mesa del comedor con sumo cuidado. Se arrimó a la orilla de la silla. Cierta vehemencia se dibujó en su rostro.

—Es una hermosa obra de arte —observó, acariciando la portada.

—¿Sabe usted alemán? —preguntó Sergio.

—No. Latín, italiano e inglés, solamente. Aunque... ésta es una lengua germánica antigua.

Abrió el ejemplar, sosteniendo la portada con ambas manos. Pasó las primeras páginas con reverencia. Miró los grabados con detenimiento. Acarició las apretadas columnas del texto. Luego, dirigió los ojos hacia Sergio, quien trataba de idear alguna manera de enrollar las series en torno al árbol sin terminar hecho un lío, como le ocurría todos los años.

—¿Qué pasa? —preguntó Sergio, sintiéndose observado.

—Entonces es cierto. Que puedes entender todo esto.

—Ni me pregunte por qué. Hay un montón de cosas de lo que me pasa que no comprendo para nada.

—Debe ser muy difícil, ¿no, Sergio? Estar metido en esto.

—Tengo mis días, padre —dijo el muchacho, con una tira de luces entre las manos, dispuesto a subirse al sillón para iniciar la ruda operación del iluminado.

El viejo dio con el sobre que contenía la imagen, la prueba indeleble de la misión de Sergio, el rostro exacto y la fecha precisa en que se le entregó el libro. Iba a abrirlo pero llamaron al timbre exterior y Sergio, de un salto, fue a su lado y le pidió el libro, que éste le entregó con rapidez. Sin embargo, algo en él parecía haber cambiado y Sergio pudo darse cuenta. En el fondo agradeció que el padre no hubiera visto su cara reproducida en ese pergamino del siglo trece.

Fue al interfono y liberó la puerta sin preguntar de quién se trataba, seguro de estarle abriendo a su novia que no era su novia. Dejó la puerta entornada, fue a guardar el Libro de los Héroes y volvió al acomodo de esferas, muñecos de nieve y santacloses sobre los tres sillones de la sala.

—¡Te he dicho cuatrocientas mil veces que no abras sin antes preguntar, Checho! —se quejó Brianda en cuanto hubo entrado al departamento.

—Padre Ernesto, le presento a Brianda.

—Ya nos conocimos el otro día. Mucho gusto —le extendió la mano el padre.

—Hola —devolvió el saludo Brianda—. Perdón por esa vez.

—Al contrario —respondió el sacerdote—. Es bueno saber que Sergio cuenta con gente que lo estima tanto.

Se dispusieron a adornar el árbol. Brianda se encargó de la clasificación por colores, que por lo visto era importante; Sergio, a hacer funcionar las series de luces. El padre Ernesto, por su parte, no estaba de buen talante y ambos muchachos lo notaron.

—¿Se siente bien, padre?

Abandonó la silla en la que Brianda lo había puesto a insertar ganchos hechos de clip a un montón de esferas.

—Aquel mediador que conocí en el Vaticano... —farfulló— me

dijo que todo es un asunto de fe. Para aniquilar un demonio hace falta fe. Fe. Justo de lo que estamos más escasos en estos días.

Contempló a Sergio y a Brianda, pero su mirada los traspasaba. Se perdía detrás de ellos. O tal vez sólo fuera el brillo en sus gafas, que daba esa impresión.

—Estaba pensando que... tal vez no sea en esta vuelta de la Historia de la humanidad... que el bien prevalezca sobre el mal —terminó la frase como si hubiera tenido que echar mano de todas sus fuerzas para terminar—. Tal vez.

Al instante forzó una sonrisa. Se acomodó los anteojos.

—No me hagan caso, muchachos. Cosas de viejos. ¿Me disculpan? Recordé que tengo algunos pendientes que atender en la iglesia.

—Claro, padre —respondió Sergio—. Nos vemos luego.

Sin decir nada observaron cómo abandonaba el departamento y cerraba con lentitud la puerta tras de sí. Trataron de espantar el pesimismo y continuar con su labor, pero no les resultó sencillo. No todos los días se marcha un personaje de esa estatura con una frase así entre los labios.

Por la tarde, cuando Brianda se hubo marchado, cuando el árbol estaba adornado y la tarde se desplomaba, Sergio siguió meditando sobre las palabras del sacerdote. Se puso a tocar la batería y pensó en esa postrera frase que, aunada a la convicción de Pancho respecto a la inexistencia de los héroes, le hizo sentir desolado. Recordó su fugaz viaje a las entrañas del infierno. Pensó en la próxima navidad, en la supuesta esperanza que debía traer al mundo la festividad. Pensó si no valdría la pena esconderse para siempre y esperar a morir de alguna enfermedad terminal o "de una maldita espina de pescado atorada en el pescuezo", no de una lanza atravesando su corazón. Pensó qué tan posible sería que el mundo entero estuviera equivocado... y no valiera la pena ningún tipo de lucha. Ninguno. Que hasta la navidad perdiera, algún día, todo sentido.

Volvió a pensar en las palabras de Belcebú.

Y miró su reloj. "Cinco días", pensó. "Cinco".

Le sorprendió que Alicia llegara temprano de trabajar. No eran ni las ocho de la noche cuando llegó a la casa.

—¡Vaya! ¡Cumpliste! —exclamó Alicia al traspasar la puerta, sonriente, mientras se descolgaba el bolso de mano y depositaba su gran maletín sobre una silla.

El espectáculo de luces, las esferas, la estrella en la punta, todo la hizo sentir alegre, así que arrojó sus zapatillas y se sentó en el sofá a contemplar el árbol. Sergio dejó su práctica en los tambores e ingresó en la sala para unirse a su hermana. Los árboles de navidad cumplen con la labor antaño encomendada a las hogueras: congregar, hipnotizar, tranquilizar.

Al poco rato se sorprendieron hablando de sus respectivas vidas sin ningún otro afán que el interés mutuo. Sergio reconoció que le hubiera gustado que el viaje que tenían proyectado a Florida en abril se adelantara. Ella lamentó que Julio estuviera tan ocupado en esos días. Prepararon leche tibia y comieron panqué sin encender ninguna luz, permitiendo que el árbol los alumbrara y diera calor. Dejaron que la noche siguiera su curso.

A las once, el rostro de Alicia era de verdadero cansancio y Sergio le sugirió que se fuera a dormir, pero ella, sin apartar la vista del árbol, se pasó ambas manos por la cara, presionando con fuerza sus párpados. Apretó su taza vacía y se mordió los labios.

—¿Todo bien? —preguntó Sergio, siempre perceptivo a los cambios emocionales de su hermana.

—Más o menos.

—¿Por qué?

—Quiero contarte algo. Creo que me lo he callado por mucho tiempo y...

Sergio esperó a que continuara. Alicia volvió a morderse los labios. Entonces, la música de Rachmaninoff.

—Me lleva —dijo Sergio—. Espérame tantito.

Fue por su teléfono y contestó de mala gana. Ni siquiera miró en la pantalla de quién se trataba.

—Sergio, estoy en casa del profesor. Estuve hurgando entre sus cosas. Debes saber que cada año formaba un grupo de niños a los que daba clases antes de que ellos ingresaran al conservatorio o alguna otra escuela superior de música. Era una especie de propedéutico. Incluso yo, de joven, llegué a conocer a algunos de sus alumnos.

—Ajá... ¿y? —lo urgió Sergio, de vuelta en la sala.

—En sus archivos tiene registro de todas estas generaciones de jóvenes pianistas.

El muchacho comenzaba a impacientarse. Miró a Alicia, quien seguía con la vista fija en el árbol y sus repetidos motivos multicolores.

—Todas las generaciones están en el archivo. Todas excepto la de un año. 1976.

Logró captar la atención de Sergio.

—¿Sólo ese año falta?

—Sí. Tiene registros de los nombres, sus desempeños, sus calificaciones... de todos los cursos excepto el del 76. Ese año hay un enorme hueco en sus archivos.

—Tal vez fue un año que se tomó de descanso.

—No lo creo... —hizo una pausa—, buscando entre sus papeles personales, entre sus diplomas de estudio y otros documentos, di con la foto de ese año. No hay ninguna otra referencia. No hay nombres. Nada.

—¿Y la foto le dice algo?

—La voy a reproducir con mi celular y te la voy a mandar para que veas por qué me parece que tiene alguna relación con todo esto.

Colgaron y Sergio se quedó pensativo. Pero no por mucho tiempo. Decidió que quería darle toda su atención a Alicia.

—¿Me decías...?

—¿De quién es? —tenía ella entre sus manos un pequeño obsequio muy bien envuelto, que ninguno había notado hasta ese momento por estar oculto tras el tronco de árbol—. Ah, de Brianda.

Sergio lo tomó y sonrió al leer la tarjeta. "¡No lo abras hasta Navidad o te las verás conmigo!" Recordó al instante las palabras del padre Ernesto. "Es bueno saber que Sergio cuenta con gente..."

Volvió a poner el regalo en el árbol y, mientras se encontraba acuclillado, de espaldas a Alicia, ésta habló.

—Farkas.

Una punzada en el estómago acometió a Sergio. Se tardó en levantarse, en volver a su asiento. Alicia seguía sin mirarlo.

—No es la primera vez que oigo ese nombre, Sergio —continuó Alicia—. Esa vez que lo gritaste en sueños... en realidad fue la segunda.

—Sabía que te estabas callando algo —dijo Sergio—. Ese día me preguntaste dónde había escuchado antes "ese nombre". No había ningún motivo para que supieras que era el nombre de alguien.

—La primera vez que lo oí... todavía estábamos con nuestro padre. La misma noche en que huimos de él.

Sergio retiró la vista. El corazón le palpitaba con fuerza. Sintió que debía prender alguna luz, que la atmósfera no le ayudaba a controlar lo que sentía. No obstante, siguió quieto en su sillón.

"¿Cuánto miedo puedo soportar?", se repitió, después de mucho tiempo de no hacerlo. "¿Cuántas sorpresas todavía me depara el miedo?"

—Cuando papá deliraba, esa noche, en sueños, habló en un idioma que me fue imposible reconocer. Esto ya te lo he contado. Pero hace unos días, cuando te despertaste a media noche, recordé algo nuevo. Una palabra que él repetía constantemente durante su delirio, como si interpelara a alguien.

—Farkas —musitó Sergio.

—Si nunca antes habías escuchado ese nombre —ahora sí lo miró Alicia—, ¿tienes idea de por qué lo repetías en sueños, igual que papá?

Sergio se sintió mal consigo mismo. Alicia estaba abriéndole su corazón y él seguía empeñado en sostener su mentira. Seguía creyendo que era mejor que ella no supiera todavía el tipo de entes contra los que había tenido que enfrentarse y con los que había de hacerlo. Sentía que le debía ese tipo de protección por ignorancia. Negó con la cabeza, apesadumbrado.

—Es tan extraño... —exclamó ella para agregar de inmediato:— además, hay otra cosa.

—¿Otra cosa?

—Respecto a esa noche.

En las manos de Sergio vibró el celular para luego emitir un sonoro timbre. La llegada de un mensaje. Apretó mecánicamente el botón que desplegaría el mensaje multimedia. En éste apareció una foto que, a primera vista, parecía de lo más normal. Un profesor al centro, dos niños a su derecha, tres a su izquierda, todos sosteniendo sendos diplomas frente a sí.

Pero al instante se dio cuenta. Pese a que la foto, en las pequeñas dimensiones de la pantalla de su celular, perdía nitidez, Sergio pudo comprobar por qué había decidido enviársela el teniente.

Todos los rostros estaban horriblemente deformados, excepto el del profesor. Los niños mostraban cuencas oscuras y vacías en vez de ojos; y bocas enormes con grandes colmillos, fauces, en donde debería haber sonrisas. No había rastros de narices, orejas o cabello. Aunque del cuello para abajo todo parecía normal en los cinco muchachos, las caras eran espeluznantes visiones. Era una foto perturbadora, sí, pero que no arrojaba ninguna luz sobre el misterio de la muerte de los dos pianistas. Sergio cerró el mensaje y levantó la mirada. Se encontró los ojos de Alicia.

—¿Estás bien, Sergio?

—Sí. Un mensaje de Jop con una foto bien rara. Ya conoces a Jop.

Alicia alargó la mano y tocó una de las luces parpadeantes del árbol. Retiró la mano hasta que se animó a hablar de nuevo.

—No fui del todo sincera contigo en estos años, Sergio. Y te pido disculpas por ello.

—¿Por qué?

—Cambié el relato de lo que pasó aquella noche. Porque así es como yo lo quería creer. Tenía más lógica... pero no todo pasó como tú has creído durante todo este tiempo.

—¿En qué modificaste la historia?

Alicia lo miró. De pronto se dio cuenta de que ya no era aquel niño del que tenía que estar todo el tiempo al pendiente. De pronto sintió que, así como algunos hilos de su relación se fortalecían con el tiempo, otros se iban desdibujando.

—En lo referente a los lobos, Sergio —exclamó para en seguida repetir, como si quisiera asegurarse de que había sido en verdad ella la autora de la frase:

—En lo referente a los lobos.

Segunda parte

9:40 - 20 de diciembre. Jueves. Spirituoso

Esteban Olalde se sirvió ron por tercera ocasión en el día, pese a que no daban todavía las diez de la mañana. Pero ni así se sintió mejor. Habría llamado a Thalberg si hubiese contado con su número telefónico, si antes de mostrarse tan entusiasmado con la llamada, antes de agradecerle la entrega de la partitura, le hubiera preguntado dónde localizarlo en caso de que algo saliera mal. Habían pasado dos días desde la ejecución perfecta de la pieza y, no sólo no se sentía mejor sino que, por el contrario, el tormento de los últimos treinta años parecía más real a cada minuto.

Se llevó las manos al rostro y se golpeó la cabeza. Fue al teclado electrónico en el que había tocado la pieza. La hubiera repasado si ésta no se hubiera incendiado espontáneamente después. Una sola hoja. Estaba seguro de haberla ejecutado correctamente. Tal vez la había ralentizado al final, pero nada más. Los románticos como Liszt acostumbraban este tipo de licencias, no veía por qué debía ser castigado por ello. Detrás de la partitura se plasmaba con toda claridad: "Czerny: No la puedes ensayar. Estúdiala en silencio y, cuando estés seguro de poder tocarla a la perfección, hazlo y aguarda el perdón". No veía razón alguna para que...

Entonces, el ruido en la habitación contigua.

"Ahí está de nuevo", se dijo. Con mano temblorosa volvió a servirse ron. Lo tragó y se puso de pie, abandonando el viejo sillón en el que acostumbraba ver la televisión. Caminó por la pequeña estancia y entró a la recámara desde donde provenía el sonido. Del otro lado de la ventana pudo ver a la vecina, quien tendía las camas de sus hijos. Saludó ésta a Olalde con un ademán y se inclinó sobre una de las camas, continuando su labor. Éste no le devolvió el saludo. Sabía que lo que había escuchado no tenía nada que ver con ella. Atisbó en el clóset, detrás del espejo de cuerpo entero, del otro lado de su propia cama. Volvió a la estancia.

Entonces lo vio. Ahí, en el centro de la habitación.

Un grito de terror germinó en su estómago y reventó en su garganta. La vecina, preocupada, corrió a su propia sala, donde las cortinas abiertas le ofrecieron una visión clara de lo que ocurría en el departamento de enfrente.

Olalde luchó, se debatió, tiró adornos, derribó muebles. La vecina le gritaba, del otro lado, tratando de comprender qué le ocurría, pero Olalde estaba desquiciado. Luego, todo fue tan rápido que, cuando quiso recrear los acontecimientos con la policía, la vecina no supo cómo hacerlo.

Esteban Olalde desapareció de la vista de la vecina para volver al cabo de unos segundos con un picahielo en las manos. Cuando comenzó a hacer uso de él, la vecina no pudo soportarlo. Volvió de su desmayo cuando todo había pasado.

Capítulo once

Sergio esperaba a Jop y a Brianda en la plaza de Giordano Bruno, meditando sobre lo que decía el Libro de los Héroes respecto a los licántropos. El grimorio los describía como seres astutos y sin misericordia que devoraban a sus presas vivas, a veces con lentitud y pavoroso deleite. Nada que ver con la imagen mítica de la bestia arrebatada, el monstruo voraz que actúa sólo por instinto.

Se vio a sí mismo conversando con Giordano Bruno sin abrir los labios. "Incluso los vampiros... —se dijo, citando a medias el Libro de los Héroes—, muestran tenues rasgos de humanidad. Algunos incluso se permiten batallas más honrosas. No falta el que incluso enamora y finge enamorarse. Pero los hombres lobo, como otros demonios de idéntica naturaleza repulsiva, no se prestan a tales demostraciones de debilidad. Los hombres lobo atacan, descuartizan, destruyen. Se regocijan en la carne y en la sangre. Causan todo el dolor posible. Y luego, cuando está terminada su obra, se marchan sin más".

Brianda arribó a la plaza en cuanto pudo escapar de sus obligaciones, poco antes de que llegara Jop. El plan era ir todos juntos a Plaza Galerías a comprar regalos navideños, empezar a disfrutar de los días sin clases como haría cualquier muchacho de su edad. El sol decembrino apenas asomaba por encima de los edificios.

—A veces pienso que mi mamá me odia, Checho. Si no estuviéramos de vacaciones, no me pondría a hacer tantas cosas. ¿Tú crees que me puso a ordenar las corbatas de mi papá por colores? ¡Se pasa!

Se sentó al lado de Sergio, sacó de su chaqueta una bolsa de frituras y le convidó. Él, para variar, se sintió mejor de inmediato.

—Estaba pensando... —sonrió ella con malicia— que si no me has comprado ningún regalo, hay una forma bien fácil de que te lo ahorres.

—¿Ah sí?

—Sí. Bien sabes lo que me puedes dar. Y no te costaría nada de nada —masticó ruidosamente—. Nada de nada.

Sergio negó sonriente y tomó más frituras. Era el efecto que tenían sus amigos sobre su persona. Siempre conseguían sustraerlo de pensamientos ominosos.

En ese momento divisaron a Jop, andando con su cámara al hombro por la calle de Roma. Sergio comentó con Brianda que, por lo visto, los favores a Pereda habían llegado a extremos inauditos dado que Jop se veía obligado a usar el transporte público.

—Si le pido algún día un riñón no va a poder negarse —gruñó el muchacho, confirmando la teoría de Sergio.

—¿Nos vamos? —repuso Brianda, estrujando la bolsa vacía de papas.

—Déjame descansar tantito —refunfuñó Jop, arrojándose a la misma banca que ellos—. Cuál es la maldita prisa.

A Brianda le arrancó una carcajada el ver a Jop sofocado y en situación de peatón a la fuerza.

—Me parece bien —consintió Sergio—. Sirve que les cuento algo. Pero vamos al cafecito que está aquí enfrente. Yo los invito.

—¿Es de lo que estás investigando con el teniente? —preguntó Brianda.

—No. Es otra cosa.

Ni a ella ni a Jop les gustó lo que percibieron en el tono de Sergio, así que lo siguieron al café y se sentaron a una mesa. Brianda pidió café y los otros dos refresco. En cuanto llegaron las bebidas, Sergio entró en materia. Sabía que necesitaba contarlo y no a una silente estatua, por mucha confianza que ésta le inspirara.

—Es respecto a cómo perdí la pierna.

Brianda y Jop se miraron. Ninguno supo qué decir. Ella prefirió soplarle a su taza y llevársela a los labios. Jop, casi imitándola, dio un gran sorbo al popote de su refresco. Sergio jugueteó un poco con el servilletero antes de continuar.

—Las cosas no ocurrieron como se las platiqué.

—¿Ah, no? —delató Jop una incipiente actitud nerviosa.

—¿Recuerdan que supuestamente Alicia me arrancó de las fauces del lobo negro?

—Sí.

—Pues no fue así —suspiró Sergio.

—¿Entonces...? —preguntó Brianda.

—Alicia me contó la verdad ayer.

Se detuvo. Se vio a sí mismo, a pocos meses de haber nacido, en las fauces del lobo negro, a mitad de la noche, en medio del desierto de Sonora. Un pequeño bebé indefenso en la peor de las circunstancias. Casi pudo escuchar los gritos desesperados de Alicia ante la espantosa escena. Volvió a suspirar y prosiguió.

—El lobo sí me arrancó de las manos de Alicia. Pero no hubo ningún rescate por parte de ella. Me llevó colgando de una pierna hasta internarse en la penumbra junto con su manada. Seis o siete fieras huían conmigo, como si un bebé bastara para alimentarlos a todos. Me contó Alicia que, pese a todo, pese a la oscuridad, pese al miedo y al frío, pese al cansancio, los persiguió hasta que, desconsolada, tuvo que admitir que les había perdido el rastro y que no podría dar jamás con ellos.

En la mente de Sergio concurrieron los eventos como si la memoria de Alicia se hiciera suya, como si el nuevo relato cobrara vida ante sus ojos. Una árida estepa envuelta en un sombrío manto, laberintos interminables de dunas, abrojos y pastizales. Una niña de trece años que tropieza con una piedra, que sangra de las palmas de las manos, que llora a todo pulmón en el indiferente regazo del desierto. Prosiguió.

—No es cierto que subió a ningún árbol a esperar el amanecer teniéndome en sus brazos. La verdad es que después de llorar por varias horas la venció el sueño en medio de la llanura.

—¿Pero...? ¿Cómo es que los lobos no te devoraron? —preguntó Jop.

—A los primeros rayos de sol —respondió Sergio—, Alicia se despertó. De hecho, la despertó un llanto.

Brianda se empezó a morder las uñas.

Hubiese querido tener un indicio de su propia memoria, de aquella que debió reconstruir los verdaderos hechos ocurridos en su más tierna infancia. Lo que en realidad pasó cuando lo secuestraron los lobos. Si había sido llevado a alguna madriguera, si había sido víctima de algún sacrificio espeluznante. Si fue la suerte o alguna voluntad supraterrena la que le había permitido conservar la vida.

—A su lado me encontraba yo llorando. Me faltaba la pierna derecha pero, increíblemente, tenía la herida cauterizada y no sangraba para nada.

Recuperar la promesa de los primeros rayos del sol en una noche que, en más de un sentido, había sido como una boca de lobo. La luz en el corazón de una niña valiente de trece años, sacudiéndose la tierra del rostro, de las manos, incorporándose. Volviendo a nacer.

—Dice que, cuando me levantó, contempló a la distancia al lobo negro observándola, como si hubiera estado aguardando a que ella despertara para echarse a correr. Hasta entonces se dio Alicia a la escapada. Y no paró hasta que pudo volver a la carretera.

Un bebé en los brazos. El espíritu lleno de gratitud. ¿A la suerte? ¿A alguna incomprensible fuerza ulterior? ¿Un milagro?

—¿Pero... cómo...? —intentó formular su pregunta Jop, haciéndose parte de los recuerdos prestados de Sergio. Haciéndose uno con aquella muchacha que, creyendo haber perdido a su hermano, lo recupera de forma inexplicable.

—Es imposible saber qué pasó en realidad mientras estuve con los lobos. Pero desde lo que viví en el verano, tengo mis teorías.

Brianda y Jop se miraron de nuevo. Ambos habían dado cuenta de sus bebidas; sólo Sergio mantenía su refresco casi intacto.

—Farkas decía que nos unía la sangre —fue lo que dijo, acercándose por fin el refresco a la boca.

Jop se recargó en la silla como si obedeciera a un acto reflejo.

—Sergio… ¿te das cuenta?

—¿De qué?

—Si Farkas era el lobo de esa noche, entonces tú…

Sergio dejó de beber de su refresco. La repetición de los eventos, incluso descritos al amparo de ese café de manteles coloridos y música festiva, lo había contagiado de melancolía. Se sintió forzado a sonreír ante lo que insinuaba Jop.

—No, Jop. Para volverte un vampiro o un hombre lobo no basta con una mordida.

Brianda comenzaba a comprender el súbito espanto de Jop. Después de todo, ella no había visto tanto cine de terror.

—¿Según tú —preguntó a Jop—, Sergio… después de esa noche… se convirtió…?

Jop asintió con lentitud, como si temiera que, con sólo decirlo, ocurriera lo que tanto temía. Ahí, frente a sus ojos. Sergio volvió a tomar la palabra.

—Es la maldad, Jop, lo que te transforma en un demonio. Un acto atroz, terrible. Algo que se lleve poco a poco tu humanidad. No una mordida en el cuello o en una pierna. Eso está muy claro en el Libro de los Héroes.

Jop terminó por asentir y arrastrar el refresco de Sergio para darle un par de tragos.

—Sé que Farkas es un hombre lobo —concluyó Sergio—, de eso no me cabe duda. Pero hay algo en todo esto a lo que no le encuentro ningún sentido.

—Te preguntas… —comentó Brianda, mirando hacia la calle— por qué Farkas te respetó la vida entonces.

—Y por qué me la sigue respetando hasta ahora —contestó, siniestro—. Desde que descubrí que Farkas era uno de los lobos que me atacaron de niño, pensé que había sido gracias al valor de Alicia que había conservado la vida. Y ahora… ahora no sé qué pensar.

Brianda puso una mano sobre su hombro. Por un momento sólo se escuchó el ruido de la gente caminando por la calle, los autos en su ir y venir, el trajinar en la cocina…

Jop se terminó de golpe el refresco de su amigo.

—Mejor vamos al cine —repuso Sergio como si despertara del letargo—. Hace mucho que no vamos.

Ninguno objetó. Compartían con Sergio la necesidad de extraer de sus mentes los monstruos con los que habían convivido a través del relato. Pagaron sus bebidas, olvidando que Sergio se había ofrecido a invitar, y abandonaron el café sumidos en el silencio al que obliga la reflexión profunda.

Fueron a los cines de la fuente de la Diana y se metieron a ver una comedia. Lo único malo fue la llamada que recibió Sergio a media función y que obligó a varios asistentes a protestar por la repentina música de Rachmaninoff. Sergio tuvo que abandonar la sala momentáneamente para contestar y luego volver a la función.

—No me digas —refunfuñó Brianda cuando Sergio volvió a su lado.

—Va a venir por mí en cuanto acabe la película.

Ella se cruzó de brazos y no volvió a reír de los chistes que acontecían en la pantalla. Sólo cuando se vislumbraba el final de la película, se animó a buscar la mano de Sergio en la penumbra y la apretó con fuerza. El sentimiento que la embargaba era el mismo que el de hacía unas horas, cuando imaginó a una niña, un bebé y un lobo sujetos por un lazo inexplicable. Al momento en que la gente abandonaba la sala y los créditos finales desfilaban frente a sus ojos, Brianda, aún en su asiento, se atrevió a decir, resignada:

—Nada más cuídate, porfa.

Puesto que comprendía perfectamente cómo se sentía, Sergio había ideado algo para levantarle el ánimo. Jop se había adelantado hacia la salida de la sala pues necesitaba ir con urgencia al baño.

—En la tarde voy a ir con Pancho, ¿me acompañas?

—No puedo —se lamentó Brianda—, quedé de ir al brindis de la compañía de mi papá. Se supone que es "familiar".

Pero sí aprovechó para apretar de nuevo la mano de Sergio y retenerla. La sala ya estaba semivacía cuando, sin mirarlo a los ojos, volvió a hablar.

—Pero sí hazme un favor.

—¿Cuál?

—Es una tontería pero... me hará sentir más tranquila.

—¿De qué se trata? No me espantes.

—Ahora que estés con Pancho, pídele que te muestre su libro.

Sergio comprendió en seguida el temor de Brianda.

—¿Y si no es un mediador, Checho? ¿Y si es una mentira?

Puso sus ojos en una pareja que no abandonaba la sala porque no podían parar de besarse. Suspiró. Creía que era una sospecha infundada de Brianda; no se le ocurría ninguna buena razón para que alguien se hiciera pasar por un medidador sin serlo. Con todo, Sergio se sintió en deuda. Los amantes se separaron, se miraron a los ojos sonrientes, se pusieron de pie.

—Está bien. Te lo prometo.

***

Guillén estacionó el auto en una calle en la colonia Roma donde los vendedores ambulantes ocupaban casi toda la acera. Lo que los había convocado a esa zona se reflejaba en el semblante del teniente, que no se decidía a abrir la puerta y comía un paquete de mantecadas como si no hubiera ninguna prisa por bajarse del auto. Al cabo de varios minutos, Sergio comenzó a tararear una canción de Zeppelin, llevando el ritmo sobre sus rodillas; estaba seguro de que Guillén deseaba hablar de algo pero no se atrevía. Estuvieron así unos quince minutos.

Sólo al terminar el paquete de pan abrió el teniente la puerta del auto y se apearon, sin dirigirse la palabra.

Entraron a un edificio de cinco plantas cruzando la calle y caminaron hacia el austero departamento de Esteban Olalde. El oscuro pasillo, las paredes descarapeladas, la falta de ascensor, todo comenzaba a buscar acomodo en la mente de Sergio. Traspasaron la puerta entornada para encontrarse con un oficial de policía llenando un informe. A Sergio le bastó un fugaz vistazo a la mesita de madera que confrontaba al teclado electrónico, a manera de atril, para que afirmara, como si fuese una corazonada y no un razonamiento:

—Es lo que están tocando.

Luego, llevó la vista al centro de la habitación y no pudo soportar la impresión. Desvió la mirada y se recargó en el marco de la puerta, tratando de impedir el vómito.

—Perdón, Sergio... —dijo Guillén—. Debí advertirte.

El oficial de la puerta miró con desaprobación al teniente, quien prefirió hacerse el desentendido. Dio unas palmadas en la espalda al muchacho.

—Discúlpame. Ando distraído. ¿Estás bien?

Sergio asintió al cabo de un par de minutos, soltando apenas el marco de la entrada. Se incorporó y regresó la vista a la impactante escena.

—¿Lo que están tocando? —preguntó Guillén.

—En el piano. Eso es lo que los está matando —dijo Sergio, un poco más entero y tomando, de la mesita próxima al teclado, un pedazo de hoja carbonizada que se deshizo en su mano.

—La vecina de allá enfrente lo vio todo —repuso Guillén, señalando la ventana—. Vio cómo... —no se atrevió a continuar. Detuvo sus ojos en un muñeco de porcelana roto en el suelo, una absurda pareja de ancianos pescando—, vio cómo... —o acaso no sabía cómo continuar.

Sergio creyó que era hora de hablar en serio. El cadáver sólo mostraba indicios de un ataque frontal: en el pecho, en el vientre, en el cuello... ninguna herida se percibía en la espalda. Ninguna en las palmas de las manos, como habría ocurrido con alguien que intentara defenderse.

—Vio cómo se suicidaba —exclamó contundentemente.

El teniente se mostró sorprendido ante tal conclusión, pero salió muy pronto de su asombro. En el fondo, siempre lo supo. Que esa teoría había sido la única que Sergio aceptaba como buena y que, tal vez por respeto a la memoria de su tío, no había querido externar. Hasta ese momento.

Asintió apesadumbrado.

Lo que se había hecho Olalde con el picahielo era como para robarle el sueño a cualquiera. La sangre, la carne, las vísceras, los huesos... Se sorprendió levantando distraídamente los pedazos de la pareja de ancianos, como si pudiera hacer algo por ellos.

Sergio, en cambio, prefirió concentrarse en la triste vida del tercer muerto. Husmeó por las habitaciones mientras Guillén trataba de dar sentido a todo eso. Pensaba en su tío y el patetismo de su cotidianidad; pensaba en Cansinos, solitario y excéntrico. Ahora Esteban Olalde.

—También vivía solo, por lo que veo —dijo Sergio, al término de un breve recorrido por el departamento—. Aunque conservaba vínculos con su familia. Supongo que podríamos intentar investigar por ese lado.

Al salir de la habitación de Olalde, Sergio llevaba en las manos un par de fotografías. En una se veía al difunto, algunos años más joven, con una mujer mayor en un parque. En otra, una adolescente sonriendo a la cámara desde un camastro en una playa.

—¿Quién se suicida de esta manera, Sergio? —dijo Guillén al hacer el contraste entre los restos de Olalde y su fotografía.

Sergio leyó en el rostro del teniente que, en realidad, era la muerte del profesor Carrasco la que lo llevaba a tales interrogantes, la que le impedía dormir bien por las noches.

—Tengo en mi poder una agenda con números telefónicos —resolvió el teniente, impidiéndose a sí mismo ese tipo de actitudes pesarosas—. Hoy mismo empiezo a hacer llamadas.

Instó a Sergio a que lo acompañara de regreso al auto.

—Generación del 76, ¿verdad? —preguntó el muchacho mientras se ponía el cinturón de seguridad.

El teniente extrajo entonces de la guantera la foto que le había enviado a Sergio con un mensaje de celular. Los rostros desfigurados. Los diplomas. El jardín de la casa del profesor como telón de fondo. Sergio se preguntó cuál de esos niños de entre diez y catorce años sería Esteban Olalde, empleado de gobierno. Cuál Mario Cansinos, arquitecto. Pianistas aficionados los dos. Muertos de manera espantosa los dos. Se preguntó qué extraña maldición pesaría sobre todos, incluyendo al anciano profesor. Qué extrañas fuerzas habrían desatado siendo tan jóvenes y por qué les habrían dado alcance tantos años después.

Comieron juntos en pizzas "Reynaldo" y después se despidieron. Sergio deseaba tocar rock pesado con una guitarra eléctrica como acompañamiento para lograr un poco de sosiego. Últimamente era lo único que lo ponía de buen humor y no deseaba renunciar a ello mientras Pancho estuviera dispuesto a recibirlo.

"Lo vamos a resolver", fueron sus últimas palabras a Guillén. Y éste, antes de subir a su auto, alcanzó a esbozar un tímido "gracias" que dejó a Sergio, frente a cierto edificio sobre la calle de Vertiz, con un nudo en la garganta.

Cuando entró al departamento de su amigo, éste se encontraba al teléfono.

—No, Claudia... ya te dije que no te preocupes —una pausa, un guiño a Sergio, una señal para que lo aguardara—. Sí. Nos vemos en la tocada. Sí. Yo también te quiero. Bye.

Saludó a Sergio con entusiasmo y aventó el teléfono inalámbrico a uno de los sillones cubiertos de ropa, discos y libros.

—Vente, carnal.

Estuvieron tocando una hora seguida en la que al muchacho le maravilló lo bien que seguía Pancho la música que tenía impresa frente a sí. Él sólo tocaba de memoria y, aunque estaba llevando solfeo en la escuela, no sentía que lo suyo fuera descifrar signos en un papel pautado. Menos cuando en una batería no había que distinguir entre un do y un do sostenido. En una canción de Iron Maiden, Pancho detuvo el flujo de notas y fue directo al papel.

—¿Viste? Ahí estamos mal. De este compás te manda a la coda.

Una coda. Un calderón. Un silencio. Sergio se sintió abrumado por todo lo que identificaba Pancho en el papel y no dejaba de sentir admiración por sus conocimientos musicales.

—Los símbolos son importantes, carnal —aludió el guitarrista.

Símbolos. No podría haber mejor momento que ese. Sergio dio un trago a la botella de agua que había puesto debajo de la tarola y, tratando de mostrarse lo más natural posible, dijo:

—Hablando de símbolos... ¿te acuerdas del que te dibujé el otro día?

—Más o menos —respondió Pancho, dando un largo trago a su propia botella de agua.

—¿Y si me prestas tu Libro de los Héroes y te muestro dónde está, a ver si a ti se te ocurre algo?

"Ahora es cuando", pensó Sergio. "No tiene el libro y se va a delatar. En realidad es un demonio y me va a dar una horrible muerte, justo ahora que estamos solos". Jugó con esa posibilidad en su mente porque la creía imposible. Nunca había sentido ningún tipo de miedo en compañía del guitarrista. Nunca.

—Si quieres —respondió Pancho en cuanto dejó de beber—. Pero no creo que se me ocurra nada.

Pancho abrió una puerta de un clóset y, de entre una pila de libros de fotos de conciertos, revistas y partituras, extrajo su ejemplar del Libro de los Héroes. Se lo extendió a Sergio de inmediato y aprovechó para encender un cigarro. Sergio pudo comprobar en seguida un cambio muy peculiar. "Heldenbuch", se leía en la tapa.

—¿Qué pasa? —preguntó Pancho.

—¿Habías tenido entre tus manos un ejemplar del Libro de los Héroes que no fuera tuyo?

—¿Es una broma? Se supone que nada más hay veintidós. Además, con trabajos me acerco a éste.

Sergio paseó las yemas de sus dedos por la portada. Lo abrió al azar. Al igual que había ocurrido con el título, las letras en el interior no tenían ningún sentido para él. Todo estaba en un lenguaje incomprensible.

—Es que... no lo entiendo. Nada.

—Vaya —se interesó Pancho—. Eso también es nuevo para mí. Supongo que algún sentido tendrá.

Sergio recordó algo y fue al instante a las primeras páginas del libro. Su corazón comenzó a latir de prisa. Pudo comprobar que, en efecto, el libro de Pancho tenía todo un capítulo, titulado *Prefacium,* con el que su ejemplar no contaba. Sus ojos se movieron tan rápido como pudo. No había grabados de ningún tipo, sólo la escritura gótica y de columnas apretadas que se repetía por todo el libro. Su corazón se aceleró aún más cuando, en una misma línea, encontró en caracteres realzados: Orich Edeth. Y, más adelante: Er Oodak.

Pancho se había plantado frente a Sergio. Siguió el dedo de éste sobre el texto.

—Un maldito engendro de lo más espantoso. ¿Sabías que una vez lo tuve frente a mí?

Sergio apenas se atrevió a levantar los ojos. No sabía a qué se refería pero tampoco quiso preguntar. En un segundo pensó que también Pancho podía abrigar sospechas respecto a él, que Pancho también tenía todo el derecho de preguntarse si en verdad Sergio era un mediador y no un farsante.

—Lo que te hace sentir un desgraciado como ese no lo puedes explicar con palabras, Sergio. Es algo que te nace aquí... —se señaló el pecho— y que de repente te impide respirar, se te nubla la mirada, te lagrimean los ojos. Te quieres morir nada más con estar en su presencia. Es una cosa horrible.

—¿Y cuándo fue..? —esbozó Sergio, reconociendo ese miedo que sólo se presentaba cuando le parecía que su misión como mediador lo sobrepasaba.

—Fue hace como quince años, en un concierto de Trash al que me metí con unos cuates —escupió el humo de su cigarro—. En una plaza como con cinco mil personas apretujadas, yo lo sentí nada más entré, te lo juro. Su mirada te jala desde que lo sientes. Estaba pegado al escenario y, en cuanto también me percibió, me buscó con los ojos y sonrió, como transmitiéndome su voluntad. "Si me decido, te despedazo, mediador".

—¿Y cómo supiste que era...?

—¿Oodak? ¿Pues quién más? No podía ser el Falso Profeta porque todavía no es su tiempo. Belcebú no puede hacerse presente sino a través de terceros. Y bueno... el otro... ése sólo supervisa desde su trono, ¿no? Así que, ¿quién más podía ser?

Sergio volvió a bajar la mirada hacia el libro, hacia los caracteres realzados. Se sintió apabullado por una verdad que le estaba velada.

¿Por qué su libro no contenía esas hojas? ¿Quién había decidido que no lo supiera todo? Un temblor lo acometió en las manos mientras avanzaba las páginas con las que él no contaba, hasta llegar a una que, de tanto haber puesto frente a sus ojos antes de decidirse al verdadero estudio de su libro, ya se sabía de memoria. Cinco frases que, incluso en germánico antiguo, supo reconocer sin problema.

—"Tienes en tus manos la mejor herramienta para aniquilar demonios" —dijo, en voz baja, como si en verdad pudiera leer el primer renglón.

—"Úsala con sabiduría" —leyó Pancho—. ¡Maldita monserga! ¡Como si uno recibiera un sueldo por exponer la vida!

Sergio repitió para sí las otras frases, en un murmullo. "No malgastes su poder. El avance de las tinieblas depende..."

Pero Pancho no lo dejó seguir. Le arrebató el libro y lo devolvió a la pila de la cual lo había sacado.

—¡Al demonio con el demonio! Vamos a pedir una pizza y luego le damos a una de Zeppelin. Tú la escoges.

10:15 - 21 de diciembre. Viernes. Andante con brío

Morné terminó la ejecución de todo el "Clavecín bien temperado" de Bach. Supuso que, en breve, podría ejecutar piezas de ese mismo nivel de dificultad sin siquiera estudiarlas previamente, que podría acometer la lectura a primera vista y no cometería un solo error. Se sintió rebosante, excelso.

Se levantó del instrumento, apreciando cómo la sangre corría por cada una de sus arterias, por cada una de sus venas, cómo las aletas de su nariz se hinchaban y cada molécula de oxígeno ingresaba a sus pulmones. Sentía cada una de sus células, cada uno de sus palpitantes núcleos.

—¡Bravo, señor! —se escuchó la voz de Wilson desde la sala de juntas de la suite—. Cada día toca usted mejor.

No obtuvo respuesta. Se levantó de la amplia mesa en la que archivaba unos documentos y fue en dirección a la puerta.

—Le decía... —se paró en seco. Jamás había visto una mirada de esa naturaleza en su jefe.

—¡Salga! —rugió la voz de Morné.

—Pero...

—¡Salga, le he dicho, Wilson! —insistió el millonario—. ¡Salga inmediatamente!

Wilson depositó los documentos que llevaba entre las manos sobre una cómoda y, con toda urgencia, abandonó la suite. Morné pudo entonces correr al espejo de su habitación. Sentía una extraña picazón en los ojos, en los pómulos, en la frente. Podía jurar, antes de observarse, que algo estaba cambiando en él. Pero al confrontar su reflejo, no pudo distinguir nada nuevo. Se tocó el rostro y, en efecto, pese al torrente sanguíneo que corría debajo de su piel como el tráfago de miles de minúsculas serpientes, no notó ningún cambio.

Con todo, no pudo tranquilizarse. La sensación se repetía en todo su cuerpo. Su instinto le dijo que debía correr hacia la estancia, hacia cierta pared sobre la que, últimamente, posaba la mirada con demasiada frecuencia.

No se equivocó. La sombra ahora estaba más próxima. Se distinguían medianamente sus rasgos. La vela que alumbraba a la figura en el cuadro parecía danzar al mirarla con detenimiento. Y, sobre todo, los ojos... sus ojos...

Descolgó el cuadro y lo arrojó hacia la sala de juntas. El cosquilleo se volvió dolor. Se llevó las manos a la cabeza y no le gustó nada lo que sintió. Contempló sus palmas enrojecidas. Luego, los pómulos, la nariz. Dio un alarido y Wilson comenzó a golpear en la puerta de la suite. Morné se vio obligado a hincarse. Sus brazos se abultaban. La cara le estallaba. Un nuevo alarido, más espantoso que el anterior. Creyó que moría.

La sombra en el suelo le horrorizó. La sombra que proyectaba él mismo, cortando las luces de las lámparas del techo, lo obligó a gritar de nuevo. De su cabeza surgían un par de hórridas malformaciones puntiagudas.

Cuando despertó por el ruido del teléfono, Wilson y el policía auxiliar que Uribe había dispuesto para custodiar el piso de la suite se encontraban frente a él con idéntica preocupación en el rostro.

—¿Se encuentra usted bien, señor? —preguntó Wilson, palpando la llovizna roja que había ensuciado el suelo, los muebles—. ¿De dónde salió esta sangre? ¿Es suya, señor?

Impelido por una fuerza ulterior, se levantó y corrió a contestar la llamada. Era como seguir la voz del amo.

—Sólo la primera vez duele —exclamó la siniestra voz del otro lado de la línea.

Pensó en reclamar, en oponerse, en maldecir... pero al instante comprobó que su constitución era normal. Se tocó la cara, la cabeza. Su camisa estaba intacta, ni siquiera estaba herido. Fue como tocar el piano espléndidamente pero cien veces mejor. Era como sentirse vivo por primera vez desde que había nacido.

Iba a decir algo pero ya no tuvo sentido. Del otro lado habían colgado.

—¿Todo bien, se...?

—¡Todo estupendamente, Wilson! ¡Todo estupendamente! —gritó. El resto de su ropa tampoco estaba dañada; sucia, sí, pero nada más.

De pronto se le había ocurrido una idea. Su mente estaba clara, fresca y trabajaba a toda velocidad. Pensó en el profesor, en Pixis, en Czerny. Pensó que sólo de él dependía el que eso no se detuviera.

—Compre el mejor equipo de sonido que pueda encontrar, Wilson. No repare en gastos.

Tanto Wilson como el policía se miraron, confundidos. Lo que habían escuchado del otro lado de la puerta no correspondía a lo que ahora presenciaban. Morné desapareció tras la puerta de su habitación.

Canturreaba un pasaje de una obra de Liszt. El *Totentanz*, la danza de la muerte.

Capítulo doce

El frío se desató y Guillén introdujo las manos en su chaqueta. No había habido servicios fúnebres y de repente se sintió ridículo. El empleado de la funeraria leía en una silla mientras el cuerpo del profesor Carrasco, en el interior de una bolsa de plástico con cierre, sobre una mesa sin gracia alguna, aguardaba su último destino.

Era una mañana gris. Minutos antes había arribado al cementerio en su propio auto, detrás de la camioneta del Servicio Forense que transportaba el cuerpo de su tío. Acaso esperó demasiado tiempo tras el volante, antes de animarse a bajar del auto e ir hacia el crematorio y firmar los papeles de entrega. De pronto le había faltado el aplomo. De pronto todos los recuerdos...

Miró su reloj. Le hubieran gustado unas últimas palabras, una oración, lo que fuera... o, cuando menos, un poco de compañía. Comenzaba a resignarse a que el viejo maestro de música se iría rodeado del más frío ambiente.

La antesala del crematorio no era sino eso: una antesala, de luces blancas y muebles desnudos. Ni siquiera una cruz adornaba las paredes. El único sonido provenía del horno, presto a recibir aquello que reduciría a su mínima expresión y que, en algún momento, había tenido nombre, había ejecutado las más sublimes piezas del romanticismo, había reído, llorado y contagiado a otros de belleza.

Sólo confortó a Guillén un mensaje que recibió en el celular. Era de Mari, su maestra de baile: "Espero que todo esté bien. Nos vemos hoy en la noche". Se preguntó si enviaría ese tipo de confirmaciones a todos sus alumnos o sólo a él.

Miró su reloj y, luego, al empleado que seguía leyendo una historieta. Éste también levantó los ojos de su lectura, preguntando tácitamente si se había decidido el corpulento policía a que continuara con su trabajo. Guillén le dio a entender, desviando la mirada, que deseaba esperar un poco más.

"Al fin muchacho", excusó Guillén a Sergio. Le había enviado la dirección del panteón en el que incinerarían a su tío porque él tenía que supervisar que el cuerpo fuera directamente del forense hacia allá y no podría pasar a recoger a Sergio. Pero el tímido "Ok" con el que éste había contestado le hacía pensar que se había arrepentido. "Al fin muchacho", se dijo, porque... ¿quién quiere, a sus trece años, asistir a la cremación de alguien que ni siquiera conoció en vida?

Suspiró y miró la económica urna que había comprado para depositar las cenizas del profesor. No pudo evitar construir la imposible escena de la próxima navidad, la copa que siempre se tomaba con su tío y que ahora dejaría de tener lugar para siempre. Se imaginó cenando un pollo frío, encerrado en su departamento en la noche más familiar del año. Lo acometió un contundente pensamiento: que ya no tenía a nadie en el mundo. A nadie. Lamentó que sus padres no le hubieran dado un hermano, una hermana. Lamentó no saber qué significa tener un primo, aunque fuera lejano o de edad avanzada.

Se puso de pie, a lo que el empleado reaccionó cerrando su revista.

—¿Procedemos, teniente?

—Procedemos.

Sin saber qué más hacer, puso las manos sobre el regazo, como esperando que todo siguiera un orden en el que él sólo fungiera como espectador.

—¿Me ayuda? —preguntó el empleado al tomar el envoltorio por las piernas y, desde luego, el teniente no supo negarse. Entre los dos transportaron al profesor a una alargada camilla con ruedas, misma que el empleado empujó a las orillas del horno. En el interior rugía el fuego que habría de reducir a Carrasco a unos cuantos puñados de polvo.

Volvió Guillén a cruzar las manos sobre su barriga. No sabía qué debía decir y sólo se atrevió a esbozar un tímido: "Descanse en paz". El empleado repitió "Amén", persignándose a la carrera, y pidió a Guillén que esperara afuera.

En cuanto cerró la puerta del crematorio tras de sí, fue sorprendido por una extraña comitiva que corría por una de las calles del cementerio.

—¡Fue culpa de Pereda! ¡Se lo juro, teniente! —dijo Jop con el poco aliento que conservaba—. Cuando le conviene maneja como tortuga.

Detrás de él venían Sergio y Brianda, a su paso. Los tres vestían de negro; y Jop, en una extraordinaria muestra de respeto, había dejado la cámara en casa. Guillén se sintió conmovido en cuanto Brianda lo abrazó y, aunque también ella intentó disculparse, el teniente acalló sus palabras.

—No importa, muchachos. No importa. Qué bueno que vinieron.

El humo hizo su camino hacia el cielo, conduciendo el alma del profesor a ese sitio. Al menos es lo que quería creer Guillén, quien sentía que, con la partida definitiva de su tío, también se iba uno de sus últimos contactos con el mundo. Había días en que él mismo se sorprendía sin hablar con nadie, escuchando música, leyendo o mirando la televisión, como seguramente también habría hecho en múltiples ocasiones su solitario tío. Pensó que nadie debería morir y ser descubierto por un vecino después de varios días a causa de los hedores de la muerte. Nadie, por viejo o extravagante que fuera. Nadie.

***

Decidió Guillén, una vez que le entregaron la urna, que lo menos que podía hacer por los tres muchachos que habían decidido acompañarlo en el adiós definitivo a su tío era llevarlos de regreso a su casa. Así que, en un ambiente de silencio, llevó a Jop a su casa en la colonia del Valle. Luego, se enfilaba hacia la colonia Juárez para dejar a Sergio y a Brianda, cuando recibió una llamada en su celular de la cual no hizo comentario. Fue hasta que se orilló sobre la calle de Roma y Brianda abandonó el auto, que Guillén se animó a hablar. Era la primera vez que abría la boca desde que depositara las cenizas de su tío en el asiento del copiloto.

—La tía de Esteban Olalde puede recibirnos ahora —fue lo que le dijo a Sergio cuando éste le ofrecía su mano, a través del asiento, para despedirse.

Guillén utilizaba el plural con toda la intención de invitar al muchacho a quedarse en el auto sin tener que utilizar una fórmula más directa. Por lo visto, evadía la posibilidad de un rechazo y Sergio lo comprendió perfectamente.

Se apeó sólo para despedirse de Brianda.

—La tía de Olalde... —comenzó a explicar.

—La última víctima —completó Brianda. Sergio había hablado con ella y con Jop de su labor con Guillén (e incluso, a petición de Jop, con cierto lujo innecesario de detalles). En su tono, Sergio notó un sutil cambio: acaso un poco más de comprensión de lo usual. Y lo abrazó sin decir nada, sin pedirle que se cuidara. Se echó a correr a su edificio sobre Bruselas, los zapatos negros de charol haciendo un ruidoso clac clac clac sobre el pavimento.

Cuando Sergio volvió al auto, Guillén había puesto la urna en el asiento trasero para que Sergio se sentara a su lado. En más de un sentido al muchacho le pareció detectar un simbolismo en dicho acto, una forma de desprendimiento que prefirió no cuestionar. Abrió la portezuela y se introdujo al interior sin decir nada.

Condujo el teniente hacia una calle cercana a la del profesor Carrasco. Con la cabeza puesta en todos aquellos sitios que visitó en compañía de su tío se volvió a sumir en un pesado mutismo. Por su parte, Sergio aprovechó el trayecto para pensar sobre sus pendientes compras navideñas. Pensaba que, o recurría a Alicia para ellas, o iba a terminar por dar a sus amigos tarjetas hechas a la carrera en la computadora. Apuntó en su celular el recordatorio. Y esta sencilla acción lo hizo experimentar un nuevo desgarramiento en el corazón. La natividad; el principio de la caída.

En menos de media hora el teniente se estaba estacionando frente al domicilio que le indicó la voz al celular.

Se trataba de una casa similar a la del profesor. Con el mismo cuidado en el arreglo del jardín, en el pulimento del número exterior, en la limpieza de los vidrios y la herrería. El teniente apagó el auto y, acomodándose la corbata, se apeó sin decir palabra. Sergio lo siguió con las manos en los bolsillos.

Abrió una señora entrada en años, misma que ambos identificaron de la foto en casa de Olalde. Llevaba el cabello atado con una cinta en una coleta y el luto obligado del reciente deceso de su sobrino.

—¿Teniente Guillén? —dijo en cuanto abrió la puerta.

—Para servirle, señora.

—Pasen.

Le agradó al teniente que la señora no se mostrara molesta respecto a su acompañante.

—Me acuerdo de él —señaló a Sergio, cuando había atravesado el pequeño jardín—, por lo de los niños desaparecidos de hace unos meses. Sólo recuérdame tu nombre.

—Sergio Mendhoza.

—Te confieso que... seguía con mucho interés las noticias en esos días, Sergio. No descansé hasta que todo terminó bien.

Sergio no supo qué comentar y forzó una sonrisa. Hizo su camino al interior de la casa detrás del teniente y seguido de cerca por la señora. En cuanto traspasaron la puerta, los esperaba una jarra llena de té caliente y un plato con galletas. La sala, el comedor, los cuadros, el trinchador, todo el mobiliario parecía tener décadas de ocupar el mismo sitio, de ser sacudido por el mismo plumero.

—¿Cuándo podré reclamar el cuerpo de Esteban, teniente? —fue lo primero que dijo la dama al comenzar a servir el té sobre las tazas.

—Hoy mismo, señora, si gusta. Ya hice las gestiones.

—Era un buen muchacho, ¿sabe? —luego, corrigió apenada—. Bueno, ya sé que no era un muchacho, pero yo siempre lo vi así. Un poco raro. No tenía amigos y nunca le conocí una novia... pero era buena persona.

Hizo una pausa, se le ensombreció la mirada. Tal vez fuera más joven de lo que aparentaba, pero el negro, se dijo Sergio, siempre suma años a las personas.

—No entiendo, teniente... que haya terminado con su vida así. No lo entiendo.

—Señora... sospechamos que esto no es natural. Pensamos que algo que no alcanzamos a comprender obligó a Esteban a...

No pudo continuar. Se escuchó a sí mismo y se sintió ridículo, no supo cómo seguir. La tía de Olalde dio un trago a su té, contrariada. El tic tac de un reloj de péndulo, al fondo de la estancia, se volvió enfático. Sergio decidió que tenía que intervenir. Tal vez el teniente no fuera el más indicado, dados los eventos de la mañana, para conducir la investigación.

—Señora... ¿usted sabe qué relación había entre Esteban y el profesor Felipe Carrasco?

—Claro. Fue su profesor de piano cuando era niño. De hecho, yo lo llevaba a sus clases en aquel entonces. El profesor vive aquí cerca.

—Vivía —se apresuró a aclarar Guillén—. Murió de una forma muy parecida hace algunos días.

—Dios santo...

—Debe haber sido en 1976 cuando Esteban tomó clases con él, ¿no? —preguntó Sergio.

—Posiblemente.

Las carpetas, sobre los brazos de los sillones, ocultaban las marcas del tiempo. Decenas de campanas adornaban la superficie de una pequeña mesita. La sonrisa de Esteban, cuando era un "muchacho", tal vez anterior al año en que tomara clases de piano, relucía en un retrato pequeño, sobre una pared inundada de otros rostros, otras sonrisas. Sergio retomó la entrevista.

—¿Recuerda a alguno de los cinco niños que iban al mismo curso que él?

—Tendrán que perdonarme. ¡Fue hace tantos años...! —se disculpó la señora.

—¿Le suena el nombre de Mario Cansinos?

La señora negó. De repente volvió a caer en un hoyo de melancolía. Sergio se esmeraba por que la conversación no se empantanara. Se atrevió a hacer una pregunta que le estaba zumbando en la cabeza desde que entraron y para la que hubiera deseado esperar un poco más de tiempo.

—¿Por qué vendió su piano, señora?

—¿Cómo supiste que...? —respondió como si despertara de un mal sueño.

—¿Por qué lo vendió? —prefirió insistir Sergio.

—Es curioso que lo preguntes. Justo fue por Esteban. Porque, con los años, siempre se ponía de muy mal humor cuando se sentaba a tocar. Después él mismo se compró un teclado electrónico, pero según sé, no tocaba muy seguido. ¿Sabes una cosa? —su semblante se iluminó un poco—, el mismo profesor me dijo alguna vez, cuando todavía estaba Esteban tomando clases con él, que nunca había tenido un grupo de alumnos tan talentosos. Es una pena que mi muchacho no aceptara entrar al Conservatorio cuando se lo propuse. No sé qué le pasó, honestamente.

Al instante volvió a caer sobre el rostro de la dama ese velo de los recuerdos, de las clases de piano, los juguetes, las risas y las esperanzas perdidas. Sergio pensó que era suficiente, que no tenía derecho a estar empujando cuesta arriba una conversación que no andaba por cuenta propia. Esperó a que Guillén hiciera contacto visual con él para carraspear y hacer amago de ponerse de pie. El teniente comprendió, depositó su taza sobre la mesa y abandonó el sillón.

—Luego la buscamos de nuevo, señora —dijo, también perdido en su propia nube.

Ella no se opuso cuando Sergio imitó al teniente. Ni siquiera se levantó cuando se despidieron. Algún resorte se había soltado con la visita y el sentimiento que la invadía lo sobrepasaba todo.

En el jardín, el teniente se despejó la mente, las infinitas conjeturas que no tenían nada que ver con el caso y sí con las personas que son halladas muertas en la soledad de sus encierros. Se decidió a resolver cierta duda.

—¿Cómo supiste lo del piano? —preguntó a Sergio, quien iba a contestar cuando la señora apareció en la puerta, antes de que ellos salieran del jardín.

—¿Quieren visitar a Sara? Tal vez ella pueda ayudarlos más que yo.

—¿No estaba de viaje? —preguntó Guillén. Había llamado a la hermana del difunto, cuyo teléfono había sacado de su directorio telefónico, y la contestadora le había anunciado que estaba de viaje.

—Nunca contesta el teléfono —aclaró la señora—. Y su contestadora dice eso porque no le gusta ser molestada. Es escultora, ¿saben? Vayan a su casa y, cuando le hayan explicado que se trata de Esteban, tal vez no le importe ayudarlos.

—¿Todavía no sabe que...? —indagó Sergio. La señora negó y, acto seguido, entró a su casa para regresar con la dirección de su otra sobrina anotada en un papelito. Los despidió con un ademán, cerró tras de sí la puerta acabada por la humedad.

Sergio y Guillén subieron al auto y, aunque éste había pensado seriamente invitarlo a almorzar, no deseaba perder más tiempo. En la noche pensaba ir a su clase de baile y no quería que nada se lo impidiera.

—¿Entonces? —preguntó Guillén mientras daba marcha al auto—. ¿Cómo supiste que...?

—Debajo del retrato de Beethoven había, sobre el papel tapiz, un área oscurecida, como si hubiese estado cubierta por un mueble por mucho tiempo. El contorno se ajustaba perfectamente a la caja de un piano. Me arriesgué a pensar que lo había vendido y no regalado o tirado a la basura.

—¿Y desde cuándo reconoces tú a Beethoven cuando lo ves?

—Por los discos que encontramos en la casa de Mario Cansinos. Uno de ellos era de la sinfonía coral; traía un retrato del músico.

El teniente condujo hacia la casa de Sara Olalde lo más rápido que pudo, asumiendo que Sergio no se opondría; después de todo, se trataba de una colonia muy próxima. La mañana avanzaba y él sólo deseaba poder llegar a la noche de una pieza, poder echarse en los brazos de su maestra, del ritmo y de la música, ocupar la mente en la torpeza de sus pies.

Al llegar al estudio/casa de Sara Olalde, Sergio pensó al instante en Jop pues a primer golpe de vista se enfrentó con ese tipo de ambientes que tanto encantaban a su amigo. El arte escultórico de la hermana de Esteban sólo podía ser calificado de macabro. Sara Olalde hacía uso de una sola temática, aunque con diversas variaciones: el cuerpo humano. Sus creaciones, sin embargo, no tenían nada que ver con lo naturalmente bello. Manos, brazos, ojos, bocas y pies se multiplicaban y se interconectaban creando grotescas y monstruosas formas.

—Soy el teniente Orlando Guillén —se presentó éste en cuanto Sara abrió la puerta de su casa.

—Mi tía me acaba de avisar. Pasen —respondió—. Lo hiciste bien en el caso Nicte, ¿no? —agregó sin apartar la mirada de Sergio.

—Más o menos —respondió éste, maravillado ante todo eso que, pese a lo deforme, era peculiarmente hermoso.

Sara era una mujer madura con el cabello gris, rayana en los cuarenta años, enemiga del maquillaje y los tintes. Llevaba un vestido de una sola pieza y sandalias. Su estudio tenía cojines en el suelo, ni un solo mueble dónde sentarse.

—Casi no nos hablábamos. Esa es la verdad. Si mi tía quiere hacerle un funeral, asisitiré. Pero por pura cortesía —dijo Sara Olalde en cuanto se arrojó sobre un cojín, sin hacer ninguna invitación a los recién llegados por imitarla.

—Creo que pierden su tiempo, teniente —volvió a hablar la escultora, al tiempo en que encendía una ramita de incienso para enterrarla en una maceta—. A mí no me extraña que se haya quitado la vida. Era muy atormentado. Desde que dejó el piano nunca se le veía de buen humor. Siempre que hablábamos, terminábamos peleando.

—Sólo tenía dos fotos en su casa. Una era de usted cuando era chica —se animó a decir Sergio, lo cual pareció sorprender a Sara, pero no añadió nada.

—¿Por casualidad...? —iba a preguntar el teniente, pero ella lo interrumpió.

—Liszt —dijo ella, sin razón aparente. Sergio sintió un arrebato de lucidez. Ahí estaba otra vez, el nombre del compositor. Probablemente algunas piezas encontrarían su sitio en ese rompecabezas antes de lo que suponían.

—¿Liszt? —repitió Guillén, confundido.

—No lo tocaba para nada. Habría preferido quemar el instrumento que tocar a Liszt. Era como un tabú para él. Raro, ¿no? Sobre todo porque, durante un tiempo, leía todo lo que podía respecto al músico.

Sergio se interesó en una pequeña escultura, una especie de araña hecha de ocho brazos humanos carentes de cabeza y Sara Olalde lo notó.

—¿Te gusta? Te la regalo.

—No, cómo cree.

—Mira que no suelo tener este tipo de gestos con nadie. Digamos que me simpatizaste desde que te vi en la tele.

Sergio golpeó con delicadeza la escultura, suspendida por un hilo que colgaba del techo, haciéndola girar. Era de arcilla. Parecía un extraño amuleto de alguna tribu extraviada en lo más recóndito del mundo, perdida entre los siglos.

—¿Por casualidad... —retomó Guillén su pregunta—, recordaría usted el nombre de alguno de los otros cuatro alumnos que tomaron clase con Esteban en el 76?

—Sólo uno. Eduardo Ramírez Sentís —respondió ella sonriente—. Es que me gustaba. Era muy guapo. Sólo por eso llegué a acompañar a Esteban a algunas clases.

Guillén se apresuró a apuntar el nombre, pese a que sabía que Sergio ya lo habría retenido en su memoria.

—Aunque... —añadió Sara Olalde, asaltada por el recuerdo—, no fueron cinco los que tomaron clase con el profesor ese año, teniente. Fueron seis.

—¿Seis? —exclamaron, sorprendidos, Guillén y Sergio al unísono.

—En realidad… —volvió a sumirse en su recuerdo la escultora—. En realidad, me acuerdo que iniciaron el curso seis… pero sólo lo terminaron cinco.

Un golpe en el suelo los hizo voltear. El hilo que sostenía a la araña de arcilla había cedido a su peso.

Capítulo trece

Dos botellas de sidra aguardaban su momento en una cubeta llena de hielo. Los acordes de *Jingle Bells Rock* acompañaban a los congregados que giraban, chocaban sin querer unos con otros, reían. Guillén, al igual que sus compañeros, hacía su mejor esfuerzo en los brazos de Mari, aunque, a decir verdad, seguía siendo de los menos adelantados de la clase. Con todo, le encantaba que al entrar al amplio salón emplazado en ese edificio sobre la calle de Insurgentes, el mundo se volvía de otro color. Incluso el frío y el ruido se quedaban fuera.

Mientras intentaba no hacer demasiado el ridículo al llevar a su maestra a través de la canción, no dejaba de recriminarse haber olvidado que ella lo había invitado a llegar antes para reponer el tiempo perdido. Lamentaba no haber aprovechado la oportunidad de estar unos minutos a solas con ella, perderse en sus ojos oscuros. Se lo recriminaba y se le notaba.

—Orlando... ¿dónde tienes la cabeza?

—Disculpa, Mari.

Pero eran apenas las ocho y media y acariciaba la idea de sugerirle que se quedaran un poco más tarde, después de las diez. Tal vez esto le permitiría llevar la plática hacia terrenos un poco más íntimos, con mayores posibilidades de un acercamiento entre ellos. Una invitación a cenar, tal vez. O a tomar una copa. Claro que la sola idea lo hacía equivocarse más y lo ponía en un estado de atolondramiento imposible de ocultar.

—Orlando —dijo Mari—, si vuelves a mirarte los pies voy a tener que vendarte los ojos. Y no bromeo.

—Disculpa, Mari.

Sus pensamientos se desviaron entonces hacia lo sucedido aquella tarde, la infructuosa búsqueda del tercer alumno de Carrasco. El hecho de que no hubiera crimen qué perseguir en la extraña muerte de Olalde había predispuesto al capitán Ortega respecto a la investigación, y esto no le gustaba nada; el informe en donde se habían registrado las declaraciones de la vecina que vio cómo el individuo arremetió contra sí mismo a las cuchilladas habían forzado a su jefe a cuestionar la razón de seguir investigando. Extraños suicidios, sí, pero suicidios al fin, dijo. Y aunque le prometió al teniente que turnaría la búsqueda de la posible víctima a los organismos centrales de inteligencia, a Guillén le pareció que sólo le estaba tomando el pelo.

Se había despedido de Sergio con un sabor amargo en la boca, un dejo de decepción y derrota. Sólo la idea de estar dos horas sosteniéndole la mano a la mujer que ahora lo miraba con una sonrisa socarrona le levantó el ánimo desde el momento en que cerró la puerta de su auto y vio a Sergio entrar a su casa. Por eso temía que dicho sentimiento no durara más allá de las diez de la noche. Decidió darle prisa al asunto y hablar.

—Oye Mari, por cierto...

Pero la música había terminado. Los acostumbrados aplausos se sobrepusieron a su voz. Y la maestra tomó la palabra.

—¿Qué les parece si adelantamos el brindis? Hace calor y la sidra está que ni mandada a hacer.

Los sudorosos bailarines aceptaron sin chistar, prolongando el aplauso. Guillén se echó aire a la cara con la mano, espantando un súbito bochorno que no tenía nada que ver con las docenas de giros que había dado al ritmo del rock and roll.

Bajó el volumen de la música. Un par de alumnos varones se ofrecieron a destapar las botellas mientras Mari repartía vasos de plástico a todos. Y Guillén trataba de no mirarla demasiado porque a cada clase, a cada viernes, se convencía más de no estar ahí para aprender a bailar, sino por otro motivo que no estaba fructificando.

—No estuvo tan mal —le dijo ella al entregarle su vaso.

—¿De verdad lo crees?

—No, pero es navidad —respondió aprisionando una de las mejillas del teniente entre sus dedos.

Al poco rato, un tapón de las botellas fue a dar a uno de los vidrios, haciéndolo retumbar. El otro, a los pies de Mari, quien entregaba en ese momento un vaso al conserje en la puerta del salón. Pero de esto sólo Guillén se dio cuenta, y resopló con fuerza para darse valor. Se prometió que, después del brindis, se acercaría a ella y le pediría... le pediría...

Sonó su celular. Y sintió ganas de aventar el aparato por la ventana en cuanto lo extrajo de su saco, colgado de un perchero, pero lo consoló no haber reconocido el número en la pantalla. Pensó que podría tratarse de una llamada equivocada.

—¿Teniente?

Mala suerte.

—Soy yo, Jop. Perdón si lo importuno. Le llamé antes a Sergio y fue él quien me dijo que haría bien si le llamaba.

Guillén vio a los ojos a Mari, quien disponía los platos para servir un poco de pastel de frutas. Se sorprendieron mutuamente, a la distancia, con aprensión similar en el rostro. Guillén deseó con todas sus fuerzas que la llamada de Jop no fuera importante. Pero algo en su instinto policiaco le indicaba que tendría que salir de nuevo de emergencia, y que sus esperanzas, nuevamente...

—Claro, Jop, hiciste bien. ¿De qué se trata?

—Es que... tengo la dirección y el teléfono de Eduardo Ramírez Sentís.

Guillén enmudeció por unos instantes.

—¿Pero... cómo...?

—Sergio me llamó hace rato y me hizo el encargo. Espero que no se enoje.

—¿Enojarme? ¡Claro que no! ¿Cómo lo hiciste?

—Digamos que se me da el internet.

—¿Estás seguro de que es el que buscamos?

—Dí con él en una red social. Tiene muy pocos amigos... pero a través de uno de ellos obtuve sus datos. Yo creo que sí es, por la edad. Nació en 1965.

Miró a sus compañeros de clase, todos participando del júbilo decembrino, algunos recibiendo en sus vasos el líquido burbujeante que él no paladearía. Mari se encontraba ocupada partiendo el pastel y poniéndolo en platos desechables. Parecía estar haciendo un esfuerzo por no levantar la vista.

—Jop... —hizo Guillén una pausa en la que terminó por resignarse, por imaginarse a sí mismo en su vejez ocupando una casa demasiado grande para una sola persona, una casa demasiado bien cuidada, llena de gatos y plantas—. No, nada. Muchas gracias.

—Ahorita le pongo los datos en un mensaje.

—Mejor díctamelos de una vez, Jop.

Tomó el teniente una pluma de su saco y apuntó en la palma de su mano izquierda lo que había averiguado Jop. En cuanto colgó con el muchacho hizo una nueva marcación. Esperó dos, tres tonos. Todavía existía la posibilidad de que pudiera advertir a Ramírez a tiempo y volviera a integrarse a la fiesta. Todavía podría pedirle al sujeto, aunque pareciera absurdo, que se alejara del piano, que no tocara nada en los próximos días. Que...

Al sexto tono contestaron.

—¿Bueno? —dijo una voz masculina del otro lado de la línea. Se le oía extrañamente agitada, como si estuviese a la mitad de algún ejercicio.

—Por favor con Eduardo Ramírez Sentís.

—¿Quién demonios lo busca? —respondió la voz, enardecida. Guillén comprendió que algo no andaba bien.

—¡Es muy importante! —gritó el teniente, consiguiendo la atención de los demás alumnos de la escuela de baile—. Dígame si es usted.

—¡Déjenme en paz! —dijo la voz—. ¡Déjenme en paz!

—Es de vida o muerte. ¡Responda! ¿Es usted?

El vivaz ambiente se replegó por detrás de la música que sonaba en las bocinas. Todos le sostenían la mirada al teniente, incluso Mari.

—¡Dios mío...! —volvió a gritar el hombre—. ¡Dios mío...!

Guillén se vio forzado a colgar cuando escuchó cómo su interlocutor dejaba caer el teléfono. Sus gritos continuaron a la distancia, acompañados de otro tipo de ruidos inquietantes; lucha, golpes, estrépito de cosas al caer.

Tomó su saco del perchero.

—Feliz navidad a todos —esbozó al salir.

Bajó a toda carrera los cuatro pisos del edificio. En cuanto subió a su auto, llamó a la delegación para concertar que algunos elementos se apersonaran en el domicilio que llevaba apuntado en la mano. La orden era arrestar a cualquier persona que encontraran en dicha dirección, incluyendo al propio Ramírez Sentís, si era necesario. Enfilaba por Insurgentes a toda velocidad hacia el sur cuando llamó a Sergio.

—¿Podrías tomar un taxi a...?

—¿La dirección del pianista? Me la pasó Jop, teniente. ¿Por qué?

—Todavía no lo sé, pero temo que no lleguemos a tiempo.

—Salgo inmediatamente.

Guillén agradeció que Sergio aceptara su petición sin hacer preguntas. Puso la torreta sobre el techo de su auto y encendió la sirena. El trafico decembrino estaba en uno de sus peores momentos debido a los brindis, las fiestas y las compras, pero Guillén tenía los suficientes años de experiencia al volante como para poder sortear los obstáculos utilizando atajos, pasándose luces rojas y hasta metiéndose en sentido contrario en algunas calles. En veinte minutos estaba estacionándose frente a la reja de una casa en la colonia Nápoles.

Se apeó a toda prisa. Desde afuera todo parecía en calma, no correspondía a lo que había escuchado al teléfono. Se atrevió a llamar al timbre exterior pero se arrepintió al instante. No podía perder más tiempo. Sacó su pistola y, pidiendo a varias personas que transitaban por la acera que se mantuvieran a distancia, detonó un disparo sobre el candado que clausuraba la reja. Una vez dentro del inmueble, gritó:

—¡Eduardo! ¡Eduardo Ramírez!

Era una casa de una sola planta, así que no le llevaría mucho tiempo recorrer los cuartos. Le llamó la atención el hermoso piano blanco de media cola que se encontraba en la estancia; ni la habitación ni el instrumento mostraban marca sangrienta alguna. Tal vez hubiera llegado a tiempo. Caminó por el pasillo y empujó la puerta de la recámara. Vacía. Lo mismo el amplio baño y la cocina. Fue en dirección contraria, al otro lado del pasillo, y confrontó la puerta del cuarto de la televisión. A su lado, una puerta que no cedió a su intento por abrirla. Llamó con fuertes golpes.

—¡Eduardo! ¿Está usted ahí? ¡Eduardo!

Se sintió con la obligación de volar también ese seguro, disparando un par de veces sobre la perilla.

—¡Aléjese de la puerta!

Ésta, no obstante, se mantuvo en su lugar y Guillén se decidió a empujarla. Pudo ver, a través de los agujeros de las balas, que estaba atorada con un mueble, una especie de sofá. Empujó con todas sus fuerzas y pudo al fin recorrer la puerta. Lo que vio antes de atreverse a ingresar lo hizo sentir descompuesto.

En ese momento llegaron dos oficiales con las armas desenfundadas. Lo encontraron de espaldas a una pared.

—¡Teniente! ¿Está usted bien?

—No miren, muchachos —se apresuró a pedirles Guillén, recuperándose.

Demasiado tarde. Uno de ellos había alcanzado a atisbar al interior.

—Dios mío... —replicó el policía, también apartándose por reflejo—. ¿Qué demonios pasó ahí...? —alcanzó a decir, una vez que se repuso de la impresión.

El otro oficial no dijo nada. Se encontraba, a varios pasos de distancia, contemplando cómo el río de sangre abandonaba la habitación e invadía con lentitud el pasillo.

—Maldita sea... —repuso Guillén, al cabo de unos minutos, abriendo bien la puerta.

—¿Quiere que recorramos la zona, a ver si damos con algún sospechoso?

Maldita sea, repitió Guillén en su mente. No tardó en descubrir "el arma homicida" sobre la alfombra: unas enormes tijeras de jardinero.

—No, muchachos. No hay asesino que perseguir.

—Pero...

—Nada más notifiquen a los del ministerio para estar seguros.

Ingresó a la habitación y comenzó a hacer un reconocimiento visual. La única diferencia con los otros casos era el sitio de la tragedia, lejos del piano. Una computadora se encontraba encendida sobre un amplio escritorio de madera, las teclas salpicadas de sangre, al igual que el resto de la habitación. Recordó algo repentinamente y se decidió a llamar por teléfono en seguida.

—Sergio... ¿dónde andas?

—Me trajo Alicia, señor. Estamos entrando en la casa.

—Sergio... espérame ahí.

Guillén volvió sobre sus pasos hasta llegar a la estancia. Sergio y Alicia se encontraban en el recibidor; ella, con cierto gesto malhumorado, cruzada de brazos y enfundada en una gruesa chaqueta. Sergio, mirando el piano.

—Qué tal, Alicia. ¿Cómo está?

—Más o menos, teniente. ¿Ahora en qué tiene metido a Sergio?

Guillén se mostró acongojado. No veía a Alicia desde hacía varios meses, y el reencontrarla en esas horribles circunstancias no lo hacía nada feliz. Después de lo que habían pasado juntos durante el caso de los esqueletos decapitados, le había tomado bastante aprecio. No deseaba contrariarla, pero las cosas estaban fuera de control.

—La verdad... es un favor personal. La policía no debería estar investigando esto.

—¿Por qué? —lo cuestionó Alicia, suavizando el rostro.

—Porque, en estricto sentido, no hay crimen que perseguir. Las víctimas se están dando muerte a sí mismas.

—¿Suicidios?

—Algo así.

Sergio había ido al piano. Notó también que estaba limpio, que no había cenizas sobre el atril. Buscó la mirada de Guillén para que éste comprendiera.

—¿Sabía que Sergio está teniendo pesadillas otra vez, teniente? —exclamó Alicia.

—Pero no tienen nada que ver con esto —gruñó Sergio.

—Es un favor muy personal, Alicia —se sinceró el teniente—. Algo hizo que mi tío se quitara la vida de una manera espantosa y no voy a descansar hasta descubrir qué o quién fue.

Después de un rato, Alicia asintió levemente. Sabía que las intenciones de Guillén eran buenas; desde el caso Nicte lo había comprobado. Pero no podía quedarse al margen, no del todo. Mucho menos si Sergio le había anunciado, sin más, mientras ella veía la televisión después de un pesado día de trabajo, que no tardaba en volver, que iba a revisar la "escena de un crimen" con Guillén. Por eso se había ofrecido a llevarlo. Se sentía con la obligación de reclamar al teniente, asumiendo el papel de adulto responsable que al parecer nadie ahí se sentía movido a adoptar.

—¿Qué ocurrió esta vez? —preguntó más serena.

—Uh... —titubeó Guillén—, quisiera que Sergio revisara la escena... pero estaba pensando que mejor limpiamos antes.

—Sergio dice que sus pesadillas no tienen nada que ver con esto —sentenció Alicia—. Y yo... bueno, yo estudio medicina, así que... —hizo un ademán mostrando el camino, retándolos a los dos.

Sergio aceptó la invitación, preguntándose si el miedo crecería progresivamente. Llevaba días sintiendo una inexplicable angustia en el pecho, un constante temor que no le impedía olvidar la sentencia hecha por Belcebú para navidad. Deseó no seguir con eso, pedirle a Alicia que se fueran de vacaciones a Florida antes de tiempo. Deseó no haber contestado a la llamada de Guillén. Deseó estar en su casa, en su cama, cubierto por sábanas hasta la cabeza.

Guillén suspiró e hizo el camino hacia el estudio de Eduardo Ramírez, seguido por Sergio y Alicia. Se detuvo al final del pasillo. Empujó la puerta y se hizo a un lado para que sus acompañantes pudieran contemplar el interior.

La muerte no tenía ni media hora de haber ocurrido. La sangre goteaba de la lámpara, los cuadros, la pantalla de la computadora. Era una especie de despacho de trabajo. Y todo el recinto estaba salpicado de líquido rojo. Aunque lo peor no era eso, sino la imagen que ofrecía el cadáver de Ramírez Sentís, tirado sobre el suelo. Ambos pies habían sido cercenados. Uno de ellos se encontraba sobre el sofá; el otro, sobre la silla giratoria de escritorio. Igualmente carecía de varios dedos de una mano. Las heridas infringidas en el cuerpo eran de un salvajismo aterrador, más de un órgano interno había sido vaciado sobre la alfombra. El rostro, por completo desfigurado; y tanto de la boca como de los ojos escapaban brillantes hilos escarlata.

Sergio sintió repulsión pero se cuidó de no hacerla evidente para no ser hostigado por Alicia. Ella en cambio, un poco más acostumbrada a contemplar escenas de accidentes, se acercó a estudiar la escena con detenimiento.

—¿Qué lo hace pensar que él mismo se hizo eso? —se quejó Alicia.

Guillén lo pensó por unos momentos.

—No. No se lo puedo explicar, Alicia —fue todo lo que dijo.

—No tiene sentido.

—Sí, lo sé.

Sergio se fijó en un detalle significativo: que la computadora estaba prendida y había un trabajo pendiente en la pantalla. Con un gesto preguntó a Guillén si podría entrar a la habitación y éste asintió. Deslizándose hacia el interior, pasando por un lado del mueble que obstruía la puerta, llegó hasta el equipo.

—Teniente... creo que debe ver esto.

Guillén hizo el mismo camino que Sergio. Alicia, por su parte, también se animó a entrar, aunque ella fue directamente al cadáver. Se arrodilló y lo examinó.

Sergio señaló hacia el monitor, detrás del camino que habían dibujado un par de gotas de sangre. Estaba abierto el programa de lectura de correos electrónicos y, por encima de éste, había un correo abierto, listo para ser enviado. Un correo al que, minutos antes, Eduardo Ramírez habría dado la orden de "Enviar" si no hubiese sido atacado por la apremiante necesidad de quitarse la vida.

En el subject se leía: *"El nocturno existe"*.

Sergio y Guillén se miraron. Ambos parecían adivinar a qué se refería el correo.

Sergio pidió permiso para tocar el mouse y Guillén se lo concedió. Revisó la redacción, el cuerpo del correo, que era tan críptico como el subject.

Herz: El nocturno existe. Me la han hecho llegar. ¿A ti también? Quería saber si tú también has experimentad

La redacción del correo terminaba de golpe. Guillén arrebató entonces el mouse a Sergio, lo llevó a la última frase y la borró por completo. Luego, continuó con la labor inconclusa de Ramírez: presionó el botón de "Enviar". El correo no tardó en moverse hacia la carpeta de "Mensajes enviados".

A Sergio le preocupó la impulsividad del teniente.

—Disculpe, teniente pero... ¿No debimos haber contactado nosotros al tal Herz antes y tratar de prevenirlo?

—Tal vez, Sergio. Pero algo me dice... —se disculpó Guillén— que ese Herz no nos diría nada directamente a nosotros respecto al dichoso nocturno. Hay que hacerle creer que está hablando con Ramírez.

Sergio terminó por asentir, aunque no muy convencido.

—Ahora... —añadió Guillén—, a esperar a que conteste.

Tal vez se dio cuenta de lo que, en el fondo, pensaba Sergio de todo eso: que habría sido mejor evitar la muerte de "Herz" a toda costa. Que hubiera sido más honorable privilegiar la vida de esa posible víctima y no la investigación. Tal vez estaba muy cansado. Tal vez fuese sólo que no esperaba terminar su viernes de esa manera.

—Voy a pedir que no apaguen la computadora y que cerquen toda la casa —insistió—. Me quedaré a esperar un rato, a ver si contesta Herz. Tú y Alicia pueden retirarse.

—Sería bueno... —exclamó Sergio mientras era empujado sutilmente por el teniente hacia la estancia—, que sus hombres buscaran el nocturno por toda la casa.

Alicia los siguió en silencio hasta la puerta de entrada.

—¿El nocturno? —replicó Guillén, con la mirada perdida.

—Es decir... las cenizas que quedan siempre en su lugar. Sólo para estar seguros.

—Sí. Tienes razón.

A Sergio no le gustaba nada el semblante del teniente. Su irreflexivo acto parecía indicar que no se encontraba bien. No había sido un día fácil y querer extenderlo por descubrir la verdad a ultranza le parecía muy mala idea.

Cuando Guillén los acompañó hasta la reja no había gente aglomerada en el exterior y todo parecía volver a ajustarse a una noche decembrina como cualquier otra. La patrulla que hacía la guardia junto al auto era la única señal de que ahí habían ocurrido eventos extraordinarios. Sergio se detuvo, antes de salir, para volver a confrontar al teniente.

—¿Lo ha notado?

—Qué.

—Que todos los alumnos de Carrasco vivían solos y ninguno tenía intenciones de celebrar la navidad.

Guillén miró hacia la casa. En efecto, ni un solo motivo navideño delataba el paso de la época. Lo mismo en casa de Cansinos y Olalde. Al parecer eran seres llenos de amargura, sin esperanzas.

Dio un fuerte apretón de manos a Sergio y un fugaz beso en la mejilla a Alicia. Volvió a la casa.

Sergio y Alicia caminaron hacia el automóvil sumidos en profundas cavilaciones. Sólo hasta que iban camino a su casa reparó Sergio en el mutismo de su hermana.

—¿Por qué has estado tan callada?

Alicia no apartaba la vista del asfalto. De pronto se había arrojado de cabeza en los negros acontecimientos. Le habían afectado sobremanera las palabras de Sergio: seres solos y sin intención de celebrar la navidad. Seres que terminaron con su existencia de maneras pavorosas. Seres que habían perdido para siempre el rumbo.

—Los dedos —exclamó de pronto.

—¿Los dedos? —indagó Sergio.

—Los dedos que faltaban a su mano izquierda —hizo una pausa—. Él mismo se los arrancó. Hallé varios dentro de su boca.

El auto se perdió por las oscuras calles de la ciudad.

8:32 - 22 de diciembre. Sábado. Larghetto

—La puntualidad es algo que aprecio mucho, Thalberg —dijo una voz al fondo del callejón.

Morné se cercioró de que nadie lo hubiera seguido, tal y como le había pedido Oodak. En sus breves momentos de lucidez se arrepentía de estarse dejando llevar a una zona de sí mismo que le asustaba. Pero estos momentos eran cada vez más breves y esporádicos. La sensación de fortaleza y bienestar se sobreponía a todo.

Sacó las manos de su gabardina y, arrojando una nube de vaho sobre sus palmas, miró hacia el fondo del oscuro corredor en el que había sido citado. Detrás de él quedaba la limusina con Wilson aguardándolo, la poco transitada calle, la luz del sol que no alcanzaba el rellano. Al frente, el hueco entre dos edificios, la inmundicia, la oscuridad.

—¿Sabes a qué has venido, Thalberg?

Morné negó sin decir nada. Se sentía nervioso y no quería demostrarlo.

—Es una pequeña ceremonia de confirmación. Necesito saber qué tan convencido estás para poder ofrecerte más cosas.

Morné, en algún lugar de su mente, se preguntó qué tan convencido estaba. Pero la rapidez en sus manos al teclado, la sensación de vigor y placer...

Miró sobre su hombro. Había sido citado en un insólito sitio de la periferia urbana en el que, a esa hora de la mañana, el sol no alumbraba. Al menos en ese recoveco entre dos edificios. El callejón se encontraba cubierto por una pesada y vieja lona que tal vez en algún otro tiempo había tenido alguna utilidad práctica; ahora sólo servía para negarle la luz al reducido espacio.

—Acércate —lo instó la voz de Oodak, desde el fondo.

Morné deseaba no sentirse nervioso. Se frotó las manos y las regresó a su gabardina. Caminó con lentitud hacia adelante. Poco a poco sus ojos se fueron acostumbrando a la penumbra. Bajo sus pies, la basura poblaba el suelo. Miró hacia un lado: una rata hacía el camino de un cúmulo de desperdicios a otro. El olor a podredumbre se hacía, a cada paso, más y más insoportable. No obstante, no quiso cubrirse la nariz, no quiso reparar en sus pulcros zapatos. Siguió con firmeza hasta que distinguió, justo al final del callejón, a Oodak, quien lo esperaba entre nubes de moscas. Los ojos de su anfitrión parecían refulgir en la oscuridad, emitiendo una tenue luz roja.

—Te prometo... —dijo Oodak con parsimonia—, que después de este día no volverás a tener miedo nunca.

Morné se sintió avergonzado. ¿Tan evidente era?

Notó entonces que Oodak recargaba uno de sus pies sobre un hombre en el suelo, un hombre viejo, de calva pronunciada y mirada suplicante. Tiritaba por el frío de la mañana. Sus ropas eran claramente las de un menesteroso.

—Este gusano ebrio... —dijo Oodak monocorde—, te está esperando.

Morné temió preguntar. En realidad, deseaba que todo eso terminara pronto. No quería renunciar nunca a lo que había experimentado en los últimos días. Miró a los lados, incómodo.

Oodak se apartó del viejo, caminando unos pasos hacia la salida del callejón. Sin mirar a Morné, de espaldas, exclamó:

—Supongamos... simplemente... que el miserable me estorba.

El millonario se preguntó qué se esperaba de él. Miró a Oodak. Miró al pordiosero. Algo en su interior le dijo que no debía estar ahí. Algo en su interior le ordenó que volviera a sus negocios, a su casa en Nueva York, a su vida como siempre la había conocido.

—No es más que un maldito borracho que nadie extrañará.

Morné volvió a mirar al viejo, quien repetía algo en un hilito de voz incomprensible.

Un torbellino se apoderó de él. Ni siquiera tuvo que pensarlo. Fue superior a sus fuerzas. Un odio irreprimible se adueñó de su torrente sanguíneo, de sus pensamientos, de su corazón. El anciano era un estorbo. Era fácil deducir qué había que hacer con él. Dio un alarido que se tornó un bestial bramido. Las paredes del callejón se estremecieron. Oodak sonrió, complacido, y giró el cuello para contemplar su obra: la hermosa cornamenta que surgía de la cabeza del millonario era la prueba fehaciente de que su alma se perdía para siempre. Luego, la limpia transformación. Y, finalmente, el grito del viejo, levantado por una de las astas del soberbio minotauro para ser arrojado contra la pared. Oodak se cruzó de brazos contemplando la escena. Una, y otra, y otra arremetida, acompañadas de estentóreos bufidos, terminaron por reducir el débil cuerpo de la víctima a un guiñapo irreconocible de sangre, carne y ropa desgarrada.

Cuando Morné terminó, los mustios aplausos que provenían de las manos de Oodak lo devolvieron a la realidad. Se acercó como un perro que desea las palmadas de su amo.

Oodak le extendió un pañuelo.

—No creo que desee ser visto con esa cantidad de sangre en el rostro, señor Morné. No en esta ciudad llena de gente suspicaz.

Morné se paseó el pañuelo por la cara. La sensación era más placentera que antes. Más que ninguna otra cosa que hubiera sentido jamás. Más, incluso, que tocar el piano. Revisó sus ropas. Le sorprendió que, al igual que su forma humana, habían sido restituidas a su condición original, sin daño aparente.

Oodak extrajo un teléfono celular de la bolsa de su pantalón. Sin marcar número alguno, espetó:

—De una vez por todas, perro inservible... —contemplaba a Morné limpiarse el rostro sin mutar un solo músculo de su cara—. ¡Dime qué me tienes o tendré que hacerme cargo de ti!

Capítulo catorce

Pancho miraba su torso desnudo al espejo cuando llamaron al timbre exterior. Había despertado antes de lo deseado, pese al par de pastillas para dormir que ingirió al regresar del concierto de todos los sábados. Eran las cinco de la tarde. A últimas fechas le resultaba tan difícil encontrar descanso mientras estaba despierto, que consideraba una verdadera conquista dormir por más de seis horas.

Gruñó ante la insistencia del timbre. Se miraba el pecho y se repetía que todo eso tenía que terminar. Que él era más fuerte. Que cada circunstancia tenía una razón de ser.

—¡Voooy! —gritó, como si pudieran escucharlo hasta la calle. Caminó al interfono y preguntó de quién se trataba.

—Perdón, Pancho. Soy yo, Sergio. Creí que no estabas.

—Siempre estoy, carnal. Siempre estoy —respondió Pancho, liberando la puerta de la calle y abriendo la del departamento inmediatamente después, como siempre hacía cuando lo visitaba alguien en quien confiaba a ojos cerrados.

Se apresuró a ir a su recámara y se puso una playera negra con estampado de Motörhead. Luego, volvió a la sala, se arrojó al sofá y abrió una botella de refresco que se encontraba ahí, al lado del montón de ropa, discos y libros. Se preguntó qué caso tenía todo eso. Dio un trago al líquido negro del refresco. Cuando Sergio ingresó al departamento, Pancho se sorprendió maldiciéndolo en su interior, llamándolo de mil maneras sin borrar la sonrisa de su cara, deseando que jamás se hubiera aparecido en su vida.

—Qué onda.

—Perdón, Pancho. Tal vez... si me dieras tu teléfono... —se animó a decir Sergio.

—No, carnal —exclamó Pancho—, ya te dije que, entre menos contacto con el mundo exterior, mejor.

—Bueno. Es que me apena presentarme así, sin avisar.

—¿Pena? Pena robar y que te agarren. Ándale. Vamos a darle un rato.

Lo llevó al cuarto de la música y cada uno abordó su instrumento. Y mientras estaban ejecutando una canción de Black Sabbath cuya música Pancho seguía con habilidad a través de varias hojas de partitura, a Sergio se le ocurrió preguntarle si no conocería, aunque fuera de lejos, algo de Franz Liszt.

Había estado haciendo búsquedas en internet, instado por las últimas referencias al músico que habían surgido mientras investigaba al lado de Guillén y, aunque había podido enterarse que se trataba de un músico húngaro que tuvo más fama como pianista que como compositor, nada en las biografías que había leído le decía qué relación podría tener con los individuos que habían muerto en los últimos días.

Terminaron de tocar e iba a abordar a Pancho cuando sonó el teléfono fijo.

—Discúlpame, carnal. Qué lata.

Sergio supuso que sería otra vez Claudia, quizá la única persona con la que Pancho mantenía contacto. Aguardó pacientemente mientras se sumía en sus pensamientos. ¿Se trataría de un nocturno de Liszt? ¿Podría algo tan inofensivo como una pieza musical cargar con una maldición tan terrible? Y mientras hacía estas conjeturas, un rincón de su memoria quiso despertar, urgido por salir a la luz. Conocía muy bien esa sensación de haber dejado pasar algo importante y procuró tratar de desenterrar el recuerdo en lo que Pancho volvía de la estancia.

—¿Bueno? —dijo éste al teléfono.

—De una vez por todas, perro inservible... ¡Dime qué me tienes o tendré que hacerme cargo de ti! —rugió la voz del otro lado de la línea.

—Hola, Claudia... —repuso Pancho—. Es que ayer regresé tarde de la tocada y...

—¡No sirves para nada! ¡Es una maldita estupidez lo que me tienes que averiguar! ¡No sé por qué no voy a arrancarte el corazón yo mismo de una vez!

—No te pongas así... —respondió Pancho temblando.

—Te diré una cosa. Si para mañana no me tienes algo, juro que el terror que te haré vivir será tan grande como no se ha oído en siglos. No habrá demonio en el mundo que no sepa tu nombre y desee hacerte una visita, eso te lo puedo asegurar.

Pancho enmudeció. Entonces, algo en su talante consiguió un cambio en la voz al otro lado de la línea.

—Está ahí.

Miró a Sergio, a través del pasillo, quien hacía girar las baquetas con sus dos manos. Trató de reunir fuerzas.

—No sé de qué me hablas —se quejó.

—Está ahí.

—Okey. Nos vemos, Claudia.

Colgó y volvió al cuarto de música, frotándose la cara, haciéndose miles de preguntas. Sonrió a Sergio al detenerse en el marco de la puerta.

—¡Mujeres!

—¿Todo bien? —se interesó Sergio, parando el giro de las baquetas, convencido de que Pancho había tenido que librar alguna ruda pelea con su novia.

—No tanto. Iba a pasar la navidad con Claudia y me acaba de avisar que se va de viaje con sus papás.

El muchacho lo contempló con sincera simpatía.

Y se le ocurrió al instante. Después de todo, para eso son ese tipo de festividades, para reunirse con los amigos, con los seres queridos. Había llegado a la conclusión de que podía contar a Pancho entre sus amigos, pese a la diferencia de edades y al ánimo tan relajado con que éste veía transcurrir la vida, el abandono en que tenía su misión de mediador.

—¡Ven con nosotros! Mi hermana y yo estaremos muy contentos de que la pases con nosotros.

—¿En serio?

—¡Claro!

—Pues qué detalle. Digo... hace mucho que no salgo casi para nada. Excepto a las tocadas, tú lo sabes y... bueno, creo que valdrá la pena.

—¡Así me gusta!

Pancho miró con detenimiento a Sergio. Se sintió un verdadero infeliz, un desgraciado sin escrúpulos. Suspiró tratando de ser lo suficientemente buen actor como para que no se notara la lucha que estaba librando en su interior.

—Por cierto. Va a venir ahorita. Claudia. Por eso creo que sería mejor que te fueras. Discúlpame.

—No hay problema. Además tenía pensado ir a comprar mis regalos de navidad. No me iba a quedar mucho tiempo de todos modos.

Sergio se apresuró a abandonar la batería, tomar su chaqueta y salir del cuarto. Fue ese el momento en que se dio cuenta, el momento en que la revelación fue tangible. Contó, a mitad del pasillo, el dinero que había apartado para comprar regalos y separó un poco para tomar un taxi. Deseaba llegar lo antes posible a su casa.

Pancho lo acompañó a la puerta y la cerró apenas despidiéndolo con una palmada, acaso un poco ansioso por verlo partir. Volvió a sentirse ruin en cuanto se encontró solo otra vez. Fue a su habitación, tomó dos pastillas más para dormir y se arrojó sobre la cama destendida.

***

Tecleó uno de los nombres junto al otro, "Liszt" y "Herz", en el recuadro del buscador. Presionó "Enter" con el alma en vilo.

Se le había ocurrido en casa de Pancho que Herz fuera un seudónimo y no un apellido real. Y lo único con lo que le parecía que podía relacionarse dicho apodo era, justamente, el músico húngaro. Franz Liszt.

Cruzó los dedos.

Frente a sus ojos aparecieron, en efecto, algunas ligas de páginas en las que se relacionaba a Liszt y a otro músico de su tiempo: Henri Herz. Luego entonces, tenía razón. Había funcionado su corazonada. Liszt. Herz. Músicos ambos del siglo diecinueve.

Ingresó a una página de las que le recomendaba el buscador, a otra y a otra... tratando de dar con algo que lo llevara a una pista significativa. Y mientras presionaba frenéticamente el botón izquierdo del mouse, sus manos sudaban al ritmo de sus excitados latidos. Página tras página, donde más se repetía la coincidencia de ambos músicos era en las referencias a un trabajo colaborativo que supuestamente habían realizado con otros cuatro pianistas. Algo que habían llamado "Hexamerón". Seis insignes músicos en pos de un mismo trabajo.

Seis pianistas.

Localizó el hexamerón en la red y lo tocó, imaginando que tal vez era la pieza que estaba haciendo que los pianistas se suicidaran de tan horribles maneras. Una introducción, un tema, seis variaciones y un finale. Pero, con toda franqueza, lo que escuchó no le pareció ni tan macabro ni tan extraordinario. La pieza había sido utilizada como pretexto para ser ejecutada en un concierto de caridad en 1837 y dar, entre los seis participantes, con el mejor pianista de todos los tiempos, título que aparentemente había ganado sin ningún problema Franz Liszt.

Con la impresión de haber dado con algo importante pero, por el momento, irrelevante, Sergio se arrojó sobre su cama de espaldas. Había renunciado a irse de compras navideñas por hacer esa búsqueda en su propia casa y tener tiempo para pensar, sacar alguna conclusión, deshilar la madeja. La única luz que alumbraba su cuarto era el salvapantallas de John Bonham en su computadora.

Había renunciado a ir de compras. Un día para nochebuena. Dos para navidad.

El hexamerón seguía en continua repetición cuando se quedó dormido. Seis nombres le rondaban la cabeza.

Liszt. Herz. Czerny. Chopin. Pixis. Thalberg.

Liszt. Herz. Czerny. Chopin. Pixis. Thalberg.

Liszt.... Herz... Czerny..

...Chopin...

...Pix...

Se le ocurrió a los diez minutos. Había sido apenas un pestañeo. Pero parecía tan bueno que no quiso dejarlo para después. No cuando la música del hexamerón seguía persiguiéndose a sí misma una y otra vez. No cuando la navidad estaba tan a la vuelta de la esquina. Diez minutos exactos.

Se arrojó sobre la computadora y fue a la barra del explorador. Ingresó el URL del portal en el que Ramírez Sentís tenía su correo electrónico. Recordaba perfectamente la dirección porque la había visto en el correo que estaba a punto de ser enviado, aquél que Guillén modificó y envió al tal Herz desde la computadora de la última víctima. Una dirección demasiado simple como para ser olvidada: eduramirezs_2003.

Ingresó la cuenta y tecleó el password: Liszt.

Nada. Intentó con un nuevo password. Herz. Nada. Otro: Czerny. Nada. Comenzó a pensar que su ocurrencia no lo llevaría a nada y que sólo había sido un disparatado chispazo del duermevela. Intentó con el siguiente en su lista mental, dispuesto a olvidarse de todo e ir a prepararse algo de cenar en lo que llegaba Alicia.

Chopin.

La página del portal abrió la bandeja de entrada de la cuenta. ¡Eureka! La intrusión estaba hecha.

Sabía que Guillén había pedido que no apagaran la computadora de Ramírez, pero eso no le impedía continuar con su propia investigación a la distancia.

Todavía no respondía Herz, lo cual lo hizo sentir decepcionado. Pero al instante sus ojos se dirigieron hacia cierto detalle que la noche anterior había observado y al que no había dado la importancia debida. En la bandeja de entrada se alcanzaban a ver aquellos correos que el difunto había recibido en los últimos tres días, la mayoría, al parecer, de trabajo. Pero el que había hecho a Sergio sospechar era uno que, entre dos del viernes anterior, carecía de remitente y de descripción. Sólo se veía la fecha de envío, en la columna de la derecha, y ésta no parecía tener ningún sentido. Los caracteres que la conformaban no eran números; no eran tampoco letras. Eran confusos símbolos sin ningún significado aparente.

Dio dos clics al correo y éste se abrió. En el cuerpo aparecía, con letras minúsculas y sin ninguna otra explicación: "enhorabuena". No tenía firma. Nada. Aunque sí aparecía un archivo adjunto, un archivo que a Sergio no dejó de causarle inquietud: "Blfg.mp3".

Se puso los audífonos. Dio un clic sobre el archivo adjunto.

Aguardó unos instantes.

Su rostro se vio transformado. Probablemente porque el volumen estaba a su máxima potencia. O porque fue totalmente inesperado. El caso es que comenzó a escuchar una música de piano como no había oído nunca antes.

Siempre se había confesado un gran fanático del rock pesado, de la música electrónica. Y aunque llevara en su celular el concierto número dos de Rachmaninoff completo, lo que en ese momento se develaba a sus oídos era completamente distinto, tan maravilloso que sintió, por esos breves segundos, que había estado perdiendo el tiempo escuchando otros tipos de música.

No había escuchado jamás algo así.

Y cuando su habitación volvió a quedar en silencio, se sintió devastado.

Nostálgico y extasiado.

Triste sin explicación alguna.

Al poco rato volvió a dar un clic sobre el archivo pero nada ocurrió.

Volvió a intentarlo.

Nada.

"Maldita sea", dijo. Utilizó la opción de "Bajar archivo" y lo copió a una carpeta de su computadora. Le dio doble clic pero nada salió por los audífonos.

—De veras que ya me urge otra máquina. Esta es una auténtica porquería.

Fue lo último que dijo al salir de su habitación para ir a prepararse unas quesadillas, tratando de evocar una melodía que, a su parecer, era más hermosa que todo lo que hubiera escuchado antes.

Sin excepción.

Capítulo quince

"Ubica el miedo. Es lo más importante. Ubícalo."

Se incorporó en la cama, seguro de que había sido un sueño, de que la voz no había surgido realmente de la estatua de Giordano Bruno, como le había parecido. Se asomó a la ventana. Por un momento creyó ver a Farkas en la plaza, contemplándolo, incitándolo a ir tras él.

Se frotó la cara con las manos, tratando de despertar por completo. Un ruido. Ahora estaba seguro. No había sido la voz, en sus sueños, la que lo había despertado, sino ese ruido en la sala. Se puso alerta.

—¿Alicia?

No hubo respuesta. Se le puso la carne de gallina.

De nuevo el ruido. Ahora lo pudo distinguir. Pasos apresurados.

—¡Alicia!

Sin respuesta. No pudo más. Se levantó y, lo primero que hizo, en una pierna, fue encender la luz de su habitación. El lóbrego aspecto que habían adquirido sus cosas, su escritorio, la batería, su armario, se perdió al instante. La luz que alcanzaba a proyectarse sobre el pasillo hasta llegar al comedor lo tranquilizó.

Pero entonces...

Una ráfaga a lo largo de la sala, entre el árbol de navidad y el sofá.

No la vio. La oyó.

"Está aquí dentro". Temió que se tratara de Farkas, probablemente porque, al asomarse por la ventana, algo le había hecho sentir que el monstruo estaba ahí, del otro lado de la calle, con su abrigo, su melena, la pequeña bolsa de cuero alrededor del cuello, los ojos de furia.

Fue a despertar a Alicia. Sintió que era su responsabilidad.

—¿Qué pasa? —respondió su hermana, a la cuarta vez que Sergio la sacudió.

—Escucha —respondió Sergio.

Se quedaron un par de minutos en silencio, Alicia tan alerta como Sergio. Dos minutos. Nada.

—¿Qué, Sergio? ¿Qué oíste?

Él decidió que, estando Alicia despierta, podría asomarse con más confianza. Salió de la habitación dando saltos, prendió la luz de la sala. Nada. En el comedor. Nada. Fue a la cocina, al cuarto de lavado. Revisó la cerradura de la puerta principal, las ventanas... todo perfectamente asegurado. Iba a volver al cuarto de Alicia a disculparse con ella cuando lo notó: fue casi imperceptible pero allí estaba. Sintió que sus sentidos se alteraban. Deploró todo lo que le ocurría: ser tan suspicaz, ser un mediador, estar tan al pendiente de todo, del miedo, del mundo visible e invisible.

Dos esferas del árbol se balanceaban. Sólo dos. No como si un viento hubiera hecho corriente en esa zona de la casa. Más bien... como si alguien, al pasar por ahí, las hubiera rozado por accidente. Tratando de controlarse, miró debajo de la mesa del comedor, debajo de los muebles, volvió a la cocina y abrió la alacena, el horno, la puerta que ocultaba la tabla de planchar. Nada.

Cuando volvió al comedor, Alicia estaba en la entrada de su recámara, de brazos cruzados.

—Qué, Sergio. No me espantes.

Sergio advirtió que las dos esferas ya estaban quietas.

—Supongo que lo imaginé.

—Qué.

—Un ruido. Oí cómo alguien caminaba por aquí —señaló el sitio.

Alicia lo miró, preocupada por la posibilidad de que a Sergio se le estuvieran saliendo de control las pesadillas.

—Sergio, en serio que... —comenzó a recriminarle.

—¡¡¡!!!

Silencio. Golpes. En la mesa de la cocina. Como si alguien, con los nudillos...

Pfff... toc. Pff... toc.

—¿Oíste? —preguntó Sergio. El miedo, su antiguo conocido, se complacía en regresar para hundir sus garras en todo su ser.

Alicia se quedó quieta, los ojos desmesuradamente abiertos. Sergio brincó hacia la puerta de la cocina, aunque poniendo distancia entre él y la entrada, procurando atisbar antes de ingresar. La luz prendida le hizo sentir confianza, aunque los golpes...

Pfff... toc.

Sergio no supo cómo explicarlo. Una silla se golpeaba contra el borde de la mesa del antecomedor. Pfff... toc.

Pff... toc. Una y otra vez. Una invisible mano jugaba con ella. Se deslizaba por el suelo y golpeaba la mesa con el respaldo. Pfff.... toc.

Una y otra vez. Pffff.... toc. Pff... toc.

Miró a Alicia, sin saber qué decir. Horrorizado ante un suceso que ocurría ante sus propios ojos, en su propia casa, y que no admitía réplica, no encontró palabras.

—Vamos a dormir —lo urgió Alicia.

—No. Ven. Mira.

—Vamos a dormir, Sergio.

A él le pareció que Alicia no comprendía o no quería comprender. Acaso tuviera más miedo que él.

—¿Pero... no escuchas?

—Ya, Sergio —insistió Alicia para, después de un breve instante, volver a su habitación. Apagó la luz. Se echó en la cama. Se desentendió por completo.

¿Qué le pasa? ¿Por qué lo niega?, se dijo Sergio mientras contemplaba cómo la silla dejaba repentinamente su extraño juego. Luego, observó cómo la luz de la cocina se apagaba sola. Cómo una incomprensible presencia recorría el pasillo, apagaba la luz del comedor, de la sala, ingresaba en su cuarto y también lo devolvía a la penumbra. De pronto se encontró, frente a la puerta de la cocina, en total oscuridad, petrificado, solo. Lamentó que Alicia no hubiera presenciado lo que acababa de ocurrir.

"Dios mío... ¿qué está pasando?"

Se quedó en la misma posición, temiendo hacer cualquier movimiento. Aguzando los sentidos, tratando de que nada escapara a su vista, a sus oídos.

¿Por qué Alicia se había mostrado tan indiferente? ¿Qué rayos estaba pasando? Su mente se encontraba entregada a todo tipo de pensamientos terribles. Comenzó a temblar.

Se mantuvo de pie en el pasillo por más de diez minutos hasta que, convencido de que todo estaba en calma, se decidió a volver a su cuarto. Encendió la luz. Todo parecía normal. Nada fuera de sitio.

Pero no podía sacarse de la cabeza que aquello que empujaba la silla había hecho el camino hasta su habitación apagando todas las luces, quedándose ahí dentro.

Tardó más de media hora en animarse a tocar el interruptor. Cuando lo hizo, aguardó sentado sobre su cama, esperando que algún extraño ruido lo obligara a presenciar eventos. Las esferas. La silla. Las luces...

Se durmió por cansancio con la vista puesta en su reloj despertador. Eran las tres y diez de la mañana cuando por fin lo venció el sueño.

***

El concierto de Rachmaninoff lo despertó, siete horas después, a las diez y minutos.

—¿Bueno? —contestó aturdido.

—Sergio... —dijo Guillén— no me digas que todavía no te levantabas.

—La verdad no, teniente.

—¿Estás durmiendo bien?

Le hubiera gustado ser sincero, pero no quería que el teniente lo sacara de la investigación.

—Es que me desvelé viendo la tele —mintió a medias.

—Quería comentarte algo.

—¿Ya contestó el correo Herz? —se anticipó Sergio.

—No. Pero hablé un poco más con la tía de Olalde. Le pregunté específicamente sobre el nocturno y recordó algo.

Sergio se sentó en la cama. Escuchó que picaban verdura en la cocina. Al parecer Alicia había hecho válida su amenaza de preparar ella misma la cena de navidad.

—¿Qué recordó?

—Que su sobrino hablaba a veces con otro alumno de mi tío respecto al nocturno. No recordaba qué, pero parecía algo muy importante.

La luz del sol bañaba la habitación. Sergio se preguntó si lo que había acontecido en la noche había en verdad ocurrido o era parte de un sueño. La claridad del día ejercía ese poder sobre las cosas: las hacía reales, tangibles, incapaces de ceder a los efectos de fuerzas paranormales.

—Alguna vez Olalde le dijo a su tía que sólo a través de una pieza de Franz Liszt se salvarían.

—¿Se salvarían? ¿De qué?

—Ni idea. Dice que, ya adulto, le volvió a preguntar al respecto y éste, molesto, negó haberle dicho jamás tal cosa.

Sergio no supo qué agregar. Tampoco se sintió con deseos de contarle a Guillén de su intrusión a la cuenta de Ramírez. Aún no concluía nada y no quería abrir nuevas interrogantes en la mente del detective.

—El nocturno tenía un nombre, pero no lo pudo recordar.

"No me extraña", pensó Sergio. Salió de la cama con el teléfono pegado a la oreja. Sus ojos se posaron en la pantalla de su computadora.

—Teniente... —se aprestó a hablar.

—¿Sí?

—Recuerde que está usted invitado a cenar con nosotros hoy.

Y, de pronto, le pareció que Guillén había hablado justo para eso; por el modo en que se mostró apenado por la invitación, por el modo en que terminó aceptando, lo rápido que olvidó el "motivo principal" de su llamada y se ofreció a llevar el postre y los refrescos. Sergio se alegró por él. Sólo le pidió que llegara a las nueve y que fuera puntual, pues Alicia siempre servía a las diez y media.

Colgó y dio un vistazo a su recámara. Los terrores nocturnos siempre parecían una ilusión por la mañana. Le había ocurrido meses atrás, cuando los espectros lo aterrorizaron ahí mismo, entre esas cuatro paredes. El sentimiento era tan familiar que odió sentirse acostumbrado. Encendió su equipo mientras trataba de ordenar en su cabeza el día, la necesidad de salir a la carrera a comprar regalos. Regalos navideños. Un dolor se instaló en su estómago y se corrió al pecho. La sola palabra, la sola alusión a la navidad, le despertaba ansiedad.

Se dispuso a saludar a su hermana buscando no ceder a tan funestas ideas. Le hacía sentir muy bien que ella no hubiese ido a trabajar. La presencia de Alicia le recordó el tiempo en que ambos compartían más cosas, cuando ella todavía no se enfrascaba tanto en su carrera y su trabajo. Cuando él todavía no recibía cierto libro que, a ratos, pesaba más que una condena.

—Buenos días.

Alicia se encontraba preparando el relleno del pavo sobre la mesa del antecomedor. La enorme ave se descongelaba sobre la estufa, en una bandeja metálica.

—Buenos días —respondió ella, sin dejar su labor—. ¿Por qué no apagaste las luces ayer al irte a dormir, eh?

Sergio iba a objetar pero prefirió quedarse callado. La inmovilidad de la silla que el día anterior se estaba golpeando sola contra la mesa le convenció de que todo había sido un sueño. Que no debía darle importancia. Los privilegios de la luz matinal.

—Sólo dime algo, Alicia, ¿recuerdas si te desperté ayer en la noche?

—Sí, me acuerdo.

—¿Y...?

—Ayúdame a pelar las manzanas —desvió la mirada.

Luego, le indicó el recipiente en donde tenía la fruta y le extendió el mondador. Sergio puso manos a la obra, sentándose en la misma silla que había visto cobrar vida durante la noche. Y acabó por convencerse de que, por el momento, eso era lo único importante: él y Alicia, juntos, preparando los platillos de la cena.

—Oye... —se decidió a no permitir que su ánimo decayera—. Invité a Guillén y a otro amigo a que vinieran a cenar.

—Me parece bien —sonrió Alicia—. Así no comemos pavo recalentado toda la semana. ¿Para qué me llamaste al celular ayer?

—Para nada, me equivoqué.

—¿No sería para...?

Alicia se secó las manos en un trapo y salió de la cocina. Volvió con una bolsa de un centro comercial. De ésta extrajo un libro de Stephen King.

A Sergio se le iluminaron los ojos. Parecía como si él mismo hubiera hecho la compra.

—Me imaginé que le gustaría a Jop —concluyó.

—Eres la mejor hermana del mundo.

—Nah... es sólo que a las mujeres se nos dan mejor las compras. Pero tú los envuelves, ni creas que te voy a ayudar con eso también.

Sergio hurgó en la bolsa y descubrió que ella había pensado en sus dos mejores amigos y en el teniente. "Y yo soy el peor amigo del mundo", remató mentalmente al extraer el regalo de Brianda, pues sabía que terminaría dando obsequios que ni siquiera él había escogido. "Pero peor habría sido no darles nada", se consoló a sí mismo.

Hicieron los preparativos para la cena escuchando la música pop que gustaba a Alicia, tratando de llevar la plática por terrenos cómodos y mundanos, felices de estar juntos y turnándose la batidora, abriendo al unísono el horno, espulgando las nueces, las pasas y los piñones. Felices como deben ser los preparativos de una navidad en familia. Sólo al cabo de unas tres horas, cuando estaba hecha la ensalada, el postre enfriándose y listo el pavo para ser inyectado, cuando Alicia se disponía a preparar algo de ponche, se le llenó a ella la voz de nostalgia. Tal vez un excesivo silencio, un repentino hueco en la conversación, fue el que la llevó a recordar una navidad, a sus nueve años. El árbol estaba lleno de juguetes y ella, a media noche, se levantaba para abrir sus regalos. En sus ojos, en su voz, en el modo en que dejó de arrancar tallos a la fruta, notó Sergio que ingresaba a esa zona que rehuía muy a menudo cuando conversaban.

—¡Estaba tan contenta! —dijo, después de describir a Sergio toda la escena—. Y de repente me sentí observada. Levanté la vista y ahí estaba, sonriente, de bata y pantuflas. Me dio tanto gusto que se hubiera despertado... lo llevé conmigo al pie del árbol y lo puse a armar un rompecabezas que recibí mientras yo leía las instrucciones de un juego de mesa para que jugáramos más adelante.

Sergio prefirió no hacer ningún comentario. No quería arruinar la confidencia.

—Eran como las tres de la mañana, pero él se quedó conmigo hasta que amaneció. A veces extraño tanto esa sensación, Sergio...

No habría sido la primera vez que Alicia dijera algo así como "era un buen hombre, no me explico qué le pasó", pero esta vez no agregó nada más. Se dispuso a continuar con el ponche y mandó a Sergio a bañarse pues quería que ambos comieran con Julio, el escurridizo novio que Sergio todavía no conocía.

Y él obedeció aunque, para variar, hubiera deseado que Alicia no abandonara tan pronto sus recuerdos. Le ayudaban a recuperar un pasado desconocido y, en ocasiones, tan anhelado. A pesar del terrible cambio de su padre, con mucha frecuencia deseaba conocer al hombre que había sido antes de volverse loco. Alicia había tenido un padre por al menos trece años. Él, ni siquiera por tres meses.

Se metió a bañar sumido en estos pensamientos y, cuando salió sonó el teléfono. Era la una y media de la tarde; Alicia se estaba maquillando para su cita con Julio. La nochebuena pintaba bien. Los privilegios de la luz del día, del ritmo sosegado de la vida ordinaria.

—¿Bueno?

—Cancela los planes que hayas hecho para comer, Checho.

—¿Por qué?

—Porque vas a comer conmigo y mis papás. Y no quiero un no por respuesta.

Era típico de Brianda. Pero le había prometido a Alicia y...

—¿Quién es, Sergio? ¿Brianda? —preguntó Alicia desde su cuarto, mientras resaltaba sus ojos verdes con algo de color en los párpados.

Sergio asintió, tapando la bocina con una mano.

—Dile que está bien —agregó Alicia.

—¿Que está bien qué? —rezongó Sergio.

—Lo que sea que te haya pedido. A la novia hay que cuidarla, hermanito.

Sergio se sintió atrapado entre las dos mujeres. Volvió al teléfono.

—Está bien. ¿Cuál es el plan?

Le agradó saber que Jop también estaba invitado, que los señores Elizalde pagarían una comida en el lugar que ellos eligieran, que pasarían por él en una hora. Sí, la nochebuena pintaba bien. En una de esas y todo se reduciría a aquello que el padre Ernesto le había espetado la primera noche: "No creas nada de lo que te haya dicho ese engendro. Su juego es ese. Parecer convincente. Hacerte dudar".

Y hasta ese momento recordó que había encendido la computadora. En seguida fue a la carpeta en la que bajó el archivo MP3. Le dio doble clic de nuevo, sin obtener nada a cambio. Maldijo al equipo y aprovechó para hacer indagaciones en internet, una vez que Alicia se despidió y lo conminó a no llegar tarde a la cena. Buscó nocturnos de Liszt y dio con varios muy hermosos; en particular el número tres, *Liebestraume*, era bastante ubicuo en la web. Le extrañó que sí pudo escuchar este nocturno y, en cambio, aquél que había copiado del correo de Ramírez seguía sin mandar nada a las bocinas. Y, aunque el nocturno número 3, en la bemol mayor, tenía similitudes con el que había escuchado, era menos hermoso, más dramático. Luego, siguiendo un impulso trabajado en los últimos días, ingresó las palabras "Orich Edeth" en el buscador. Nada. Después, "Er Oodak". Mismo resultado. Abrió el Messenger. Contempló por un largo rato el icono de Farkas "desconectado".

Eran las dos y diez cuando abrió el Libro de los Héroes. Se perdió entre sus páginas, entre los grabados de los hombres lobo.

Se preguntó si habrían existido desde el inicio de la raza humana, si siempre habrían sido sanguinarios depredadores del hombre. Si tardarían mucho en pasar por él Brianda y sus papás. Si...

Pffft.... toc.

¡¡!!

Se puso alerta. Estaba seguro de haberlo escuchado.

Pfft... toc.

Corrió a la cocina. Ahora, gracias a la prótesis, llegó en un santiamén. La silla estaba inmóvil. Todo parecía normal excepto por un detalle: una cucaracha enorme caminaba con descaro y lentitud por el mosaico. Se quitó el zapato sin agujetas de la prótesis y la aplastó con disgusto. La retiró con una servilleta, las antenas aun moviéndose, y la arrojó al bote de la basura. Lo alivió el timbre exterior.

—Ahorita bajo.

—No. Nosotros subimos —dijo Jop.

Sergio liberó la puerta exterior y se dispuso a recibir a sus amigos con la seguridad de que llegaría al 25 sin sobresaltos. Que el padre Ernesto tenía razón: los demonios sólo alardean.

En cuanto abrió la puerta del departamento sintió una tibieza interior desconocida para él. Brianda estaba preciosa: se había soltado el cabello y llevaba un vestido café con mallas. Por primera vez desde que la conoció, reparó en sus sutiles formas: la curvatura de su cintura, la forma en que se levantaba el vestido a la altura del escote. Por unos instantes se sintió muy afortunado.

Jop en cambio, al igual que él, sólo se había puesto camisa de cuello, zapatos y chaqueta.

—¿Qué pasa? ¿Por qué quisieron subir?

—Por esto —señaló Brianda la gran caja envuelta que llevaba Jop en las manos.

—Feliz navidad —exclamó sonriente, llevando su gran regalo al árbol de navidad.

—Gracias, Jop.

Brianda fue al árbol y con agrado notó que no había demasiados regalos en él.

—No me digas que… —sonrió— no pudiste comprarme nada.

Sergio volvió a sentir esa sensación extraña y placentera. No obstante, apenas devolvió la sonrisa, con un ademán los hizo acompañarlo a su cuarto. Señaló los paquetes que había estado envolviendo apenas minutos antes.

—Chin —dijo Brianda, para luego corregir—. No, que diga... Gracias.

Sergio les extendió sus regalos con un parco "feliz navidad".

Jop no pudo esperar y desgarró el contenido de inmediato. Los dos libros de Stephen King, en inglés, que le había comprado Alicia. *The dead zone* y *Christine*. Además, aquella araña de arcilla que le obsequió la escultora, la hermana de Olalde.

—¡Jop! ¡Eso no se hace! —lo regañó Brianda—. Lo mismo hiciste con el que te di hace rato, te pasas.

—Ojalá te den ideas para terminar tu guión, Jop —explicó Sergio.

—¡De pelos! Gracias, Serch. ¡Y esta araña está buenísima de horrorosa! —dio un gran abrazo a su amigo.

—Eres un desesperado —le volvió a recriminar Brianda.

—Ay sí. Y tú no quieres abrir los tuyos.

—Pues sí, pero yo me voy a esperar hasta mi casa —le mostró la lengua, abrazando el cuadrado pequeño con un moño y varios santacloses que le había entregado Sergio minutos antes.

"Verdaderamente soy el peor de los amigos", se recriminó éste, tratando de ocultar su pesar.

—Bueno, vámonos que ya hace hambre —dijo Jop apagando la computadora de Sergio en caliente.

Pffft.... toc.

—¿Escucharon? —exclamó Sergio.

—Eh... no —respondió Jop—. ¿Qué fue?

—Desde ayer se oye como si alguien arrastrara una silla y la hiciera golpear. De hecho... —hizo una pausa—, al levantarme en la noche a averiguar qué era, vi cómo la silla se golpeaba sola contra la mesa. Lo juro.

Jop y Brianda se miraron, como si por un momento se detuviera el tiempo. Como si se vieran impelidos a esa acuciosa espera de un sonido que no llegaba.

—Mejor vámonos —los urgió Jop con nerviosismo.

Abandonaron la habitación de Sergio y caminaron a la puerta de entrada del departamento, no sin que antes Sergio mirara hacia el interior de la cocina. Todo en calma. Aprovechó para hacerle a Jop una pregunta que lo inquietaba desde que había encendido la computadora.

—Por cierto, Jop, dime una cosa —extrajo sus llaves para correr los cerrojos—. ¿Cuál es la diferencia entre abrir tu correo electrónico con un programa en vez de verlo directamente de la página en internet?

—¿La diferencia? Muy poca. Lo que hace el *pop mail* es copiarlo de la página a tu computadora para que lo veas incluso cuando no tienes conexión a internet. ¿Por qué la pregunta?

"Copiarlo", pensó Sergio. Esa era la palabra que lo inquietaba. "Copiar". Comenzaba a sacar conclusiones que no quería tomar como ciertas porque las imaginaba terribles.

Cerró al fin la puerta con llave, el corazón pesado.

El Libro de los Héroes era muy claro en la defensa contra los demonios, aun si éstos eran incorpóreos, pero no decía cómo defenderse de aquello que no se podía identificar. En cuanto se unió a sus amigos en el inicio de la escalera, volvió a sentirse mal: una gran cucaracha se encontraba en el techo del rellano, moviendo sus grandes antenas, como a la espera de algo, de alguien. Prefirió ignorarla.

—Vámonos.

—Estaba pensando... —dijo Brianda—, que es una pena que aquí en México no tengamos una costumbre como la del muérdago de los norteamericanos.

—¿Qué costumbre? —preguntó Sergio mientras bajaban.

—Si te paras debajo de una ramita de muérdago, el que está contigo está obligado a besarte.

Jop soltó una risita.

—Sí, es una verdadera pena —exclamó Sergio sin detenerse.

16:45 - 24 de diciembre. Lunes. Grave

Pancho se sintió ridículo poniéndose una camisa y una corbata. Era la tercera vez que fallaba al intentar el nudo. Renunció apoyándose en el lavabo. Aproximó su rostro al espejo del baño y se miró con detenimiento.

—Qué te pasa... —se dijo—. Qué te pasa, gordo infeliz. ¿En qué te has convertido?

Se preguntó cuándo había sido la última navidad que había celebrado, cuándo se había sentado a departir con una familia real por última vez. Sólo sus sesiones musicales lo salvaban de la locura, de la amargura total. Pero eso no era vida y lo sabía. Estar todo el tiempo escondido, todo el tiempo rehuyendo su suerte, su destino. Cierto que sus compañeros músicos lo estimaban y respetaban, pero ninguno lo invitaba jamás a comer o al cine. Mucho menos a pasar la navidad.

—Cobarde —tronó con violencia contra su reflejo.

Por un momento pensó qué tan difícil sería volver a la luz del sol, tener amigos otra vez, retomar su vida. Lanzó lejos la corbata y desgarró los botones de su camisa. Se miró el pecho.

Su único consuelo era el contacto que todavía mantenía con aquel héroe que...

...y sin embargo...

—¡Maldito cobarde! —rugió.

Dejó de mirarse. Bajó la cara y una gruesa lágrima se escurrió de su mejilla hasta el lavabo. Se sacudió en sollozos.

—No podría estar más de acuerdo —escuchó a sus espaldas.

Se dio la vuelta para encontrarse con los ojos que más odiaba y temía en el mundo.

—Oodak... ¿qué haces aqui? ¿Cómo entraste?

—Por favor, querido Pancho, no me ofendas —dijo éste con parsimonia, casi con dulzura—. ¿Qué me tienes?

Pancho se retiró el cabello del rostro. Miró detrás de Oodak.

No venía solo. Jamás había visto al individuo que lo acompañaba pero tampoco era tan inusual que el demonio se presentara a intimidar a alguien con algún servidor de baja estofa.

—¿Y él?

—Te sorprenderían las cosas que puede hacer mi amigo Morné —dijo despectivamente Oodak—. Las cosas que puede hacer para producir... miedo.

Pancho se descubrió el pecho. Oodak rió ruidosamente.

—Por favor... patético remedo de ser humano... no me insultes con tu absurdo *clipeus*. Sólo hace más evidente la clase de basura que eres.

Dio unas palmadas en la espalda a Morné y fue a la estancia. Se sentó en la orilla de uno de los sofás cubiertos de ropa sin lavar, de pósters, de discos, de pedazos de la vida de Pancho. Daba la impresión de no molestarse por nada, como si tuviera todo el tiempo y la paciencia del mundo. Morné, por su parte, sólo contemplaba a Pancho con una mezcla de apetito y odio.

—¿Quién lo está protegiendo y para qué? —exclamó Oodak.

—Hoy en la noche lo voy a ver, te lo juro. Ven mañana.

El músico sentía mucho miedo y lo externaba, un miedo que sólo se puede abrigar en presencia de un personaje de tan vil naturaleza. Presentía que no había maldad más pura en el planeta que la proyectada por aquél que se encontraba sentado en su sala; sabía que sólo él no había dudado jamás. Ningún otro servidor del maligno había conquistado tan oscuro nombre, tan nefasta reputación. Nadie como él la muerte, la mentira, la ira, la masacre y la carnicería, nadie como él la blasfemia, la deshonra.

Volvió Pancho a mostrarle su pecho desnudo, temeroso.

—¿Quién lo está protegiendo y para qué, mediador de porquería? ¿Quién? —volvió a preguntar Oodak sin alterar el tono en su voz.

El pánico hizo que Pancho se sintiera fatigado, asfixiado, sus ojos volvieron a lagrimar.

—Estoy tentado a dejarte a este nuevo súbdito para que te haga recordar lo que es el terror, Pancho querido.

Pancho miró a los ojos a Morné. ¿En qué horrible bestia se transformaría a un mínimo mandato de su señor? Hizo una muda súplica.

—Qué desperdicio —bufó Oodak—. ¿Quién te hizo mediador?

—Ven mañana, por favor.

—Sí, sí... —confirmó, aclarándose la garganta—. Vendré mañana. Pero sólo a cerciorarme de que has utilizado la única salida digna que te queda, cerdo repugnante.

—Hoy en la noche lo voy a ver, ya te lo dije. Me invitó a su casa a la cena de navidad. Mañana... mañana...

—No me interesa. Te lo dije ayer. Quería una respuesta hoy. No la tienes. Tú sabes que la piedad no es lo mío. Ya me encargaré de otro modo.

Negó con la cabeza y tomó la perilla de la puerta. Abrió y salió sin apurar el paso, como si hasta el tiempo estuviese de su lado. Morné, con la mirada obnubilada, como si estuviera pasando por alguna especie de trance, sólo lo siguió.

—Muestra un poco de respeto por los otros que murieron como debían morir: descuartizados, devorados, desmembrados a manos de mis demonios... en fin, todos los mediadores que intentaron, aunque mal, dar la batalla —dijo Oodak sin dar la cara, del otro lado de la puerta abierta—. Muestra un poco de respeto y haz lo que tienes que hacer, porquería sin agallas.

Pancho se sintió liberado cuando volvió a quedarse solo, cuando los pasos de Oodak y su vasallo dejaron de escucharse. El ritmo de su corazón volvió a la normalidad y pudo respirar sin tener que dar grandes bocanadas. Pero su espíritu no recuperó la tranquilidad. Pateó una pila de discos. Golpeó los sillones. Dio grandes alaridos. Miró el álbum doble que había extraído de su colección para regalárselo a Sergio. Se sintió, en verdad, una porquería.

Se sentó en el suelo y dio rienda suelta a su llanto. Un llanto que no habría de liberarlo de la gran carga que sentía sobre su alma.

Capítulo dieciséis

Brianda escogió el lugar, un restaurante italiano de la colonia Condesa. Y los señores Elizalde les permitieron brindar con un poco de sangría. Fue una reunión encantadora, en la que abundaron las bromas, los gestos de camaradería, el ánimo entusiasta. Dos músicos, un violinista y un acordeonista, amenizaron la comida a los parroquianos, y Sergio se sorprendió disfrutando de la música, sintiéndose por un momento liberado de todo tipo de miedos. En cierto momento de la reunión, Jop y Brianda cantaron algunos villancicos, errando todas las letras y riendo por las cosas más simples, con lo que consiguieron que Sergio los envidiara, como hacía a menudo. Se preguntó, al ver a sus amigos tan desenfadados, si en verdad no habría modo de dejar de ser un mediador algún día. Volver a ser un muchacho normal.

Cuando iban en el auto de vuelta a la casa de Jop, Sergio notó que éste y Brianda se ponían de acuerdo en voz baja para concertar algún asunto del que, evidentemente, no deseaban enterarlo, así que se hizo el desentendido. Luego fue muy obvio que, en casa de Jop, cuando todos salieron del auto para felicitar a los señores Otis en la puerta, Jop entró a su casa por algo que entregó a Brianda furtivamente, algo que ella introdujo a toda prisa en una bolsa de su abrigo.

De regreso a la colonia Juárez, Sergio había olvidado el incidente y se animó a hacer cierta petición al señor Elizalde.

—¿Sería mucha molestia si recogiéramos a un amigo que va a pasar la navidad con Alicia y conmigo? No nos desviamos mucho.

—Por supuesto, Sergio —respondió el papá de Brianda—. Tú indica el camino.

—¿Pancho va a pasar la navidad con ustedes? —se interesó Brianda cuando vio que Sergio había pedido al señor Elizalde que tomara la calle de Doctor Vértiz.

—Se lo pedí ayer. De repente me parece que está muy solo.

Brianda, ahora ocupando el asiento posterior a sus anchas con él, tomó su mano, apretándola con fuerza.

Entonces, cuando llegaron al edificio aledaño a las pizzas "Reynaldo", Sergio tuvo un presentimiento. O acaso fuera más exacto decir que tuvo miedo. Y Brianda lo advirtió en seguida.

—¿Quieres que te acompañe?

—No, no me tardo.

Fue todo lo que dijo, pero Brianda pudo leer en su rostro todo lo que estaba experimentando. Si hubiera tenido que describirlo, habría dicho que era como si Sergio tuviera que atravesar, él solo, un muy endeble puente sobre un enorme abismo.

—Ahorita venimos —anunció ella, al tiempo en que abría su puerta y se apeaba.

—¡Brianda! —la reprendió su madre—. ¡Si ya te dijo Sergio que...!

No esperó a oír el resto del regaño. Fue de la mano de Sergio a la entrada del edificio. Llamó al botón del departamento 101 varias veces pero no hubo respuesta. El miedo de Sergio se le transmitía a través del sudor de la mano. Se estremeció involuntariamente.

—A lo mejor ya se fue para tu casa, Sergio.

—No.

—¿Cómo sabes?

—Sólo lo sé. Hay que entrar —respondió Sergio.

Brianda se apresuró a utilizar el mismo truco con el que habían ingresado al edificio la primera vez. A la cuarta llamada les abrieron y echaron a correr al interior. Ella rebasó a Sergio en las escaleras y, en cuanto llegó al primer piso no pudo ahogar una exclamación de sorpresa. La ausencia de luz en el área común confería cierta cualidad mágica al suave resplandor que se colaba al pasillo a través de la puerta semiabierta del 101.

En cuanto le dio alcance, Sergio supo el por qué del apagado grito de Brianda: Pancho jamás tendría el descuido de dejar la puerta entornada.

Se adelantó a ella, repentinamente paralizada, y empujó la puerta. La luz que llegaba hasta el oscuro pasillo provenía de la calle, a través de las ventanas. El departamento estaba en penumbra, dibujando débilmente el contorno de las cosas, así que Sergio se vio obligado a buscar el interruptor. Le hubiera gustado que Brianda no viera lo que se presentó a sus ojos en ese momento, pero ella iba prácticamente pegada a sus espaldas.

—¡Dios mío!

Entró al apartamento a toda prisa. De los barrotes horizontales más altos de la ventana pendía el cuerpo exánime de Pancho con el torso desnudo. Se había ahorcado con un par de corbatas. Su cabeza de largos cabellos descansaba sobre el pecho y sus brazos se balanceaban mínimamente.

—¡Pancho! ¡Pancho! —gritó Sergio al intentar levantarlo. El frío del cuerpo le indicó que era demasiado tarde. Brianda sólo se cubrió la boca.

Una rabia desconocida se apoderó del muchacho. No entendía por qué Pancho había hecho algo así. Echó mano de todas sus fuerzas pero ni así pudo recorrer el nudo y liberar el cuello de Pancho, quien continuó en la misma patética posición de marioneta desvencijada. Brianda, con los ojos llenos de lágrimas, no se animaba a traspasar la puerta.

Sergio, rojo de ira, se desplomó al poco rato en el suelo liberando apenas un contenido grito de impotencia. Entonces lo notó.

El símbolo.

Pancho llevaba tatuado en el pecho el símbolo.

Un triángulo rodeado por un círculo. En el centro, un sol negro de doce puntas.

Y una nueva confusión se adueñó de él. Pancho le había dicho que no conocía el símbolo y, sin embargo, lo había llevado tatuado al pecho durante todo ese tiempo. Bastaba una mirada atenta a la tonalidad en la piel para darse cuenta de que no era una marca reciente.

—Sergio... —se sobrepuso la voz quebrada de Brianda al silencio.

—Sí, ya vi —exclamó él tratando de controlar sus pensamientos. Padecía el enorme dolor de la pérdida pero también de la decepción. Procuraba concluir algo de todo eso y no podía. ¿Tendría algo que ver este nuevo suicidio con aquellos que investigaba? Imposible. Aquellos habían sido demasiado arrebatados como para ser relacionados con éste, tan estudiado. ¿Qué sería tan horrible en la vida de su amigo que lo llevaría a tomar esa decisión? ¿Podría haberlo llamado, en realidad, su amigo?

—No. Esto —insistió ella.

Tenía entre las manos un regalo de navidad mal envuelto. Un cuadrado grande y plano, a todas luces uno de tantos discos viejos de acetato de los que conservaba Pancho por puro romanticismo.

—"Feliz Navidad, Sergio" —leyó.

De nuevo, Sergio no supo cómo reaccionar. Si debía dar rienda suelta a su tristeza o a su enojo. Si debía llamar a Guillén o simplemente salir corriendo.

Y entonces, un recuerdo repentino.

—El libro.

—¿Cómo? —dijo Brianda.

—El Libro de los Héroes.

¿Había que sacarlo de ahí? ¿Rescatarlo de ser olvidado entre las cosas de Pancho? ¿De caer en las manos equivocadas? ¿Qué se hace con el libro de un mediador cuando éste ha sellado su misión? Incapaz de resolver la avalancha de dudas, se dejó llevar por el instinto. Fue al cuarto de la música, al sitio en el que Pancho le había mostrado su ejemplar y lo extrajo del montón de revistas de rock que se encontraban almacenadas en el armario. Ni siquiera prendió la luz, incluso olvidó por un momento a su amigo muerto. "Heldenbuch", se mostró el título a la tenue luz que provenía de la estancia.

Y con los ojos sobre la pasta lo acometió una súbita imagen de sí mismo: su cuerpo sin vida en similares circunstancias. Cuarenta años, tal vez. Treinta. O quizás menos. ¿A qué edad muere un mediador? Se imaginó su cadáver a mitad de un departamento lleno de objetos extravagantes, carteles de conciertos de rock y ropa sin lavar. Olvidado por todos, dejando sólo un libro milenario a su paso por el mundo. Sintió deseos de arrojar contra la pared el pesado volumen.

Apenas giró, una incorpórea figura lo confrontó.

Sufrió un sobresalto pero, curiosamente, no tuvo miedo. Un anciano de calva grisácea y singular armadura extendía una etérea mano hacia él. Llevaba una clara exigencia pintada en los ojos, una evidente petición que Sergio comprendió al instante. No se trataba de ningún servidor del Maligno, sino de otro tipo de comparsa en ese capítulo de la lucha que se cerraba con la muerte de Pancho.

"El libro ha de pasar al siguiente", dijo el espíritu sin mover los labios, como si depositara el sonido de su voz en la mente de Sergio. Portaba una coraza con hombreras, cota de mallas y protección en los muslos y los brazos. Una especie de viejo soldado con una ancestral misión.

De entre sus apretadas ropas, con una afilada mano extrajo un sobre lacrado, uno idéntico a aquél que Sergio había recibido de la bruja de las calles del centro, aquel sobre que marcara para siempre su destino. Sergio pensó al instante en el nuevo mediador que habría de recibirlo, lo que estaría haciendo en esos momentos, si preparando la cena con su familia o comprando regalos para sus sobrinos, ajeno por completo a su próxima suerte. Miró el sobre. La delgada división entre el héroe y el demonio que se dibujaba en el lacre, y que habría de ser rota por ese nuevo mediador en poco tiempo no era sino una vulgar metáfora de la real lucha. Sintió una gran lástima por el "siguiente".

—¡Sergio! ¿Estás bien? —se dejó oír la voz de Brianda.

La mano del espíritu volvió a extenderse. No urgía a Sergio, pero tampoco le concedía más tiempo. Tocó con la punta de los dedos el lomo del libro.

Sergio se lo entregó y la espectral figura, con una venia, le agradeció. Luego, desapareció frente a sus ojos.

Sergio volvió a la carrera a la estancia.

—Vámonos —le dijo a Brianda, quien no le apartaba la vista de encima al cuerpo de Pancho. Tenía el rostro descompuesto, se abrazaba a sí misma con ambas manos, como si el frío fuera insoportable.

—¿Y el libro?

—Luego te platico.

—¿Qué significará el símbolo? ¿Por qué te habrá mentido?

—No tengo la menor idea, pero supongo que... —de pronto se le ocurrió y quiso creerlo con todas sus fuerzas— estaba intentando protegerme. Ahora vámonos, antes de que esto se llene de demonios.

—Pero...

—Deja la puerta abierta.

Salieron del departamento en cuanto Brianda apagó la luz. Esbozó un inaudible "adiós" que la colmó de tristeza. Nunca había visto un muerto en su vida y los recuerdos de éste en particular le rompían el corazón. Pancho bromeando, Pancho fumando, Pancho tocando... Los ojos se le volvieron a anegar de lágrimas. Corrió al piso inferior, seguida de cerca por Sergio, urgida por sacarse de encima todo eso. Pero el reflejo de sí misma en el cristal de la puerta la hizo detenerse. Alguien encendió en ese momento las luces de las áreas comunes.

—¿Qué les vamos a decir a mis papás?

—Que estaba borracho.

—¿Qué?

Sergio no quiso insistir en explicaciones. Abrió la puerta y la apresuró a salir. No quería que los viera nadie, que algún vecino los relacionara con el difunto; los segundos apremiaban. Brianda se limpió las mejillas y corrió al auto. Sergio la siguió y entró después que ella.

—¿Qué pasó, Sergio? —inquirió la señora— ¿Dónde está tu amigo?

—No va a poder —dijo él—. Digamos que... está indispuesto.

Hasta ese momento advirtió la señora los rostros de ambos.

—¿Indispuesto? ¿Qué pasó allá arriba, eh, Brianda? ¿Por qué traes esa cara?

—Ya, mamá... es que...

—¿Es que qué?

—Nada, mamá. Es que... —miró a Sergio, antes de responder—. Estaba borracho. Y me dio tristeza verlo así.

El señor Elizalde suspiró, encendió el auto. Se compadeció del par de niños y, camino a la colonia Juárez, inició un sermón en torno a la bebida y sus responsabilidades que no halló ningún eco en los muchachos. La señora, por su parte, sólo interrumpía para despotricar en contra de Pancho y prohibirle, una y mil veces a su hija y a Sergio que lo volvieran a ver. Brianda, no obstante, era completamente sorda a las voces de sus padres; no podía quitarse de la cabeza un destello de la memoria, uno que la había acometido en cuanto contempló el cuerpo de Pancho: aquel nefasto sueño en el que Sergio confrontaba un monstruo mitad toro, mitad hombre, en los pasadizos de un lúgubre castillo. ¿Por qué la imagen había vuelto justo en ese momento? La piedra gris bajo los pies de Sergio, la penumbra, el bufido animal a poca distancia, el intrincado ir y venir de las cámaras. ¿Por qué estaba teniendo esos sueños?

Cuando llegó el momento de despedirse, Brianda retuvo entre sus brazos a Sergio por varios minutos. Hubiera dado lo que fuera por no dejarlo ir. Sentía que no podría sobrellevar lo que habían contemplado juntos si no lo tenía cerca. Pero los esperaban, a ella y a sus padres, en casa de sus abuelos. No podía hacer nada al respecto.

—Ojalá te guste tu regalo —fue todo lo que pudo decir Sergio antes de que ella lo soltara.

Brianda le dio un largo beso en una mejilla y echó a correr al auto.

Al subir las escaleras de su edificio con el regalo de Pancho entre las manos, Sergio trataba de responder a la multitud de preguntas que lo acometían. El símbolo. El libro. La súbita y terrible decisión de Pancho. Hubiera deseado que mágicamente cambiara el calendario, no tener que poner buena cara en la cena de navidad, refugiarse en su recámara, llorar. Sin embargo, lo confortó encontrarse en las escaleras al anciano del segundo piso, aquél que antaño golpeaba en el techo con un palo de escoba cuando tocaba los tambores.

—Feliz navidad, Sergio —dijo el hombre, de corbata y chaqueta, en su camino a la calle. Sostenía en una mano una caja atada con un cordel. Y sonreía. Al contrario de Sergio, se mostraba feliz de que hubiera llegado ese día.

—Feliz navidad, señor Reyes —respondió el muchacho.

Y este breve encuentro lo arrancó de tajo de sus pensamientos. Cuando llegó a la casa, se encontraba ahí el teniente Guillén, otro motivo para sentirse menos acongojado. Y el aroma que se desprendía de la cocina. Depositó el regalo de Pancho en la vitrina del comedor, debajo de un jarrón de porcelana, mientras se quitaba la chaqueta. Quería enfocar sus sentimientos en esa dirección, la de la alegría y la celebración, pero era como empujar una piedra muy pesada cuesta arriba. Forzó una sonrisa.

Tanto Guillén y Alicia tomaban una copa de vino, sentados en la sala, apenas alumbrados por la luz que emanaba del árbol. Quería pensar que los miedos podían quedarse por esa noche en la calle, pero no acababa de convencerse. Todo se confabulaba en su contra: la sentencia que pesaba sobre su cabeza, la impactante imagen de Pancho muerto, lo que había vivido la noche anterior...

—Sírvete refresco y vente a platicar, Sergio —le pidió Alicia.

—¿Y Julio? —preguntó, una vez que se instaló en la sala.

—Salió con su tontería al final —se quejó Alicia—. Tuvo que viajar de improviso al norte. ¿Y tu amigo?

—Se sintió mal y siempre no pudo venir.

—Ni modo. Tendremos que comer recalentado de pavo toda la semana.

Pero bastó un segundo para que ambos detectaran, en el otro, lo mucho que se esmeraban por ocultar su verdadero estado de ánimo. Ya fuera la falta de Julio por un viaje o la de Pancho por cualquier razón, ninguno se sentía muy festivo, eso era evidente. Se sonrieron y se refugiaron, cómplices, en sus respectivas bebidas.

Sergio lamentó en serio no poder acudir a la ventanilla en alguna fantástica oficina a renunciar para siempre a su destino, llenar una solicitud y obtener un sello liberatorio. Si todo pudiera ser como aparentaba ahí dentro: cotidiano, ordinario, insignificante...

Pero Sergio no podía entregarse al placentero ambiente. Aún sentía, en las palmas de sus manos, el cuerpo frío del guitarrista.

—¿Y cómo te fue con tus amigos? —preguntó el teniente.

Sergio decidió que empujaría la piedra cuesta arriba hasta que volviera a la soledad de su cuarto, que Guillén bien se lo merecía. También era su amigo y, por fortuna, se encontraba ahí, compartiendo la cena con ellos. Contaba cómo había estado su comida en aquel restaurante italiano cuando llamaron a la puerta. Alicia abrió.

—¿Diga?

—Usted disculpe, señorita, encontré abierto allá abajo y me tomé el atrevimiento de subir. ¿Está Sergio?

Sergio reconoció la voz y fue al instante a la puerta. Un minuto a la vez. Sacudirse la imagen, el tacto, el recuerdo. Un minuto a la vez.

—Padre Ernesto. ¿Qué lo trae por aquí?

—Hola, Sergio. Vengo a hacer una entrega.

—¿Una entrega?

Sergio advirtió entonces las dos enormes cajas de cartón al lado del sacerdote.

—Me ayudó Genaro a traerlas hasta aquí. Es un obsequio de los padres de Daniela.

Arrastraron ambas cajas marrones al interior y en seguida vieron todos de qué se trataba, pues no estaban envueltas, sólo llevaban un gran moño cada una. Monitor y CPU. Una nueva computadora. El corazón le dio un vuelco a Sergio. Un motivo para sentirse feliz. Uno al fin.

—¿Los padres de Daniela? Esto me lo tienes que contar con todo detalle, Sergio. ¿Gusta tomarse una copita, padre? —dijo Alicia, sonriente.

—Ande —la secundó Sergio—. Sólo un momento. Al fin ya hizo todo el camino hasta acá. ¿No quiere decirle a Genaro que también suba?

El padre Ernesto terminó por acceder, aunque disculpó a Genaro, quien haría los preparativos para la misa de gallo. En cuanto entró el sacerdote, Sergio hizo las presentaciones con Guillén y su hermana. Una vez que éste se instaló en la sala, Alicia vertió en una copa un chorrito de vino tinto y se lo entregó para que brindara.

—¿Tienen algún problema de cucarachas? —fue con lo que abrió plática, cosa que sorprendió a todos e hizo que Sergio se pusiera alerta.

—No que yo sepa —respondió Alicia.

—Mmmh... es raro. Por lo menos vi tres en mi camino hacia acá arriba.

—Tal vez hayan fumigado algún departamento —opinó Guillén, mientras degustaba su ponche, dando por terminada la plática en torno a ese tema.

Sergio hubiera querido indagar un poco más, pues no creía en las coincidencias, pero prefirió no darle mucha importancia al asunto. No mientras todos procuraban llevar, como se veía, la charla a terrenos más agradables.

El padre Ernesto tuvo que aceptar una probadita de la ensalada de manzana, los dulces de nuez y el ponche antes de marcharse. Pero, pese a lo breve de la inesperada visita, hizo sentir bien a los tres congregados.

La cena se sirvió en punto. Y por el modo de comer de Guillén, Alicia pensó que probablemente no tuvieran que comer incontables tortas de pavo durante el resto de la semana. La sobremesa fue cordial y la música de la radio dejó de parecerle burlesca a Sergio.

Al fin, cuando pasaban de las doce de la noche, abrieron los regalos. Sergio se sintió conmovido en varias ocasiones. Jop le había regalado más de cincuenta películas de miedo originales de su propia colección con una nota ("Ya las vi tantas veces que me las sé de memoria, feliz navidad. PD. Además ya las tengo ripeadas en mi disco duro, ja."). Guillén le obsequió un disco de Led Zeppelin (que él, desde luego, ya tenía, pero que igual le causó alegría). Con todo, el más sorprendente fue el de Brianda: un anillo de oro blanco con las iniciales de ella grabadas en el interior: *BEG*, y una nota que Alicia arrebató a Sergio para leerla en voz alta: "Cuando te decidas, me regalas uno igual. Besos. Brianda".

Sergio se sintió avergonzado. Se imaginó a Brianda abriendo su regalo: Dos DVDs de ballets famosos, *El lago de los cisnes* y *La bella durmiente*. "En comparación con éste", pensó al contemplar el anillo, "tal vez sea el peor regalo de todos los tiempos". Para su fortuna, el obsequio de Alicia lo sacó de sus cavilaciones: ropa interior.

—¡Alicia!

—Ni me digas. Es lo que te hace falta.

Un minuto a la vez y, a las dos de la mañana, en cuanto el suelo se cubrió de envolturas, el vino se terminó y los platos se apilaron en el fregadero, Sergio se disculpó con Guillén y su hermana para ir a armar su nueva computadora. Oficialmente era navidad y la calma parecía más esperanzadora que amenazante. No había razón para sentir miedo.

En un santiamén desenchufó su máquina vieja y la guardó en el clóset, al lado de un montón de historietas viejas. Luego, abrió sin prisa las cajas de la computadora nueva. No le importó que no hubiera ni un "feliz navidad" garabateado en la superficie de las cajas o alguna mención al motivo del presente; incluso lo prefirió. Y sólo de leer las características del equipo sintió como si estuviera cambiando un triciclo oxidado por un avión supersónico.

En menos de quince minutos estaba todo listo. Máquina nueva y conexión de banda ancha. Se encontraba enviando un correo electrónico de agradecimiento al señor Ferreira por la computadora cuando Guillén se aproximó a su cuarto. Sergio advirtió que algo extraño había en su mirada y una alarma se encendió en su mente; no obstante, siguió con la redacción de la escueta nota de gratitud. Había sacado el e-mail de Ferreira de la tarjeta que éste le había obsequiado aquella noche de demonios.

—Gracias por los libros —se animó a decir el teniente. Sergio le había obsequiado tres novelas policiacas.

Y en ese preciso instante, cuando el teniente se recargaba en el marco de la puerta con las manos metidas en las bolsas de su chaqueta, del otro lado de la calle Brianda se encerraba en su habitación a abrir el regalo de Sergio. Apenas habían vuelto de la cena en casa de sus abuelos y corrió en seguida a su cuarto, a desenvolver el obsequio que más le interesaba abrir de toda la noche. Hizo a un lado los dos DVDs que contenía el paquete y abrió la nota. Sonrió. Sus dos hermosos ojos cafés se tornaron vidriosos. Se quitó los anteojos.

—De nada —contestó Sergio, aguardando lo que Guillén quisiera decirle. Era bastante obvio que no había ido sólo a despedirse. Presionó "Enviar" a su correo.

—Sergio... —carraspeó el teniente, sacó las manos de los bolsillos, se peinó el bigote—. Cuando venía para acá recibí una llamada.

Brianda prendió la tele y el DVD Player. Puso el *Lago de los cisnes*. Era un ballet que se sabía de memoria, incluso tenía esa misma versión con Rodolfo Nureyev. Pero a ella le pareció que era la primera vez que la veía cuando comenzaron a sonar los mágicos acordes de la música de Tchaikovsky. Sus padres le gritaron que ya no viera televisión, que se fuera a dormir, pero Brianda sólo obedeció a medias, bajando por completo el volumen. Leyó la nota por vigésima vez.

—¿Qué llamada? —preguntó Sergio, oponiéndose al hecho de que todo se desmoronaba. Que tenía una computadora nueva, que era navidad, que el mundo debía confabularse en la bondad y, no obstante, ninguna de esas cosas significaba nada. Las palabras de Guillén lo devolvían a la única realidad posible: la del miedo.

Brianda: no sé qué vaya a pasar entre nosotros algún día. Pero sí sé que soy muy afortunado de que me estés dando lata siempre. Con cariño, "Checho"

Guillén llevó otra vez las manos al interior de su saco. Extrajo una bolsa de mantecadas vacía que empezó a estrujar.

—Fue una llamada del sargento Miranda. Hoy descubrieron un nuevo muerto.

Sergio se vio a sí mismo sosteniendo uno de los empaques de unicel de su computadora nueva. Eran casi las dos y media de la mañana. Estaba ocurriendo. Un impacto en el centro del pecho, una angustia que corría del esternón hacia todas sus ramificaciones óseas, un dolor inubicable como nunca antes había sentido, similar al miedo, pero más inaprensible, más difícil de explicar. Se vio a sí mismo sosteniendo una rara estructura blanca... trapezoidal... muy liviana...

Brianda recordó algo y se levantó de la cama. Sus padres le volvieron a gritar que no estuviera trajinando y se durmiera. Metió la mano al abrigo que recién se había quitado. Sacó una ramita de muérdago.

—Encontraron a Rogelio Villalba Fuentes muerto. Se suicidó de forma horrible. El cadáver estaba... umhh... preferiría no contarte. No hoy, al menos.

Sergio buscó en su memoria el nombre. No tardó en aparecer. Sintió como si cayera a un negro y profundo acantilado. Tuvo deseos de llorar. Se vio obligado a echar mano de todo su valor para no demostrarle a Guillén lo que sentía.

"A las pocas horas de haber dado inicio la natividad..."

Devolvió la tarjeta de Ferreira al cajón.

—Supongo que te darás cuenta de lo terrible de la noticia —dijo Guillén arrugando la bolsa vacía de las mantecadas.

Rogelio Villalba F. El vecino de Mario Cansinos. Aquel viejo que los había recibido en su departamento. El 7D. El miedo. El miedo. El miedo.

—Sí. Es terrible —dijo Sergio.

Rogelio Villalba F. El que había identificado la música como una posible pieza de Franz Liszt.

—Es muy probable que lo que esté arrastrando a las víctimas a tan espantosas muertes no sea la ejecución misma del nocturno al piano —repuso Guillén—, sino...

Sergio regresó al 23 de diciembre, al momento en que ingresaba al correo de Eduardo Ramírez Sentís. Al momento en que daba clic sobre un archivo tipo MP3. Se vio a sí mismo con un par de audífonos sobre la cabeza...

"Los más insoportables horrores".

—Sino... —continuó Guillén, en verdad atribulado— *escuchar* el nocturno.

Una música preciosa, había pensado Sergio en su momento. Preciosa como no había escuchado otra antes. Crecieron los deseos de llorar.

"Escuchar el nocturno". La voz de Guillén se repitió en su interior una y otra vez, como un eco espectral.

Brianda estuvo apretando las hojitas de muérdago, oliéndolas, acariciando sus rojos frutos, hasta que se quedó dormida.

Sergio dio un largo suspiro. Dejó caer el empaque de unicel al interior de la caja.

El miedo.

El terror.

Tercera parte

Capítulo diecisiete

Eran las cuatro de la mañana cuando volvió a escuchar el ruido de la silla en la cocina, pero decidió no darle importancia. Alicia tendría una hora de haberse ido a la cama y pensó que no lo perdonaría si la despertaba.

Luego, el ir y venir de pasos en la sala. Incluso alcanzó a escuchar cómo se rompía una esfera. Pero se mantuvo en su cama, jugando con su celular, esperando lo peor.

Cuando dieron las cinco de la mañana pensó que no volvería a dormir en su vida. Pero a las primeras luces del alba lo rindió el sueño, pues se sintió más confiado al ver la llegada de un nuevo día. Se relajó por unos segundos y con eso le bastó para desplomarse en la inconsciencia.

Lo despertó un mensaje de Brianda a su celular. *"Gracias por los DVDs. Están padrísimos. Besos, la latosa".*

Trató de dilucidar si había algún cambio en su entorno, algo que lo hiciera desear una horrible muerte. Nada.

Sus cosas, su batería, la computadora nueva, su ropa en el armario, la prótesis sobre el escritorio, el Libro de los Héroes... todo parecía normal.

Eran casi las doce de la tarde. Se ajustó la prótesis, se puso de pie y fue al pasillo, a ver si en la sala había indicios de algún fenómeno inexplicable. Nada. Miró hacia el cuarto de Alicia; dormía plácidamente.

Nada. Por el momento.

Fue al baño y remojó un poco de papel sanitario para recoger la esfera rota. Se arrodilló al lado del árbol cuando una enorme cucaracha corrió por la pared, ocultándose detrás de uno de los sillones.

—¡Qué peste! —exclamó.

Se puso de pie y apartó el mueble. El bicho se quedó donde estaba, esperando con toda ingenuidad ser fulminado. Sergio fue a su recámara y volvió con uno de sus tenis; machacó al insecto y lo limpió con el papel que llevaba en la mano. Lo fue a tirar al bote de basura del baño.

Y entonces el piano. Su celular.

—Sergio, si no quieres puedes negarte. Sé que es navidad y...

—¿De qué se trata, teniente?

—Contestó Herz. Pude citarlo en un café de la Zona Rosa.

—¿Usted... o Eduardo Ramírez?

—De hecho, se dirigió a Ramírez como "Chopin".

"Claro", pensó Sergio. "Chopin".

—¿Ya recibió el nocturno?

—Al parecer no.

—Qué bueno. ¿Quiere que lo acompañe a la cita?

—Si Alicia no se opone. Yo paso por ti.

Sergio le pidió que aguardara en la línea y se acercó a la recámara de su hermana. Alicia sólo le encargó que ayudara antes a recoger lo que pudiera del desorden de la cena y que no volviera después de las seis para merendar juntos. Luego, volvió a dormir.

Mientras se vestía, una vez que lavó algunos platos, barrió la sala y limpió la mesa del comedor, Sergio trató de concluir cuánto tiempo habría de pasar para que iniciara el verdadero terror. No podía estar seguro del plazo concedido, pero presentía que estaba a punto de concluir. Habían pasado dos días desde que escuchó el nocturno. El reloj seguía su marcha.

"¿Cuánto miedo...?"

De alguna manera supo que lo que estaba por venir tendría que ser tan horrible como para desear morir antes que enfrentarlo. Su corazón no había dejado de latir rabiosamente desde la noche anterior. Se preguntó si estaría listo para algo así.

Anticipándose a la llegada del teniente se sentó en su escritorio. Prendió la computadora e inició una funesta tarea: se puso a escribir una especie de testamento. Abrió un simple archivo plano en el "Cuaderno de notas" y tecleó mensajes para sus seres queridos. Le agradecía a Alicia el haberlo cuidado todos esos años; lo mismo a Jop por haber sido su camarada incondicional; a Guillén por haberle dado la oportunidad de luchar a su lado; a Brianda...

Meditó lo que quería decirle a Brianda.

Decidió que, si en verdad ese archivo sería abierto cuando él ya no estuviera en el mundo, había que ser completamente sincero. Tecleó con el corazón en la mano hasta que llamaron al timbre exterior del edificio.

Satisfecho con el resultado, aunque no por ello con el espíritu tranquilo, cerró el archivo y apagó la computadora. Miró por la ventana hacia la plaza. Quiso hablarle a Giordano Bruno pero no dio con las palabras.

Una pesada plancha le oprimía el pecho, la garganta.

Mientras bajaba las escaleras del edificio, respondió el mensaje que Brianda le había mandado. *"Gracias por el anillo. Está padrísimo. S."* Sólo por no dejar. En realidad, no se sentía con ánimos de nada.

Quiso abrigar la esperanza de que pudieran, él y el teniente, resolver el enigma antes de que se desencadenaran los horrores. Quiso entusiasmarse con la idea, pero simplemente no pudo. Sintió que Farkas, de estar enterado de su suerte, estaría burlándose de él. ¿Estaría enterado?

Bajó a toda carrera las escaleras, buscando en las paredes, en el techo, en los barandales. ¿Qué tendrían que ver las...?

"A las pocas horas del inicio de la natividad..."

Guillén lo esperaba a bordo de su auto en una desnuda ciudad que todavía no quería despertar de los festejos. El sol estaba radiante y la gente seguía encerrada en sus hogares, recuperándose del día anterior. Sólo las palomas eran fieles a sus horarios, al igual que uno que otro servidor público y el ruido del tráfico a la distancia.

—Buenas tardes, teniente —saludó Sergio al entrar al vehículo.

El humo del cigarro lo consternó, pero comprendió perfectamente.

—Hice todo lo posible. Lo lamento muchísimo —se disculpó el teniente—. Supongo que soy más débil de lo que suponía.

Sergio no se sintió con ningún derecho a opinar. Después de todo, el teniente era una persona adulta, capaz de tomar sus propias decisiones, con todo el derecho a equivocarse.

—Me harté de las mantecadas —volvió a comentar Guillén mientras avanzaban por la desierta ciudad. Y, más adelante, cuando entraban a avenida Chapultepec:— El 31 apunto como uno de mis propósitos de año nuevo dejarlo otra vez. Palabra de honor. Pero mientras llega ese día...

Con una gran chupada al cigarro remató la frase.

Llegaron a la Zona Rosa y Guillén estacionó el coche con el pitillo metido entre los labios. Y Sergio recordó súbitamente a Pancho. Recordó el regalo que éste le había dado y que ni siquiera había desenvuelto, pues lo había olvidado en la vitrina del comedor. Recordó que Pancho no estaba más en el mundo y lo acometió una ligera asfixia. Se figuró que ninguna lucha valía la pena si, al final, todo lo bueno de un ser humano termina pudriéndose en la tenebra de un departamento desordenado.

Se bajaron del auto sin mediar palabra. Guillén entró al oscuro café en el que había citado a Herz y se sentó a una mesa próxima a la puerta. Para su fortuna, el sitio estaba vacío. Sergio se sentó a su lado, al momento en que un aburrido mesero de camisa blanca y delantal café de cuero les extendía los menús.

—¿Te sientes bien, Sergio? Te noto raro.

"No, no me siento nada bien. Escuché el nocturno, teniente. Quizás en pocas horas haya muerto de tan horrible manera como los casos que hemos investigado. Desearía poder huir de esto, esconderme... pero sé que es imposible. Ya siento cómo el miedo me empieza a consumir por dentro y, la verdad, si pudiera, dejaría para siempre todo esto, para siempre, pero..."

—Es que... no dormí lo suficiente —fue todo lo que dijo, acallando las voces desesperadas que se arremolinaban en su interior.

Guillén pidió un café; Sergio, yogurt con fruta. Apenas entregaron sus menús cuando un hombre de sandalias con sayal franciscano se asomó al interior. En su rostro se adivinaba la duda; no sabía si entrar o seguir de largo. El teniente le pidió a Sergio que fingiera no estar interesado en él.

—Si no entra nos paramos y vamos en su búsqueda.

Hicieron como que platicaban y, después de un par de minutos, el rústico hombre se animó a entrar. Ocupó una mesa del interior y no dejó en ningún momento de mirar hacia la puerta de entrada. Curiosamente, el hombre parecía ir a tono con el decorado del café, que procuraba emular algún viejo mesón europeo; los mismos menús eran remedos de arrugados pergaminos, unidos por lazos de cuero.

—Ahora —exclamó Guillén.

Se levantó y Sergio lo siguió. El recién llegado desvió la mirada hacia una ventana hasta que fue imposible no enterarse de que los únicos otros dos clientes del café tenían la intención de abordarlo.

—¿Herz? —preguntó el teniente en cuanto llegó a la mesa del fraile.

—Usted me confunde —respondió el hombre, sin poder ocultar un leve nerviosismo.

El olfato dijo a Guillén que estaba en lo cierto. Jaló una silla y se sentó a su mesa. Lo mismo hizo Sergio.

—Oigan... ¿qué...?

—Es un asunto muy serio —lo interrumpió Guillén, mostrando su identificación de policía—. Un asunto de vida o muerte.

El mesero apareció con los servicios y los llevó a Sergio y a Guillén hasta la nueva mesa que ocupaban. Iba a entregar un menú al fraile pero éste se negó e hizo el ademán de levantarse; Guillén lo obligó a quedarse sentado. El mesero prefirió no intervenir y se retiró en cuanto lo ignoraron.

—¿Usted tomó clases de piano con el profesor Carrasco? —preguntó Sergio a rajatabla.

El hombre los miró alternativamente. Sergio reparó en su lastimera estampa: parecía tener más de sesenta años, aunque con toda seguridad tendría apenas unos cuarenta. Estaba pálido como una calavera y era de una delgadez preocupante. El nerviosismo, además, lo hacía comportarse como un animal acorralado. Tenía todas las señas de no haber dormido bien en años.

—No sé de qué me habla.

—Sí que lo sabe —respondió Guillén alterado—. Y si estima en algo su vida responderá con la verdad.

Herz se mostró atemorizado.

—¿De qué se trata esto? ¿Me está amenazando?

—Usted se citó en este café con un tal Chopin, ¿es verdad?

El fraile se delató por la expresión en su rostro, aunque para entonces, tanto para Sergio como para Guillén, estaba clarísimo que el hombre era Herz. Y que debía su afectación a aquello de lo que se resistía a hablar.

—Eduardo Ramírez Sentís —añadió Sergio—. Está muerto.

—No entiendo —insistió el fraile.

Un hombre de gran estatura llegó al restaurante y se fue a sentar al fondo, a la mesa más cercana a la cocina, al rincón más oscuro. Pidió con un ademán la carta y se cubrió el rostro con ésta. Sergio advirtió en seguida su presencia, probablemente porque le pareció que tenía un rostro imposible de identificar. ¿La ausencia de luz, tal vez?

—Mire, amigo... —se impacientó Guillén—, tanto el profesor Carrasco como tres de sus alumnos fueron víctimas de horribles muertes. Y todo tiene que ver con cierto nocturno que alguien les está haciendo llegar. Al parecer, usted sigue en la lista. Así que, o me cuenta qué es lo que está pasando... o lo hago arrestar hasta que hable.

Herz cambió su talante, ahora se mostró apesadumbrado. Se cubrió la cara con una mano para asimilar la noticia y, después de un rato, se animó a pedir café como si, con este acto admitiera todo lo que, minutos antes, pretendiera negar.

—Podríamos comenzar por su nombre y el del otro alumno que aún vive —apuntó Guillén, un tanto más sosegado.

—Rubén Salgado —jadeó el fraile, pasándose una mano de alargados dedos por encima de la cara—. Ese es mi nombre. Y... si me dicen quiénes murieron, les digo quién falta.

El teniente suspiró aliviado. Miró a Sergio. Por fin, una luz al final del túnel.

—Murieron Cansinos, Ramírez y Olalde —dijo Sergio.

—Falta Heriberto Morné —resolvió éste con un gran suspiro—. "Thalberg"

—¿Por qué lo de los apodos? Todos corresponden a pianistas, ¿no? —preguntó ahora Sergio.

Salgado retuvo por unos instantes la mirada del muchacho. Cualquiera hubiera dicho que se despertaba en él alguna fascinación por Sergio, pero siempre se sobreponía el estado de alerta en el que se encontraba. Comenzó a tronarse los dedos, a aspirar ruidosamente por la nariz.

—Nos pusimos apodos cuando tomábamos clase con el profesor Carrasco. Todos nombres de grandes pianistas del siglo diecinueve. Olalde era "Czerny". Eduardo, "Chopin". Y Cansinos, "Pixis".

—¿Quién es "Liszt"? —preguntó Sergio con un tono en la voz que lo hizo parecer mucho más grande.

El fraile dejó de frotarse las manos. Lo miró con gravedad. Guillén apresuró su siguiente pregunta.

—Todo esto tiene que ver con un nocturno maldito que, una vez que tocan, los obliga a suicidarse de maneras espantosas. ¿Tiene usted idea de qué se trata?

El mesero tomó la orden del nuevo comensal, aquél que se había ido a refugiar al fondo del café. Y Sergio sufrió un temblor en todo el cuerpo. Los ojos. Fue una visión fugaz, pero no por ello menos espeluznante. Los ojos del cuarto cliente. Siete ojos en un rostro de hocico alargado y orejas puntiagudas. Siete ojos que pestañeaban independientemente y que lo miraban con atención, midiéndolo, amedrentándolo. Luego, de nuevo la sombra, la imposibilidad de distinguir el rostro del recién llegado. Sergio observó que su propio pecho se agitaba.

—No. No sé de qué me hablan.

—Oiga, amigo... más vale que no nos oculte nada porque, aunque no lo crea, su vida depende de ello —lo encaró Guillén.

—Le juro que no sé de qué me habla.

—Pero tiene una teoría, ¿no?

—Es posible. ¿Me permite? —se puso de pie el fraile.

—¿A dónde va? —lo tomó Guillén del brazo.

—Al sanitario. Supongo que puedo ir al baño, ¿no?

—Antes dígame. ¿Eran cinco o seis los alumnos que tomaron clase con el profesor Carrasco ese año? Es importante saber si necesitamos salvar a un tercero.

—Cinco —respondió el fraile, tal vez demasiado pronto.

—Miente. Falta Liszt —objetó Sergio.

—Cinco —gruñó el fraile. Su mandíbula temblaba.

—Pero se inscribieron seis, ¿no? —intervino Guillén.

— Sólo cinco —suspiró Herz al momento de soltarse del apretón del teniente y abandonar la mesa.

Sergio seguía mirando hacia el fondo del restaurante, hacia ese rostro velado por la falta de luz, cuando el fraile se perdió tras la puerta del sanitario.

—Algo oculta este tipo, teniente —afirmó Sergio, todavía con el peso de la visión encima—. Tenemos que averiguar qué se esconde detrás de ese nombre. "Liszt". Hay demasiadas referencias a él.

El teniente lo miró y encendió un cigarro. El rostro y la actitud de Sergio eran inquietantes.

—Mejor que te lleve a tu casa cuanto antes. No te ves nada bien —escupió el humo del cigarro al tiempo en que su mirada chocó con la del mesero, quien le indicó un letrero de "No Fumar". Apagó su cigarro, molesto.

Herz, mientras tanto, se miraba al espejo en el interior del baño. Habían sido más de 30 años de espera. No los iba a arruinar un policía entrometido. "¿Que si tengo una teoría?", se dijo. "Claro que tengo una teoría. El nocturno sólo sirve si es ejecutado a la perfección. Y yo puedo hacerlo, estoy seguro. Yo puedo hacerlo". Acercó un bote de basura grande a la minúscula ventana abierta y se trepó. Recordó con beneplácito que él era el segundo de la clase, el más talentoso, el más prometedor después de...

"Los otros imbéciles deben haberla tocado mal, eso es lo que ocurrió. Eso lo explica todo." Se santiguó antes de darse a la fuga.

A los cinco minutos Guillén comenzó a sospechar y se puso en pie. El pulso se le aceleró. ¿Y si Herz le había mentido y ya había escuchado o tocado la pieza? ¿Y si le acometía en el baño el horrible impulso de terminar con su vida?

—Sergio, abre bien los ojos. Voy a checar qué está pasando allá adentro.

Guillén temió lo peor cuando entró al sanitario. Jamás se le ocurrió ser engañado como un aficionado. El ancho de la ventana era ridículo. Pero dada la complexión de Herz...

—¡Maldita sea! —se trepó en el bote de basura y miró hacia afuera estirando el cuello. La calle hacia la que desembocaba la ventana estaba vacía. Enfurecido, salió del sanitario para reunirse de nuevo con Sergio, quien parecía estar padeciendo terribles molestias. Cubría su rostro con ambas manos.

—¿Estás bien?

—No mucho —se lamentó Sergio.

—¿Te llevo a un médico?

—No, teniente. No se preocupe. ¿Y Herz?

—Escapó. O, mejor dicho... lo dejé escapar —golpeó el suelo con uno de sus zapatos.

No tenían ninguna pista. Era evidente que el fraile no se volvería a comunicar con Ramírez Sentís. Acaso su nombre era falso y sería imposible dar con él. Se encontraban como al principio. El hombre del fondo del restaurante se puso en pie. Sergio no quiso mirar. Volvió a cubrirse el rostro.

—Maldita sea —rugió Guillén de nuevo—. ¿Cómo pude ser tan tonto?

Sergio esperó hasta que, por el sonido pudo constatar que el cuarto cliente había salido del restaurante, para descubrirse el rostro. El sudor goteaba por sus sienes pese a que estaba tiritando de frío.

—Por lo pronto... —se atrevió a decir haciendo un gran esfuerzo—, hay que pedir que localicen a Heriberto Morné para ponerlo sobre aviso, ¿no, teniente?

Temiendo que hasta eso hubiera sido una mentira, Guillén tomó su celular y se apresuró a hacer una llamada. Resopló, decepcionado, mientras le contestaban.

—Sargento... necesito que me haga un favor enorme. Necesito que me ayude a indagar el paradero de un tal Heriberto Morné.

No hubo respuesta por unos segundos.

—Sargento Miranda —insistió Guillén—, ya sé que es navidad y...

—Lo escuché, teniente. Es sólo que... ¿me repite el nombre?

—Heriberto Morné. Necesito que me ayude a dar con él.

—¿Es una broma?

—Claro que no, ¿por qué?

—Heriberto Morné es el millonario que recién llegó hace unos días de los Estados Unidos. ¿No recuerda que el capitán nos encargó que se le custodiara con todo celo en su suite de la Torre Cenit?

Guillén recordó el nombre. Recordó que un tal Uribe, de la Secretaría de Seguridad, había girado órdenes para que Morné tuviera siempre elementos a su disposición. Y se imaginó el horrible suicidio del llamado "zar de los diamantes". El escándalo. La vergüenza internacional, la ira de sus jefes. Tenía que actuar rápido.

—Hay que hablar con Uribe. Consígame por favor una entrevista telefónica con él cuanto antes. Sé que es navidad pero no puede esperar. Dígale que la vida de Morné depende de que lo veamos cuanto antes.

Colgó, abrumado. La estampa enfermiza de Sergio lo devolvió a la realidad.

—Vámonos. Te llevo de inmediato a tu casa a que duermas o a que te revise tu hermana.

—Bueno —se levantó Sergio. Las manos le temblaban notoriamente. Guillén le puso el dorso de la mano sobre la frente.

—Estás helado.

—No se preocupe, teniente. Nada más sáqueme de una duda... —hizo un esfuerzo para no sucumbir a lo que sentía, a ese escalofriante sentimiento que no se iba.

—¿Qué duda?

—El hombre que entró al restaurante y se sentó allá atrás —señaló Sergio al fondo del café de chinos—, ¿notó usted algo raro en él, en su cara?

Guillén miró hacia donde le señalaba Sergio. Se rascó la barbilla. Volvió a tomarle la temperatura a Sergio.

—Vámonos ya.

—Contésteme, teniente, por favor.

—Ningún hombre entró al restaurante, Sergio. Nunca.

Capítulo dieciocho

Guillén le confesó a Sergio, durante el camino de regreso, que si lo que estaba desatando los horribles suicidios era escuchar el nocturno, las proporciones que adquiría el caso eran espantosas. En el breve trayecto de la Zona Rosa a la calle de Roma agotó tres cigarros, uno detrás de otro.

No que a Sergio no le importaran las nefastas descripciones que hacía Guillén del caso, pero en todo momento se mantuvo al margen, sin hacer un solo comentario, sólo presionando sus párpados con los dedos de una mano. Y Guillén, nervioso, aturdido, no dejaba de preguntarle cómo se sentía para volver en seguida a su preocupación por hablar con Morné durante el día.

Frente a su casa, Sergio se apeó del auto tratando de tranquilizar al teniente, fingiendo que se sentía bien cuando, en el fondo, presentía que se acercaba a una horrible muerte, que la visión de hacía unos minutos no era sino una admonición de su inevitable final. Le hubiera pedido que se quedara con él pero supuso que con la presencia de Alicia bastaría para intentar luchar contra lo que tuviese que enfrentar. Además estaba lo de Morné y...

—Gracias, teniente. Cualquier cosa yo le llamo.

Se despidieron parcamente y Sergio entró, arrastrando los pies, a su edificio. A su casa. Con la lentitud de los que andan hacia el cadalso.

No contaba, desde luego, con que Alicia se hubiera marchado también. Una nota fue todo lo que se encontró sobre la mesa del comedor. "Fui a dar el abrazo a unas amigas. Vuelvo para la cena".

Trató de no dar importancia al hecho de encontrarse solo. A fin de cuentas, no había indicios de que pudieran ocurrir cosas horribles en un ambiente tan luminoso, tan matutino.

Fue a su recámara y encendió su computadora nueva. En la calle se escuchaba ruido de automóviles, de gente, pero todo de una manera muy apagada, como si la ciudad se hubiera empeñado en no despertar por completo, como si la verdadera forma de celebrar el día fuera rindiéndose a la pereza. Mientras el sistema operativo terminaba su secuencia de arranque, se preguntó si tendría que dar esa batalla por sí solo, si no valdría la pena buscar a Brianda o a Jop.

Apareció el icono del archivo de texto que creó en el Escritorio de la computadora. Sonrió ante la perspectiva de tener que hacer una especie de testamento a sus trece años. El viento que se colaba por la ventana era bastante ligero, apenas un soplo, nada temible había en él. Lo mismo su habitación, sus cosas, todo tenía un aire tan inofensivo que quería empeñarse en creer que acaso nada horrible ocurriera, y que aun la opresiva angustia que sentía fuera más una invención que un sentimiento real.

Abrió el cajón del escritorio y extrajo el anillo que le obsequió Brianda. Se había propuesto no usarlo por miedo a perderlo o a que se lo robaran. Sin embargo, el sólo verlo le producía esa sensación placentera y desconocida que había experimentado el día anterior. Se dijo a sí mismo que tenía que sobreponerse al miedo, que lo había hecho antes, que lo haría ahora.

Puso *Physical Graffiti*, el CD que le obsequió Guillén de Led Zeppelin, y se dio a la tarea de navegar por internet sin un rumbo fijo, sólo por darse el gusto de sentir la velocidad de su nueva computadora. Al poco rato sintió sueño. Un sueño tan profundo y relajante que no quiso desdeñarlo. Aunque habían pasado apenas cinco horas de haber despertado, se rindió a él. Se quedó dormido frente a la computadora con la cabeza apoyada en sus antebrazos.

Se despertó sobresaltado, era de noche. Miró el reloj en la computadora: las seis y veintitrés minutos. ¿Habría decidido Alicia cenar con sus amigas? Tomó su celular y le marcó. A los cinco tonos su llamada fue desviada al buzón de mensajes. Colgó. Se asomó a la ventana. No se distinguía una sola alma, la calle estaba vacía. Los faroles estaban encendidos pero no se detectaba movimiento. Tampoco ruido alguno. Le pareció a Sergio que se encontraba solo en el mundo. Tuvo esa certeza y llamó por celular a Brianda. Igualmente, fue enviado al buzón de voz. Lo mismo le ocurrió con Jop y con Guillén. Lo mismo con algunos otros teléfonos que tenía en su celular, de amigos de la escuela. Tomó el teléfono fijo y se dio cuenta de que no tenía tono, estaba muerto.

"¿Qué está pasando?", se preguntó. Volvió a mirar por la ventana. La estatua de Giordano Bruno era la única silueta humana a la vista. Pensó en esbozar un pensamiento para el monumento y no pudo articularlo. Algo no estaba bien.

Pffft... toc.

El ritmo cardíaco se le disparó. Sabía que lo siguiente serían pasos en la sala. Probablemente alguna otra esfera rota... probablemente que se encendieran o apagaran las luces. Probablemente...

Se incorporó y giró el cuello. Su intención era encender él mismo la luz, no hacer caso de los ruidos como no lo hizo durante la noche.

Pero apenas iba a dar un paso, el miedo estalló en su interior; un incontenible y gigantesco alarido se apoderó de su cuerpo, de su voluntad, lo obligó sufrir una momentánea muerte.

En el dintel de la puerta se encontraba una sombra. Una sombra bípeda con hocico de cabra y siete hórridos ojos.

—¡¡¡Aaaaaaaahhhhhhh!!!!

Se despertó sobresaltado. Era de noche.

Tenía una enorme cucaracha posada sobre la mano derecha, a un lado del mouse. Retiró la mano impresionado y el bicho salió volando hacia la ventana. Apenas vio el reloj de la computadora: la misma hora que en el sueño, las seis y veintitrés minutos. Iba a preguntarse si Alicia habría llegado, si se encontraría solo en el mundo, si el teléfono tendría tono, si los ruidos de la cocina se repetirían como en el sueño... cuando un gran escalofrío lo tomó por asalto, le hizo reconocer que había llegado su hora.

No fue lo que alcanzó a ver a través de la penumbra en la que se había sumido su habitación, sino el sonido. Un murmullo imposible de identificar, un crepitar vertiginoso, desesperado, un aterrador revolotear.

La luz que emitía el monitor de su computadora fue suficiente para reconocerlo. La superficie de su cama se movía, temblaba como si estuviese compuesta por cáscaras marrones con vida. Lo mismo la superficie de sus tambores, las paredes, el clóset, la puerta...

Una cucaracha se posó en su mejilla izquierda. La espantó y se puso de pie. Sobre su ropa caminaban otras cinco alimañas más. Dio un paso y el ruido que hizo su pie al apoyarse sobre el piso lo volvió a colmar de terror. Un golpe en la mejilla. Otro. Otro más. La infinidad de patas que sentía en los brazos, en el cuello.

Su hora.

—¡Dios....! —se atrevió a proferir. Fue directo al interruptor de la luz, a pesar de los latigazos que sentía cada vez que una nueva cucaracha, en su azaroso vuelo, lo golpeaba. Encendió la luz y sus ojos confirmaron la espeluznante experiencia. Cientos y cientos de repugnantes insectos volaban desquiciados en su habitación.

Quiso huir. Salió de su cuarto sacudiéndose furiosamente a las cucarachas que subían por su cuerpo, que aterrizaban en él, que se aferraban a sus ropas. La sensación era pavorosa. Las tenía en sus ojos, en sus orejas, trepando por su cabello.

Se dijo que eso no podía continuar fuera de su casa. Que ese horror no podía seguirlo hasta la calle. Se propuso llegar a la puerta del departamento y salir corriendo, conseguir que alguien lo viera, que le ayudara a escapar de tan insólito ataque. Se impulsó hacia la salida como si luchara contra una irrefrenable ventisca, pero no conseguía avanzar lo suficiente. Los golpes de los monstruosos bichos eran cada vez más contundentes, cada vez más certeros. Una metralla de municiones vivas.

Comenzó a llorar. Sabía que no podría escapar de ello, por más que quisiera convencerse de que eso no estaba pasando, que bien podía ser un sueño. El dolor era real, lo mismo el terror que sobrepasaba a todo lo que hubiera vivido antes. Quiso elevar una plegaria. No supo darle forma. Cayó de rodillas.

Apenas levantó la vista para reconocer, frente a él, al demonio de los siete ojos: la faz de macho cabrío, los dos cuernos diminutos, las manos de alargadas uñas sobre el pecho, las dos arrogantes pezuñas. Reía.

Una infinidad de insectos lo cubría por completo. Había dejado de luchar y todo lo que sentía era un ejército de patas ganchudas sobre su cuerpo. Se cubrió la cara.

"Dios... Dios..."

La risa del que se había hecho presente incrementó. Lo peor aún estaba por suceder, adivinó Sergio. Las legiones de cucarachas luchaban por abrirse paso a través de sus manos, apretadas contra la cara. Luchaban y emitían escalofriantes chillidos, empujaban y mordían la carne de Sergio.

El terror era tanto que Sergio deseó que todo acabara. En su mente consintió la idea de la muerte como una liberación. La risa del diablo se volvió estentórea, fue un golpe de martillo en los huesos de Sergio.

"Sergio... Sergio...", escuchó de pronto, por encima de la risa del monstruo. Primero pensó que era él mismo, tratando de rescatar algo de cordura, pero luego se dio cuenta de que era un llamado distante que no le pertenecía.

Las alimañas no se detenían. Continuaron hasta que consiguieron abrir un hueco por el cual introducirse hacia su cara. Su objetivo le causó todavía más horror: los ojos, la nariz y la boca. Las huestes enfurecidas atacaron, por debajo de las manos sangrantes de Sergio, los párpados. Sergio se arrancaba los insectos uno tras otro hasta que se dio cuenta de que era inútil. Consiguieron abrirse paso hacia el interior de su cuerpo.

Sintió las serpientes de millones de patas entrar en él. Se retorció en el suelo. Sufrió arcadas de vómito incontrolables.

"Sergio... ¡Debes... ubicar..." apareció de nuevo en su mente. Una voz que había oído antes pero que era incapaz de reconocer.

Él sólo deseaba morir. Sólo deseaba que todo terminara. El dolor de estar siendo devorado vivo era tan insoportable que no podía pensar en otra cosa.

"¡Sergio.... tienes que ubicar...!"

La risa macabra del engendro se adueñaba de todo, lo consumía todo.

Terminar con el sufrimiento. Terminar con él. Era lo único en lo que pensaba. Había dejado de sentir, de escuchar, de ver, de pensar. Su piel era una llaga, sus cabellos y ropas bailoteaban, infestados de insectos. Sólo quería terminar con eso.

"¡Ubica el lugar preciso del miedo!"

No, no era su voz. Era un grito que le alcanzaba desde muy lejos. Era una voz que quería infundirle confianza... paz...

...pero el dolor... el terror...

Sintió cómo los bichos se abrían paso a través de su carne. Cómo empezaban a abrir su piel desde adentro.

Y no acababa.

No acababa.

Se incorporó sobre sus rodillas y las plantas de sus manos. Era insoportable. Era lo peor que nadie pudiera vivir.

Y no se detenía.

Se arrastró a través del enjambre hasta llegar a la cocina, palpitándole todos los músculos con las diminutas mordidas que las cucarachas le infligían desde adentro, sintiendo cómo su cuerpo dejaba de pertenecerle, que todo era un aterrador zumbido.

"¡Sergio... es lo más importante!"

Alcanzó el cajón de los cubiertos, tirándolo al suelo. Pudo tomar, a tientas, un cuchillo de punta afilada. Era la liberación. Sintió que si abría sus entrañas, todo terminaría. El repugnante saco de inmundicia en que se había convertido su estómago reventaría. Y todo acabaría. Casi pudo dar gracias cuando tomó el cuchillo con sus dos manos y lo levantó.

La carcajada del infernal engendro.

Un poco más. Un poco...

"¡SERGIO! ¿AFUERA O ADENTRO? ¡UBICA EL MIEDO!"

Fue atronador. Más fuerte que la risa del demonio. Más fuerte, por un momento, que todo lo que le ocurría. Más fuerte que la energía utilizada para levantar la daga.

Reconoció la voz. Era la que, en sueños, le había dirigido la estatua de Giordano Bruno.

"¡Es lo más importante!", volvió a ordenar. "¡!"

Tuvo un breve momento de lucidez. ¿Ubicar el miedo? La risa del demonio se debilitó.

¿Ubicarlo? ¿A qué se refería?

Las millones y millones de bocas se enardecían en Sergio, por fuera y por dentro de su cuerpo. En sus globos oculares. En sus tímpanos. En sus mucosas nasales.

Pero pudo consentir, por encima de todo su horror y todo su sufrimiento, un pensamiento que se le ofrecía como un salvavidas.

Darle un lugar al miedo.

"¡Es lo más importante!"

¿Adentro o afuera?

Afuera, se dijo. Afuera.

El diablo comenzó a bufar.

Las millones y millones de bocas, los trillones y trillones de patas. Las alas. El hedor. La oscuridad. El frío.

El monstruo de los siete ojos lanzó un aullido. Se acercó a Sergio y, agachándose, prorrumpió en su rostro un ensordecedor grito.

Pero la voz que escuchaba Sergio estaba en algún lugar de su cabeza. Y se mantenía incólume. Se sobreponía a todo lo que ocurría fuera.

"Lo... más... importante..."

No. Era imposible. Seguía teniendo miedo. Un miedo tal que deseaba morir, deseaba acabar con todo. Pero... también se dio cuenta de que... un segundo más, probablemente...

Y otro segundo más...

Sintió cómo sus ojos eran consumidos. Degustó el sabor de la sangre, su propia sangre. Sintió los huesos desnudos de sus manos contra el mosaico de la cocina...

...pero un segundo más...

...y otro más...

...y acaso...

Supo que habían horadado sus entrañas, que su garganta había quedado al descubierto, que su corazón estaba siendo extinguido con lentitud...

...pero acaso...

...un segundo más...

...y otro...

...ir aguantando así...

...así...

...así...

"Es lo más importante".

Los bramidos del demonio se empeñaron en abrirse paso por la mente de Sergio.

***

Estuvo hasta las ocho en punto en idéntica agonía hasta que llegó Alicia y lo encontró en el suelo de la cocina.

Al encender la luz vio que Sergio había vomitado. Que había tirado el cajón de los cubiertos. Que al sentir su presencia, abría los ojos y, como si escapara de un asfixiante encierro, aspiraba con desesperación y se echaba a llorar desconsoladamente.

Se arrodilló a su lado. Lo abrazó en seguida.

—¡Sergio! ¿Qué pasó? ¡Dime, por favor! ¿Qué pasó?

Sergio estaría por lo menos veinte minutos más llorando, convulsionándose, recobrándose.

Pero había sobrevivido.

Capítulo diecinueve

Alicia no se creyó el cuento de la pesadilla. Pero le tranquilizó ver que su hermano cenaba con apetito y se iba a dormir temprano. Sergio había hecho todo lo posible por fingir indiferencia, no obstante el incontenible llanto que lo había acometido y que no supo explicar del todo. Eran las diez y media de la noche cuando se despidieron para irse a la cama. Sergio entró a su habitación, apagó la computadora y miró hacia la calle.

"¿Fuiste tú?", preguntó internamente a la estatua de Giordano Bruno.

La voz no volvió a aparecer. Pero Sergio supo que si no hubiera sido por ella, habría dado rienda suelta a sus impulsos y habría terminado matándose como los otros.

"¿Fuiste tú"?

No tuvo respuesta y se preparó para irse a dormir. Se quitó la prótesis, se puso la piyama y fue al baño para lavarse los dientes.

Y mientras se tallaba, contemplando con sorpresa en el espejo que su rostro estaba intacto, tuvo una pequeña revelación. Terminó de lavarse los dientes y fue al bote de basura. No tuvo que hurgar demasiado; el papel sanitario que buscaba se encontraba casi hasta arriba. El mismo pedazo con el que había recogido, de la pared, el cuerpo triturado de aquella cucaracha de la mañana.

No había nada en éste. Nada.

Y, a menos, que el bicho hubiera resucitado y se hubiera ido volando de ahí, la única explicación era que las visiones habían comenzado con mucha anticipación. Había sido una pesadilla muy bien trabajada, una diabólica alucinación diseñada para enloquecer y producir una desesperación de muerte.

Fue al cuarto de Alicia, donde ésta leía un libro recostada en la cama.

—¿Te puedo hacer una pregunta?

—A ver...

—La otra noche... que te desperté porque escuché ruidos. ¿Tú también oíste algo?

—No.

Sergio comenzaba, poco a poco, a comprender.

—Pero, si mal no recuerdo, te pregunté si habías oído el ruido y me dijiste que sí.

—¿Yo?

Sus ojos habían crecido tremendamente. Eso es lo que estaba en el recuerdo de Sergio. Pero no, en efecto. Nunca había asentido. Aunque tampoco lo había negado. Tal vez por ello...

—Fuiste a la cocina —detuvo Alicia sus pensamientos— pero, como yo no escuché nada, te dije que me iba a dormir. Me pareció que era lo mejor. Supuse que habías tenido una pesadilla y que lo mejor para ambos era volver a la cama.

Y él lo había interpretado como miedo o apatía. Suspiró aliviado. Recordó cuando el padre Ernesto había comentado la plaga de cucarachas en las escaleras la noche anterior, cuando Guillén sugirió que tal vez habían fumigado algún departamento; supuso que todo formaba parte de la misma maldición del nocturno, que hasta ese grado llegaba el sutil trabajo del terror para conseguir que las víctimas desecharan la posibilidad de estarse volviendo locas y terminaran cometiendo los más espantosos actos suicidas.

—¿Estás bien, Sergio? —se interesó Alicia, cerrando el libro.

—Más o menos.

—¿Es por lo que estás investigando con el teniente?

—Supongo.

Iba a volver a su cuarto para disponerse a dormir cuando lo detuvo la voz de su hermana.

—¿Algún día me contarás?

—¿Qué?

—En lo que andas metido.

—No te entiendo.

—Sergio... yo te cambié los pañales, te enseñé a vestirte y a amarrarte las agujetas. No puedes engañarme. O no siempre, al menos.

Él torció la boca y miró hacia el suelo, avergonzado.

—Sé que estás en algo. Sé que el nombre de Farkas significa algo para ti y que no sólo miras los dibujos de ese libro gordo que tienes. Pero no importa... algún día me contarás, ¿no?

—Algún día —respondió, después de una breve pausa.

Pese a todo, durmió bien esa noche. Ningún terror lo hizo despertar sobresaltado, ni siquiera la tangible memoria de lo que había sentido en carne propia. Al levantarse, a las nueve y media de la mañana, todavía le maravillaba no tener ni una huella en la piel.

Alcanzó a despedir a Alicia, quien se marchaba al trabajo, y se metió a bañar sin prisa alguna. Abrigaba la esperanza de poder buscar a Jop y a Brianda para ir al cine o a oír música a alguna tienda de discos. Cierto que tenía que ayudar a Guillén a desentrañar el misterio del nocturno pero, después de lo que había pasado el día anterior, sentía que se merecía un breve descanso.

Se secó tarareando una canción de Led Zeppelin y salió del baño dando saltos, con la toalla anudada en la cintura.

Toda su confianza se desplomó en cuanto llegó a su cuarto.

Una enorme cucaracha parecía estudiarlo, posada sobre el monitor de su computadora.

Y luego...

Pffft... toc.

Estaba ocurriendo. El preámbulo. No estaba a salvo. Había sobrevivido a aquella experiencia terrorífica, pero eso no significaba que no pudiera repetirse.

Azuzó al bicho y éste voló hacia el suelo, donde pudo aprovechar para matarlo con uno de sus zapatos. Así, desnudo, estudió el deshecho cadáver de la cucaracha en la suela del zapato. Se animó a tocar el cuerpo pulposo con la punta del dedo. Lo empujó, consiguiendo una sensación tan real y desagradable que no supo qué creer. Eso no podía ser inventado. No podía.

Pffft... toc.

Y de pronto, comprendió.

Al morir, todas las víctimas estaban solas. Todas se habían quitado la vida en los más resguardados encierros. El demonio de los siete ojos atacaba sólo cuando nadie podía auxiliar a sus víctimas.

Se puso la prótesis y se vistió a toda prisa. Ni siquiera la luz que entraba de la calle le infundió confianza. Tomó su celular, su cartera, sus llaves. Corrió a la puerta de entrada del departamento. Antes de cerrarla, pudo constatar, de reojo, que una silla en la cocina se golpeaba a sí misma contra el borde de la mesa.

Bajó a todo correr y no descansó hasta que estuvo en la calle. La gente que, despreocupada, caminaba por la acera, por la plaza, le hizo sentir como un náufrago que es rescatado después de años en una isla desierta.

La soledad. ¿Cómo lidiar con eso ahora?

Un mensaje llegó a su celular y pensó en Farkas. Durante el caso Nicte, éste se comunicaba oportunamente con él cuando se sentía desesperado, cuando algún nuevo miedo se apoderaba de él. Odiaba esa sensación de desamparo que tenía olvidada desde que conoció a Pancho. Y que, desde su muerte, volvía con nuevos bríos.

Miró el mensaje. Era el teniente.

Estoy por ti en media hora. Conseguí una cita con Heriberto Morné.

Sergio suspiró malhumorado. No podía huir de su destino de ayudante de la policía; mucho menos podría hacerlo de su destino de mediador. Fue a sentarse a una de las bancas de la plaza y, con los ojos puestos en Giordano Bruno, se entregó al único pensamiento que le hacía sentir bien últimamente: que si pudiera arrancarse de la piel esa consigna de ser mediador lo haría al instante. Se imaginó a sí mismo en los zapatos de Jop, de Brianda, de Gonzalo, Óscar o Marcela, compañeros de la escuela. De Diego Cravioto, el que lo molestaba en clases. De los seis niños con los que había vivido el caso Nicte. Se hubiera cambiado sin pensarlo dos veces por cualquiera de ellos. La felicidad sólo podría ser completa si volvía, algún día, a ser normal.

Decidió hacer una llamada que consideraba necesaria.

En menos de cinco minutos Brianda estaba frente a él.

—¿Y el anillo? ¡Ya sabía que no te lo ibas a poner!

—Perdón… es que no quiero que se me pierda.

—Mentiroso, no te gustó.

—Claro que me gustó. Es que…

Ella hubiera seguido argumentando, que para mantener viva una discusión se pintaba sola. Pero algo en el semblante de Sergio delataba una nueva angustia.

—¿Qué tienes? —se sentó a su lado. Le tomó las manos.

—Necesito contarte algo. Pero no se lo puedes decir a nadie. Sólo tú y yo lo sabremos. ¿Me lo juras?

—Te lo juro —dibujó una cruz sobre su pecho y levantó su mano derecha.

Sergio miró su reloj. No tenía mucho tiempo.

Y así, ahorrando palabras, brincándose sucesos, evitando ser muy descriptivo, le contó a Brianda todo lo ocurrido. Desde lo que sintió al escuchar el nocturno en su casa, hasta su escalofriante experiencia del día anterior.

Brianda no dejó de morderse las uñas hasta que Sergio terminó de relatar.

—Pudiste haber muerto.

—Sí. Lo sé.

Sintió un impulso por abrazarlo pero se contuvo. Sergio le había contado todo eso por una razón, y sabía que ésta no había llegado todavía. Si lo conocía bien, podía asegurar que se habría callado su experiencia para no preocuparla, pero, por algún poderoso motivo, había decidido contarle. Decidió aguardar.

—Hace un momento… cuando salí de bañarme…

Brianda luchó por hacerse la fuerte. Cierto, conocía tan bien a Sergio que se anticipó a la magnitud de lo que venía sólo por el modo en que él se esmeraba por empujar las frases a través de su garganta. Y se preguntó si realmente quería oír. Si en realidad quería seguir con eso. Si era una buena idea estar así, preocupada, confundida, siempre alarmada. El miedo hizo presa de ella a tal grado que se sintió rescatada cuando el auto del teniente Guillén se detuvo frente a ellos.

Se miraron por unos segundos.

—Bueno, me tengo que ir —resolvió Sergio, tal vez percibiendo ese sutil cambio en el rostro de Brianda.

Y ella no supo qué agregar. La embargaba una gran pena. La pena de haber preferido, por unos segundos, que Sergio la dejara en paz, que no hubiese recurrido a ella, que jamás... que jamás se hubiesen conocido.

Finalmente, él no se había puesto el anillo y...

Lo besó en una mejilla y caminó con lentitud hacia su casa.

Sergio la contempló marcharse como si hubiera leído sus pensamientos, como si de pronto fuera abandonado en un desierto.

La soledad... ¿cómo...?

En cuanto estuvo arriba del auto del teniente, éste se apresuró a preguntarle por su salud, pero con la cabeza puesta en otro sitio. Ni siquiera escuchó cuando Sergio le dijo, en murmullos entrecortados, también con la vista perdida, que se encontraba mejor; arrancó a toda velocidad hacia Paseo de la Reforma.

—Sé que habría podido entrevistar a Morné yo solo —espetó Guillén—, pero temo que se me vaya algún detalle. Disculpa que no te deje descansar ni un día.

—No se apure, teniente —dijo Sergio, con toda la franqueza del mundo—. Yo también tengo mucho interés en que se resuelva esto.

***

Bajaron del auto una vez que se estacionaron en el cajón que les asignaron en uno de los cuatro pisos de estacionamiento subterráneo. Sergio pudo comprobar que el edificio, uno de los mayores rascacielos de la ciudad, era una fortaleza. Le pareció que sólo una maldición centenaria podría traspasar esas paredes para atacar a alguien sin dejar huella.

Guillén marcó a Uribe en cuanto iban caminando por entre las filas de autos estacionados hacia la zona de ascensores. La luz artificial difuminaba los colores, aunque el ambiente era más bien agradable, en lo absoluto oscuro o sofocante. Muchos ejecutivos circulaban entre los autos, varios de ellos, al igual que Guillén, pegados al teléfono celular. Después de avanzar varios metros, el teniente levantó la mirada y reconoció al encargado de la seguridad de Morné a la distancia, levantando la mano.

El licenciado Uribe, elegante y con gesto de estar ahí a la fuerza, los esperaba frente a los ascensores en compañía de dos enormes guardaespaldas. Sergio tuvo la sensación de que el problema podía adquirir, como bien pensaba Guillén, proporciones catastróficas, sólo por la mueca de molestia de Uribe.

—¿Qué hace él aquí? —fue con lo que abrió conversación el licenciado, a todas luces enfadado.

—Licenciado, éste es Sergio Mendhoza. Me está ayudando —respondió el teniente.

Sergio tendió una mano que tuvo que retirar al instante a falta de reacción en el licenciado.

—No me diga. ¿Un niño?

—No es cualquier niño.

Sergio se preguntó si debía haberse arreglado para la ocasión. Tal vez debió darle más importancia a la entrevista y usar una camisa de cuello o los zapatos de la escuela. Uno de los guardaespaldas lo miró con desdén. Sergio lamentó que la cita pudiera estropearse por su culpa.

—Tal vez se enteró usted del caso de hace unos meses, el caso de los esqueletos...

Uribe interrumpió al teniente levantando una mano, como si tratara con un necio.

—Le dije muy claramente al capitán Ortega que no debíamos molestar a Morné. Llevar un niño a la entrevista sí que me parece un exceso. ¿No está usted capacitado para hacer esta investigación solo o qué?

Sergio puso una mano en el antebrazo del teniente.

—Mejor suba usted, teniente. Yo lo espero aquí.

Guillén lo llevó aparte. Uribe no dejaba de mirar su reloj.

—Oye, no te traje de paseo. Te traje porque en verdad te necesito allá arriba. Así que ayúdame a convencer a estos tipos o voy a tener que meterte de contrabando.

Sergio no necesitó de más para entender la desesperación del teniente. Sabía que Morné corría peligro y que cada día se volvía más apremiante la resolución del caso. Pero igualmente tenía que reconocer que cada vez se sentía menos capaz para seguir con la investigación. El miedo le impedía concentrarse. No obstante, decidió que ayudaría a Guillén.

—Está bien.

—¿Qué tienes en mente?

Sergio no respondió. Volvió al sitio en el que se encontraban Uribe y sus hombres. —A mi derecha —dijo Sergio.

—¿A tu derecha qué? —gruñó el licenciado con un gesto de hartazgo.

—Las placas de los autos.

Sin dejar de sostenerle la mirada al licenciado, Sergio comenzó a recitar las matrículas de los doce autos que estaban a su derecha. Una por una. Letra por letra y dígito por dígito. Impecablemente. Sin cometer un solo error. Los dos guaruras soltaron una exclamación de sorpresa. Uribe apenas giró el cuello para comprobar que Sergio en realidad había retenido en su memoria las secuencias exactas.

—A mi izquierda —repuso ahora Sergio.

Y de nueva cuenta, sin apartar la vista de la arrogante mirada de Uribe, una letanía de letras, números y hasta entidades federativas, hasta completar once.

—¿Quiere que le diga las marcas y colores? ¿Las posiciones?

—A ver... —se animó a decir uno de los guaruras, fascinado.

—Es suficiente —bufó Uribe, a quien el rostro no le había cambiado nada. Miró a Guillén, negando con la cabeza—. Entiendo, teniente. Aún así...

Lo pensó un poco. Tomó otra vez su celular y apartándose un poco, hizo una nueva llamada. No tardó nada en colgar.

—Está bien. Morné no tiene inconveniente.

Fue a uno de los ocho ascensores y los demás lo siguieron. En cuanto éste se abrió, sus guardaespaldas impidieron que alguien más subiera, sólo el reducido grupo que había de entrevistarse con el millonario. Uribe introdujo una pequeña llave en el control de botones y le dio vuelta para poder accionar el marcado con el número 52. Las puertas se cerraron.

Salieron a un pasillo de ambiente perfumado y grandes ventanales con impresionantes vistas de la ciudad.

Uribe se detuvo antes de seguir avanzando por el pasillo. Volvió a confrontar a Guillén, aunque ahora su rostro era un poco menos duro.

—Dígame una cosa, teniente... ¿por qué corre peligro Morné si todas las muertes de las que me habló el capitán Ortega han sido suicidios?

Hubiera podido hablar del nocturno, de la foto, de la partitura incendiada...

—¿Honestamente? —respondió Guillén—. No lo sabemos. Sólo que las muertes están relacionadas entre sí, que han sido espantosas y que... el licenciado Morné podría ser el siguiente.

—Bueno... —dijo ahora Uribe, más sereno—, acaso baste con que ponga sobre aviso a Morné de esas "espantosas" muertes y coincidencias. Procuremos no estar ahí más de diez minutos. El secretario me lo ha encargado mucho.

Continuaron su camino.

Al dar la vuelta al pasillo, Sergio sufrió un desgarramiento interior. Al lado del policía que custodiaba la puerta de la suite se encontraba el monstruo. A plena luz del día. En un sitio tan aparentemente inofensivo. En toda su enorme y repulsiva figura, con sus siete ojos puestos en él. El musculoso torso de brazos cruzados, las velludas patas de macho cabrío, el repulsivo hedor que, por lo visto, sólo él percibía.

—¿Estás bien? —indagó Guillén.

—Este... sí.

—Vamos entonces. No te retrases.

El demonio lo midió mientras se aproximaba. Y Sergio supo en seguida que, como los demás no podían verlo, no intentaría hacer nada mientras estuviera en compañía de ellos, pero también que no lo dejaría en paz. Que se había escapado de sus manos una vez y que no le permitiría volver a hacerlo. Su presencia ahí significaba una advertencia.

El policía de la entrada saludó con un gesto a Uribe y a Guillén. Llamó a la puerta a sus espaldas. Sergio prefirió no mirar al demonio, quien, por el contrario, no dejaba de observarlo. Recordó las palabras de Belcebú. "El momento exacto en que comenzará tu caída". Sentía que estaba cayendo, cayendo, cayendo... y que no se detendría hasta llegar a los confines del averno, que lo que había vivido el día anterior era sólo una estación en ese continuo desplome. La lengua del monstruo asomaba entre sus belfos.

Se abrió la puerta y Uribe, Guillén y Sergio entraron a la lujosa suite, dejando fuera a los guardaespaldas. Los recibió Wilson con un apretón de manos y una sonrisa, sin indagar nada respecto a la presencia de Sergio.

El hermoso piano de cola fue lo único que llamó la atención del muchacho y el detective. No el fino mobiliario, la hermosa panorámica de Paseo de la Reforma, las esculturas o la fuente. Sólo el piano. Y un preludio de Stravinsky, apenas distinguible, sobre el atril.

—Por aquí... —dijo Wilson sin más, conduciéndolos a la sala de juntas—. En un momento viene el licenciado.

No les ofreció nada de tomar, acaso porque estaba avisado de la brevedad de la visita. Era una sala de ambiente aséptico con una mesa de ébano circular que lucía un diamante de cristal cortado al centro y ocho sillas que hacían juego. En las paredes, varios cuadros cubiertos con telas oscuras. Un servibar en una esquina. Una mesita con un teléfono. Y escapando de unas minúsculas bocinas en el techo, un concierto de piano.

—No más de diez minutos —dijo Uribe al poco rato de que estuvieron solos. Todavía no se explicaba por qué el millonario no se había opuesto a recibir a Guillén cuando le dijo que, con el policía, venía un niño. Volvió a mirar el reloj.

En breve, entró Heriberto Morné, alegre y cortés, vestido de sport con colores claros y saludando enérgicamente a cada uno de ellos. A Sergio le regaló, además, una enigmática sonrisa. Y éste sintió cómo el miedo se disparaba. Miró sobre su hombro, creyendo que el demonio que lo atormentaba podía haber entrado a la habitación.

—Siéntense, por favor. ¿En qué les puedo servir?

—Usted disculpe, licenciado... es algo que ha estado pasando... —adujo el licenciado Uribe, en un tono acaso demasiado amable—, en fin, mejor que le cuente el teniente.

Guillén se aflojó el nudo de la corbata. Se inclinó hacia adelante en la silla. Trató de encontrar las palabras.

—¿Es por lo de la muerte del profesor Carrasco, de Mario Cansinos y Esteban Olalde? —exclamó Morné, arrebatando la palabra—. Y este otro... ¿cómo se llamaba...?

Guillén y Sergio se miraron.

—¿Está usted enterado? —preguntó Guillén.

—Ramírez —repuso Morné—, Lalo Ramírez. Claro que estoy enterado. Y no saben cómo me intriga el asunto. ¿Qué pistas tienen?

Clavó la mirada en Sergio, como si estuviera consciente de su importancia en la investigación, como si ésta dependiera principalmente de él. A Guillén le maravilló su actitud optimista y desenfadada.

—¿No tiene miedo de que le ocurra lo mismo?

—¿Miedo? ¿Aquí? —abrió los brazos para darse a entender—. ¿En esta bóveda de banco? No creo que haya asesino que se tome esa molestia.

—Pero... es que... —exclamó Guillén, un tanto apenado—. Hemos concluido que todos fueron suicidios. No hay asesino que perseguir.

Morné miró a Uribe, extrañado.

—Bueno... es lo que dicen —se atrevió a afirmar éste.

—¿Suicidios? ¡Qué tontería! ¿Todos se pusieron de acuerdo para quitarse la vida? —rió Morné—. ¿Se dan cuenta de cómo suena eso?

Sergio seguía sintiendo esa horrible sensación en el cuello. Aún así, sabía que tenía que intervenir.

—Suponiendo que tuviera usted razón... y que hubiera un asesino que estuviera detrás de todo esto... —le costaba trabajo articular las oraciones, casi podía sentir el aliento del demonio en la cara—, ¿tiene alguna idea de por qué el "asesino" se ha encaprichado con ustedes, la generación del 76 de las clases del profesor Carrasco?

—Ni idea.

—¿No le dice nada un supuesto nocturno de Franz Liszt? —arremetió Sergio.

Hubiera podido asegurar que las pupilas de Morné crecieron. Fue sólo un instante. Un muy breve instante.

—No —respondió, categórico.

—Cada uno de ustedes se puso un apodo. Todos eran grandes pianistas del siglo diecinueve. Tengo entendido que usted era Thalberg —enunció Sergio, esforzándose por no perder la concentración. Sabía que el demonio podía sentarse a la misma mesa que ellos, si le placía.

—Era un tonto juego de niños —hizo un ademán de indiferencia—. El profesor nos dijo que todos teníamos un gran talento, por eso tuvimos la ocurrencia.

—Sí, pero... ninguno se dedicó al instrumento.

—Así ocurre a veces.

—Además... falta Liszt —repuso Sergio, un poco insolentemente.

—¿Cómo dices?

—Falta Liszt. A ese curso se inscribieron seis niños y sólo cinco se graduaron. ¿Qué le pasó al sexto? ¿Cuál era su nombre?

Morné miró al licenciado Uribe como si solicitara su apoyo o le reclamara tácitamente algún engaño, como si quisiera advertirle, con sólo un golpe de mirada, que no consentiría algo así. Uribe se levantó de su silla.

—Es hora de irnos. Gracias por su tiempo, licenciado.

—¿Por qué todos niegan la existencia de ese sexto? —levantó la voz Sergio—. ¿Qué fue lo que pasó? ¡¿Qué le hicieron?!

Esta última frase consiguió, al fin, una reacción en el millonario. Perdió por completo la sonrisa y también se puso de pie.

—Sólo fuimos cinco en el curso. Y ojalá viviera el profesor Carrasco para poder confirmarlo —se serenó pero habló con firmeza—. Siento mucho que la policía esté completamente perdida en este caso. Y lamento todavía más que se apoyen en niños sabelotodos y maleducados para apoyar sus teorías sin fundamento. ¿Un nocturno de Liszt? ¿Suicidios consensuados? Si alguien debería estar molesto, ese debería ser yo, pues todo indica que estoy en esa lista negra. Y en vez de que se garantice mi integridad, se me acusa de ocultar información. Agradezco su visita.

Guillén y Uribe se mostraron apenados. No así Sergio, quien, a pesar de reconocer en el millonario una posible víctima, sabía que no estaba contándolo todo.

Todos estaban de pie excepto el muchacho.

—Vámonos, Sergio —dijo Guillén.

—Una última cosa —dijo éste, antes de abandonar su sitio—. Extraña costumbre esa de cubrir las pinturas con tela.

Morné miró a Uribe, tratando de expresarle su enfado, tratando de dejar en claro que se arrepentía de haberlos recibido.

—Cuando un cuadro vale miles de dólares, se le procuran todo tipo de cuidados —explicó Morné con frialdad—. Acaban de hacer la limpieza y una mínima mota de polvo puede estropear siglos enteros del más bello arte pictórico. Pero qué va a saber de eso un niño lleno de ínfulas y carente de sensibilidad. Fue un placer, caballeros.

Se dirigió hacia el fondo de la habitación y les dio la espalda mientras se servía una bebida del frigobar. En cuanto los invitados abandonaron la sala de juntas, el licenciado Uribe no tardó en contagiarse del mismo mal humor que Morné. Todavía no salían de la suite y tronó en contra de Guillén:

—¡De mi cuenta corre que lo saquen de este absurdo caso, Guillén! Yo personalmente hablaré con el procurador.

—Pero... —se defendió Guillén. ¿Si en verdad se trata de un asesino como dice Morné? ¿No preferiría que diéramos con él?

Uribe lo amenazó con el dedo pero terminó por no decir nada y claudicar. Se adelantó por el pasillo y, al lado de su guardaespaldas, tomó el ascensor sin siquiera esperar a Guillén y a Sergio.

Durante ese alegato, Sergio pudo recomponerse. El miedo continuaba, pero el demonio no se veía por ningún lado.

—Dime qué piensas —le preguntó el teniente, frente a la puerta de la suite.

—Pienso... que estamos casi como al principio.

Caminaron por el pasillo. Pasó un buen rato antes de que volviera el ascensor que, minutos antes, tomaran Uribe y su gente.

—Y también pienso —pronunció Sergio cuando se abrió la puerta—, que ninguna bóveda de banco salvará al licenciado si llega a escuchar ese nocturno maldito.

En ese momento miró la punta de su dedo. Antes de salir de la sala de juntas lo había arrastrado por encima de la mesa. Nadie había hecho la limpieza en ese lugar, al menos recientemente.

12:44 - 26 de diciembre. Miércoles. Andante sostenuto

Arrojó contra la pared el vaso en el que se había servido un poco de brandy. Sentía cómo en su interior algo despertaba. Hubiera querido dar rienda suelta a lo que quería surgir de sus entrañas pero sabía que todavía no era libre para ello, que seguía estando atado a una voluntad mayor.

Fue hacia uno de los muros y descolgó el cuadro. Retiró la tela.

Se sentía satisfecho contemplándolo. Le repugnó el que había sido en otro tiempo, cuando todavía podía sentir temor. Acarició la superficie. Se deleitó en la vista de *aquél* a quien había ofrendado su existencia.

La vela era lo único inmutable en el óleo. La figura sombría había adquirido su proporción exacta. La débil luz de la bujía la bañaba y le confería la identidad que había permanecido oculta por años, por siglos, la identidad que sólo se revelaba cuando alguien, por fin, le servía con lealtad.

La triangular faz de siete globos oculares miraba a Morné desde el retrato con un estremecedor aliento de vida.

Sonó su teléfono celular.

—Permíteme acabar con él. Te lo ruego.

—Calma, Morné... calma. Entonces... ¿estuvo ahí?

—Dame licencia, Oodak, te lo ruego.

—Calma. Te prometo que será tuyo en su momento. Por lo pronto, termina tu misión, que nos esperan grandes trabajos si concluyes lo que iniciaste.

Oodak terminó la comunicación y Morné llamó a Wilson a gritos.

—¿Señor...? —se apersonó el asistente. No le gustaba nada lo que veía en el rostro de su patrón últimamente, pero prefería quedarse callado. No importaba que se vistiera como si fuera a jugar al tenis y se anudara un suéter al cuello, algo había cambiado. Algo se había perdido.

—¿Entregaste ayer a Herz el CD? ¿Lo entregaste?

Wilson tardó demasiado en contestar. No le gustaba nada lo que veía. Nada.

Capítulo veinte

Sergio pidió al teniente que lo dejara en la plaza, pues no quería permanecer en su casa si no había llegado Alicia. Así que Guillén detuvo el auto en doble fila frente a la estatua de Giordano Bruno, encendió las luces intermitentes y apagó el motor.

—¿Te digo algo...? —exclamó, un tanto abatido, sosteniendo el volante con fuerza, apretando con los labios un cigarro apenas encendido—. La actitud de Morné me molestó mucho. Si no fuera porque temo que se desate una epidemia de suicidios, de verdad abandonaba el caso.

—Comprendo, teniente —respondió Sergio, esperando una señal para bajarse.

Pero el teniente no parecía con deseos de despedirse y permanecieron en silencio un poco más. En la radio del auto sonaba una estación de música pop revuelta con los anuncios comerciales típicos de la época. El duro sol de invierno se empeñaba en contrarrestar el frío.

—Me pregunto cuándo nos avisarán de la muerte de Salgado —dijo Sergio.

—¿Salgado?

—El que conocimos ayer, el que iba vestido como monje.

—Si es que en verdad se llamaba así —replicó Guillén—. Y ya que lo mencionas, voy a pedir que lo busquen, a ver si todavía podemos hacer algo por el infeliz.

—Puedo preguntarle al padre Ernesto por él. Tal vez lo conozca.

—Buena idea.

El teniente terminó su cigarro y sólo hasta ese momento volvió a arrancar el auto. Los silencios se repetían con demasiada frecuencia en sus conversaciones. Era como si sólo quisiera estar con alguien, sin tener nada que decir. Sergio tiró de la manija. La puerta se abrió.

—Sergio... si tuvieras que esbozar alguna teoría, la que fuera, ¿cuál sería?

—Creo que es Liszt, el sexto alumno, el que está detrás de todo esto.

—¿Él está haciendo que los demás mueran?

—No sé. Lo único cierto es que, hasta que no sepamos quién es y dónde está, no llegaremos muy lejos.

—En efecto —suspiró Guillén—. Estamos casi como al principio. Necesitamos un milagro para seguir avanzando.

—Y por cierto... ¿cómo le va en sus clases de baile?

—Mal —respondió sin entusiasmo, recordando unos grandes ojos negros en los que no había pensado mucho últimamente—. Tal vez lo abandone.

Sergio se bajó del auto y Guillén, una vez que le hubo prometido ponerse en contacto con él en cuanto hubiera alguna buena razón para hacerlo, se enfiló hacia su oficina. Sergio decidió entonces ir a sentarse en una banca de la plaza y aguardar a que fuera una buena hora para entrar a alguna fonda a comer. No se atrevía a encaminarse hacia cierto edificio sobre la calle de Bruselas, llamar a cierto departamento, porque lo que había visto en los ojos de Brianda antes de despedirse de ella se lo impedía.

Se sintió, en verdad, abandonado a mitad del desierto.

Mas no por mucho tiempo. Brianda apareció al poco rato. Y él, aunque sin quitarse de encima todo lo que lo atormentaba, desde la muerte de Pancho hasta lo sufrido el día anterior y las recientes apariciones del demonio, sintió otra vez aquel calorcito en el cuerpo que lo asaltara en navidad, cuando alzó la mirada y la vio tan guapa en su vestido marrón.

Se sentó a su lado.

—Me estabas contando... —dijo ella, poniendo en claro que lo de hacía unas horas había sido sólo un arrebato, un desliz nada más.

Era cierto. Había intentado lidiar con ese peso que se llevó a su casa en cuanto se despidió de Sergio, pero a los pocos minutos se declaró incapaz de vivir con ello. Se dio cuenta de que prefería la incertidumbre a la indiferencia. Se prometió esperar en la ventana a que Sergio apareciera en la puerta de su edificio o en la plaza, volver a tomarle las manos, decirle, con palabras o sin ellas, "aquí no ha pasado nada, también los amigos pueden tener momentos de debilidad". Se prometió escucharlo.

Así que Sergio le contó. Y Brianda lo soportó todo sin chistar, convencida de que eso era lo que quería. De ahí en adelante.

Luego, lo invitó a comer a su casa. Y Sergio permaneció con ella y su mamá hasta que le pareció que su estancia rayaba en la grosería. Después de compartir los alimentos, ver dos películas, aceptar un refresco con galletas y platicar con ellas de todo tipo de cosas, decidió que era suficiente e intentó despedirse. Brianda se opuso.

Se lo dijo en la mesa de su casa, aprovechando que la señora hablaba por teléfono con una amiga. Y para Sergio fue como si Brianda le entregara otro anillo.

—Quédate aquí —lo apremió ella—. Todas las vacaciones, si quieres. Es la única forma de que nunca estés solo, Checho. Puedes dormir en el sofá.

—Gracias, no creo que sea para tanto.

—¿Cómo no va a ser para tanto si de eso depende tu vida? —se enfadó ella.

Una tibieza interior que cada vez era menos desconocida.

—Te prometo que lo tomaré en cuenta.

La señora Elizalde colgó el teléfono y volvió a la mesa para recoger los restos del café vespertino. Ambos muchachos guardaron silencio mientras ella se interponía entre ellos.

—Ya me voy —sentenció Sergio, rascándose la unión entre su rodilla y la prótesis, desencajándose de la repentina tensión.

—Primero llama a tu casa para ver si ya llegó Alicia.

—Es que no voy a mi casa.

—¿Y se puede saber entonces a dónde vas?

—Voy a ver al padre Ernesto. Quiero hacerle una consulta.

La señora Elizalde, quien agradecía en secreto que Sergio hubiera teñido su tarde de un color menos aburrido que el de los días posteriores a la navidad, intervino desde la cocina.

—¿El padre Ernesto Cano? ¿El de aquí de la iglesia del Sagrado Corazón? ¿Para qué lo quieres ver?

—Para preguntarle si conoce a una persona.

—¿Qué persona, Sergio Mendhoza? —refunfuñó Brianda.

—Una persona.

—Mamá, ahorita vengo.

Fue a su cuarto, tomó un suéter y ella misma abrió la puerta del departamento para dejar salir a Sergio y unírsele de inmediato. La señora Elizalde prefirió no oponerse. Apenas pudo enviarle sus saludos al sacerdote desde la cocina.

—Ni modo. Ahora te aguantas. Por algo me contaste lo que te pasó —dijo mientras esperaban el ascensor.

Llegaron a la calle cuando el alumbrado público despertaba. El frío y el viento habían vencido nuevamente al precario sol de la tarde, y la ciudad iniciaba el lento pero seguro viaje hacia la noche. Los niños eran perseguidos por sus madres para dejar la plaza. Los árboles de navidad en las ventanas pintaban de color los edificios. Un hombre muy alto parado en la esquina hizo que Sergio recordara la figura de Farkas como antaño la había confrontado tantas veces, acaso por el gran abrigo que portaba.

Se parecía a la nostalgia, ese singular dolor en el corazón que le acometía cada vez que pensaba en Farkas. Y se detuvo a contemplarlo por un momento. Fijó los ojos en el hombre, que lejos de ser un pordiosero, parecía uno de tantos oficinistas con enormes gabardinas que circulaban por ahí y que sólo esperaban el cambio de luz en el semáforo para poder cruzar la calle. Aunque Sergio, por un momento, temió presenciar su metamorfosis, temió ser testigo de algo que lo delatara como demonio. Buscó en su interior. Estaba seguro de haber sentido...

Pero el hombre siguió su camino. Contestó una llamada en su celular a media calle.

Y Sergio demoró todavía un poco más. Miró a su alrededor. Nada.

Brianda lo observó mientras Sergio se decidía a caminar. Nada.

Se sacudió los pensamientos e hizo la seña a Brianda de que continuaran hacia la iglesia. Caminaron con las manos metidas en las bolsas de sus chaquetas.

Por la avenida apareció entonces un auto verde que hizo rechinar sus llantas para estacionarse de golpe, justo frente a ellos. Los autos que circulaban detrás del vehículo se vieron obligados a frenar de improviso para evitar el choque; hicieron sonar sus bocinas y se oyó más de un grito. Un hombre de cabello largo y canoso, nariz bulbosa y que vestía overol de trabajo se bajó del coche y fue en dirección a los dos muchachos. Brianda apretó el antebrazo de Sergio. Sergio reconoció al instante al individuo y al coche que estorbaba la circulación.

—Mediador... vengo a agradecerte.

—¿Qué quieres? ¡Lárgate! —estalló Sergio, apartándose.

—Que el príncipe del mal se comunique conmigo... por causa tuya... de veras te lo agradezco, mediador.

—¿Qué quieres? —se incomodó Sergio. Miraba hacia todos lados.

El mismo individuo al que él y Jop habían enfrentado a la luz del día ahora se mostraba más eufórico, amenazante. Tenía la mirada de un loco y las líneas de expresión del rostro enfatizadas por un ímpetu exagerado.

—Te traigo un mensaje, desde luego —exclamó con vehemencia—. Mi gato, ¿sabes? Mi gato murió anoche en horribles estertores. Pero antes de morir, cuando iniciaban las convulsiones y el vómito sanguinolento, se le soltó la lengua. Las blasfemias que salían de su boca me indicaron quién hablaba por él. Oh, mediador. Gracias. Gracias.

—Déjame en paz —quiso caminar Sergio. El hombre se lo impidió, reteniéndolo a la fuerza.

—El mensaje, claro. El mensaje. "El principio de la caída, mediador. El principio apenas. El final de ésta, a los trece años justos. Al decimotercer aniversario de la primera sangre, la muerte segura. Te tenemos un lugar privilegiado en el infierno, mediador. ¡Un lugar privilegiado!"

Dio un histriónico beso a las manos de Sergio y volvió a su auto, aún en marcha. Apretó el acelerador y avanzó por la calle de Roma a toda velocidad.

—¿Quién era ese? —preguntó Brianda, apenas reponiéndose.

—No sé. Algún loco.

—¡Sergio Mendhoza!

—¡Te lo juro! Un loco. ¡Jamás lo había visto!

—¿Y por qué supo que eres mediador, eh?

Sergio apresuró el paso en dirección a la iglesia, tratando de darle algún sentido a lo que acababa de escuchar en boca de aquel emisario. El mensaje aparentaba ser real, digno de la boca de un demonio. Trece años. Incluso la descripción del gato sacrificado encajaba, como mandada a hacer para que Sergio no abrigara dudas. La mano de Satán parecía estar detrás de todo ello.

—¡Sergio, respóndeme!

El dolor que sintió bajo el pecho antes de que apareciera el hombre se incrementó, volviéndose una potente punzada; la vista se le empezaba a nublar, la razón se le entorpecía. Comenzaba a temer por su cordura, por la posibilidad de seguir ayudando a Guillén.

Chocó de frente con un hombre encorvado que, con los brazos en cruz al frente de su abrigo negro, se cubría del viento y el frío mientras caminaba.

—Usted discul...

—Sergio, Brianda... ¿hacia dónde van?

La suerte, de repente, parecía ponerse del lado de Sergio.

—¡Padre! ¡Íbamos a buscarlo a usted! —respondió Sergio, feliz de ser arrancado de tajo de las reflexiones en que lo había metido el emisario negro. Contento de no tener que pensar en el significado de tan macabro mensaje. O, al menos, de poder posponer tales reflexiones para algún otro momento.

—¿Ah sí? ¿Y para qué soy bueno?

—Quiero preguntarle si no conocerá a un fraile. Uno que se llama Rubén Salgado.

Se habían detenido a las puertas de la iglesia del Sagrado Corazón. Y el viento cortaba la piel, arruinaba los peinados. Sergio esperaba que el padre los invitara a pasar.

—Mmhh... no creo. No me suena el nombre. ¿De qué orden religiosa es?

—No tengo idea —respondió Sergio con sinceridad—. La verdad es que no sé mucho de los rollos de la iglesia.

Se arrepintió en seguida de haber usado la palabra "rollos", pero le consoló ver que el padre no se molestaba por ello.

—¿Y por qué andas buscando a dicho hermano, si se puede saber?

Sergio trajo a su memoria aquel momento en que el padre le ofreció su ayuda incondicional. Quizá no fuera mala idea apoyarse ahora en él, aunque fuera sólo para buscar consejo. Estaba tan desesperado, y las pesquisas se encontraban tan detenidas, que le pareció una excelente idea.

—¿Tiene unos minutos para que le cuente?

—Claro. Vamos a refugiarnos en algún café.

Brianda agradeció en secreto que el padre Ernesto no sugiriera que entraran a la iglesia. Su madre se la pasaba recordándole lo mal que atendía sus obligaciones religiosas y no quería sentir el peso de la mirada recriminatoria de las imágenes.

Caminaron en silencio hacia el mismo café en el que Sergio había contado a sus amigos la verdad respecto a aquella lejana noche de lobos. Lo que apremiaba era huir del frío, hacerse de una bebida caliente en un sitio luminoso y amigable.

En cuanto ingresaron al restaurant y se sentaron en una pequeña mesa, el padre pidió chocolate para los tres, otra decisión que a Brianda le pareció muy adecuada. Comenzaba a comprender por qué Sergio había tomado tanto cariño al sacerdote.

—Supongo que ella sabe —murmuró el padre al oído de Sergio, en un tono de voz tal, que de todos modos Brianda logró escucharlo todo.

Sergio asintió.

—¿Esto tiene que ver con tu labor como... como mediador? —preguntó el viejo, más confiado.

"Mi labor como mediador", pensó Sergio, deseando con todas sus fuerzas que se detuviera de golpe dicha "labor", que terminaran para siempre los horrores, que pudiera renunciar a esa condena de forma definitiva. Una pequeña sensación de ahogo. La expectativa de la noche. La expectativa de la soledad. El gran peso de una misión que no había pedido y que a cada minuto deseaba menos.

—Algo así, padre —respondió.

Llegaron los chocolates y Sergio le contó al sacerdote todo lo que estaba investigando con el teniente Guillén. Las espantosas muertes, los nombres de las víctimas. El piano ensangrentado. Las hojas calcinadas. La recurrente aparición de Franz Liszt. El nocturno. El letal y endemoniado nocturno.

El padre Ernesto escuchó todo con gran atención. Dio un gran sorbo a su chocolate caliente y, luego de limpiarse la espuma de los labios, exclamó, para gran sorpresa del muchacho.

—Entonces... existe.

—¿Qué? —preguntó Sergio.

—El nocturno. El nocturno Belfegor.

Algo en el interior de Sergio se revolucionó. Repentinamente olvidó todas sus preocupaciones. Volvía a ver la luz al final del túnel. La canción de los Beatles que sonaba en las bocinas del reproductor de CDs del café, *Roll over Beethoven*, le pareció un buen augurio.

—Es posible que no signifique nada —agregó el sacerdote.

—Por favor, padre... —suplicó Sergio—, cuénteme lo que sepa.

—Esto me lo refirió un amigo mío que tocaba el órgano en Budapest. Fue hace muchos años, en una plática de sobremesa en su casa, durante un viaje que hice a Hungría.

Se aclaró la garganta. Miró en torno y se aproximó al centro de la mesa, para que nadie más en el café escuchara. Sergio y Brianda lo imitaron.

—Me lo contó como si se tratara de una leyenda. Recuerdo que estábamos tomando el café, en la sala de su casa, y surgió el tema porque en la radio tocaban *La Campanella*, una obra preciosa de

Liszt. Me contó de un supuesto nocturno que él músico compuso por encargo del Diablo.

Brianda se apresuró a dar otro trago a su chocolate. El viento en el exterior, ahora de una fuerza inusitada, hacía que la gente se apresurara en volver a sus hogares.

—Les digo que se suponía que era una leyenda. Me contó mi amigo que, cuando Liszt vivía en París con su madre, cayó gravemente enfermo. Mientras luchaba contra la enfermedad, le hizo una visita un personaje oscuro y anónimo, con el rostro completamente cubierto. Era una noche como ésta: fría, atemorizante. Dicho personaje llevaba un periódico consigo, un ejemplar de *L'Étoile* en el que se anunciaba la muerte de Liszt. El músico, tal vez por el estado de abatimiento en el que se encontraba, no cuestionó la noticia y la lloró desconsoladamente; era joven y apenas iniciaba su carrera como pianista y compositor. Supuso al instante que aquel que lo visitaba no podía ser sino la propia muerte, lista para llevárselo.

—Pero no era así —especuló Brianda.

—No. Era un servidor del Maligno —el padre terminó su chocolate e hizo una seña para que le llevaran otro igual—. Un demonio que, mediante argucias, convenció a Liszt de que escribiera esa noche su mejor obra y se la entregara para darla a conocer al mundo, como una medida desesperada para que su nombre no cayera en el olvido a causa de su prematura muerte. La leyenda indica que el músico, sumido en una posesión febril, se puso a componer un nocturno de apenas una página, pero tan hermoso como no se ha escuchado jamás otro.

Sergio se vio forzado a mirar hacia la calle para no traicionarse a sí mismo. "Tan hermoso...", resonaron en su cabeza las palabras del padre Ernesto.

—En cuanto entregó el músico su composición al demonio, éste la bautizó con su nombre: Belfegor. Y depositó en ella una maldición para poder utilizarla como instrumento de Lucifer: que aquél que la tocara o la oyera... muriera.

Un hombre entró al restaurant. La ventisca azotó la puerta y el recién llegado se disculpó, apresurándose a cerrarla.

—Al día siguiente, Liszt creyó que todo había sido un sueño, pero su madre le mostró el periódico, tomándolo por un inexplicable error. Liszt supo entonces, para sí mismo, que todo había ocurrido en realidad, y que había compuesto un nocturno para el Diablo.

Por un momento ninguno supo qué decir. Sergio meditaba todo esto. Se preguntaba si no habría algún tipo de salvación para aquél que la escuchara. Si habría de morir pese a todo, tarde o temprano.

—Siempre creí que se trataba de una leyenda. Pero ahora veo que el Maligno se vale de cualquier cosa, hasta del arte, para causar daño.

—Padre... —se aventuró a decir Sergio—, ¿hay alguna forma de averiguar más? ¿Hay modo de contactar a su amigo o preguntarle dónde escuchó esta leyenda? Es muy importante. Si el nocturno está saliendo a la luz... en fin, usted me entiende.

—Sí. Es terrible —terminó su segundo chocolate el sacerdote al tiempo en que miraba su reloj—. Déjame ver qué puedo indagar y te aviso.

Con una seña pidió la cuenta y, después de pagarla, se puso de pie. La luz parpadeó un par de veces, se escuchó el estallido de un transformador en la calle. La penumbra se adueñó del lugar y Brianda apretó la mano de Sergio. Cuando los meseros encendieron algunas velas, el padre seguía en la misma posición, de pie y con el rostro pensativo.

—Hay noches en que pareciera que el cielo está enfadado... —comentó, ajustándose el abrigo. Dio un beso a Brianda y, al sujetar la mano de Sergio, le confió—: Aún veo en sueños a aquel mediador que no quise ayudar. Esta vez no va a ocurrir lo mismo. Te lo prometo.

Salió a la noche despiadada, apurando el paso como quien va a arrostrar una tormenta. Y Sergio se quedó mirando a Brianda como si fuera el último recurso para no sentirse desamparado. Buscó en su cartera y contó su capital.

—¿Quieres otro chocolate?

—Bueno.

Ella hubiera deseado tener algo para ofrecerle, algo que lo confortara y le permitiera creer que todo saldría bien al final. Pero sabía que no podía hacer más por él que estar a su lado, tomarle la mano, mirarlo a los ojos, suspirar si no se le ocurría nada bueno que decir.

Rachmaninoff se hizo presente. Y Sergio se entusiasmó al ver de quién se trataba.

—¿Dónde andan? Me dijo la mamá de Brianda que estaban en la iglesia y no es cierto. Acabo de salir de ahí y puras mentiras. ¿Dónde andan?

—Estamos en el café de aquí de la plaza, Jop. ¿Qué andas haciendo por acá?

—Ni preguntes. Pereda quiso ir al cine y a bailar con su novia.

Capítulo veintiuno

Jop habló con sus padres a las doce de la noche, poco después de que llegara Alicia del hospital, para pedirles permiso de dormir en casa de Sergio. El pretexto que había inventado para que "le prestaran el chofer" había sido una fiesta en casa de Sergio; sus padres le permitieron quedarse sin objetar, por la enorme confianza que tenían al mejor amigo de su hijo menor.

Se durmieron a las tres de la mañana después de haber visto una película y platicado del lejano regreso a clases. Fue Jop quien sugirió que vieran, de entre las cintas que había obsequiado a su amigo, "El Aro", una película sobre un video maldito. Y Sergio se sintió identificado automáticamente con la trama. Pero no pudo evitar pensar, al final del filme, que en el mundo del cine todo es siempre más esperanzador que en la vida real. Fuera de las películas, los horrores no duran sólo dos horas.

De cualquier modo, fue una noche sin sobresaltos, sin pesadillas, sin graves voces repitiendo sentencias ineludibles.

A las diez de la mañana, apareció Jop en la sala en ropa interior y despertó a su amigo, quien había dormido en el sofá grande, cubierto de gruesos cobertores y con la cara vuelta hacia el respaldo.

—Te llama el teniente —le dijo sin agregar más y entregándole su teléfono celular. Se encerró en el baño con los ojos cerrados.

Sergio se sentó y atendió la llamada amodorrado. Todavía le parecía increíble que no lo hubiera despertado ningún ruido extraño, que no hubiera esferas rotas debajo del árbol, que no se hubiera visto obligado a despertar a Jop o a Alicia con el pretexto de algún terror nuevo. No había bichos a la vista. En la calle los autos hacían rugir sus motores. El ruido que hacía Jop, en el baño, deshaciéndose de la orina acumulada en la noche, lo tranquilizó.

—Ya ocurrió —dijo Guillén.

Supo en seguida a qué se refería. Alargó un suspiro antes de decir:

—Rubén Salgado.

—Estoy en su casa en este momento. No era un fraile en realidad. Se vestía como tal porque, al parecer, tenía un gran fervor religioso, aunque estudió ingeniería.

—¿Cómo lo sabe?

—Está aquí conmigo su mejor amigo. Y lo peor es que...

Volvió la punzada en el estómago. Aguardó a que Guillén terminara la frase.

—...esta vez no hubo partitura. Le hicieron llegar a Salgado un disco compacto. Y su amigo escuchó el nocturno con él.

Sergio se puso la prótesis sin soltar el teléfono. Pidió a Guillén que le diera los datos del domicilio del supuesto fraile y fue a su habitación para vestirse a la carrera. Jop salió del baño con cara de necesitar varias horas más de sueño.

—¿Qué pasa?

—Tengo que ir con el teniente —respondió Sergio mientras sacaba la cabeza por el hueco de en una playera sin estampado.

—¿Otro muerto? ¡Te acompaño! —respondió mientras tomaba su propia camisa de la silla del escritorio.

—No, Jop. No creo que sea buena idea.

—¿Por qué?

—Porque no sabemos qué nos vamos a encontrar. Y lo que a mí me ha tocado ver no ha sido nada lindo.

—Tú no te fijes. Al fin que estamos de vacaciones y si no duermo por un tiempo no importa —se calzó los zapatos.

—Estás mal, Jop —se rindió Sergio porque, a fin de cuentas, Jop había permanecido con él todo ese tiempo y era imposible asegurar si no había sido eso lo que había mantenido a los demonios a raya. Era lo menos que podía hacer por su amigo.

Alicia tenía un rato de haberse marchado a sus prácticas médicas, así que apenas tomaron un poco de leche del refrigerador, salieron a la calle a parar un taxi. Hacía un día gris y con amenaza de lluvia.

Caminaron a toda prisa hacia Insurgentes y, en cuanto llegaron a la esquina, detuvieron el primer taxi libre que se les presentó. Abordaron sin decir palabra recitando la dirección de Salgado que Sergio aprendió de memoria.

—En realidad, vamos a hablar con un amigo de la víctima —rompió Sergio el silencio en cuanto el taxi ingresó al tráfico sobre Paseo de la Reforma—. No creo que tengamos que presenciar la escena del suicidio.

El chofer miró con incredulidad a través del retrovisor. Acaso se preguntaba si no estarían hablando de algún videojuego esos dos muchachos que, a primera vista, parecían comunes y corrientes.

—¿No nos asomamos ni tantito?

—No, Jop. Y ni me veas así. Que sé que con el tiempo me lo agradecerás.

—No puede ser tan malo. No puede ser peor que lo que vi que le hizo Guntra a Nicte.

Dieron la vuelta sobre Avenida Juárez y el taxista sorteó un par de camiones descargando pescado y legumbres para un restaurante.

—¿O sí?

Sergio prefirió no contestar. Jop continuó malhumorado hasta que se bajaron del taxi frente a un edificio ruinoso de la calle de López, en la colonia centro. Guillén los esperaba fumando en la calle, al lado de una patrulla; se bajaron los muchachos y pagó al asombrado taxista.

—¿Dónde está? —preguntó Sergio en cuanto puso un pie en la acera, hecha un caos de comercios ambulantes, puestos de tortas y jugos, curiosos por la presencia de la policía.

—Está sentado en las escaleras que conducen al primer piso —señaló Guillén.

Fueron Sergio y Jop hacia el interior del edificio, escoltados por el teniente. De inmediato pudo Sergio adivinar en el rostro del amigo de Salgado aquello por lo que estaba pasando: se encontraba demacrado y con signos visibles de no haber dormido bien, de estar padeciendo algo inexplicable.

—Cuénteme, por favor —lo urgió Sergio—. ¿Usted escuchó el nocturno con Salgado?

El hombre, de edad media, llevaba traje y corbata, la vestimenta de alguien que trabaja en una oficina y que no se esperaba empezar así su día. Miró a Guillén demandando una explicación de por qué un niño lo interrogaba con tanta autoridad.

—Conteste, ingeniero... por favor —apuntó el teniente.

—Me llamó desesperado por teléfono el veinticinco y lo vine a ver —dijo, al cabo de un rato—. Estaba muy afectado. Parecía que quería contarme algo... entonces, cuando estaba a punto de hablar, un hombre llamó a la puerta, pero no le pude ver la cara. Le preguntó si él era "Herz" y le entregó un disco compacto sin decir más. Yo mismo lo puse en el reproductor.

—¿Una pieza de piano muy hermosa? —indagó Sergio.

—Me dijo Rubén que no comprendía por qué no le habían mandado la partitura... ¿De qué partitura hablaba? ¿Qué tiene que ver esa música con lo que pasó allá arriba?

—Escúcheme bien —Sergio buscó su mirada—. Por ningún motivo vaya a quedarse solo, ¿comprendió? Nunca esté en un espacio cerrado usted solo.

El teniente miró a Sergio con preocupación. No sabía de qué estaba hablando pero su olfato le indicaba que algo no marchaba bien.

—¿Por qué? ¿Qué pasa?

—Dígame. ¿Ha visto cosas raras últimamente?

—Eh...

—Dígame la verdad.

—Pues ya que lo mencionas, sí. Siento... —dudó, temeroso—, siento como si los perros tuvieran algo en mi contra.

Jop advirtió que el hombre tenía las palmas de las manos ensangrentadas. Agradeció que Sergio se hubiera opuesto a que subieran al departamento de la reciente víctima. Tal vez pudiera ser, en efecto, peor que lo que había presenciado aquella vez en la calle, cuando el caso de los esqueletos decapitados.

—¿Los perros?

—En la calle he notado que me siguen. Y dos animales que tiene mi vecina me ladran con furia desde ayer. También... —dijo esto con pánico en los ojos— he escuchado ruidos en mi casa. Se lo comenté a mi esposa y no me creyó.

Sergio sintió lástima por el hombre, incapaz de comprender lo que le sucedía y que terminaría arrastrándolo a un terror insoportable, a una inevitable muerte.

—Es muy importante, señor —lo conminó Sergio—. No se quede solo en ningún momento. Y rehúya los espacios cerrados hasta que resolvamos esto.

—¿Qué rayos está pasando?

—No lo podemos saber aún, pero en cuanto averigüemos algo, lo ayudaremos.

Con la venia del teniente, se retiró el individuo, incapaz de creer lo que había ocurrido, lo que había presenciado en casa de su mejor amigo. No dejaba de mirarse las manos mientras caminaba a su auto, a pocos metros de ahí, como si en éstas estuviera la respuesta a tantas dudas.

Guillén llevó aparte a Sergio y a Jop. Se recargó en la patrulla que se encontraba a la entrada del edificio y dio un último jalón al cigarro que tenía encendido.

—¿En qué te basas para hacerle todas esas advertencias, Sergio? —le preguntó sin mirarlo.

—Me lo contó el padre Ernesto —mintió para luego relatarle, lo más detalladamente posible, lo que había obtenido del sacerdote la noche anterior, sazonando su historia con el inminente ataque de un horrible demonio con siete ojos si las víctimas se quedaban solas.

—Válgame... —se angustió Guillén, tratando de darle algún orden en su cabeza a tan inexplicables eventos.

—Me dijo el padre que intentaría averiguar más y luego me buscaría —concluyó Sergio.

Guillén se cruzó de brazos. Tiró a la calle la colilla de su cigarro y la aplastó con el pie, visiblemente preocupado.

—No supe qué más hacer —confesó—. Estoy tan harto de todo esto que, la verdad, intenté escuchar el supuesto disco...

pero no se oía nada. Parecía que tocaba, pero no se escuchaba nada.

—La copia del nocturno se destruye cuando ha sido tocada o escuchada —aclaró Sergio—. Por eso las partituras quemadas. Por eso...

—Pero en casa de Ramírez nunca hallamos nada —dijo Guillén, como adivinando el hilo de pensamiento de Sergio—. Ni cenizas ni nada.

—Le mandaron el nocturno por correo electrónico.

—¿Qué dices?

—El día que murió me fijé en su computadora —miró a Jop, quien también trabajaba sus propias conclusiones—. Un correo tenía un archivo MP3 adjunto. Un correo sin remitente, sin asunto y con una fecha indescifrable.

—Pero... —replicó Guillén—, yo estaba ese día ahí, junto a ti. ¿Por qué no me lo hiciste notar?

—Lo vi muy cansado ese día, teniente. Además... todavía no estaba seguro de estar en lo cierto —replicó, titubeante.

—Debí haber vuelto a la casa de Olalde yo mismo, en vez de dejar un policía de guardia... —se quejó, abatido, recordando que aquel correo en el que citara a Herz en un café de la Zona Rosa, había sido enviado por un oficial siguiendo sus instrucciones.

Pensó que dejaba ir muchos detalles por tener la mente siempre en otro sitio, el espíritu apesadumbrado. Dio una patada a una de las llantas de la patrulla murmurando un par de maldiciones.

Después de un rato en el que nadie parecía saber qué opinar, Guillén contó a Sergio lo poco que había podido investigar respecto a Rubén Salgado: que éste sí era su nombre real, que se había metido de fraile a manera de penitencia por algo que hizo en el pasado pero que ni el ingeniero García, su mejor amigo, sabía de qué se trataba. Que vivía solo y era un hombre muy triste. La forma en que había terminado con su vida prefirió callarla. Sólo dijo que el ingeniero García, quien fue por él temprano para invitarlo a desayunar, había echado abajo la puerta cuando escuchó los gritos, pero que no pudo evitar lo peor.

Sergio no se quitaba la mirada de Jop de encima.

—¿Qué sugieres? —le preguntó el teniente encendiendo un nuevo cigarrillo, fijando la vista en un sitio más allá de los edificios del otro lado de la calle, más allá de los puestos de comida—. Me siento derrotado. No sé qué más hacer. No sé a quién más recurrir. Está claro que Morné habrá de morir. Y no creo que ahí se detenga esto.

Sergio supuso que el teniente se sentía, en ese momento, igual que él cuando pensaba en su misión como mediador; creyó ver con toda claridad que Guillén renunciaría a todo si supiera cómo hacerlo. Y de pronto lo envolvió un gran cariño por él, más allá de la confianza que le hacía sentir, más allá del sentimiento opuesto al terror que lo arrebataba en su presencia. Lo imaginó en sus clases de baile, sonriente y despreocupado, sin horribles casos de misteriosas muertes en la conciencia. Supuso que alguien con tan buen corazón como él se merecía una vida así y no la que en realidad llevaba. Pensó que tanto los héroes como los mediadores deberían ser libres respecto a la elección de su destino. Como todo el mundo.

—Lo único que se me ocurre hacer, antes de que mueran Morné y el amigo del fraile... —exclamó Sergio, apesadumbrado— es pedirle al padre Ernesto que apresure sus investigaciones.

Y en cuanto dijo esto, distinguió, entre la gente que caminaba del otro lado de la acera, la figura de un macho cabrío de gran estatura, apenas oculto por la multitud, caminando como si el mundo fuera de su entero dominio. "No hay retorno posible", se dijo a sí mismo. "Esto sólo puede terminar de dos maneras para mí. Y no voy a rendirme a la peor sin dar batalla". El demonio se detuvo. Lo miró a la distancia. Se quedó quieto.

—¿Tienes el teléfono del padre? Me gustaría hablar con él.

—No.

—Entonces hagámosle una visita —concluyó Guillén, apartándose para pedir a uno de los oficiales las llaves de la patrulla.

Jop no podía quedarse con la duda y se aproximó a Sergio.

—Tú... oíste el nocturno, ¿verdad, Serch? —le susurró al oído.

Sergio no pudo ocultárselo. Pero tampoco quiso admitir más que eso. No quiso contarle de las horribles experiencias por las que había pasado.

—Por eso te pregunté ese día en mi casa la diferencia entre abrir el correo electrónico con un programa en vez de verlo directamente de la página en internet.

—Se realiza una copia.

—Sí. Por eso pude oír el nocturno. Porque Olalde había hecho una copia al "bajarlo" a su computadora mediante el programa. Él oyó la copia. Y yo la que se quedó en el servidor de correo cuando entre a su cuenta por internet.

—¿Intentaste oírla otra vez?

—Sí, pero fue imposible. El archivo no reproducía nada.

Volvió Guillén y se vieron obligados a guardar silencio. Sergio subió a la patrulla al lado de él y Jop en la parte trasera. En cuanto el teniente comenzó a avanzar por la calle, Jop meditó sobre todo lo que había acontecido en esos días. Se sintió afortunado de contar con un amigo como él. Ya que sus padres no le habían dado hermanos de su edad, estaba seguro de que la vida lo había compensado con un amigo como Sergio.

—¡Me lleva! —recordó de pronto—. ¡Les prometí a mis papás que comería con ellos porque en la noche salen para Las Vegas! ¡Qué tonto!

—¿Las Vegas? ¡Qué bien! —dijo Sergio—. ¿Y tú por qué no te vas con ellos?

—Dos bimestres reprobados en Mate. ¿Te acuerdas que te dije que me lo iban a cobrar?

—No te preocupes, Jop —lo tranquilizó Guillén—. Primero te llevo a tu casa y luego vamos Sergio y yo a buscar al padre Ernesto.

Jop no volvió a hablar en el camino. Estaba pensando cómo sería enfrentar en la soledad de su cuarto a un horrible demonio de siete ojos. Aunque no hubiera escuchado el nocturno, tal vez debiera intentar por todos los medios irse con sus padres a los Estados Unidos.

***

El teniente estacionó la patrulla en la cochera del edificio de Sergio, y éste advirtió en seguida que el auto dorado de su hermana ocupaba un lugar en el estacionamiento interior. Era muy temprano para que ella hubiera vuelto de sus obligaciones, pero prefirió no cuestionar esa suerte, que le producía un gran sosiego. Guillén apagó su sexto cigarro de la mañana.

Sergio dirigió entonces la vista hacia la puerta de entrada del edificio: el padre Ernesto llamaba a uno de los timbres exteriores. Se apeó al instante. La suerte se empeñaba en ponerse de su lado cuando se trataba de dar con el sacerdote.

—Padre... ¿a quién busca?

El padre se volvió y sonrió automáticamente.

—A ti, Sergio, por supuesto. Qué bueno que te veo.

Guillén también se bajó de la patrulla y fue al encuentro del sacerdote. Se saludaron con afabilidad.

—¿Ya me tiene noticias? —interpeló Sergio al padre.

—Sí. Aunque... no sé si sean buenas o sean malas.

—Por favor —dijo Guillén—. Lo que sea será mejor que con lo que contamos.

El padre Ernesto se quitó los anteojos y se apretó el puente de la nariz, como si le hubiera venido una jaqueca. Al cabo de unos segundos, se animó a relatarles lo indagado.

—Hablé con mi amigo húngaro. Me dijo de dónde sacó la leyenda del nocturno. Fue su profesor de piano quien se la contó. Pero no como si fuera un cuento o una mentira, Sergio. De hecho, el profesor alardeaba de contar con una copia del nocturno, una transcripción que jamás se atrevió a tocar.

—¿Hay modo de contactar a dicho profesor? —preguntó ansioso el teniente. Todo indicaba que, si se daban prisa...

—Esa es la mala noticia. El profesor, aunque vive, es muy anciano. Y la única forma de hablar con él sería haciéndole una visita personal... allá en Budapest.

Guillén y Sergio se miraron.

—¿Quiere decir —dijo Sergio—, que tendríamos que viajar a Hungría para verlo?

—Ni más ni menos. Mi amigo dice que el profesor no tiene ni teléfono. Y que no sale de su casa por ninguna razón. Al parecer sólo está esperando la muerte.

Sergio trataba de dilucidar alguna forma de entablar contacto con el único hombre que tal vez podría ayudarlos a encontrar una solución, trataba de idear alguna forma que no tuviera que ver con tomar un avión de emergencia hasta el otro lado del mundo. Pero no se le ocurría nada.

—El único problema... —dijo Guillén, desilusionado—, es que ninguno de mis jefes aceptaría pagarme un viaje hasta allá, de eso estoy seguro. Y menos si les digo que voy siguiéndole la pista a una leyenda diabólica.

Sergio siguió pensando. No sabía cuánto costaba un viaje a Hungría, pero estaba seguro de que los mil trescientos pesos que tenía ahorrados no le servirían para nada. Un viaje así costaría mucho y el único amigo con dinero con el que contaba era Jop. Y seguramente ni Jop, suplicándole a sus padres que lo apoyaran, podría financiarle un viaje de esa naturaleza.

—Tal vez pueda pedirle a mi amigo —anunció el padre— que intente hablar con su profesor y le pregunte lo que nosotros le pidamos, aunque...

—¿Aunque qué? —retuvo Guillén el humo del cigarrillo.

—Aunque... me advirtió que el profesor no ha querido hablar del nocturno en años. Intentar sacarle cualquier cosa puede ser riesgoso; puede encerrar al maestro en un silencio inquebrantable. Me dijo que hay que aproximarse a él con mucho cuidado. De hecho... él mismo me sugirió que hiciéramos la visita a su viejo maestro.

La mañana avanzaba. Sergio reconoció que, a más de diez días de la muerte del profesor Carrasco, no habían podido hacer nada por impedir los suicidios, que lo poco que sabían no los llevaba hacia ningún lugar, y que la sentencia de los trece años se aproximaba lenta pero inexorable. Meditó sobre cierta solución que se le ocurrió al pensar en Jop y en lo costoso que podría ser un viaje a Hungría. Se decidió por ésta porque supuso que no tenía alternativa.

—Espérenme aquí. Se me ocurrió algo. No me tardo.

Los hubiera invitado a entrar, pero no quería pedir permiso a Alicia para volar de emergencia a Hungría con ellos presentes. No sólo era bastante probable que su hermana se negara sino que, además, lo hiciera sentir avergonzado con algún regaño de ésos en los que lo hacía aparecer como un inmaduro y un irresponsable.

En cuanto entró escuchó un inquietante llanto. Supuso que algo no estaría bien. Por ello no sospechó de haberse encontrado con todos los cerrojos puestos de la puerta principal; pensó que tal vez Alicia había querido encerrarse por alguna razón. Lo primero que le vino a la cabeza fue que había tenido una pelea con su novio. Lo siguiente... que su padre había dado con ellos al fin. La adrenalina. El furioso torrente de adrenalina.

—¿Alicia? —preguntó cuando llegó a la puerta de la habitación de su hermana.

Ella estaba de espaldas, sentada sobre su cama con el cabello en la cara. Sollozaba de un modo tan desesperado que Sergio se lanzó hacia ella. Fue demasiado tarde cuando se dio cuenta.

—Alicia, ¿qué pasó?

En dos segundos cayeron en su lugar todas las piezas. Demasiado tarde.

No era Alicia, sino un horrible monstruo con cabeza de insecto.

Intentó apartarse pero le fue imposible. Seis largas patas lo abrazaron y lo tiraron de espaldas al suelo.

Cerró los ojos.

"Esto no está pasando. No está pasando. No está pasando".

Por un instante temió por su hermana. ¿Le habría hecho algo el demonio que ahora lo sometía? Mas no tardó en darse cuenta del tipo de trampa en el que había caído. El engaño había comenzado desde que el engendro le hizo creer que Alicia había llegado a la casa. El auto que vio en el estacionamiento, con toda seguridad, había sido un espejismo, una visión.

Sintió las tenazas de la boca del insecto sobre su rostro. No pudo gritar.

"Esto no está pasando", se dijo. "Ubica el miedo, Sergio. Sácalo de ti".

Se concentró en su propia fortaleza, en su propio valor, aunque el terror, el dolor... el dolor... sintió cómo el engendro le arrancaba un pedazo de piel.

"Dios..."

Logró que un apagado grito saliera de su cuerpo. "Teniente... por favor..."

"¡Teniente...!"

Las tenazas se posaron abiertas en su cuello y, produciendo un sonoro golpe, se cerraron a través de su piel. Sintió cómo su cabeza se separaba del cuerpo. Hasta ese momento se le ocurrió que... tal vez... eso... sí estuviera pasando.

"¡No, Sergio!", se hizo presente aquella voz. "¡El miedo! ¡Recuerda...! ¡El miedo! ¡No cedas terreno! ¡No....!"

El miedo... ¿pero qué podía hacer si el dolor era tan real? ¿Si iba perdiendo poco a poco la conciencia, la lucidez, la voluntad?

¿Qué podía hacer si sentía que lo mejor era dejarse arrastrar por la oscuridad, por el abismo...?

"Dios...!"

Un alarido pavoroso.

Un estallido.

Una gran oscuridad. Un gran silencio.

"Estoy muerto", pensó. Luego...

...luego...

...nada de dolor, nada de miedo.

Ninguna sensación.

Abrió los ojos con lentitud.

Una oscura cueva, sumida en la más perfecta de las tinieblas. Una oscura cueva que, poco a poco, se transfiguró en una reducida celda, apenas alumbrada débilmente. Se recargó en los codos y vio, frente a él, una ventana o, mejor dicho, un hueco en la pétrea pared de grandes y gastados ladrillos. A sus espaldas, una puerta de madera carcomida. En el techo, en las paredes, sangrientas marcas de uñas, de dientes, tétrica evidencia de lo que habían intentado otros por conseguir escapar. Se puso de pie, horrorizado. Se pegó de espaldas a la pared.

"Esto no está pasando... no... no..."

Gritó. Una y otra vez. Pidió auxilio. Una y otra vez. De algún modo supo que nadie escucharía sus gritos.

"Estoy muerto... o..."

Fue a la ventana. Un profundo acantilado separaba al edificio de un paraje verde oscuro, una fantasmal llanura que apenas si dibujaba una precaria línea horizontal contra el negro cielo estrellado, carente de luna. Una distancia no difícil de salvar, de apenas un par de metros hacia el follaje. Se preguntó si...

Pero no. "Esto no está pasando. Es imposible."

Entonces, pasos. Un pesado andar de alguien que se aproximaba.

"Dale su lugar preciso, Sergio... dáselo..."

Miró hacia abajo desde la ventana. Huesos. Al fondo del abismo, un gran cúmulo de huesos. Los restos de otros que no habían conseguido escapar. De otros cuyo salto había sido insuficiente.

Pasos.

Pasos.

Apoyó una rodilla en la helada superficie de la ventana. El terror se apoderó de él. Lo único que quería era huir.

"Dios..."

El cerrojo. La puerta.

El demonio. Aunque un tanto distinto a como lo había enfrentado. Sólo dos ojos, pero una monumental cornamenta. Dos musculosos brazos sosteniendo una espada de hoja resquebrajada, espinosa, una espada cuya herida sería horrible, letal, dolorosa. Una espada creada para causar, primero, un tormento minucioso; luego, la muerte.

Miró hacia abajo, hacia el final del precipicio. Sí, huesos. Cráneos, tibias, costillas, fémures. Pero, tal vez... si tomaba buen impulso, si se esmeraba lo suficiente...

Un rugido. La noche abovedada de estrellas era su única luz. El demonio no tardaría en introducir el acero en su carne. Tenía que darse prisa. Tenía... que...

Un par de brazos en su torso. Una sensación de feliz muerte, de feliz renuncia.

—¡Sergio! ¡Qué haces!

Guillén se sorprendió abrazando a un Sergio completamente fuera de sí. Un Sergio apoyado en la orilla de la ventana de su cuarto, listo a dar el salto al vacío.

—¡Sergio! —lo arrastró de vuelta hacia el cuarto.

La oscura celda se desdibujó. El demonio se fundió con la luz. La paz lo colmó. Del terror corrió hacia el otro extremo.

—Teniente... —agradeció escuetamente, sudoroso.

Guillén depositó a Sergio en la orilla de su cama. Comprendió en seguida. Se llevó las manos a la cabeza.

—Dios mío. Escuchaste el nocturno.

El miedo dibujó una mueca en el rostro del policía.

Y Sergio supo que de nada le valdría mentir. Sentía unos enormes deseos de llorar, de renunciar, de echar a correr y no mirar hacia atrás. Y, con todo, la sensación terrorífica había sido cortada de tajo. Le parecía increíble la capacidad que tenía Guillén para contrarrestar el miedo, el horror. Reconoció cuán afortunado era de contar con él a su lado.

Guillén, por su parte, resopló, incrédulo. Se sentó en la silla del escritorio de Sergio. Lo estudió por un rato tratando de decidir si debía enfadarse con él o no.

—Dígame una cosa, teniente... —se anticipó Sergio, mirando hacia la ventana por la que minutos antes iba a arrojarse hacia la calle, hacia el paso de los coches. Luchaba con todas sus fuerzas por dominar los restos de angustia que todavía palpitaban en su pecho—. ¿Confía en mí?

A Guillén le sorprendió la pregunta aunque, después de pensarlo un rato, comprendió. Si respondía que sí, que confiaba en él, se vería obligado a no tomar sus decisiones, a permitirle luchar las batallas que tuviera que luchar, a no ser paternalista con él. Si le decía que no, lo estaría tratando como a un chiquillo, le estaría dando la razón por no haberle querido decir que había escuchado el nocturno... le haría sentir solo y decepcionado. Había caído antes en ese error en el caso Nicte; no volvería a permitírselo, aunque tuviera que temer por la vida de Sergio a cada minuto. Aunque todo el tiempo temiera no estar ahí cuando éste lo necesitara.

—Sí, Sergio. Confío en ti.

Sergio apartó entonces la mirada de la ventana y la dirigió hacia él. Transcurrió un minuto. El muchacho aún se estremecía.

—Todo esto va a terminar bien, teniente. Le prometo que va a terminar bien.

Guillén le estrechó la mano, como si estuvieran haciendo un pacto, como si con sólo desearlo pudieran conseguir el triunfo. Tuvo la frágil certeza de que estaban peleando por lo mismo, de que Sergio no lo dejaría caer nunca, del mismo modo que él jamás dejaría que algo malo le pasara.

Sonó el timbre de la calle.

—¿Dejó usted al padre Ernesto allá afuera? —habló Sergio, aún agitado, aún con ese incontrolable temblor en las manos.

—Tuvo que atender una llamada. Fue cuando escuché tus gritos y subí.

Sergio se acercó a la ventana y le gritó al padre que en seguida bajaban.

—¿Qué fue lo que se te ocurrió? ¿A qué subiste? —dijo el teniente.

—¿Tiene usted pasaporte vigente?

—Sí, pero...

Sergio jaló el cajón de su escritorio y de éste extrajo una tarjeta de presentación que mostró a Guillén a modo de réplica. Tomó el teléfono y se apresuró a marcar. Se limpió el sudor de la frente con el dorso de la mano.

—¿Bueno?

—Señor Ferreira... espero que se acuerde de mí. Habla Sergio Mendhoza.

—¿Acordarme de ti? ¡Pero claro! Recibí tu correo, pero no pude responderte. Discúlpame, he estado muy ocupado.

—No se preocupe. Muchas gracias otra vez, está padre la compu.

—Nada que agradecer. ¿Cómo estás?

—Más o menos.

Guillén contempló a Sergio con interés. Le sorprendió ver que era un muchacho de recursos, un muchacho que no se rendía tan fácilmente. Acababa de pasar por Dios sabía qué terrible experiencia y aún así buscaba el valor para recuperarse, para levantar la bocina del teléfono, para retomar la búsqueda que le haría recuperar su vida.

—Sí. Te escucho raro, ¿has estado enfermo? —continuó Ferreira.

—No. Es otra cosa, señor. Es respecto a un favor enorme que deseo pedirle.

—Lo que sea, Sergio. Tú nada más dime de qué se trata y yo me encargo.

Capítulo veintidós

La única condición que puso Ferreira para ayudar a Sergio fue que, además de Guillén, lo acompañara el padre Ernesto, pues temía algún diabólico incidente como el que habían vivido juntos. Al muchacho le pareció una excelente idea; dejó a Ferreira esperando en la línea para hablar de inmediato con el sacerdote. El padre aceptó de buena gana y hasta le agradeció a Sergio que le permitiera participar, que le dejara sacarse la espina de aquel mediador al que negó su ayuda tiempo atrás. Así que a los pocos minutos estaba armado el plan; sólo faltaba lo más importante: los boletos de avión. La consigna era salir cuanto antes pero, estando en plena temporada de vacaciones, nada era seguro. Tal vez Ferreira no pudiera hacer gran cosa, ni siquiera con el poder de su dinero y sus influencias. Sólo restaba esperar.

Se sorprendieron Sergio y el teniente mirando la televisión sin ganas, aguardando cualquier noticia, con la mente en todos lados menos en lo que aparecía en la pantalla. La amenaza de que la maldición del nocturno se esparciera por el mundo los tenía metidos en un ánimo muy pesimista y aun la charla, que al principio brotaba con timidez en los anuncios comerciales, desapareció por completo.

Guillén comprendía que no podía dejar solo a Sergio y ni siquiera mostró intenciones de querer marcharse en todo ese tiempo. Le sugirió que pidieran pizza para cenar en lo que volvía Alicia a casa y así lo hicieron, desencajándose del férreo mutismo en que los había hecho caer la incertidumbre. Apagaron la televisión y, a petición de Sergio, se entretuvieron en la computadora haciendo búsquedas. A ninguno le sorprendió descubrir que Belfegor era un demonio de aspecto repugnante, aunque al parecer nadie en el ciberespacio sabía de la peculiaridad de los siete ojos. Lo que sí les asombró fue enterarse de que Belfegor tentaba a sus víctimas a través de la pereza, y que solía ayudar a sus allegados a hacer descubrimientos o a conseguir proezas sin esmerarse demasiado. Descubrimientos, proezas, logros con un mínimo de esfuerzo. Se preguntaron en qué forma la pereza habría llevado a los alumnos de Carrasco a tan terrible maldición. En qué forma intervendría el misterioso sexto alumno.

Sólo por no dejar, Sergio buscó de nuevo "Er Oodak" sin obtener resultado alguno. Lo mismo hizo con "Orich Edeth". Y tuvo que decirle a Guillén que eran grupos de rock para no contravenir lo que se sugería en el Libro de los Héroes: procurar mantener a cada héroe en la ignorancia de su misión. Sin embargo, se preguntó si no sería mejor idea poner al tanto de una vez al teniente, permitirle saber que todo lo que ocurría tenía un sentido, una razón. Se había cuidado de nunca hablar con Guillén respecto al libro y su labor como mediador porque el libro aseguraba que el desconocimiento de un héroe respecto a su condición le hacía más efectivo en la lucha; de ahí la importancia de los mediadores en el mundo. Un héroe no debe reconocerse como héroe para no perder la pureza de espíritu y pensamiento necesarias para combatir a los demonios. Esto decía el libro. Pero Sergio sentía que, tarde o temprano, así como asumía su deuda con Alicia, debería hablar también con el teniente y dejar de tener secretos con él.

Cuando llegó la cena, se sentaron a comer y Sergio llevó la plática a terrenos menos oscuros. No tanto por Guillén sino por él mismo. A cada minuto que pasaba dudaba más de sus sentidos; le parecía que todo podía ser un invento de su mente, una horrible imposición de Belfegor para acabar con él. Y a ratos dudaba hasta de la presencia del teniente, de que éste se hubiera marchado hacía tiempo y fuese el demonio el que estuviera fabricando la imagen del policía en su cabeza para hacer que se confiara, atacarlo, hacerlo sucumbir a sus horrores.

—No te encuentras bien, ¿verdad, Sergio? —interrumpió el teniente la parca conversación.

Y Sergio tuvo que admitir que no, que no estaba bien. Tuvo que confesarle al teniente que no descansaba, que cada minuto era un constante esforzarse por descubrir engaños, cucarachas inexistentes, ruidos inventados, sólo para no caer en las trampas del demonio.

—Lo increíble del terror... —dijo Sergio, como si pensara en voz alta—, es que no puede ser acotado por nada. Es como si no tuviera límites. Cuando has vivido un terror inmenso... uno que piensas que no vas a poder soportar, siempre hay otro que puede superarlo. Y otro. Y otro. Y otro más.

Guillén terminó su porción de pizza. Dio un largo trago a su refresco y, después de reflexionar un poco, añadió a lo dicho por Sergio:

—No obstante, si lo piensas bien, Sergio... nada que hayas podido soportar... es, en realidad, "insoportable".

Sergio hubiera querido meditar sobre esto, darle forma, pues le parecía que algo en la frase de Guillén le hablaba íntimamente, pero en ese momento llegó Alicia. Y supo que, si lo que se presentaba a sus ojos era un engaño del monstruo que lo atormentaba, habría renunciado con toda facilidad a la lucha sólo por el sentimiento de alegría que lo asaltó al ver a su hermana. No pasaban de las diez de la noche. Tal vez podría dormir bien esa noche.

—Qué tal, teniente... —dijo Alicia en cuanto entró.

—Alicia... qué bueno que llegó, porque tengo que ir a la delegación.

—¿Pasa algo? —preguntó ella, detectando un humor cargado en el ambiente.

—No, nada, es que... —tartamudeó el teniente. Se había dado cuenta de que, involuntariamente, había afirmado que no quería dejar solo a Sergio.

—Yo le pedí que se quedara hasta que llegaras —intervino Sergio—. Para que no pudieras negarte.

—¿Negarme? —indagó Alicia mientras se despojaba de su bolso, maletín y abrigo—. ¿A qué?

—A algo muy importante que necesito pedirte.

Los años de relación entre hermanos le hicieron comprender a Alicia que Sergio iba a solicitar un permiso especial, uno de esos permisos que terminaban en discusión familiar o, cuando menos, en un irse a dormir sin dirigirse la palabra. Se descalzó, se sacó varios pasadores del cabello, se sentó a la mesa.

—¿Quiere un poco de pizza, Alicia? —ofreció Guillén con timidez.

Alicia escuchó con gravedad todo el relato y nunca interrumpió a Sergio. Pese a que se negaba a dar crédito a mucho de lo que su hermano le contaba, en su interior sabía que Sergio estaba involucrado en asuntos que ella no podía comprender. Reconocía que sus vidas se cubrían a veces con una inexplicable bruma de misterio. Que las cosas habían cambiado significativamente de unos meses a la fecha.

Había terminado dos rebanadas de pizza cuando Sergio dejó de hablar. No le gustaba nada el cariz que tomaban los acontecimientos, pero le bastó recordar aquel hombre mutilado, de cuya espantosa muerte ella misma había podido dar fe, para comprender que no podía negarse.

Fue el momento en que sonó el teléfono de la casa y Sergio, quien estaba más cerca del aparato, contestó sin dejarlo sonar dos veces.

—No fue fácil, Sergio, pero ya está arreglado —dijo Ferreira del otro lado del teléfono—. Vuelo y reservaciones de hotel. Todo para mañana en la tarde.

Sergio memorizó la clave electrónica que éste le dictó y el nombre del hotel al que debían llegar en Budapest. Pensó, mientras Ferreira hablaba con alguien más por otra línea, acaso arreglando algún otro negocio, que el abuso era gigantesco, que su ayuda en el exorcismo de Daniela no podía compensar ni una mínima parte de todo eso. Que más le valía colgar cuanto antes para evitar más bochornos.

—Ah, una cosa más —dijo Ferreira al volver al teléfono—. Necesitas viáticos. Voy a mandar a un mensajero a que les entregue algunos dólares. Él los buscará en las filas de la documentación.

—Gracias de nuevo, señor.

—Nada, nada. Me traes algún recuerdito. Y por cierto, yo le aviso al padre Ernesto.

—Gracias.

—Buen viaje. Y buena suerte.

La comunicación fue interrumpida y Sergio se quedó de una pieza. Tardó en devolver el auricular al aparato. Alicia supo la noticia sólo por el cambio en la mirada de su hermano.

—¿Está hecho? —preguntó Guillén.

—Mañana mismo. Un vuelo charter de Aeroméxico. ¿Qué es un vuelo charter?

—Es un vuelo contratado ex profeso —explicó Alicia mientras asentía, como comprendiendo que era la salida más lógica—. Suelen ser vuelos que contratan grupos de turistas que viajan juntos. Con toda seguridad, el señor Ferreira les encontró lugar en uno de esos vuelos, que no siempre van llenos.

Estaba hecho. Tal vez el fin estuviera más cerca de lo que creían. Tanto Sergio como Guillén miraron a Alicia, quien se reservaba el veredicto.

Y ella se puso de pie, agrupando los restos de la cena en el interior de la caja de pizza. Volvió a ponerse los zapatos. Negó con la cabeza sutilmente, admitiendo tal vez que estaba yendo en contra de sus principios.

—Qué bueno que sacamos tu pasaporte en septiembre, ¿no? —ironizó.

Sergio sonrió. Miró aliviado al teniente.

—Está bien —añadió Alicia—. Pero me vas a tener que llamar todos los días o de veras te vas a arrepentir, escuincle.

El ambiente se sosegó al instante y el teniente se sintió reconfortado después de mucho tiempo. Si todo salía bien, tal vez en menos de 48 horas estarían hallando algún tipo de solución. Miró su reloj sólo para justificar su partida y, agradeciendo nuevamente a Alicia su comprensión, se dispuso a marcharse, no sin antes ponerse de acuerdo con Sergio respecto a lo que les esperaba para el día siguiente, la hora en que pasaría por él, la recomendación de llevar ropa muy abrigadora...

—Todo esto va a terminar bien —sentenció al abrir la puerta.

—¿Cómo?

—¿No es lo que tú mismo dijiste hace rato? —le obsequió un firme apretón de manos—. Pues eso. Que todo esto va a terminar bien.

Y salió del departamento.

Alicia terminó de recoger la mesa y volvió a sentarse en compañía de Sergio. Permanecieron varios minutos en silencio, tratando de conjurar lo que les ocurría y que no podían, en lo absoluto, considerar como normal. Siempre se habían reconocido como una familia atípica pero, desde el caso de los esqueletos decapitados, se habían visto forzados a admitir que en realidad eso iba más allá de lo que creían.

Sergio recibió en su celular un mensaje de Brianda. El sexto del día, preguntándole cómo estaba, si había alguien con él, si no necesitaba que fuera a su casa.

—Se supone que Julio viene mañana a cenar y a conocerte —exclamó Alicia mientras Sergio tecleaba su respuesta a Brianda—. Pero claro, tú no vas a estar.

—Estoy empezando a sospechar que no existe. Que te lo inventaste para hacerte la interesante.

—Sí, hacerme la interesante con el tonto de mi hermano.

El silencio volvió a sobreponerse. Un silencio que en Sergio tenía más que ver con una falta de coraje para resolver cierta duda pendiente que con las posibles reflexiones desencadenadas por el viaje. En breve tuvo que admitir que no tenía más remedio, que no habría mejor momento que ése para preguntar.

—Alicia... ¿te acuerdas de la fecha exacta en que perdí la pierna?

Se miraron por primera vez desde que ella volviera a la mesa.

—¿Para qué quieres saber? —preguntó, a sabiendas de que Sergio no le contestaría con la verdad.

—Nada más.

—"Nada más... Nada más...". Fue durante las primeras horas del... tres de enero de 1995. Pasaba de la media noche, estoy segura.

Sergio trató de mostrarse indiferente pero no pudo. El tres de enero. Trece años. Miró en su reloj la fecha actual. El decimotercer aniversario de la primera sangre. Tenía la inexplicable seguridad de que esa era la fecha a la que se refería el emisario negro. Y después de lo que había vivido en esos días, no podía imaginar el tamaño del terror que habría de sentir dentro de cuatro días, el inmenso terror que habría, ahora sí, de conducirlo a su propia muerte si se cumplía tan funesta profecía.

—A eso vas también, ¿verdad? —dijo Alicia, tallándose los ojos con ambas manos.

—¿Cómo?

—A entender lo que te pasa.

Lo dijo de tal manera que Sergio sintió que ella sabía lo del Libro de los Héroes, lo de su supuesta misión, de la existencia de Farkas, todo.

—Lo de las pesadillas... los ruidos aquellos... —explicó Alicia, haciendo una pausa—. No te pregunto si escuchaste el nocturno porque temo que me horrorice tu respuesta. Solamente te digo que, si no regresas para el seis de enero, me cambio de casa sin esperar a saber nada de ti.

Él no supo qué decir. Sus ojos se mantuvieron fijos en el mueble detrás de Alicia, en un regalo de navidad que seguía olvidado.

—Todo va a salir bien, Alicia.

—Más te vale.

Ella fue a la cocina y Sergio aprovechó la oportunidad para tomar el disco que le había obsequiado Pancho. Fue a su recámara y rasgó la envoltura. Se trataba de un álbum doble del grupo Rush: *Exit... stage left*. Lo invadió una oleada de ternura por su desaparecido amigo: le había obsequiado un disco que jamás oiría, pues no contaba con un tornamesa para tocar viejos acetatos. Dentro del disco sólo venía un papelito escrito con la letra de Pancho: "Busca en internet los videos de *YYZ*. Estoy seguro de que puedes aprender cosas muy útiles ahí. Que tengas una feliz navidad".

YYZ era el nombre de una de las canciones del álbum. Y si no se hubiera sentido tan cansado, con gusto habría prendido su computadora y habría hecho lo que le sugería Pancho en su última comunicación con él. Incluso se habría sentado a la batería a practicar, pues tenía varios días de no hacerlo. Pero en verdad lo que quería era aprovechar que Alicia se encontraba en casa para intentar dormir lo más posible. Echó el papelito de Pancho en su cartera y, en cuanto se puso la piyama, se arrojó a la cama.

Se quedó dormido en seguida.

Lo siguiente fue un revolverse entre las sábanas... un desasosiego... un ansia...

"...es muy importante, Sergio... muy importante..."

...y un súbito despertar.

En cuanto cobró consciencia miró su reloj. Pasaban apenas de las tres de la mañana. La noche estaba en pleno.

Lo mismo que los ruidos del otro lado de su puerta. Pasos. El suave zumbido producido por el aleteo de los insectos, unos cuantos esta vez. El arrastrar de una silla que se golpea. Pero no fue eso lo que lo despertó, estaba seguro.

Se puso de pie y fue a constatar que Alicia estuviera en su cuarto. Se dijo que la imagen de su hermana, boca arriba en su cama, no podía ser producto de su imaginación aunque, a sus espaldas, el choque de las cucarachas contra las paredes y las ventanas sí lo fuera. Volvió a su cuarto, se puso la prótesis y un par de pantuflas. Quería dejar en claro eso de una buena vez. Se echó encima una chaqueta, tomó sus llaves y fue hacia la puerta de entrada, haciendo caso omiso de los insectos, de la luz de la cocina, que se prendía y apagaba enloquecidamente, de la silla que se golpeaba con furia.

Salió de su casa y echó a andar hacia la calle. Mientras bajaba por las escaleras, advirtió, sobre las paredes, algunas cucarachas. No les dio importancia.

La plaza estaba vacía cuando salió del edificio. El viento corría por toda la calle. Sólo quería liberarse de esa duda para poder seguir durmiendo, para poder irse a Budapest con una intranquilidad menos. Metió las manos en las bolsas de su chaqueta y echó a andar hacia la plaza. Se le ocurrió que estaba persiguiendo algo, a alguien, que no tardaría en flotar y ser llevado hacia la cancha de basquet... prefirió no consentir tales pensamientos. Se detuvo frente a la estatua de Giordano Bruno.

Miró hacia los lados. Al menos ahora estaba seguro de que no estaba soñando.

—Ubicar el miedo... —dijo con voz clara, mirando al monumento, a la faz del monje, a sus manos sosteniendo el pesado libro—. Ya comprendí. Pero no es fácil. Sobre todo cuando el dolor es tan real, ¿no crees?

El viento seguía golpeando a Sergio, le alborotaba el cabello, le hacía entrecerrar los ojos.

—No es nada fácil. ¿Me oyes?

A lo lejos, alcanzaba a distinguir el paso de los autos en Reforma, en el cruce con Insurgentes. Ni una sola alma se divisaba en la cercanía. Ni un perro callejero, nada.

—¡Nada fácil! ¿Me oyes? ¡NADA FÁCIL!

—"Y crees que no lo sé?"

Sergio apretó los puños dentro de su chaqueta, se le erizó el cabello de la nuca, el frío glacial del ambiente se le metió por debajo de la piel. Era la misma voz que le había ayudado a escapar mientras estaba siendo atacado por el demonio, la misma voz de sus sueños... sólo que... no la escuchaba en realidad. No, al menos, con sus oídos. La escuchaba con su mente.

—¿Estás ahí? ¿Eres real?

—"Es lo más importante, Sergio, darle su justo lugar al miedo. El miedo alimenta al demonio. Lo sabes."

Trataba de dar con una explicación. Acaso sí estuviera soñando. Tanta confianza que había depositado en la estatua de Giordano Bruno lo había hecho enloquecer un poco... no podía ser, simplemente no podía ser.

—"Mientras te convences de qué es posible y qué no, te diré que sólo hay una cosa que no puedo responderte", dijo la voz en su cabeza. "No puedo revelarte mi identidad".

Sergio suspiró. Estaba ocurriendo. Era real.

—¿Y cómo sé que no eres un demonio jugando conmigo?

—"Tendrás que confiar en tu instinto."

Una patrulla apareció por la calle, con la torreta encendida y vigilando a poca velocidad. Sergio prefirió ocultarse para no levantar sospechas. Se sorprendió pensando, mientras se recargaba en la estatua: "¿Cómo sé que no se trata de Farkas?"

No conocía la voz del licántropo. Toda su comunicación con éste había sido por medios electrónicos. Era bastante probable. Sintió miedo.

"No. No puedes saberlo", le respondió la voz, dando continuidad al diálogo con Sergio en el interior de su cabeza.

"Pero... ¿existes? ¿estás ahí?", pensó Sergio, mirando a la estatua.

"Podría decirse."

"¿Qué quieres de mí?"

"Ayudarte. Mañana te vas a Hungría. Es posible que no vuelvas, que no tengamos otra oportunidad de conversar."

Sergio se preguntó cómo podía saber tanto de él la estatua, o aquél que hablaba por la estatua. Un poco a la manera de Farkas. Le causó miedo suponer que incluso eso que pensaba en ese instante pudiera escucharlo el ente en su cabeza.

"Escúchame bien, Sergio... hay un modo de renunciar."

Su corazón se agitó. El frío aumentaba. Las orejas comenzaban a dolerle.

"¿Qué dices?"

"Que hay un modo de renunciar, de salirte. Es tu decisión. Puedes dejar de ser un mediador si quieres. Puedes retomar tu vida."

Sergio pensó, por un instante: "...puedo dejar de sentir miedo."

"Es una forma de hablar", dijo Bruno, recalcando las palabras. "Pero sí."

"¿Qué tengo que hacer?", no supo si era el frío o el nerviosismo ante la nueva posibilidad lo que le causó ese temblor en las articulaciones. Se vio a sí mismo a salvo, volviendo a su cama sin el amargo sabor del miedo, sin la posible presencia de bichos infernales, presencias de ultratumba, ruidos macabros.

"No te lo puedo decir explícitamente, pero creo que está bastante claro."

"No te comprendo", repuso Sergio, soplándose en las manos para conseguir algo de calor.

"Piensa, Sergio... no se trata de lo que se ve, sino... de lo que no se ve; no se trata de lo que está pasando, sino de lo que NO está pasando."

Sergio se detuvo a pensar. No hallaba a qué se refería la voz. Tiritaba. La unión de la prótesis con la rodilla le empezó a causar comezón.

"¿Lo que no está pasando?"

"Siempre has sido muy bueno para compaginar semejanzas, Sergio. Mucho más si son 43 las pruebas que se te ofrecen."

"¿Cuarenta y...?"

"Sabes de lo que hablo. Ahora escúchame: No importa lo que utilices, pero, de preferencia, haz el trazo con un poco de aceite. La marca es indeleble. Sirve para toda la vida."

"De veras no comprendo..."

"Una cosa más... si te sales, quedas fuera para siempre. No puedes participar ni siquiera pasivamente. Participar significa la muerte."

"Pero..."

"Ahora vete, antes de que se preocupe más tu hermana."

Sergio miró hacia su casa. Las luces de su recámara se habían encendido. Era obvio que Alicia se había despertado, lo había llamado y, al no recibir respuesta, había ido a buscarlo.

"Una última cosa, por favor. ¿Tú sabes quién es Er Oodak? ¿Quién Orich Edeth?"

"Y tú también lo sabes. Te fue revelado hace algún tiempo. Ahora, vete. Posiblemente nos veamos el año que entra. Posiblemente no. Todo depende de que ubiques con precisión al miedo..."

Sergio se apresuró a volver. No deseaba causar alguna mortificación a su hermana que la obligara a retirarle el permiso de viajar a Budapest. Entró al edificio y subió las escaleras lo más rápido que pudo. Fue en el segundo piso, cuando la blanquecina luz del rellano le bañó el rostro, cuando comprendió que Giordano Bruno tenía razón.

"¡Cuarenta y tres pruebas!", por supuesto.

Se detuvo sólo por un instante. Luego, siguió su camino.

—¿Se puede saber dónde andas? —le reclamó Alicia, en cuanto lo vio aparecer por la puerta.

—Me fui a despedir de Brianda —mintió.

—¿En piyama? ¿A las tres de la mañana?

Sergio se encogió de hombros. Alicia sonrió y, después de darle un beso en la frente, volvió a la cama.

6:25 - 29 de diciembre. Sábado. Vivace

Hizo una ejecución espectacular, inaudita, del concierto para piano número dos de Liszt. Lo tocó a velocidades prodigiosas, modificando el tono conforme avanzaba el concierto, regresando sobre la línea melódica y volviéndola a tocar en reversa, consiguiendo efectos fascinantes y monstruosos, maravillosos y escalofriantes.

Sólo que su público apenas estaba conformado por dos oyentes.

Habría podido decir que tres pero... bueno, Wilson ya no contaba.

En el amplio sillón frente al piano, en una posición despreocupada, Oodak asentía a cada golpe de tecla, mientras sostenía una copa de vino.

Del otro lado, de pie, en una postura amenazante y majestuosa, *aquél* con quien había hecho el primer pacto, aquél con el que había contraído la deuda de sangre. Aquél a quien rendía servicio ahora.

Al terminar el concierto, Oodak aplaudió con mesura. Morné no quitaba la vista de su otro oyente, quien no concedió ningún gesto de aprobación. Apenas miraba con deleite hacia otro lado, hacia el espacio en el que unos minutos antes se había derramado la sangre de un inocente, ahí donde su más reciente súbdito había confirmado su incondicional lealtad.

Oodak fue hacia Morné y le echó un brazo a los hombros. Lo condujo hacia el gran ventanal de su suite en la Torre Cenit para que contemplaran juntos la ciudad. Morné se mostraba inquieto, no sabía si había conseguido agradar a su señor. No le quitaba la vista de encima. Oodak intentó tranquilizarlo.

—No te preocupes. Está satisfecho... pero no por tu ejecución al piano. Esa habilidad tuya es un obsequio que él mismo te hizo y por eso no está impresionado. Está satisfecho... por tu otra obra.

Ambos miraron hacia el cuerpo despedazado de Wilson, que ensuciaba la alfombra de la suite. Ninguno le dio importancia. Llevaron su vista hacia las luces de la ciudad adormilada. Oodak aún sostenía su copa.

—Tienes que comprender, mi querido Heriberto —dijo Oodak con suavidad—, que, aunque el regalito que le arrebatamos a Franz Liszt hace casi doscientos años, adquiere verdadera importancia en estos tiempos de comunicación instantánea... no podemos precipitarnos. Primero... como te dije, hay que terminar cierta tarea.

—Sí, comprendo —respondió Morné—. Y estoy de acuerdo. Es sólo que... no puedo esperar, maestro.

Oodak miró sobre su hombro. Un enjambre de moscas se nutría en las carnes del desafortunado Wilson. Buena señal de que todos sus actos recibían la aprobación del príncipe de las tinieblas.

—Tengo que averiguar por qué, si se cumplieron las ciento cuarenta y cuatro lunas, el muchacho sigue inmutable. Alguien lo está protegiendo y eso no está bien, Morné. Nada bien.

—Pero... no entiendo. ¿Por qué tanto interés en él?

Oodak sonrió. Terminó su copa de un trago y palmeó a Morné en la espalda.

—Hay cosas, mi querido Thalberg, que no te corresponde saber.

Se dio cuenta del disgusto de Morné. Le gustaba tratarlo como un vasallo para que no olvidara que lo era en realidad. Aun así supo cómo ponerlo quieto al instante, como a todas las fieras que amaestraba.

—Bah... no te preocupes. Estoy convencido de que seguirá manteniendo su posición, así que podrás entregarlo personalmente a tu señor. Y luego, te podrás dar un banquete en el héroe miserable que lo acompaña a todos lados.

Ambos dejaron conducir sus miradas por un avión que partía de la ciudad de México.

—Así que... —suspiró Oodak—, todo está dispuesto. La cita es en *Sötét vár,* a cinco kilómetros al noreste de Nagybörzsöny. A cinco kilómetros al noreste de donde empezó todo.

Morné miró con gusto el reflejo que de la suite hacía el gran ventanal. A sus espaldas, la bestia rugió en un alarde de ira y poder.

Cuarta parte

Capítulo veintitrés

—¡¿Estás loco?! —dijo Brianda al teléfono—. ¿Y además me lo dices tan fresco? ¿A Hungría?

—Ahorita estoy en el aeropuerto con el teniente y el padre Ernesto.

—¿Y qué esperabas que te dijera? ¿"Buen viaje"? ¿"Pásatela padre"?

Sergio se encontraba, en compañía de Guillén y el padre Ernesto, sentado en el área común de espera de la terminal 2, aguardando que les notificaran por qué puerta habría de salir su vuelo. El jugo de naranja en tetrapak que se estaba tomando le supo amargo. Se sintió tan mal al hacer la llamada como había previsto que se sentiría. Con todo, no quiso despedirse de Brianda en persona por no hacer las cosas más difíciles.

—Estoy casi seguro que vamos a estar de regreso antes del 31.

—Sí, cómo no.

La pausa que hizo Brianda fue como una bofetada.

—... Brianda...

—Sí, aquí sigo.

—Discúlpame, en verdad.

—Sí, cómo no.

Una nueva pausa y, aunque Sergio temió que se le terminara el crédito, lo dejó correr. De cualquier modo su teléfono no le serviría de nada en Hungría.

Siguió aguardando. Y aguardando. No podía colgar antes que ella.

—Okey, búrlate. Pero me había hecho las ilusiones de que recibiéramos el año nuevo juntos. Ya les había dicho a mis papás que los invitáramos a ti, a Alicia y a Jop.

La sala estaba saturada, por lo que él y Guillén se sentaron juntos mientras que el padre buscó sitio en otra sección. Pensó en cómo responder mientras paseaba su vista por los alrededores. A pocos pasos unas muchachas vestidas como santaclós entregaban folletería de una compañía de teléfonos celulares. Frente a ellos, una abuela observaba a su nieto hablar con un muñeco de acción. Más allá, una pareja revisaba que todo estuviera en orden en una bolsa de regalos. La gente parecía tener una sola cosa en la mente: la cena de fin de año, el nuevo pretexto de la temporada para estar con los seres queridos. Y él iba en pos de respuestas a un país muy lejano. No podía culpar a Brianda.

—Tal vez sí vuelva para esa fecha, Brianda. Quién sabe.

—No va a ser así y lo sabes.

Le sorprendió ver que aun para Brianda era fácil reconocer la dificultad de su empresa, que tal vez ésta no se resolvería con sólo la visita al profesor de música húngaro. Que tal vez el misterio se extendiera, lo mismo que su constante estado de alerta. Una descarga de frío lo hizo estremecer.

—Tienes que prometerme que no vas a quedarte solo nunca. Nunca.

—Te lo prometo.

—Y me mandas por correo en qué hotel vas a estar.

Sergio se alegró de poder complacerla al menos en esto.

—De una vez te lo digo. Es una pensión que se llama Nádor. El señor Ferreira lo arregló todo.

—No me quedo tranquila.

—Necesito ir. No se me ocurre otra manera para resolver esto, para intentar... recuperar mi vida.

—Sí... lo sé —se esmeró por contener el llanto—. Comunícate conmigo cuando puedas, porfa. Adiós.

Y colgó, devastada. Llamó a Jop después de luchar con ese sentimiento de miseria por un par de minutos. Necesitaba desahogarse con alguien y no podía haber mejor cómplice que Jop, a quien seguramente podría contagiarle su enfado. La respuesta de Jop, en el teléfono fijo de su casa, fue muy similar a la de ella.

—¿Qué dices? ¿A Hungría? ¡Cómo crees!

—Como lo oyes.

—Qué mala onda. Ni se despidió.

Estuvieron un par de minutos quejándose por lo que Jop consideraba una terrible falta de consideración de Sergio y Brianda sólo un desafortunado revés del destino. Entonces, quizás por algo que dijo Jop respecto a su inconclusa película, ella sintió de pronto que había dejado pasar por alto un detalle muy importante. En principio fue sólo una sensación desagradable, pero después se dio cuenta del por qué de tal certeza.

—Acabo de recordar algo, Jop.

—¿Qué?

—Tal vez es una tontería pero...

—¿Pero qué? —la urgió Jop.

—He tenido sueños respecto a Sergio. Sueños horribles. Dime una cosa, Jop. ¿En Hungría habrá castillos?

—No sé. Supongo que sí, como en toda Europa. ¿Por qué?

—Porque en mis sueños aparece Sergio dentro de un oscuro castillo... y enfrenta a un demonio que es mitad toro y mitad hombre.

—¿Cómo sabes que es un castillo?

—Es de esas cosas que se saben y ya.

Una enorme losa de pesimismo les cayó encima y les obligó a guardar silencio, justo en el mismo momento en el que Sergio, Guillén y el padre Ernesto abordaban un mediano jet embraer en compañía de 57 pasajeros franceses de la tercera edad que volvían de unas vacaciones en México. Todos formaban parte de una misma comitiva y, para fortuna de Sergio y sus acompañantes, habían contratado un avión a la mitad de su capacidad. Abordaron también dos parejas francesas más jóvenes y un estudiante mexicano de la Sorbona, que de igual modo se beneficiaron con el espacio restante.

En cuanto les asignaron sus lugares, Guillén abordó a una azafata.

—Dígame, señorita... ¿todos estos señores van a Budapest?

—No. A París.

—¿Pero... —se mostró confundido—, el vuelo no va a Budapest?

—París primero. Luego Budapest.

No preguntó más. El itinerario parecía extraño, pero no era de su incumbencia por qué estaba programado de ese modo. Decidió no preocuparse más.

Sergio, en cambio, se había sentido intranquilo desde que documentaron el equipaje. No por la emoción de la experiencia, pues era la primera vez en su vida que volaba, sino por la angustia que le oprimía incansablemente el pecho y que no podía hacer desaparecer. Ni siquiera cuando despegaron y les ofrecieron la primera comida del vuelo pudo calmarse. Tal vez se debiera a que dieron alcance a la noche muy rápido; en su reloj todavía no daban las cinco de la tarde y, a través de la ventana a su derecha, el crepúsculo era inminente.

A ratos platicaba con el teniente, sentado a su lado. Y a ratos miraba por encima de éste, a través del pasillo, al padre Ernesto leyendo o conversando en un francés chapurrado con los otros pasajeros. Pero la aflicción que sentía iba en aumento a cada minuto. Estaba seguro de que Belfegor tenía ese poder y lo estaba utilizando. Que había subido al avión con ellos y sólo estaba esperando un descuido de Sergio para manifestarse. Se materializaría ahí en cualquier momento, velado a los ojos de los demás, visible únicamente a los de Sergio.

A las cinco horas de vuelo se le notaba en el rostro lo mucho que se esmeraba por tranquilizarse, pero no lo conseguía. Guillén había cedido al sueño

Una azafata se dio cuenta de su nerviosismo y le preguntó si podía ayudarle en algo, por lo que Sergio aprovechó para pedir un poco de leche tibia, pero ésta tampoco le ayudó a serenarse.

Intentó dormir sin éxito.

Cuando todo el vuelo se sumió en el silencio, invadido por la noche atlántica, pidió permiso al teniente y se paró por tercera vez al sanitario, en donde comprobó que en verdad no descansaría hasta que llegara al final de todo eso. Y que sus peores terrores podían acompañarlo hasta Hungría si se lo proponían. En el minúsculo espacio, a cientos de kilómetros de su casa, una cucaracha surgió del agujero del lavabo para volver a esconderse al instante.

"Dale su lugar al miedo", intentó replicar en su mente la voz de Giordano Bruno.

No pudo hacerlo.

Mientras se miraba al espejo reflexionó sobre el descubrimiento que había hecho la noche anterior en su casa, las cuarenta y tres repeticiones del símbolo que volvió a contar en el Libro de los Héroes. "No es lo que está pasando sino lo que NO está pasando", se dijo una y otra vez mientras pasaba las páginas. Se dio cuenta de que todas las personas que ostentaban el símbolo en el pecho coincidían al menos en una cosa: no mostraban ninguna herida, no habían sufrido ningún daño. Incluso aquellas que estaban siendo atacadas: se veían espantadas, sí, pero intactas. Los engendros que las embestían estaban a punto de dar la mordida, el zarpazo, la estocada... pero ninguna conseguía hacerlo. El símbolo era una marca de invulnerabilidad, una forma de renunciar para siempre a la lucha, de marcar el límite, de ponerse a salvo.

Recordó a Pancho, su cuerpo colgado de los barrotes de aquella ventana. Recordó su cuerpo intacto, la muerte por propia decisión. "Participar significa la muerte", dijo Giordano Bruno. Se preguntó Sergio si Pancho habría participado en la lucha, pese a haber renunciado a ella, y por eso...

Prefirió no seguir con tal línea de pensamiento y volvió a su asiento, en donde lo esperaba un Guillén despierto y taciturno. Por horas, puesto que la charla no fluía, se perdió en la lectura de revistas, en el soft rock de los audífonos, en los juegos de su teléfono celular, siguiendo el avance del avión sobre el mapa en las pantallas que mostraba su posición en el mundo. Sabía que Guillén se daba cuenta de su estado de inquietud pero, incapaz de hacer nada por él, prefería callar, hacerse el dormido.

El padre Ernesto mataba el tiempo rezando, haciendo anotaciones en alguna vieja libreta, practicando su francés.

La noche fue corta. El avión viajaba ahora en pos del amanecer y éste surgió repentinamente a través de las ventanas abiertas. Sergio sintió apenas un leve consuelo. No dejaba de preguntarse por qué él, por qué no podía ser un turista más en un anónimo vuelo. Intentaba darle su lugar al miedo. Echarlo. Sacarlo de sí.

Aterrizaron a las 8:43, hora local de París. Bajo un cielo despejado y brillante, el avión hizo un suave descenso en el aeropuerto Charles De Gaulle. No hubo contratiempos. El avión se vació de franceses a los pocos minutos. Sergio miraba por la ventanilla a los alegres ancianos de rostro desvelado caminar por la pista, cuando el teniente, de pie, hizo la observación.

—Esto está raro, Sergio... nadie más se quedó a bordo.

Sergio miró por encima del asiento delantero. Miró hacia atrás. El padre Ernesto había aprovechado para visitar el sanitario y, en ese momento, sólo ellos dos se encontraban ahí.

—Voy a averiguar... —sentenció Guillén, caminando hacia la cabina. Cuando volvió, el padre Ernesto estaba en su lugar, del otro lado del pasillo.

—¿Qué pasa? —preguntó el sacerdote—. ¿Tenemos que hacer conexión?

—No —resopló Guillén—. El avión carga combustible y sale para Budapest.

—¿Sólo con nosotros tres? —dijo Sergio.

—Parece ser que... —asintió Guillén— cierta persona en México contrató el vuelo París-Budapest sólo para nosotros.

El padre Ernesto y Sergio se miraron. El primero se santiguó; el último hizo una nota mental para recordar agradecerle al señor Ferreira. No sólo les había entregado mil dólares a cada uno de viáticos sino que había llegado a ese extremo para ayudarles a llegar lo antes posible.

En aproximadamente una hora y media estaban despegando nuevamente. Un avión casi vacío en dirección a Budapest.

El padre Ernesto fue el único que se animó a hacer el cambio de asiento, e incluso se recostó lo mejor que pudo para intentar dormir un poco, a varias filas de distancia de los otros dos pasajeros. Guillén y Sergio, en cambio, permanecieron en sus mismos lugares. Antes de despegar, el piloto en persona fue a saludarlos, un amable francés que hizo el relevo del mexicano que los había llevado hasta París.

—¿Te sientes mejor, Sergio? —fue la pregunta con que Guillén rompió el silencio, una vez que el avión estaba surcando otra vez el cielo.

—Sí, un poco mejor. ¿Y usted? ¿Cómo es que ha aguantado tanto sin fumar?

Guillén se abrió un poco la camisa para mostrarle.

—Parches de nicotina.

Sergio sonrió. Tal vez, en mucho menos tiempo del que creía... tal vez...

Y volvió a hacer la nota mental. "Agradecerle al señor Ferreira en cuanto vuelva a México". O mejor aún, "comprarle un regalo".

Los tres cayeron rendidos de sueño.

Aproximadamente dos horas después, pasadas las doce de la tarde, hora local, arribaban al aeropuerto Ferihegy en Budapest. Europa oriental los recibía con un panorama más sombrío. Habían tenido que atravesar una espesa capa de nubes para llegar a tierra y una ligera aguanieve golpeaba los vidrios. El capitán hizo la bienvenida al micrófono y observó que la temperatura era de 2 grados, con clima lluvioso.

El padre Ernesto fue el primero en ponerse de pie. Volvió al lugar que había ocupado en el vuelo transoceánico y sacó su pequeña valija de mano del compartimiento superior.

—Tal vez podamos resolver esto pronto, Sergio —exclamó espontáneamente, en un posible afán de mostrarse optimista, pese al clima helado y la tarde plomiza.

Sergio asintió, agradecido, mientras se enfundaba en su propio abrigo. Guillén, aún sentado, encendía su teléfono celular, comprobando la recepción de señal, cuando abrieron la puerta de descenso y la única azafata del vuelo les sonreía al final del pasillo.

Pasaron la aduana, cambiaron algunos dólares por florines y abandonaron la zona restringida del aeropuerto. Sergio husmeaba en los alrededores de la terminal. Se veía obligado a recordar cierta conexión con Hungría que había encerrado en algún oscuro anaquel de su memoria. En ese momento, Guillén aprovechó para hacerle una súplica al padre Ernesto.

—Veo muy mal a Sergio, padre —dijo el teniente—. Me gustaría que buscáramos al profesor de música lo antes posible.

—Por mí no hay problema. Pero tal vez no sea mala idea descansar un poco.

Las pocas horas de sueño se reflejaban en los rostros de los tres, pero eso le parecía un detalle insignificante al teniente en comparación con la urgencia de dar, por fin, con una primera respuesta a todas sus interrogantes. No obstante, no quiso oponerse al sacerdote. De no ser por él, ni siquiera estarían ahí.

—Tal vez tenga razón, padre.

Salieron de la terminal para abordar un taxi. Y aunque no había nevado, el clima no era bondadoso con ellos. El cielo estaba encapotado y soplaba un viento que cortaba la piel. Un hombre moreno de tupida barba se acercó a ellos y les quitó de las manos las maletas para treparlas a un auto de carrocería negra adornado con franjas amarillas. En cuanto abordaron, Guillén se atrevió a decir, a sabiendas de que el chofer no lo entendería:

—¡Maldito clima! —rugió soplándose en las enguantadas manos—. Presiento que vamos a extrañar México antes de lo que suponemos.

Hasta ese momento, Guillén se dio cuenta de que Sergio llevaba en sus manos un ejemplar de un diario local, el *Nemzeti Sport*, que estudiaba con extraño interés.

—*Where to?* —dijo el moreno chofer con un inglés de fuerte acento, levantando la vista para alcanzar el espejo retrovisor.

—*Nádor Panzió* —resolvió el padre Ernesto.

—*Nádor utca* —consintió el chofer—. *Beautiful zone.*

Y arrancó el auto.

—¿Por qué compraste ese periódico, Sergio? —preguntó Guillén a Sergio, quien a modo de respuesta, se aproximó al chofer, a punto de abandonar el circuito aeroportuario, aprovechando un alto temporal. Metió el diario entre los dos asientos y, señalándole un encabezado que decía "*Új edző a farkasok*", le preguntó en un inglés mecánico pero lo suficientemente claro, si hablaban de lobos en el periódico. El chofer rió y, acelerando con el cambio de luz, respondió que sí, que hablaban del equipo local de futbol americano: los Lobos de Budapest.

No tardaron en ingresar a los suburbios por la calle Üllöi, una avenida de dos sentidos rodeada por modestas casas de negros tejados y por la que los acompañaron, en diversos tramos, algunos tranvías. Sergio trataba con todas sus fuerzas de participar en el ánimo menos pesimista del padre Ernesto, quien sostenía una conversación banal con el chofer, pero no podía. Hizo un recuento mental. Eran casi las dos de la tarde. El domingo 30 de diciembre se precipitaba a su fin. Se vio contando los minutos. El inicio del jueves tres de enero estaba a sólo tres días y unas horas de distancia.

El miedo...

Sonó el teléfono celular de Guillén y éste se apresuró a contestar. Estuvo hablando por un par de minutos con el sargento Miranda. Cuando colgó, su rostro había cambiado.

—¿Pasa algo, teniente? —preguntó el padre Ernesto, deteniendo su charla con el chofer.

—Sí. Algo muy raro.

—¿Qué? —indagó Sergio ahora.

—Le pedí al sargento que se encargara personalmente de la protección de Morné —explicó—. La verdad, no quería que su muerte nos tomara por sorpresa. Le pedí que él mismo, o alguno de sus hombres, se emplazaran junto a la puerta de la suite e ingresaran si escuchaban algo raro. Pero...

—¿Pero...? —se impacientó Sergio.

—Dice que Morné salió ayer como a las ocho de la noche. El oficial a cargo no le dio importancia porque el licenciado no llevaba nada consigo, con la excepción de un pequeño portafolios y no lo acompañaba su secretario. El guardia creyó que volvería pronto, pero... como dieron las dos de la mañana, le llamó al sargento y éste inició una investigación —volvió a hacer una pausa—. Hace rato le informaron que el avión particular de Morné abandonó la ciudad de México con él a bordo.

—¿Y qué es lo raro? —preguntó el padre Ernesto.

—El destino final del avión... es Budapest.

Sergio y el teniente se miraron. Fue el muchacho quien habló, convencido.

—Debimos imaginarlo, teniente.

—¿Qué?

—Que era Morné quien estaba haciendo llegar el nocturno a los demás. Creímos que, por entrar en el patrón de las muertes, él podía ser una víctima más. Sólo espero que no sea demasiado tarde.

—¿Demasiado tarde para qué?

—Para cualquier cosa. Es seguro que viene en pos de nosotros.

Capítulo veinticuatro

El frío se incrementó en el interior del taxi.

En cierto momento de pesado silencio, el chofer viró hacia la izquierda para alcanzar los bordes del río que parte la urbe en dos: el Danubio. Y circuló por la orilla en dirección al norte, regalando a sus viajeros la imponente vista del río de un color sepia que deprimió más a Sergio. El paso lento de los barcos de pasajeros y carga, envueltos en una neblina de fina lluvia —la misma que hacía al taxista accionar intermitentemente los limpiaparabrisas, la misma que hacía a la gente apretarse contra sus impermeables— confería a la imagen un toque de tristeza.

Les explicó el chofer que transitaban por Pest, y que del otro lado del río estaba Buda, pero ninguno de los viajeros respondió con entusiasmo a sus explicaciones. La posibilidad de fracasar en su intento por detener la maldición del nocturno Belfegor los había sumido en un muy negro pesar.

Sergio se perdía en los incomprensibles nombres de las calles, Út y utca, en las caras esculpidas en la piedra de las construcciones, los edificios de grandes columnas. Estaba seguro de que Budapest debía ser muy bella, pero en ese momento no tenía ojos para verla así.

Al arribar a la pensión, la lluvia se había detenido, al igual que los intentos del taxista por socializar. Sergio se sorprendió a sí mismo en medio de una plegaria sin destinatario preciso cuando el auto se detuvo. Sus manos temblaban por el frío y la angustia; su boca, a través de un castañetear de dientes, sólo repetía: "por favor... por favor... por favor..."

La pensión Nádor era un pequeño edificio de tres pisos construido en el siglo diecinueve sobre Nádor utca, con un aire acogedor y rústico a la usanza europea, de puertas con aldabones y armaduras ornamentales en el lobby, sin ascensor, sin internet en el cuarto, pero con calefacción y doce canales de cable. En cualquier otra circunstancia habría sido el lugar perfecto para vacacionar y conocer Budapest; en ésta, era sólo un edificio más en una ciudad que acaso sería bondadosa con ellos, acaso no.

Un joven pelirrojo de pantalones grises y chaleco morado les recibió las maletas.

Se registraron en la recepción y, en cuanto les otorgaron sus cuartos, dobles ambos, decidieron que el teniente y Sergio compartirían habitación, pese a que el padre Ernesto se ofreció a que Sergio durmiera con él.

Ocuparon sus habitaciones contiguas en el tercer piso en cuanto el botones subió las maletas. Eran las tres de la tarde en Budapest; las ocho de la mañana en sus relojes biológicos. Para Sergio el viaje había durado poco más de 20 horas desde que salió de su casa hasta que se sentó en la cama de su habitación. Y apenas había dormido unas tres horas. Se encontraba en un estado de ansiedad superior a cualquier otro que hubiera vivido antes.

Tal vez por ello es que aceptó la sugerencia del padre Ernesto de descansar un poco. En cuanto recargó la cabeza en la almohada de la cama sin destender lo venció el sueño. Con el abrigo puesto. Con la prótesis ajustada.

El teniente cerró los postigos y corrió las cortinas de las ventanas, logrando una semipenumbra que, en conjunción con la calefacción, hizo el cuarto mucho más acogedor. Se descalzó e imitó a Sergio, recostándose en la otra cama, más próxima a la puerta de la habitación.

Despertaron a las tres horas gracias a los golpes en la puerta. Eran las seis de la tarde y el sol se había ocultado por completo. Guillén abrió, sintiéndose peor, incluso lamentó haber dormido.

—¿Nos vamos? —dijo el padre Ernesto, a todas luces más repuesto.

Pensó que tal vez deberían comer antes algo, desempacar, darse un baño... le bastó ver a Sergio abotonándose el abrigo para desechar la idea.

—Nos vamos —respondió Guillén.

Alcanzaron al padre Ernesto en el lobby, donde había una pequeña sala de estar y un montón de folletería turística sobre una gran mesa circular de madera.

—Tengo la dirección —dijo el sacerdote blandiendo un pequeño papel—. Aproveché para llamar a mi amigo.

Salieron a detener un taxi a la calle que, repentinamente, dio a Sergio una impresión muy distinta de la que tuvo al llegar. El edificio de departamentos pasando la calle, de simétricas ventanas en arco, se encontraba todo iluminado. Vislumbró una escena hogareña, de una mujer fumando y dos niños espiando a los transeúntes. Sergio se sintió un poco menos ajeno a esa ciudad y tuvo un momentáneo destello de esperanza.

El padre Ernesto aprovechó para hacer un par de advertencias a sus acompañantes.

—Me dijo mi amigo que no hablemos de entrada del nocturno o corremos el riesgo de ser echados a la calle de inmediato. Pensé que nos hiciéramos pasar por académicos mexicanos preparando un documental respecto a Franz Liszt.

Al fin, detuvieron un taxi. El padre Ernesto pasó al chofer, a través de la ventanilla, el papel con la dirección, preguntándole si hablaba inglés. El taxista negó pero mostró un pulgar refiriéndose al papel, así que subieron.

Durante el viaje, Sergio intentaba, sin éxito, dar con algo más verosímil que lo sugerido por el padre Ernesto. Le parecía que no daban, ni de lejos, la pinta de académicos, por mucho que vinieran de un país lejano. Pero el miedo le impedía pensar con claridad.

El taxi fue en dirección al norte, a través de iluminadas calles con árboles vestidos de luces. A los pocos minutos, el taxista tomó el puente Árpad para atravesar el río e ingresar a la zona de Óbuda. Grandes unidades habitacionales empezaron a restarle magia a la Budapest que habían dejado atrás, pese a las áreas verdes y las zonas espaciosas.

Frente a uno de tantos conjuntos de edificios se detuvo el taxi. El conductor señaló la dirección a través del camino de un enrejado de puertas abiertas. Restaba sólo buscar el edificio y el departamento. Pagaron y se apearon.

Iban a iniciar el camino cuando el padre los detuvo.

—Otra sugerencia que me hizo mi amigo... es que puede ayudarnos llevar un poco de vino.

Cruzó la amplia calle por la que no circulaba ningún automóvil para llegar a un pequeño negocio con las luces prendidas. Un anciano fumaba sentado en una caja, a la entrada. En la parte de arriba había un letrero que decía "Coca-Cola nyiss a boldogsagra" que produjo una fugaz sonrisa en Sergio.

No tardó en volver el sacerdote con un par de botellas de tinto dentro de una bolsa de papel. Sin añadir más, se enfilaron a través de la reja para dar con el edificio H, departamento 08. Tres grandes árboles secos, plantados en bien cuidadas jardineras, eran el único adorno de la zona central de la unidad, iluminada por cables que, de edificio a edificio, sostenían lámparas bamboleantes. Entraron al octavo edificio de una serie de diez colosos.

La puerta de entrada estaba descompuesta, así que subieron, a través de grafitis en húngaro, hacia el departamento del profesor.

—Aquí vamos —suspiró Guillén, impaciente, mientras llamaba al timbre de la puerta con el oxidado número ocho.

Se abrió la puerta y Sergio sufrió un momentáneo desvarío. Una especie de shock eléctrico lo obligó a echarse para atrás. El demonio de siete ojos estaba detrás de la puerta; su cuerpo ocultaba un espantoso incendio de muebles, cuadros, alfombras. Un grito de terror se desprendía de alguien que se calcinaba a las espaldas del monstruo.

Y luego...

—¿Estás bien? —preguntó Guillén.

El muchacho se recompuso en seguida. La puerta continuaba cerrada. Incluso extendió la mano para comprobarlo.

—Sí, teniente, ustedes disculpen —se limpió el sudor que le perlaba la frente. Se preguntó cómo sobreviviría a todo eso por dos días más.

Volvieron a llamar al timbre y no tardaron en escucharse pasos lentos arrastrarse hacia la puerta. Una fatigada voz preguntó algo en húngaro. El padre Ernesto respondió en inglés que buscaban al profesor Baranyai. Después de un rato, el profesor, también en inglés, indagó quién lo buscaba y el padre arriesgó su mentira blanca de los reporteros.

La puerta se abrió y tras ella dio la cara el profesor Baranyai, un hombre encorvado de barba descuidada y ropas con rastros de comida. Sus ojos fueron directamente a Sergio. El padre Ernesto hizo una titubeante presentación de cada uno, diciendo que estaban en pos de documentos relacionados con Franz Liszt y que...

—¿Quién de vosotros es? —adujo el profesor en perfecto español ibérico, ahora mirando a los tres.

—*Pardon?* —replicó el padre Ernesto.

—Siento el halo de fortaleza. Uno de vosotros tiene una gran capacidad para luchar con los demonios. ¿Quién es?

A Sergio eso le sonó demasiado familiar como para dejarlo pasar, mas recordó la necesidad de mantener el secreto con Guillén y prefirió aguardar. El profesor volvió a fijarse en él.

—Vamos, os oí hablar en castellano. Es por lo del nocturno, ¿no?

Baranyai los había descubierto sin hacer ningún esfuerzo.

—No exactamente... es que... —tartamudeó Guillén.

—Bah. No soy ningún crío —gruñó el profesor de piano—. ¿Traéis vino?

El padre Ernesto mostró las dos botellas.

—Adelante.

Siguieron al profesor a un minúsculo departamento, tan ruinoso y estrafalario que a Sergio le recordó al instante el de Pancho. Sonaba una agradable música en una vieja tornamesa; había múltiples repisas con libros en ruso, alemán, español y húngaro, adornos alusivos a la música, casettes de audio y, por supuesto, un polvoso piano. Baranyai los condujo a través de la sala llena de remiendos a una pequeña mesa de madera y sacó un vaso de plástico de un anaquel. Le arrebató el vino al padre Ernesto y, con gran maestría, lo descorchó rápidamente. Tomó dos tragos de la botella, carraspeó y echó una buena porción en el vaso. Hecho esto, se sentó y ofreció asiento a sus atónitos visitantes.

—¿Quién es el mediador? —preguntó tajante, sin mirar a ninguno en particular.

—Eh... —Sergio dudó si debía responder. Guillén se mostró confundido.

—Supongo que tú —dijo el viejo, mirando a Guillén—. Porque tú, por otro lado... —dio otro trago al vino, estudiando a Sergio—. En fin. Entiendo que no me queráis decir nada. Yo también desconfiaría. Mi esposa, que en paz descanse, medió por varios años para aniquilar demonios. Gracias a ella aprendí a distinguir entre héroes y seres infectos —escupió al suelo—. Es una sensación que no olvidáis nunca. ¿De qué parte de América sois?

—De México —respondió Guillén.

—Lo supuse —arguyó Baranyai, terminando su vaso de vino y mostrándose, al fin, un poco más descansado.

—¿Por qué? —se interesó el teniente.

—Por el hombre que vino hace un par de años preguntando por el cuadro. Era mexicano.

—¿El cuadro?

—El cuadro que contiene la nota faltante.

Los tres visitantes, aún de pie, se miraron confundidos. A Sergio le parecía que el asunto por fin avanzaba.

—No tenéis ni puñetera idea, ¿verdad? —preguntó el profesor, poniéndose de pie—. Tomad asiento.

Los tres se sentaron al fin, permitiendo que el profesor se ausentara unos minutos de la estancia. Al poco rato, volvió con una carpeta de piel atada con cordeles. Empezó a deshacer los nudos con lentitud.

—Hago esto porque sé que uno de vosotros está en pos de algún monstruo. Sólo por eso. Y por la memoria de Clara y Laszlo. Mi esposa y su hermano. Ella los identificaba... él los regresaba para siempre al averno —volvió a escupir al suelo.

Sergio vio que el padre Ernesto apretaba sus brazos contra el abrigo. El frío. O la memoria de aquel otro mediador. Se sonrieron a través de la mesa.

—Aprendí español porque hace muchos años, antes que el socialismo viniera a jodernos la existencia, viví en un pueblo de Asturias con mis padres.

Baranyai abrió la carpeta y, de ésta, extrajo una hoja corroída por el tiempo. Una hoja grande que depositó sobre la mesa. Era una partitura musical. En la parte superior se leía, con grandes letras:

Belphegor Nocturne

—Es una transcripción, desde luego, que hizo el propio Liszt. El original debe estar en manos de algún servidor del maligno. Probablemente el mismo demonio que vosotros estáis buscando.

—¿Cómo es que usted tiene esta copia? —se interesó Sergio.

El viejo lo estudió con los ojos. Sonrió con descaro.

—Uno de mis alumnos la tenía. Llegó a sus manos a través de muchas generaciones de pianistas en su familia; el tatarabuelo tenía algún tipo de relación con la condesa D'Agoult, amante de Liszt, que heredó muchas de sus cosas.

El profesor pasó, por la superficie de la partitura, una de sus arrugadas manos.

—Por suerte —prosiguió— todos en su familia conocían la maldición que pesa sobre el nocturno: que no se puede tocar si no se conoce la nota faltante. No tocarlo perfectamente equivale a una horrible muerte. Mi alumno me lo entregó por miedo a ceder a la tentación que ejerce la belleza sobre algunos hombres, la tentación de ejecutarlo. Y yo... bueno, yo prometí conservarlo hasta que estuviese seguro de que el original había sido destruido.

Los tres visitantes miraban la partitura con temor. Tenían frente a sí la causa primordial de las horribles muertes que habían ocurrido en la ciudad de México. Algo que, a simple vista, parecía completamente inofensivo.

Un gato negro de amarillos ojos los miraba desde el interior de una de las habitaciones.

—¿Podríamos escuchar la leyenda de su boca, profesor? —pidió Sergio.

—Mejor aún. Escucharla de labios del propio compositor —volvió a servirse vino y dio vuelta a la partitura. Del otro lado se encontraba lo que, a todas luces, era una misiva—. La partitura es en realidad una carta en la que Liszt cuenta a su amigo Wagner del nocturno. Una carta que... por cierto, nunca fue enviada.

Se acomodó un par de gafas bifocales y posó sus ojos en el documento, fechado en 1849 y que comenzaba, en alemán, con la frase:

"Mi muy estimado amigo:

Lo que voy a relatarte ocurrió hace muchos años y, si no fuera por el gran peso que siento en mi alma y la posibilidad de que cierta noticia que ha llegado a mis oídos sea cierta, hubiera preferido seguirlo callando hasta el día de mi muerte."

Capítulo veinticinco

Ocurrió una noche aciaga de 1830. Franz Liszt, en plena juventud, residía en París con su madre. Era un muchacho con un futuro promisorio, excelente compositor y mejor pianista, guapo, con toda la vida por delante. Pero estaba enfermo. Acaso no tan enfermo como para creer que podría ocurrir lo peor, pero sí lo suficiente como para inducirlo a un ánimo abatido, melancólico y apesadumbrado. Una noche se encontraba a la mitad de un ejercicio de composición cuando llamaron a la puerta de su cuarto. Abrió de mala gana pues había pedido a su madre que no lo importunara hasta el día siguiente. Al ver que no se trataba de ella, su corazón dio un vuelco. Un hombre de tétrica figura y con el rostro cubierto ingresó a la habitación sin ser invitado, se instaló a sus anchas y comenzó a hurgar entre las cosas del pianista.

—Belfegor... —pronunció Baranyai, levantando sus ojos del manuscrito— es un demonio que recompensa el vicio de la pereza. Y se había presentado con Liszt para hacerle una propuesta diabólica: la gloria eterna a cambio de una pieza musical insuperable. Ofrecía a Liszt un sitio en la constelación musical a cambio de que, a una sola de sus obras, la mejor que pudiera crear, la bautizara con su nombre.

Liszt, creyendo que se trataba de alguna alucinación producida por sus intensas fiebres, se negó. Entonces el demonio le dijo que no tenía opción. Le mostró un ejemplar de un periódico del día siguiente en donde se anunciaba su muerte. La oferta fue modificada al instante: la obra a cambio de su propia vida. Belfegor ofreció a Liszt revertir la sentencia de su muerte a cambio de su mejor obra.

—Era un engaño —aclaró Baranyai—. Los demonios no pueden hacer tal cosa.

El padre Ernesto se estremeció.

Así que Liszt, desesperanzado, accedió a la petición del oscuro visitante. Sin embargo, después de trabajar a marchas forzadas durante toda la noche, en el último momento, cuando el alba se anunciaba, tuvo un destello de duda y optó por dejar la obra inconclusa.

Y así se lo comunicó a su visitante. Le dijo que se reservaba para sí una última nota del último compás. Si no estaba muerto, podría concluir el nocturno al día siguiente; si estaba muerto, entonces... el resultado no importaría.

Belfegor se enfadó tanto que le arrebató la partitura y se sentó al piano. Tocó el nocturno. Parecía perfecto, parecía no carecer de nada. Los tiempos eran exactos; no había huecos visibles. Pero, si el maestro decía que estaba inconcluso, que era imperfecto, entonces no había otra verdad.

Mostró su hórrido rostro a Liszt y le reveló su identidad. Luego, tomó la partitura y dijo a su anfitrión que haría pesar una maldición sobre esa música. Su ejecución imperfecta produciría una espantosa muerte, tanto en aquel que la ejecutara como en el que la escuchara; por el contrario, otorgaría poder supremo sobre la partitura y concedería los favores de Belfegor a todo aquel que la interpretara o la escuchara correctamente.

Dicho esto, partió. Liszt se quedó solo, a la espera de los primeros rayos del sol, aguardando una muerte que nunca ocurrió.

Miró su obra, sobre el piano, y decidió que no quería correr el riesgo de la maldición. Se sentó a plasmar esa última nota en el papel pero, más allá de toda explicación, en cuanto intentaba escribirla, se borraba de inmediato. Comprendió la artimaña de Belfegor: tendría que destruir su propia obra como único modo de acabar con la maldición.

Por no consentir los deseos del demonio, decidió que guardaría la partitura de la forma más celosa, antes que destruirla o permitir que alguien la ejecutara como aparecía escrita. Consideró necesario dejar evidencia de cuál era esa nota que faltaba, aunque fuera a través de un medio externo a la partitura. Pese a que seguía enfermo, mandó llamar a un pintor y le pidió un cuadro de ciertas características que recreaban lo que había visto esa tenebrosa noche a la luz de su única vela encendida. Detrás del lienzo plasmó la nota que faltaba.

Guardó tanto la partitura como el óleo en el fondo de un pesado arcón lleno de ropa. Antes de arrojar al olvido su obra maestra, notó que ésta ostentaba un nombre, pese a que él la había dejado intitulada al escribirla. El demonio insistía en apropiársela. Contaba el compositor húngaro a su amigo alemán que casi quince años después había sufrido un robo durante uno de sus viajes por Europa. El nocturno y el cuadro desaparecieron. Estuvo a la espera de terribles noticias pero éstas nunca llegaron.

Hasta ese día en que se decidió a escribir a Wagner.

Cierta nota periodística que descubrió en un diario francés contaba que, misteriosamente, todos los asistentes al recital de un joven compositor austriaco se habían suicidado de maneras espantosas a los pocos días del concierto.

El profesor se quitó los anteojos.

—Esta carta, como recordarán, nunca fue enviada... —espetó el profesor—. Al parecer, Liszt quiso mandar a su amigo la transcripción fiel del nocturno pero nunca pudo añadirle, ni siquiera a esta copia, la nota faltante. Irónicamente, Liszt menciona en la posdata, que ni siquiera faltaba una nota a la composición original... sino un símbolo.

—Supongo... —se animó a decir Sergio— que no dice ahí qué símbolo es éste.

—No —admitió el profesor—. No lo menciona. Supongo que temió que, al nombrar el símbolo, la sola mención también desapareciera del texto.

Guillén encendió su doceavo cigarro en tierras húngaras esperando que Baranyai no se enfadase por ello. Por el contrario, le solicitó uno para fumar él mismo.

—Dice una leyenda que acompaña al nocturno... —espetó el profesor, para terminar su discurso—. Que cualquiera que haya hecho un pacto con Belfegor puede romperlo si ejecuta el nocturno de manera perfecta. Supongo que por eso el interés de aquel mexicano que vino hace dos años preguntando por el cuadro.

—¿Heriberto Morné? —dijo Guillén.

—Nunca me dijo su nombre.

—¿Supo usted darle razón del cuadro?

—Nadie sabe nada de ese cuadro. Ojalá haya sido destruido. No puedo imaginar lo que haría una persona si puede tener control sobre el nocturno y, al mismo tiempo, obtener todos los favores de Belfegor.

—¿Por qué alguien querría hacer un pacto con tal demonio? —se interesó Sergio.

—Supongamos que quieres ganarte el premio Nobel sin esforzarte para ello. Supongamos que deseas vender millones de copias de discos sin ser un verdadero artista... Supongamos que quieres correr la maratón sin entrenar como es debido... Belfegor es el demonio con quien debes pactar —escupió Baranyai el humo de su cigarrillo—. Sólo el demonio ofrece retorcidos atajos para alcanzar una meta que queda a la vista de cualquiera que desea emprenderla. Es tan simple como eso.

La mente de Sergio se había disparado. Ahora conocía el secreto del nocturno, aunque éste no le servía de mucho; acaso para comprender todo lo que estaba ocurriendo, pero no para detener los acontecimientos ni hacer algo para salvarse a sí mismo. Se sintió muy perturbado.

—¿Un poco de agua? —le ofreció Baranyai—. Te ves pálido.

—Sí, por favor.

—Acompáñame a la cocina.

Sergio se levantó de la mesa con la cabeza en las nubes. Se negaba a aceptar que su viaje a Budapest había sido completamente inútil. El miedo, a cada minuto, era más difícil de dominar. El gato negro salió del cuarto y los siguió a la cocina.

Al llegar al reducido espacio en el que apenas cabían dos personas, Baranyai lo llevó directo a un garrafón y le entregó un vaso. Se apresuró a abordarlo.

—Dime la verdad. ¿Tú eres...?

—Sí —admitió Sergio—. Mediador, como su esposa.

El profesor de piano lo miró con incredulidad. El gato no despegaba sus luminiscentes ojos de Sergio.

—Qué raro. Hubiese jurado...

—Ya ocurrió, profesor Baranyai. Morné, el mexicano que vino a verlo hace años, dio con el cuadro. Y tiene control total sobre el nocturno. Está causando muertes espantosas en México.

—Por Dios... —se lamentó el maestro.

—Es una suerte que usted nunca haya querido tocar esa copia que posee.

—Tienes miedo, ¿verdad? —esperó una respuesta que nunca llegó—. Ella, mi Clara, también tenía mucho miedo al principio. ¿Hace cuánto que has recibido el libro?

—Hace como medio año.

El profesor de piano le apretó un hombro. Le sonrió con gentileza.

—Debes ser fuerte, muchacho. Vale la pena dar la lucha. Grandes hombres te preceden. Te sorprendería saber los nombres de aquellos que tienen un nombre en la historia de la humanidad y, además, fueron mediadores.

Sergio miró a través de la puerta a Guillén y al padre Ernesto. Se sirvió agua para no despertar sospechas.

—Pero bueno, todo esto tú ya lo sabes —añadió Baranyai. De pronto se mostró melancólico—. Deberás disculpar a este pobre viejo ebrio. Es que hay días en que la extraño tanto, a mi pobrecita Clara... Murió, como todos los mediadores, esperando que Edeth volviera a la luz. Sinceramente, espero que tú tengas mejor suerte.

Sergio apuró su vaso y volvió al comedor. El teniente se veía muy afectado. El padre Ernesto, mudo hasta entonces, sólo habló para preguntar si valdría la pena indagar algo más.

—Creo que nos conviene regresar al hotel —sugirió entonces—. Estamos muy cansados y necesitamos un respiro. Tal vez mañana se nos ocurra algo.

Tanto Sergio como Guillén asintieron. La noche en Hungría parecía ser más oscura, más tenebrosa que en México. Se levantaron de la mesa y dieron, uno por uno, la mano al profesor, pidiéndole que estuviera al pendiente, por si lo volvían a buscar. Cuando alcanzaron la puerta, Baranyai tomó a Sergio por el hombro y lo retuvo. Guillén y el padre Ernesto habían salido del departamento y aguardaban en el pasillo.

—Ten. Destrúyela cuando lo creas conveniente —le entregó la carpeta de piel que contenía la carta de Liszt.

—Pero... —se mostró anonadado Sergio.

—Vosotros estáis en la lucha. Yo no. Considero una suerte haberte conocido. ¿Cuál es tu nombre?

—Sergio Mendhoza. Con una "hache" después de la "de".

—Te recordaré, Sergio Mendhoza. Gracias por haber venido —dijo antes de cerrar la puerta.

Sergio alcanzó a sus amigos y les mostró el paquete que le había entregado el profesor de música.

—¿Por qué te la dio? —preguntó el teniente mientras bajaban las escaleras.

—No sé. Me dijo que nosotros sabríamos cuándo deshacernos de ella.

—¿Se siente usted bien, padre? —se dirigió el teniente al sacerdote. No le gustaba nada su aspecto, la poca participación que había tenido en la plática con Baranyai.

—Creo que ya no estoy para estos trotes. Ustedes disculpen.

—Al contrario —respondió Guillén—. Tal vez debimos dejarlo en el hotel. Fue una insensatez de mi parte, pero como usted es el que mejor habla inglés... en fin, de haber sabido que el profesor hablaba tan bien el español...

—No pasa nada —lo interrumpió el padre—. En cuanto descanse me sentiré mejor.

Salieron del edificio y caminaron por el medio de la unidad con el único sonido de sus pisadas haciendo eco en las paredes.

—Ya sé que no debería preocuparme por el momento pero... —exclamó Guillén encendiendo un nuevo cigarrillo— ¿se te ocurre cuál sería el siguiente paso?

—Sí —resolvió Sergio. El padre Ernesto caminaba con los ojos entrecerrados, como si algún dolor lo acometiera. En sus relojes mexicanos apenas serían las dos de la tarde del domingo treinta de diciembre. Ahí, en Hungría, estaban a un par de horas de la víspera de año nuevo. Sergio volvió a sentirse culpable al ver cómo arrastraba los pies el sacerdote.

—¿Y bien...? —lo instó a continuar el teniente.

—Hay que esperar a que Morné dé con nosotros —concluyó Sergio con un ligero temblor en la voz. El miedo no se olvidaba de él.

Guillén desvió la mirada hacia la calle, hacia el otro lado de la reja. Milagrosamente, un taxi daba la vuelta a la calle. Un silbido bastó para que se detuviera.

***

En cuanto estuvieron instalados en su cuarto, Sergio y el teniente optaron por encender la televisión puesto que el sueño todavía no los asaltaba como había ocurrido con el padre Ernesto. Sintonizaron una película de acción subtitulada al húngaro y, cuando terminó, siguieron la trama de una comedia hasta que dieron las tres de la mañana en el reloj de la habitación. Intentaron dormir y estuvieron a punto de lograrlo, pero una llamada del sargento Miranda los puso en alerta nuevamente.

Guillén recibió la noticia sin asombro.

—Encontraron al ingeniero García, el amigo del fraile, muerto hace un par de horas —anunció a Sergio, quien recordó en seguida la mirada nerviosa del individuo. "Siento como si los perros tuvieran algo en mi contra".

No pudieron volver a la cama. Guillén acabó por encender la luz. Estudió a Sergio con preocupación.

—¿Y... cómo te sientes?

—Mal.

—Me imagino. ¿Has visto... umh... cosas raras?

—Algunas.

Encendió Guillén un nuevo cigarrillo, con la mirada puesta en la carpeta de piel que habían depositado sobre el único armario del cuarto, un pesado y alto mueble de madera. Se estaba preguntando si no valdría la pena llevarla a la caja de seguridad de la recepción, dada la importancia de su contenido.

—¿Qué querría decir Baranyai con eso de que uno de nosotros es mediador?

Sergio también desvió la mirada hacia la partitura, el principal motivo de su viaje.

—No tengo la menor idea, teniente.

A las seis de la mañana, hora de Budapest, por fin pudieron conciliar el sueño. Pero fue un sueño intranquilo, un sueño en el que Sergio se vio a sí mismo en su propia casa, tirado al lado de su batería, con las entrañas de fuera, Brianda llorándolo y Jop filmándolo. Se transportó a los pies de la estatua de Giordano Bruno, asediado por una manada de lobos, listos para saltar sobre él. Pesadillas con variaciones terroríficas. Cucarachas, demonios y ríos de sangre. Guntra a mitad de la noche. Farkas acechándolo. Moloch y Belfegor. Belcebú. El cadáver de Pancho con el torso desnudo, devorado por un enjambre de moscas, le hablaba con voz de ultratumba mientras sostenía su guitarra con dos huesudas manos: "los símbolos... son importantes, carnal... los símbolos... son importantes..." La suite en la Torre Cenit. La suite de Morné en la Torre Cenit. La suite... en...

Apenas durmió tres horas. Pero no le importó. Fue una revelación que no podía ser aplazada.

—¡Teniente! —se paró sobre su pie izquierdo y fue a la cama de Guillén dando saltos. Se puso a sacudirlo pese a que roncaba boca arriba.

—¿Qué pasa? —despertó éste, sobresaltado.

—¡El cuadro! ¡El óleo con el símbolo! ¡Está en la suite de Morné allá en México!

—¿Qué dices?

—¡Por eso cubrió los cuadros esa vez que lo visitamos! ¡Uno de ellos es el que mandó a hacer Liszt!

Guillén se despabiló. Encendió la luz de la lámpara del buró central. Puesto que habían cerrado las ventanas y los postigos desde el día anterior, la luz del sol todavía no los alcanzaba.

—¿Estás seguro?

—Segurísimo. ¿Puede pedirle al sargento Miranda que entre y lo verifique?

—Claro.

Se apresuró a marcar en su celular. Dos veces fue mandado al buzón, hasta que por fin respondió Miranda.

—Teniente... usted disculpe. Es que yo estoy haciendo el turno de día.

Hasta ese momento recordó el teniente que en México serían las doce de la noche.

—Sargento... es muy importante —dijo, excitado—. Necesito que vaya a la oficina de Morné en la Torre Cenit, en este preciso instante, y entre en ella.

—Pero...

—¡Es una orden! Luego me arreglo yo con el capitán o con Uribe o con quien usted quiera.

—Está bien, teniente.

—Me llama cuando esté dentro para darle indicaciones.

Colgó y, como era de esperarse, ni él ni Sergio pudieron volver a dormir. Decidieron correr la cortina y abrir la ventana para dejar entrar el día al cuarto y prepararse para desayunar.

Gracias a eso Sergio pudo consentir nuevamente, en su corazón, la posibilidad de dar con una salida. Hasta entonces no se había percatado de la magnífica vista que ofrecía la habitación. El castillo de Buda, del otro lado del Danubio, se erguía majestuoso sobre la ladera de una colina arbolada. Sus vastos edificios, coronados por la verde cúpula que apuntaba a un cielo extremadamente azul, le colmaron el espíritu de buenos sentimientos. Sí. Quizás todo terminaría bien.

Eran las nueve y minutos del último día del año.

—¿Si conocemos el símbolo... en qué forma crees que nos pueda ayudar? —preguntó el teniente a Sergio mientras abría la llave de la ducha.

Sergio no pudo ocultar su optimismo. Su sonrisa fue franca.

—Tenemos el nocturno. Tenemos el símbolo. Es posible que... —no supo cómo continuar. Sintió que se le quebraba la voz; era como si se parara frente a una hoguera después de una larga caminata bajo la nieve.

—Tienes razón —lo alentó el teniente—. De hecho, es posible. Muy posible.

Guillén tomó un baño y luego dejó la regadera a Sergio, pidiéndole que no cerrara del todo la puerta. Un fugaz vistazo a cierto insecto de grandes proporciones que caminaba por la orilla de la ventana del baño, convenció a Sergio de bañarse con la puerta entreabierta. Cuando terminaron de arreglarse y salieron de la habitación, fueron al cuarto de enfrente, que ocupaba el padre Ernesto. Llamaron a la puerta, pero no obtuvieron respuesta. Luego, una señorita de la recepción les confirmó que en efecto, el huésped de la habitación 301 había salido unas horas antes.

Puesto que la pensión no contaba con restaurante, tuvieron que salir a la calle. Caminaron un poco sobre Nádor hasta dar con una pequeña pastelería, una *cucrkászda* con servicio a la carta. Por las dos calles que tuvieron que cruzar se alcanzaba a ver el río y, detrás de éste, el palacio. Sergio se preguntó si sería posible, al final de todo eso, visitar el castillo. Nunca había estado en uno y tal vez, sólo tal vez...

Tomaron una mesa con vista a la calle. Por fortuna, el menú estaba en magyar, en alemán y en inglés, así que no tuvieron problema para ordenar, aunque Sergio tuvo que traducirle al teniente, pues éste no hablaba ni pizca de inglés.

—¿A dónde ha viajado con su pasaporte, teniente?

—He ido a Cuba varias veces.

—¿Ah, sí?

—Anduve hace un tiempo con una cubana que conocí en Acapulco. Y le llevaba cosas y dinero a su familia en la isla.

A Sergio le agradó conocer este detalle de Guillén. Pero al teniente lo puso triste sólo hablar de ello. Repentinamente recordó los grandes ojos negros de una jovial veracruzana.

Aún no les traían el desayuno cuando volvió a sonar el celular del teniente.

—¿Bueno?

Miranda había logrado ingresar a la suite de Morné. Uno de los elementos de seguridad de la Torre Cenit lo acompañaba. Por alguna razón las luces de la suite no encendían y tuvieron que conseguir una linterna. Además, hacía un frío muy intenso; a través de la débil luz de su lámpara, los vahos de sus alientos conferían a la atmósfera un ambiente más tenebroso.

—Esto no me gusta nada, teniente. Hay un olor a muerto impresionante —dijo Miranda, metido en una profunda oscuridad, allá en México—. ¿Qué desea que haga?

—Vaya a la sala de juntas. Es la habitación grande que se encuentra a su derecha.

El sargento caminó con el otro policía hacia allá y, como la puerta estaba cerrada, pidió a éste que la abriera con su juego de llaves. La puerta cedió. El frío y la peste eran más intensos ahí dentro.

—¿Y ahora?

—Dirija la luz hacia los cuadros que están colgados y dígame si alguno de éstos le parece extraño o peculiar.

Miranda obedeció. Llevó la luz a cada uno de los cuadros que pendían de las paredes. Tuvo un sobresalto y dejó caer la linterna al suelo.

—¡Dios mío!

—¿Está usted ahí, sargento? ¿Qué pasa?

Miranda recuperó la linterna y la dirigió al cuadro. El hombre que lo acompañaba hizo un gesto de repulsión.

—¿Qué rayos es esto? —exclamó el sargento.

—¡Sargento! ¿Qué pasa?

—Disculpe, teniente. Es que... sí, hay un cuadro, digamos, peculiar. Es... una especie de diablo con varios ojos, mirando de frente y alumbrado con una pequeña vela.

—Tómelo en sus manos, descuélguelo y póngalo de espaldas en la mesa —ordenó Guillén.

Miranda obedeció con temor. Tuvo que cerrar los ojos cuando sostuvo el cuadro de frente, pues le pareció que la lengua del monstruo se movía de un lado a otro. La luz de la linterna abarcó más allá de la mesa. El otro policía sufrió una arcada de repulsión.

Miranda puso el cuadro sobre la mesa y sintió la obligación de acercarse a auxiliar al oficial. Éste le señaló con una mano hacia el otro extremo de la mesa. En el suelo, el cuerpo de Wilson, descuartizado, putrefacto, había sido abandonado sobre la alfombra.

—Algo muy malo pasó aquí —dijo el sargento al teléfono—. Hay un cadáver, teniente.

Guillén prefirió no transmitirle esto a Sergio.

—¡El cuadro, Sargento! ¡El cuadro! ¿Hay algo escrito en la parte posterior? ¿Una especie de símbolo?

—Sí, creo que sí. Son dos rayas y dos puntos.

Sergio adivinó, por el gesto del teniente, que había acertado en su deducción y le pidió con un ademán que lo atendiera.

—Dígale que le tome una foto y se la mande, teniente.

—Buena idea.

Guillén le dio esa nueva orden al sargento y éste se aprestó a obedecerla.

—Tendremos que abrir una investigación. Hacía mucho que no veía a alguien asesinado de ese modo.

—De acuerdo.

—Por cierto, teniente... ayer nos hizo una visita el único pariente del monje que se suicidó en la colonia Centro, un primo lejano. Encontró, entre las cosas que dejó el difunto, una carta muy reveladora.

—¿Una carta?

—Sí. Es... una especie de confesión. Si me da un número se la faxeo por la mañana.

—Al rato le envío el número de la pensión donde estamos, sargento.

—De acuerdo.

Colgó al momento en que les sirvieron unos parcos huevos con jamón, lechuga y papa, jugo de naranja y café cargado en tazas pequeñas. Lo único que no les dio miedo pedir del menú.

—Espero que no tarde mucho el símbolo —dijo Sergio.

—Y yo espero... —resolvió Guillén, arrojándose la servilleta sobre el regazo y mirando con decepción su desayuno— que alguien nos instruya en el arte del buen comer en Hungría.

A través de la ventana, detrás de un basurero en la calle, el rostro repugnante de Belfegor confrontó a Sergio.

***

Por alguna razón, la fotografía del símbolo no llegaba para las dos de la tarde, hora en que Sergio y el teniente aguardaban, sentados en el pequeño lobby de la pensión, a que apareciera el padre Ernesto. La carta de "Herz" tampoco había llegado al fax, del que estaban pendientes desde los sillones que ocupaban. El humor comenzaba a cambiarle al teniente de tanto hojear propaganda de tours por el Danubio que jamás habría de utilizar.

—Tal vez deberíamos subir a dormir un poco, Sergio —repuso al ponerse de pie para salir a fumar un nuevo cigarro.

Había llamado dos veces más a Miranda para que volviera a enviarle la fotografía, sin resultados. Respecto al fax, insistía el sargento que no podía comunicarse, algo con las líneas allá en México.

Sergio iba a responderle que tal vez no fuera mala idea subir a descansar, cuando por fin atravesó las puertas el padre Ernesto. Guillén guardó la cajetilla de cigarros que apenas había comprado después de desayunar y que llevaba casi a la mitad.

—Qué tal... —los saludó el padre. Vestía ropa holgada y lucía aspecto de haber dormido bastante bien—. ¿Les pasaron mi recado?

—No, padre —dijo Guillén.

El sacerdote ocupo el sillón que había dejado Guillén.

—Oh... es que fui a saludar a mi viejo amigo el organista —les informó, apenado.

—No se preocupe, padre —agregó Sergio—. Creo que usted ya hizo bastante en este asunto.

—Nos invita a recibir el año nuevo en su casa. ¿Qué dicen?

Sergio y el teniente se miraron. Estaban en una ciudad preciosa del este de Europa y acaso pudieran darse el permiso de olvidarse de todo lo que los preocupaba, de hacer por unas horas como si fueran, en verdad, sólo unos turistas más en Budapest. Incluso el cielo se había limpiado de nubes. Sin embargo, como si lo hubieran conversado con antelación, los dos se negaron casi simultáneamente.

—Vaya usted, padre —dijo Sergio—. Yo... no sé si voy a estar de humor.

—Lo mismo digo.

El sacerdote se llevó una mano a la barbilla, consternado.

—Tal vez yo...

—No, padre —insistió Sergio—. Debe ir. Ya que está aquí, debe ir.

Con todo, intentaba hacerse el fuerte. Pensaba que si conseguía un buen pianista que tocara el nocturno, si le pedía que agregara el símbolo al último compás... si escuchaba la ejecución perfecta... si podía hacer todo eso antes de la noche del dos de enero... tal vez...

Después de todo, hacía un día maravilloso. Frío, sí, pero excepcional.

Levantó los ojos. A un lado del árbol de navidad del lobby, frente al mostrador de la recepción, lo vigilaba, cruzado de brazos, monumental y monstruoso, aquél que se preciaba de ser dueño del nocturno, poniendo en claro que no se había olvidado de él.

"Ubica el miedo... no..."

—¿Ya comieron? —dijo el padre, tratando de ahuyentar el pesimismo—. Supe de un restaurante de aquí cerca en el que preparan un *goulash* buenísimo.

Guillén volvió a mirar a Sergio. Sonaba bien la propuesta. Así que, de nueva cuenta, como si se hubiesen leído la mente, consintieron. Sergio se puso de pie, echando una última mirada al árbol, a la diabólica presencia que, como si se tratara de un empleado de la pensión, se mantenía incólume en su sitio.

Caminaron al sitio que propuso el padre Ernesto y al fin degustaron de algunos de los platillos de la cocina húngara. El teniente se dio el gusto de compartir una garrafa de vino del país con el sacerdote y, para el final de la comida no se le veía tan consternado, pese a que el símbolo seguía sin llegar a su celular. Sergio, por otro lado, no podía evitar pensar que también en eso estaba la mano del demonio. Que si podía borrar el rastro de las llamadas que hacía Morné a sus condiscípulos, ¿por qué no habría de impedir que un mensaje atravesara el Atlántico?

Estaban en los postres cuando Sergio le puso una mano en el hombro al teniente, sentado a su lado.

—Teniente, hágame un favor. Pídale al sargento Miranda que mande a mi mail el símbolo, por si acaso.

Guillén, como si hubiera sido atrapado incumpliendo su deber, hizo la llamada al instante. El sargento aprovecho para informarle que al menos el fax había sido transmitido a la pensión.

El padre pidió la cuenta y pagó con sus florines el total. La noche los había alcanzado y apenas pasaban de las cuatro de la tarde.

El camino a la pensión lo hicieron sin decir palabra.

En la recepción les entregaron al llegar las múltiples hojas del fax recibido. Pero Sergio no se sintió con ganas de enterarse en ese momento. Tal vez el árbol de navidad, a sus espaldas; tal vez que se escuchaban algunas ruidosas cornetas en la calle; tal vez que, en todo ese asunto, sentía que él era el único que perdía, que tanto el teniente como el padre podrían volver a sus vidas pasara lo que pasara. Tal vez sólo que había dormido muy poco. El caso es que se disculpó con ambos y les pidió que subieran a las habitaciones sin él, que deseaba revisar su correo cuanto antes, que había visto un café internet en el camino y que, además, no había hablado con Alicia y que... en fin, que lo disculparan.

Tanto Guillén como el padre se mostraron desconcertados pero no se opusieron. Ni siquiera el teniente, a sabiendas de que Sergio no podía estar solo en ningún lado.

Sergio abandonó la pensión y corrió por toda la calle Nádor, dio vuelta en Zoltán y siguió de frente para intentar llegar al muelle del río. Un par de autos, en la avenida, tocaron sus bocinas y arrojaron las luces altas al verlo pasar de modo tan impertinente, pero ni esto consiguió que Sergio frenara o mirara a los lados.

Se detuvo a las orillas del Danubio a contemplar las fantásticas luces de Buda replicadas en la superficie encrespada por el viento.

De pronto le parecía que, si lo acometía alguna horrible visión y ésta lo obligaba a saltar al agua, no le importaría. Sólo deseaba un poco de paz. Un momento para sí.

Un momento que, prodigiosamente, no le fue negado. Con la mágica vista del palacio, iluminado en todo su esplendor, su espíritu pudo calmarse.

No dejó de sentir miedo, pero sí pudo recomponerse.

Ni siquiera habían pasado quince minutos cuando respiró aliviado e hizo el camino de vuelta. En más de una ocasión creyó oír ruido de pezuñas a sus espaldas, pero no le dio importancia.

Al entrar a la pensión, Guillén lo esperaba en el lobby.

—¿Recibiste el símbolo en tu correo? —fue lo primero que le preguntó.

—Aún no —mintió.

—No importa. Mira.

Le extendió su celular. Y ahí, en la pantalla, al fin pudo confrontar el símbolo que Franz Liszt se había reservado para sí mismo aquella funesta noche de hacía casi doscientos años, el símbolo que había desatado la maldición del nocturno.

Sí. Un poco de paz, al fin.

—Ahora... hay que dar con algún pianista, antes de que Morné... —dijo Guillén, ansioso.

—No, teniente.

—¿No?

—Bueno... sí, pero no ahora. Creo que sería bueno que durmiéramos lo que podamos. Además, es la víspera del año nuevo. ¿En dónde vamos a encontrar un pianista que quiera tocar el nocturno para mí?

Guillén no acababa de convencerse.

—Mañana haremos lo que podamos —agregó Sergio.

—¿Y si Morné da con nosotros antes?

—Tal vez me equivoqué y no anda tras de nosotros.

Ambos sabían que no era así. Que no podía haber otra razón para que el millonario hubiera viajado de improviso a Hungría. Que sólo eso explicaba el que Morné no hubiera empezado a utilizar el nocturno como arma genocida. Pero Guillén comprendió lo que quería decir Sergio: que necesitaban un respiro. Ambos. Que valía la pena correr ese riesgo, para no terminar volviéndose locos.

—Está bien. Pero antes de dormir, un par de cosas. La primera: pedí que guardaran en la caja de seguridad del hotel la carpeta con el nocturno.

—Bien pensado, teniente. ¿Y la segunda?

—Que tal vez quieras leer esto antes de irte a la cama.

Le extendió varias hojas de fax.

Capítulo veintiséis

A quien corresponda:

Todos somos culpables. De eso no tengo duda. No podemos argüir que éramos unos muchachos y no sabíamos lo que hacíamos porque no es cierto. Todos fuimos perfectamente conscientes de lo que estábamos haciendo y, por ello, somos culpables. Así que, si esta carta llega a las manos de alguien, sepa que merezco mi muerte, no importa cómo haya acaecido, al igual que la merecen mis cuatro compañeros.

Al paso del tiempo, uno se sorprende deseando que se hubieran borrado los recuerdos de esa noche. Que aquello que hicimos en el otoño de 1976 hubiese caído para siempre en el olvido, pero no es así. Creo, incluso, que a más de treinta años de ese entonces, todo sigue en mi memoria tan fresco como si hubiera ocurrido ayer.

¿Qué fue lo que nos pasó? Todos los días de mi vida me he preguntado esto. Y todos los días de mi vida me arrepiento de mis actos, a pesar de que sé que no puedo hacer nada para remediarlos.

Éramos un grupo excepcional. El profesor Carrasco nos lo dijo desde un principio. Cada uno de nosotros tenía un talento extraordinario. Por ello aceptamos con gusto, los seis, el juego de bautizarnos como los mejores pianistas del siglo diecinueve. ¿A quién se le ocurrió? No importa. Sólo importa que lo hicimos por sorteo y todos coincidimos en que era justo que tocara a Rafael ser Liszt.

Rafael Perea era un muchacho maravillosamente bueno para el piano. Hay que admitir que todos lo admirábamos y envidiábamos un poco. Yo mismo, que era el segundo de la clase, me sentía a años de distancia de su habilidad. Pero era tan generoso que nadie entró en disputa con él. Con todo, los otros cinco también éramos bastante buenos al teclado. Y el profesor Carrasco estaba orgulloso de cada uno de nosotros.

Nos hicimos tan buenos amigos que comenzamos a salir a jugar juntos, al cine y a otras actividades propias de nuestra edad. Jamás hubiéramos pensado que todo terminaría en una espantosa tragedia que nos marcaría para siempre.

Todo inició durante un apagón en la casa del profesor Carrasco. Una cosa nos llevó a la otra y terminamos contando historias de espantos. El maestro de piano nos sorprendió con el relato de un músico vienés que, consciente de que no tenía talento para el piano, ofreció su alma al servicio del diablo a cambio de volverse un virtuoso. Un demonio llamado Belfegor aceptó la oferta del músico y se le hizo presente. Le prometió ser el mejor ejecutante de todos los tiempos, siempre y cuando asesinara en su nombre a todos los pianistas que el demonio le señalara. De acuerdo con el relato, el músico aceptó y cometió cada uno de los crímenes que Belfegor le ordenó. Al terminar su encomienda, todo el virtuosismo de los pianistas asesinados se había transferido a él. Exultante, ofreció un concierto fastuoso, demoníaco, impresionante. El público que asistió no pudo creer las monstruosas habilidades del pianista y abandonó la sala a la mitad del programa, horrorizado. Tan prodigiosa forma de tocar el piano llevó al músico a la locura y, luego, a la muerte. Lo hallaron a los pocos días ahorcado en su propia casa.

El relato nos espantó, pero no pasó a más. Al menos para cinco de nosotros. Thalberg, por su parte, parecía haber quedado muy afectado. En algún momento llegó a decir que, si por él fuera, haría un pacto con Belfegor a cambio de ser el mejor pianista del mundo.

Procurábamos no tomarlo en serio. No obstante, una tarde, llegó a la clase con unos antiquísimos manuscritos en donde se explicaba cómo invocar a Belfegor para hacer un pacto con él. Nunca dijo de dónde los sacó, pero creo tener una explicación: el demonio siempre se abre paso para llegar a aquellos que no dudarán en hacerse sus súbditos.

Quisiera recordar cómo nos convenció, pero lo he borrado de mi mente. Quizá porque uno siempre desea desechar los actos que más le avergüenzan.

Lo disfrazamos de campamento. Supongo que todos creíamos que no pasaría de ser un juego, una travesura inofensiva, como cuando se hacen preguntas a la tabla Ouija o se realizan sesiones espiritistas de broma. El caso es que todos obtuvimos permiso de nuestros padres para irnos por tres días al bosque, ya que el profesor Carrasco nos acompañaría, aunque él no sabía nada de los planes de Thalberg. A la segunda noche nos preparamos para el pacto. Todos estábamos nerviosos y divertidos. Excepto Thalberg, quien había tomado el asunto con seriedad. El profesor dormía en su tienda. No se escuchaba ningún ruido, ni siquiera el de los grillos; apenas el crepitar de la enorme fogata que habíamos encendido.

Entonces Thalberg inició el rito. Pronunció algunas palabras en una lengua muerta que consiguieron más risas y, cuando terminó, conminó a Belfegor a hacerse presente. Nada ocurrió y todos reímos más. Entonces, escuchamos ruidos a nuestra espalda. Los cascos de un caballo, pensamos de inicio, pero luego comprendimos que no, que era algo peor. Yo no lo vi, pues no me atreví a voltear, pero me dijo Czerny que él sí lo percibió: un macho cabrío en dos patas, venido directamente del infierno.

Algo habló el recién llegado. No sé qué. Algo que no comprendí o no quise comprender. Pero Thalberg respondió que sí. Y nosotros, horrorizados, también asentimos. El muchacho nos miró a los ojos a todos, excepto a Rafael. Por alguna razón supe lo que iba a ocurrir. Creo que todos lo supimos. Pero ninguno intervino, ninguno hizo nada.

Thalberg se acercó a Liszt y, con un movimiento certero, lo arrojó a la fogata. Rafael cayó de espaldas. Sus gritos no despertaron a Carrasco. Nadie hizo nada por impedirlo, por ayudarle.

Fue hasta la mañana siguiente que el profesor se dio cuenta. Creo que jamás he visto llorar así a un adulto en mi vida. Pobre profesor. No podía creer que nadie se hubiera dado cuenta del "accidente" durante la noche.

Después de convocar a los padres de todos, de rendir declaración a la policía local y llorar mil lágrimas por Rafael, volvimos a México. También Thalberg. Todos. No obstante, después del funeral de Rafael, los cinco notamos un cambio sustancial en nuestra técnica pianística. Todos nos dimos cuenta de lo mucho que habíamos adelantado sin esforzarnos. Decidimos contarle la verdad al profesor, aunque con ciertas variantes: nadie había aventado a Liszt a la hoguera, habíamos participado en lo que creíamos un juego y estábamos muy arrepentidos. El profesor cambió a partir de ese día. Se volvió más reservado, nunca se le veía sonreír.

Terminamos el curso con muy buenas notas, pero ninguno siguió sus estudios del instrumento y ninguno volvió a buscar a los demás. Creo que varios dejamos de tocar el piano o sólo lo hacíamos muy de vez en cuando. Nos perseguía a todos lados nuestro imperdonable crimen.

A los cinco años de la tragedia, Thalberg nos contactó a todos, incluso al profesor. Nos citó en un café y, ahí, nos contó lo que había descubierto: la posibilidad de romper el pacto con Belfegor. Algunos demonólogos le habían confiado la existencia de un nocturno que rompía el pacto. Un nocturno perdido (¿casualmente?) de Franz Liszt. Nos prometió dedicar su vida a dar con él y librarnos de nuestro pecado. Se había vuelto un muchacho resuelto y simpático; todos le creímos, aunque el profesor Carrasco se opuso a tal búsqueda. No dejaba de decirle a Morné que con el Diablo no existen salidas fáciles y que todo lo cobra al ciento por uno. Como sea, todos, con el tiempo, lo olvidamos. Yo no volví a saber de él hasta hace unos años, cuando lo vi en la portada de una revista de negocios.

Lo único cierto de todo esto es que, a pocos minutos de haber escuchado el nocturno, he perdido toda la fe. Todos han muerto excepto Thalberg; incluso el profesor, a quien jamás debimos haber involucrado, ha muerto. No veo por qué yo habría de salvarme.

El nocturno debía ser ejecutado a la perfección para deshacer el pacto, eso fue lo que nos contó Thalberg aquella tarde lejana. Ahora creo que no importa. Ahora creo que, así haya sido pulcramente tocado en el disco compacto que acabo de escuchar, en realidad no importa. Cada quien debe pagar por lo que ha hecho. Y si mi muerte sirve para resarcir la de Rafael o la de Carrasco, así sea. Por el simple acto de cobardía que tuve aquella noche de 1976.

Dejo, pues, constancia del signo más elemental de este terrible asunto: que todos fuimos culpables. Y que no se debe hacer responsable a nadie de nuestras muertes, excepto a nosotros mismos.

Rubén Salgado. "Henri Herz"

A las diez de la noche despertó. El teniente dormía con desparpajo a pesar del bullicio en las calles.

Se sentó en la cama y se puso la prótesis. Luego, se levantó y miró por la ventana para distraer la mente, pues temía que la espeluznante figura de Belfegor se hiciera presente en la oscuridad del cuarto para amedrentarlo. No quería pensar en lo poco que faltaba para que se cumplieran los trece años de "la primera sangre". No dejaba de preguntarse qué significaría exactamente. ¿Por qué era tan importante la noche en que había sido mordido por Farkas? Según el padre Ernesto no debía creer nada de lo que le dijera demonio alguno, pues ese era su juego... pero una de sus amenazas había sido cierta, referente al "inicio de la natividad". No veía razón por la cual la otra no pudiera ocurrir.

Prendió la luz de la mesa. Se puso a escribir en un cuadernillo de hojas blancas que decía, en la parte superior "Nádor Panzió", los nombres que tanto le intrigaban en los últimos días. Al parecer, uno representaba al lado oscuro; el otro, al de los héroes. El profesor Baranyai había mencionado a Edeth y una supuesta espera. ¿A qué espera se estaría refiriendo? Estaba seguro de que todo eso se encontraba en las páginas que habían sido arrancadas de su ejemplar del Libro de los Héroes. ¿Por qué su ejemplar había sido mutilado? ¿Podría, en algún momento, descansar de tantas interrogantes?

Los ronquidos del teniente se detuvieron y levantó la vista. Una cucaracha enorme caminaba por la mejilla del policía, atravesaba el bigote en dirección a su boca abierta. Sergio se puso de pie, sobresaltado. El teniente se despertó.

—¿Qué pasa? ¿Sergio? ¿Estás bien?

El bicho no se veía por ningún lado.

—Sí, teniente. Es que ya no pude seguir durmiendo.

Guillén se incorporó sobre su hombro. Ninguno se había puesto la piyama, sólo se habían descalzado y arrojado sobre los cobertores. Tal vez presentían que el sueño no se les daría tan bien como hubieran deseado.

—Te propongo algo. Salgamos a la calle a recibir el año.

—Es lo mismo que yo iba a sugerir —dijo Sergio.

Se volvieron a abrigar, abandonaron el cuarto y bajaron las escaleras. El solitario hombre de la recepción trabajaba en la computadora portando una máscara de diablillo cuando llegaron al lobby.

—¡*Boldog új évet*! —exclamó—. *Do you want a mask?*

Se puso de pie y puso sobre el mostrador varias máscaras de plástico.

—*Macskák, kutyák, sertések, farkasok*...

Sergio se apresuró a tomar una de cerdo y le pasó una de gato a Guillén. Una vez que estuvieron en la calle guardaron ambas máscaras en las bolsas de sus abrigos.

Los fuegos artificiales iluminaban el cielo con sus colores. El júbilo era general por doquier, corrillos y corrillos de alegres paseantes caminaban hacia el sitio en donde recibirían el nuevo año. Y ellos, aunque no se sentían tan animados como los demás, se dieron a la única tarea de sumarse a la fiesta. Caminaron sin rumbo fijo e ingresaron a la calle Andrassy, en dirección al norte.

A pocos minutos de las doce llegaron a la plaza Oktogon, repleta de gente, en donde se hicieron de dos bolsas con uvas. En grandes bocinas sonaba una persistente música disco, que a ratos interrumpía la voz de un DJ para animar a la gente en húngaro.

—Pues... podría ser peor —ironizó Guillén, al recordar los gustos metaleros de Sergio.

—Mucho peor, teniente.

Mucho peor, repitió para sí Sergio. Aunque también podría ser mucho mejor, se dijo. Su mente voló a la sala de su casa, su árbol de navidad, la imagen de Alicia celebrando sola, viendo la televisión. Se preguntó por qué estaba él, un muchacho de 13 años mexicano, recibiendo el año en una plaza húngara, peleando contra fuerzas sobrenaturales, tratando de dar sentido a misterios inexplicables.

Por qué él.

Y, como si una fuerza superior deseara darle una respuesta, pasó un mendigo que tomaba de una botella, tambaleándose. Hablando solo. Llorando.

Sergio pensó entonces que era tal y como decía el teniente: podría ser mucho peor.

Justo al tiempo en que, a varios kilómetros de ahí, una muchacha de trece años intentaba convencerse de lo mismo. Intentaba, mientras miraba a través de la empañada ventanilla de un tren detenido en la nieve, responderse a sí misma qué demonios hacía ahí pudiendo estar en su casa, en un clima más templado. En qué circunstancias ese recibimiento del año nuevo podría ser peor.

A final de cuentas, se consoló Sergio, para Alicia todavía faltaban siete horas para que llegase el año nuevo.

Y comenzó la cuenta regresiva, coreada por todos los congregados.

Como en casi toda Europa, en húngaro, en francés, en alemán, en flamenco.

Coreada alegremente. Así en Budapest como en París. Y en Ámsterdam.

Y en la frontera de España con Francia, donde en ese momento un TGV abandonaba Irún y se internaba a toda velocidad en los agrestes y nevados paisajes franceses.

—Feliz año nuevo, Sergio —dijo el teniente con una uva en la mano.

—Feliz año nuevo.

Capítulo veintisiete

¡Checho!

Levantó la mirada.

Había dormido bien, así que no podía tratarse de un engaño de su mente. Una vez que él y Guillén recibieron el año junto con varios cientos de húngaros y un puñado de turistas en la plaza Oktogon, se metieron a un restaurante a continuar con la sana costumbre húngara de extender la cena hasta el otro día. Luego de comer una sopa caliente de cebolla y una buena porción de cerdo asado —promesa de buena suerte para todo el año—, siguieron caminando por las calles de Budapest hasta que los rindió el cansancio y pararon un taxi. En el hotel, Sergio llamó a Alicia para desearle un feliz año y comentarle que todavía no tenían fecha de regreso. El teniente Guillén, en cambio, estuvo por más de veinte minutos mirando el teléfono, tratando de darse valor para llamar a cierta maestra de baile que, a final de cuentas, nunca contestó su llamada.

Se acostaron a las cinco y media de la mañana, suficientemente exhaustos como para dormir sin complicaciones.

A la una de la tarde Sergio se levantó y decidió no despertar al teniente. Se vistió a toda prisa y, después de garabatear una nota, fue, ahora sí, a un café internet "0-24" que el día anterior había divisado unas calles más adelante. El rumor de la fiesta había desaparecido por completo. Casi todos los negocios, incluso muchos de los turísticos, estaban cerrados, y en el cibercafé, ni una sola de las veinte máquinas estaba ocupada. No había más gente que el encargado, un aburrido joven de cabello largo que leía el periódico inclinado sobre el mostrador.

Una vez que se acostumbró al teclado húngaro, inició su búsqueda. Pero apenas tecleó "Musical symbols", una cucaracha se posó sobre la mano que sostenía el mouse. Sacudió el brazo violentamente y se puso de pie, alarmado. El encargado no se veía por ninguna parte.

El miedo comenzó a crecer en su interior. La cucaracha que había espantado caminaba por la pared con todo cinismo. Luego, su atención fue robada por otra alimaña, una especie de ciempiés que se asomaba por la parte de atrás del monitor. Corrió al mostrador, puso encima un billete de 500 florines y abandonó el sitio.

Esperó por más de dos horas sentado en una jardinera a que alguno de los pocos transeúntes que había en la calle ingresara al cibercafé. No tuvo suerte. Prefirió caminar de nueva cuenta por la callada Budapest. Sólo se detuvo a comprar un poco de pan y un refresco. A las tres de la tarde, con el sol oculto por los edificios, tuvo una visión de Belfegor como nunca antes lo había visto. Sobre un camión de mensajería, el demonio portaba un capa que ondulaba con el viento. En una mano llevaba un cetro, en la otra, un amasijo de carne sanguinolenta que se revolvía; a la distancia parecían manos y pies con vida. O vísceras. Sergio prefirió desviar la mirada y, abatido, optó por volver a la pensión.

Cuando caminaba por Nádor utca con las manos en los bolsillos y la vista en el asfalto, fue sacudido por un grito muy familiar.

—¡Checho!

Levantó la mirada. No podía tratarse de un engaño de su mente.

O acaso...

Se detuvo. Contempló con estupefacción la escena.

Brianda, de gruesas botas, abrigo y sombrero de piel, le gritaba desde la puerta de la pensión. Un hombre terminaba de bajar algunas maletas de un taxi con el maletero abierto.

No, no podía ser.

Pero entonces alguien más asomó la cara por la puerta de la pensión.

Un chico rubio que —Sergio lo presentía— no podía ser producto de ninguna maldición. Si el demonio lo atormentaba con visiones, éstas no incluirían a Jop, de eso estaba seguro. Y mucho menos a...

Pereda, quien se unió a Jop y a Brianda en la calle. Tomaba una maleta de la acera y la llevaba al interior de la pensión.

Apuró el paso.

No podía ser y, sin embargo...

Sí. Un amasijo de sensaciones contradictorias estalló en su interior.

Inaceptable. Precipitado. Irreflexivo. De ninguna manera toleraría que lo hubiesen seguido hasta ahí. Tal vez corrieran un grave peligro. Tal vez...

Y sin embargo...

No pudo continuar con su cadena de objeciones. Brianda también apuró el paso hacia él y lo abrazó como si no lo hubiese visto en años. El corazón se le contrajo a Sergio. Retribuyó el abrazo.

—No tienes ni idea, Serch —dijo Jop, quien también les dio alcance, a unos pasos de la entrada de la pensión. Literalmente estaba abrigado hasta las orejas, llevaba calada una ushanka recién adquirida en el aeropuerto—. En mi vida he hecho un viaje más largo, más frío y más cansado.

—Pero... ¿qué...? —fue todo lo que Sergio pudo articular de su pregunta, soltándose de los brazos de Brianda.

—Vine a devolverte esto —agregó Jop—. Y a decirte que en ningún lugar de internet hay nada de nada, así que deja de dar lata.

Era la hoja con el símbolo del sol negro que alguna vez Sergio le había prestado. Desde luego, se trataba de una broma, pero consiguió que Sergio se relajara por completo. Guardó la hoja en una bolsa de su pantalón. ¿Valdría la pena seguir cuestionando el prodigio? ¿Por qué luchar contra eso si lo hacía sentir tan bien?

—¿No te enojaste? —preguntó al fin Brianda.

—Pues... ya que lo preguntas, sí. Un poco.

—Es que... de veras creí que me iba a volver loca. Además, fue idea de Jop. ¿No te da ni tantito gusto?

No podía negar que su primera impresión al ver a Brianda a la distancia, pese a imaginarla como una alucinación, fue de regocijo. Repentinamente dejaba de hacer frío, era un día de verano en la ciudad de México.

—Claro que me da gusto, pero de veras no deberían estar aquí.

—Chécate —dijo Jop, enumerando con sus enguantadas manos—. Del D.F. a Madrid, luego en camión a la frontera. Luego, a París en tren y, por fin, en avión para acá. Hicimos como día y medio. No tienes idea de lo difícil que es conseguir boletos en estas fechas.

—¿Y no fue carísimo, Jop?

— Bueno, ya que preguntas... pues sí. Mi papá me va a dejar sin apoyo económico de aquí hasta que me muera.

—No me digas que...

—Él tiene la culpa. Si se hubiera llevado todas sus tarjetas de crédito a Las Vegas, no habría pasado esto. Con lo fácil que es comprar por internet... y con lo impulsivo que es uno...

—Pues yo pienso pagarle —repuso Brianda—. Algún día.

Estaba hecho. Sergio tuvo que admitir, secretamente, que si hubiera podido pedir un milagro habría sido uno muy parecido a ése. Suspiró. Decidió no lamentar lo que no tenía remedio. Estaba hecho y tal vez —sólo tal vez, reflexionó— estaba bien así.

Comenzaron a caminar en dirección a la pensión. Y Sergio, abrazado por sus dos mejores amigos, apreció cómo un presentimiento se apoderaba de él. La revelación de un detalle que había dejado escapar con anterioridad. Tal vez algo de lo que dijo Jop, aunque...

Entraron a la pensión. Sergio saludó con gusto a Pereda, sentado en el vestíbulo.

—Que quede claro que vengo contra mi voluntad —dijo el atribulado chofer de Jop—. El señor Otis ni siquiera está enterado. Con suerte y no me encierra en la cárcel, ya ni siquiera cuento con conservar mi trabajo.

—Ya cállate, Pereda. A todo el mundo le das lata con lo mismo —se quejó Jop.

Para fortuna de los recién llegados, varios huéspedes se habían marchado ese mismo día, así que pudieron ocupar un par de habitaciones, una doble y otra sencilla, en el segundo piso. Iban subiendo hacia sus cuartos, detrás del muchacho pelirrojo, cuando Brianda al fin preguntó.

—¿Y... qué noticias hay del nocturno?

***

Ahora fue Sergio el que se encontró con una nota en la habitación. Guillén había salido a comer y a dar una vuelta solo, ya que no había hallado al padre Ernesto en su habitación. Le dejó el número de su teléfono celular y, con mayúsculas, la orden de que le llamara si ocurría algo. Así que Sergio, después de esperar a que Brianda y Jop se instalaran, se los llevó al café más cercano.

En menos de una hora los puso al tanto de todo, respecto al nocturno y lo que había ocurrido en realidad en 1976, además del papel de Morné en el asunto. También les habló del profesor Baranyai y, por último, de lo que ahora tenía en su poder: la partitura y el símbolo que Liszt se había reservado para sí.

—¿Qué clase de símbolo es? —preguntó Brianda, después de su segundo café.

Sergio lo dibujó en una servilleta. Las dos barras y los dos puntos.

—Pues... —dijo Jop, resuelto—, creo que no deberíamos perder más el tiempo y enterarnos ahora mismo de qué significa.

—¿Qué tienes en mente? —preguntó Sergio.

—Podríamos buscar a algún músico húngaro que hable inglés pero eso tal vez nos tome bastante tiempo. Si me llevas a una computadora, Serch, te tengo la respuesta en menos de lo que dices Budapest.

Sergio y Brianda sonrieron. Jop se levantó y fue al sanitario. En cuanto se quedaron solos, Brianda tomó de la mano a Sergio. Notó de nueva cuenta que no llevaba el anillo que le había obsequiado, pero no le importó. En los últimos días había abrigado presentimientos tan espantosos que ahora, con sólo tenerlo cerca, se daba por satisfecha.

Se sostuvieron la mirada hasta que Sergio comenzó a ruborizarse y tuvo que desviar la vista. Se percató de que la sombra de

Belfegor lo acechaba a través de la ventana circular de la puerta de la cocina del pequeño café. Tal vez fuera mejor hacerle caso a Jop y no perder más el tiempo. Pidió la cuenta y pagó. No dejó que Brianda se levantara de la mesa sin antes decirle, aun sosteniendo su mano:

—Gracias por venir.

Ella sólo negó y le dio un apretón cariñoso en el antebrazo.

—Mejor dime cómo has estado. ¿Sigues viendo cosas feas?

Él miró hacia la puerta de la cocina. No había nadie en la ventana.

—Sí, pero... bueno, con un poco de suerte...

Brianda pensó contarle lo que había sufrido en su ausencia, lo mucho que había padecido los sueños en que confrontaba a aquel horrible monstruo. Prefirió callar. Acaso todo fuera como él esperaba: tendrían suerte y podrían volver a México cuanto antes.

Jop volvió del sanitario y salieron a la calle. La ciudad era otra, como si se hubiera lavado el rostro. La noche germinaba y la gente volvía a la vida, pese a que el cielo se había poblado de nubes y el frío comenzaba a arreciar.

Fueron al mismo café internet en el que Sergio tuvo aquella mala experiencia. Ahora había bastantes usuarios, al menos unos diez. Jop, con una seña, les indicó que esperaran afuera. Entró y se hizo de una máquina.

—Por favor dime que no trajo su cámara —dijo Sergio al cabo de unos minutos de mirar a Jop, a través del cristal de la puerta, manipular con maestría el teclado húngaro.

—¿Estás loco? Hasta compró dos pilas extras para el viaje.

Y con tan inofensiva frase, Brianda sintió súbitamente que el viaje, el gasto, la prisa... todo el esfuerzo sería bastante penoso si no aprovechaban, aunque fuera un poco, todo lo que Budapest podía ofrecerles. La ciudad era hermosa, y una oportunidad así jamás la volverían a tener.

—Sería padrísimo que pudiéramos conocer la ciudad antes de volver —se atrevió a sugerir con timidez.

Un sentimiento discordante, sí. Y no sólo no llevaban dinero como para abordar un yate y cenar en el río, sino que lo que les ocupaba ahí no era como para ponerse a celebrar nada. Pero lo mismo pensó que había recibido el año tolerando los ronquidos de Pereda y los soniditos del videojuego portátil de Jop, en un vagón prácticamente vacío en medio de la nada. Pensó que tal vez el destino la compensaría de algún modo por esto. Abrigó una endeble esperanza de que, al menos por ese día...

—¡Sergio, Brianda, vengan! —se asomó Jop por la puerta.

Entraron junto con él al cibercafé y, detrás de su silla, se acuclillaron para mirar la pantalla.

—Se trata de un *ritornello* —dijo Jop sin ningún asomo de duda.

Chateaba con uno de sus miles de contactos de alguna red social. Apenas vieron cómo daba las gracias a su interlocutor, cerraba la pantalla de la conversación y abría el Buscador. Verlo en acción era toda una experiencia.

—Según esto... —dijo Jop—, el símbolo te obliga a repetir un pasaje de una canción. O una canción completa. Todo depende de en qué lugar de la partitura se encuentre la "apertura de *ritornello*".

—¿Cuál es la apertura?

—El mismo símbolo pero con los puntos del otro lado de las barras.

Sergio hizo memoria. No había tal símbolo en la partitura.

—¿Y si en la partitura no hay "apertura"?

Jop volvió a abrir el chat y tecleó esta pregunta. No tardó en responderle a su amigo:

—Hay que tocar, entonces, toda la canción.

No podía ser tan sencillo.

—¿Quiere decir... que todo lo que hacía falta era escuchar el nocturno dos veces?

—Así parece... pero en tu caso no tenías más opción, Serch —corrigió sagazmente Jop—. Si en el MP3 que escuchaste hubiera estado grabada como debía ser, es decir, repetida, no te habría pasado nada.

Era tan simple que se antojaba increíble. Cualquiera diría que Liszt había querido tomarle el pelo al demonio. Tal vez el nocturno siempre hubiera estado concluido, pero en el último momento de aquella noche de 1830, se le ocurrió al maestro húngaro que bien podría añadirle un *ritornello* y forzar al ejecutante a una segunda vuelta. Un detalle aparentemente inofensivo y hasta juguetón que se había vuelto la semilla de una fatal maldición.

—¿Dónde tienes la partitura, Checho? —preguntó Brianda.

—El teniente la encargó en la recepción. Está en la caja de seguridad del hotel.

—Pues hay que conseguir quién la toque para ti lo antes posible. Y tal vez puedas iniciar el año sin visiones demoníacas.

Jop cerró todas las ventanas con una secuencia de teclas.

Pero poco podrían hacer en un día de asueto como ese, a esas horas de la noche. En la habitación del hotel, bajo la mirada acusadora de Guillén (quien, por cierto, reprobó la arrebatada decisión del viaje pero no tardó en resignarse y darles un fuerte abrazo de bienvenida), agotaron toda esperanza.

El directorio telefónico no les sirvió de mucho; la mayoría de los músicos no contestaba y, los que sí lo hacían, no hablaban inglés. Pensaron recurrir de nuevo al internet, pero les desanimó el tener que aguardar respuestas por correo electrónico. Luego, se le ocurrió al teniente acudir al profesor Baranyai, pero Sergio se rehusó. No sólo había que recordar que el viejo no tenía teléfono y tendrían que visitarlo de nuevo en su casa, sino que pedirle algo así era peligroso, considerando los años que tenía de no tocar el piano.

Terminaron por claudicar. El cansancio los tenía abatidos, tirados de espaldas sobre las camas.

—Tal vez podríamos volver a México e intentarlo allá —sugirió Brianda.

Sergio se incorporó, buscando su mirada. Se rascó la unión de la prótesis. Iba a decirle que él no podía volver a México todavía. En su opinión, sólo en Budapest se resolverían las cosas, dado que Morné había hecho el viaje hasta allá, que presentía una concatenación de eventos muy difícil de identificar, que...

Prefirió simplemente no secundar su idea.

—Podría ser... pero me gustaría resolver esto aquí, Brianda, en Budapest.

En la pantalla de la televisión, un hombre de rostro ceñudo informaba el estado del tiempo que se esperaba para toda Hungría.

—La verdad es que lo más probable —exclamó Jop, súbitamente entusiasta— es que todo salga bien. Tienes el nocturno, Serch. Y el símbolo. Es sólo cuestión de tiempo que demos con un músico. Y si esto no puede ser hoy... entonces, no nos preocupemos por el momento. Si nunca te quedas solo, nada puede salir mal.

—Tienes razón. Mañana será más fácil dar con alguien que quiera tocar el nocturno para mí —dijo Sergio, tratando también de conjurar el pesimismo.

—Entonces, tal vez podríamos... —agregó Brianda, con una voz tan apagada que no parecía suya—, salir a cenar.

—Me parece una excelente idea —remató Guillén.

Y así, sin más, Jop y Brianda abandonaron la habitación, quedando de verse nuevamente a las diez de la noche para cenar en algún lado, concediendo ese margen al padre Ernesto para que volviera a la pensión y pudiera reunirse con ellos.

—¿Qué crees que debamos hacer cuando Morné dé con nosotros, Sergio? —preguntó Guillén al encender un cigarro, una vez que estuvieron solos.

—No tengo la menor idea, teniente.

Era la verdad. Una enorme cucaracha caminó por el vidrio de la ventana y Sergio desvió la mirada, sacándose los zapatos y la prótesis. No pensaba consentir esos guiños de Belfegor mientras pudiera. Seguía pesándole esa sensación de que estaba dejando ir algo, un pequeño detalle funesto que seguía sin saber explicar.

A la media hora, el teniente se había quedado dormido de frente al televisor y Sergio sintió crecer su simpatía por el oficial de policía, por toda esa vida de pequeños placeres que le parecía estar negada a causa del trabajo en el que estaba metido.

Buscó algo de interés en el aparato, tratando de no dar cauce a sus miedos, pensar en cualquier otra cosa, recordar su vida en México, sus discos de Zeppelin, sus...

—¡Claro!

Con las absurdas imágenes televisivas de un perro de peluche tocando la batería, resolvió súbitamente esa inquietud, aquella que le había asaltado primeramente cuando Jop le entregó la hoja con el símbolo del sol negro.

Se puso de pie y extrajo de su pantalón la hoja. Dirigió sus ojos a la inscripción hecha a pluma, al igual que el símbolo. *Quaere verum*.

El corazón le palpitó con fuerza. Tomó su cartera y extrajo la nota que venía dentro del álbum que Pancho le regaló de navidad.

¡Era la misma grafía! Ambas habían sido escritas por la misma persona: Pancho el guitarrista, Francisco Gómez Ruiz, el mediador de la calle de Vértiz. El detalle que le había hecho descubrirlo fue la Q mayúscula. En ambos papeles estaba escrita como un círculo con una diagonal atravesada.

Se ajustó la pierna con gran excitación. Era increíble. Pancho le había hecho llegar la hoja aun antes de conocerlo. Por lo visto, el obeso guitarrista había querido ayudarle desde el principio, guiado por alguna razón que, por el momento, era totalmente incomprensible para él.

Aunque esto abría nuevas interrogantes en su cabeza, salió a la carrera de la habitación, tratando de no distraerse mucho en reflexiones para las que de todos modos sabía que no hallaría respuesta. ¿Por qué sabía Pancho de su existencia desde antes? ¿Por qué había decidido entablar contacto con él? ¿Todo estaba así pensado desde el principio? Miró su reloj. Aún contaba con una media hora antes de que dieran las diez de la noche, hora de la cita para salir a cenar, así que siguió su corazonada y abandonó la pensión.

Se dirigió al cibercafé. De pronto se le ocurrió que lo que decía el papel que venía en el álbum no era una inofensiva recomendación para aprender a tocar mejor la batería.

"Busca en internet los videos de *YYZ*. Estoy seguro de que puedes aprender cosas muy útiles ahí. Que tengas una feliz navidad".

En cuanto llegó al cibercafé y un nuevo encargado le dio una computadora, se puso los audífonos y abrió una página del Buscador. Tecleó "YYZ" sintiendo el golpe de la sangre en las puntas de sus dedos. Por puro instinto miró en derredor, esperando que no hubiera presencias demoníacas al acecho.

Al instante la página del buscador sugirió varios videos. Sergio abrió el primero y se dispuso a mirar. En verdad que era un solo de batería impresionante. Neil Pert se lucía en los tambores como ni siquiera había visto Sergio hacer al Oso Bonham. Pero... fuera de ello, no supo reconocer nada significativo mientras duró el video. Cambió a otro. Lo mismo. Se esmeró por identificar algo... ¿qué estaba olvidando? ¿qué estaba obviando?

Miró hacia la calle, a través de la puerta de vidrio.

La gente caminaba con una calma dispar a la de la noche anterior. Los autos esperaban el cambio de luz en el semáforo. Una niña, en compañía de sus padres, empujaba una carreola. Una elegante mujer rubia paseaba dos galgos con suéter.

"Piensa, Mendhoza, piensa..."

Y entonces, tuvo una nueva ocurrencia. Se desplazó por los comentarios del primer video hasta llegar al 24 de diciembre. Varios fanáticos del grupo Rush elogiaban las habilidades del baterista, otros más hablaban del disco *Exit.. stage left* y comentaban los conciertos de la banda canadiense. Pero más allá de eso, nada. Fue al segundo video. 24 de diciembre. No tuvo que pensarlo dos veces cuando se enfrentó al único comentario en español de ese día. Un usuario, un tal "pancho_guitarmex" había plasmado un comentario demasiado críptico para los demás fanáticos de Rush, pero bastante claro para Sergio. "Y yo que pensaba que ni correo electrónico tenía", se dijo antes de comenzar a leer.

Carnal: Es muy probable que, para cuando leas esto, yo ya no esté en el mundo. Espero que me perdones tan abrupta salida. No tuve otra opción. Pese a los poderes del clipeus, *el miedo puede volverse insopor-*

table si los demonios se empeñan en no dejarte en paz ni un minuto de tu vida. Y el miedo, querido Sergio, es algo con lo que yo no supe vivir nunca, esa es la verdad.

Quise contactarte por este medio para prevenirte. Oodak anda tras de ti. Ignoro cuál es su interés en tu persona, pero debes tener cuidado. No es un demonio común. Puede hacer cosas que otros soldados de Lucifer ni en sueños conseguirían. Por algo es el señor de todos ellos. Lo único que no puede siquiera intentar, pues es ajeno a su naturaleza, es un acto de verdadera bondad. Así es como tal vez puedas identificarlo. Ten mucho cuidado, por favor. Y mantén los ojos muy abiertos.

Debes saber que lo que te dije alguna vez no es enteramente cierto. Hay héroes en el mundo. Sí que los hay. Y vale la pena dar la lucha a su lado en contra del mal. De hecho, la idea de enviarte el clipeus *provino de uno de ellos, uno de quien me siento orgulloso de haber conocido, aunque yo sólo le serví como intermediario.*

Espero que, si no has descubierto el poder del símbolo aún, lo hagas pronto, aunque por ti mismo, pues sólo así funciona. No es una salida recomendable, pero es una salida. Al final, ya lo ves, terminé de todos modos como el peor de los cobardes. Así que no me siento orgulloso de haberla utilizado. Sé que tú lo harás mejor, Sergio. Sé que tú tomarás mejores decisiones.

Te deseo la mejor de las suertes.
"Sé un digno mediador". Buen baterista ya eres.

Sergio no abandonó sus cavilaciones sino hasta que un nuevo usuario, un muchacho con el cabello verde y ropa negra de cuero, ingresó al cibercafé.

Pagó su estancia y volvió a la calle oscura. Una ligera ventisca lo obligó a abotonar bien su chaqueta. El frío lo hizo sentir bien. Era una sensación que lo apartaba, aunque fuese temporalmente, del miedo.

El miedo.

La advertencia que le había hecho Pancho poco antes de terminar con su vida le acercó un poco más a ese terror que no lo abandonaba desde que salió de la ciudad de México. Se preguntó cuánto tiempo tomaría a Oodak dar con él. Qué interés tendría en un mediador novato. Recordó las palabras de Belcebú. Su oferta. "Renuncia al Libro de los Héroes". "Un solo héroe que me entregues y tendrás una vida espléndida. A ti y a Alicia nunca les faltará nada."

Por lo pronto, le quedaba claro que algo tendrían que ver Oodak y Morné entre ellos. Que el viaje del millonario a Budapest estaba relacionado con la necesidad del demonio de dar con él.

Con él. ¿Por qué él?

¿Por qué Sergio Mendhoza?

El miedo... su viejo conocido.

Entró a la pensión justo para encontrarse con el padre Ernesto, charlando con Pereda en el vestíbulo.

—Sergio... ¿dónde estabas? —lo saludó el padre.

—Salí a caminar un rato, padre.

—¿Estás bien? —se interesó el sacerdote, leyendo en su rostro una nueva angustia.

—Sí, padre. Sólo un poco cansado. ¿Y el teniente?

—Debe seguir allá arriba.

Sergio no respondió, subió a su habitación para intentar sacudirse los pensamientos que lo atormentaban desde que abandonó el cibercafé. Se preguntaba cuál sería la necesidad de seguir con todo ello, más a sabiendas de que Oodak andaba tras de él.

Al entrar en el cuarto, se encontró con un Guillén más repuesto, más jovial. Se afeitaba en el baño y canturreaba. Sergio lo saludó y se echó sobre la cama. Deseaba poder asirse de algo para no volverse loco, para no acabar utilizando la salida fácil, para no recurrir al *clipeus*. El miedo lo tenía acorralado. La proximidad del décimo tercer aniversario. La imposibilidad de quedarse solo. El dolor que sentía en el pecho le impedía, cada vez más, sentir la confianza de estar al lado de Guillén. Ese sentimiento opuesto al miedo se desdibujaba como si en realidad no existiera. Estaba harto de sentirse así.

—¿Ya viste a Brianda? —preguntó el teniente, con la cara frente al espejo.

—No, ¿por qué?

—Se ha puesto muy linda para la cena. Supongo que, en el fondo, para ella es como una segunda celebración.

O como una primera, pensó Sergio.

Guillén se asomó desde el sanitario.

—¿Pasa algo?

—No. Es sólo que... en verdad desearía que todo esto terminara.

—Me llegó un mensaje de Mari, mi maestra de baile —repuso Guillén como si no lo hubiera escuchado—. Qué buen detalle, ¿verdad?

Sergio sonrió. Se dijo que todo el mundo debería poder sentirse así. Feliz de tener amigos. Absolutamente ajeno al miedo.

—Lo espero allá abajo, teniente.

—Sí. Ya casi termino. Diles que no tardo.

Sergio cerró la puerta de la habitación. Arrastró los pies hacia la escalera, preguntándose si podría sonreír siquiera por un momento durante esa noche, justo cuando Brianda subía en compañía de Jop. Y Sergio se descubrió feliz. Feliz de tener amigos y sentirse querido por ellos. Feliz de estar ahí, en ese momento, en ese país, en esa noche, aunque Oodak y sus ejércitos anduvieran tras de él.

Brianda se había arreglado como si fuera a cenar en compañía de la realeza europea. Incluso ostentaba un par de aretes y un collar, joyas que había tomado subrepticiamente del ajuar de su madre antes de salir. El abrigo sólo la hacía ver más elegante.

—¡Sergio Mendhoza! ¡No debes andar solo nunca! ¿Qué no entiendes? —lo reprendió, mas también notó el cambio en el rostro de Sergio y dejó los regaños para después— ¿Te gusta?

—No está mal.

—"No está mal" —refunfuñó ella—. Tú y Jop deberían ser amigos. Fue lo mismo que me dijo el muy payaso.

Sergio sonrió.

—Vas a tener que ayudarme —se colgó Brianda del brazo de Sergio—, porque sin mis lentes no veo nada.

Iniciaron el descenso hacia el lobby pero una punzada dolorosa hizo a Sergio detenerse a media escalera. Brianda apenas se dio cuenta. Pero por el rostro que hizo Sergio comprendió que no sería una noche inolvidable, como había anhelado. Fingió no haberse dado cuenta.

Sergio hizo lo mismo, como si no hubiera sido asaltado por cierta pavorosa impresión. No era algo que hubiera visto... sino, por el contrario, algo que no había visto. A eso se debía el aciago sentimiento que lo había abrumado al entrar a su habitación en compañía de Jop y Brianda, cuando volvieron de averiguar lo del símbolo. Una sensación que, en realidad, venía de más atrás. Un par de días, tal vez.

En cuanto llegaron al vestíbulo, se disculpó. Dijo que iba un momento a la recepción.

Era una inquietud demasiado simple. Seguramente infundada. Pero necesitaba cerciorarse de ello antes de seguirse abriendo paso a través de la noche.

Brianda no le apartaba los ojos desde los asientos del vestíbulo.

Solicitó Sergio que le permitieran la carpeta de piel depositada por Guillén en la caja de seguridad.

Después de unos instantes, el empleado se la entregó. Sergio la abrió. Una descarga eléctrica fulminante.

Pidió el teléfono y marcó a su cuarto.

—Teniente... dígame una cosa. Cuando depositó la carpeta en la recepción... ¿verificó que la partitura estuviera dentro?

Un broche metálico de presión. Sergio estaba seguro de no haberla abierto nunca desde que se la entregó Baranyai. Pero también estaba seguro de que el profesor la había puesto dentro. Él mismo lo vio hacerlo.

—¿Por qué me preguntas eso?

—Porque la carpeta está vacía.

Hasta ese momento Guillén dudó. Se apartó del teléfono.

Fueron un par de minutos en los que Guillén se deshizo en una búsqueda inútil, removiendo todo en el cuarto, maldiciendo a diestra y siniestra. Sergio comprendió, mientras esperaba, que Oodak no era ningún principiante.

Brianda se mordía las uñas observándolo desde el vestíbulo. Supo, por la mirada de Sergio, que la cena sería postergada irremisiblemente.

Capítulo veintiocho

iscúlpeme, teniente.

El alba lo sorprendió contemplando a Guillén durmiendo boca arriba.

No se sentía orgulloso de lo que había hecho, pero tampoco arrepentido. Seguía pensando que una persona, quienquiera que fuese, debía poder disfrutar de la vida sin tantos sobresaltos.

Los rayos del sol ingresaron a la habitación después de una noche de grandes terrores. El cuarto se había poblado de ruidos inexplicables en cuanto Guillén se durmió, y él, a pesar del cansancio apenas había podido conciliar el sueño por un par de horas.

El teniente Guillén accedió a acostarse sólo hasta que pudo admitir —y lamentarse mil veces por ello— que la partitura había sido robada antes de que él depositara la carpeta en la recepción. Luego cayó dormido de inmediato. Sergio, en cambio, luchó contra el desasosiego por más de tres horas hasta que lo venció el cansancio. Un sueño lo trajo de vuelta. Hizo una llamada a México para confirmar sus sospechas. Se confrontó a sí mismo al espejo y decidió que cualquier persona debe poder decidir sobre su destino, no ser víctima de la fatalidad.

Giordano Bruno le había recomendado hacer el trazo con aceite. Utilizó crema para manos. El alba lo sorprendió sentado en su cama, meditando sobre sus acciones.

La luz del día lo hizo sentirse menos abatido. Se puso la prótesis, se vistió y abrigó. Abrió la puerta de su cuarto y salió al pasillo. Como no llovía, a pesar del cielo poblado de grises nubes, se propuso perderse en la ciudad por un rato.

—¡Aaaaahhh...! —fue su involuntario grito.

La blanca figura en el pasillo lo sacó de balance por un par de segundos.

—¿Qué haces aquí?

Brianda, en camisón, se encontraba de pie, recargada en una columna.

—Nada.

—¿Cómo nada?

—Tuve un mal sueño y quise venir a ver si estabas bien. Pero llevo más de media hora sin animarme a tocar.

—¿Por qué?

—Tenía miedo.

—¿Miedo? ¿De qué?

—De que no estuvieras bien, Checho.

Sergio sonrió. Era un sentimiento placentero.

—Pues ya ves. Estoy bien.

—¿Y a dónde ibas?

—Pensaba... dar la vuelta, nada más.

—¿Solo? Estás completamente loco. Ven conmigo.

Lo llevó a su habitación y lo forzó a esperar mientras ella se cambiaba en el baño para acompañarlo a donde se le antojase, siempre y cuando no fuera solo.

Estuvo viendo un poco de televisión en lo que ella terminaba de vestirse. Le llamó la atención constatar que en la pantalla toda la gente estaba siempre sonriendo, fuera en Hungría o en México. Se preguntó si la felicidad no sería una absurda fantasía inventada por algún ocioso escritor de guiones televisivos. Apagó la tele. Levantó ambas manos para constatar que el temblor seguía acompañándolo.

—¿Es cierto que hablaste con mi mamá? —le preguntó Brianda desde el baño.

—¿Cómo supiste?

—Hace rato que hablé para reportarme me dijo mi papá que llamaste a mi casa y hablaste con mi mamá. ¿Es cierto?

—Este... sí.

—¿Y para qué?

"Oodak puede hacer cosas que otros soldados de Lucifer ni en sueños conseguirían", pensó Sergio. En esa sentencia había basado la llamada, una suspicacia que al final había sido cierta y lo tenía completamente deprimido.

—Les deseé feliz año.

—Mentiroso.

"Ubica el miedo", trajo a su mente la voz de Giordano Bruno.

Concluyó que era imposible. Lo aprendido durante el caso Nicte no le era útil en esa situación de constante peligro, de inagotable terror. "Enfrentar o huir". ¿Qué pasaba cuando no podías hacer ninguna de las dos cosas? ¿Cuando el miedo te seguía a todos lados? Brianda salió del baño vestida y abrigada, apenas para sacarlo de tan negras reflexiones.

Vagaron por una Budapest soñolienta, en dirección al río. Subieron al puente de las cadenas y se detuvieron a observar el turbio espejo de agua más veces de lo que podría suponerse común en dos adolescentes. Se sorprendieron sin nada que decir por periodos asombrosamente largos. Caminaron por la orilla hacia el norte y Brianda le tomó a Sergio un par de fotografías con el edificio del parlamento como fondo, pero no consiguió hacerlo sonreír. No podía culparlo. Ella misma se estremecía cada vez que dirigía la vista al palacio de Buda, del otro lado del Danubio.

Brianda sugirió que entraran a un café a beber algo caliente y comer un pedazo de pastel. En su mente seguían el minotauro, el castillo, la oscuridad, el aterrorizado rostro de Sergio... pero prefirió seguir callando. Sentía que el sólo hablar de ello volvería posible el incidente. Y no se resignaba a que pudiera ocurrir; sus esperanzas estaban puestas en el hecho de que Sergio pudiera volver a casa antes de que ningún demonio diera con él.

—¿Por qué estás tan seguro de que Morné va a contactarte? —inició la plática, cuando tenían frente a sí un capuchino y un chocolate amargo.

Sergio, en cambio, estaba cansado de callarse ciertas cosas.

—¿Te acuerdas aquella noche que me abordó un tipo en la calle? ¿Recuerdas que te dije que jamás lo había visto?

—Me mentiste —concluyó Brianda—. Lo supuse.

—Me dijo que el final de "mi caída" ocurriría en el aniversario trece de la primera sangre. Tengo motivos para creer que esa "primera sangre" es cuando fui herido por Farkas.

Dio un largo sorbo a su chocolate. Y probó apenas las galletas de cortesía que les habían servido.

—Hoy en la noche se cumplen esos trece años —suspiró.

Brianda sufrió un escalofrío. Al final todo era posible. Sin importar cuántas veces caminaran por las calles de Budapest, cuántas veces se miraran a los ojos a través del humo de un par de bebidas calientes, siempre podría ocurrir lo peor. Siempre existiría la posibilidad de regresar a México sin Sergio.

—¿Qué tan terrible es? —preguntó consternada—. Lo que estás experimentando.

Sergio se frotó la cara.

—¿Para qué quieres saber?

No estaba segura. Pero suponía que era estar lo más cerca posible de él, saberlo todo de él, experimentar sus miedos aunque fuera por simple referencia. Se encogió de hombros.

—Si no quieres decirme...

—¿Ves aquel espacio, debajo del reloj de pared? —dijo Sergio.

—Sí.

—Para ti está vacío. Yo, en cambio, veo en él a un horrible demonio. La figura de Belfegor, amenazándome, me ha seguido desde que salí de mi casa. Su olor asqueroso me alcanza en los lugares más apartados. Su ruido de pezuñas, el arrastrar de su musculoso y pesado cuerpo. Siempre que puede me recuerda que tengo una deuda con él por haber escuchado el nocturno sin el *ritornello*.

Brianda clavó sus ojos en la silla. No se podía imaginar lo terrible que sería enfrentar tales imágenes a todas horas.

Creyó que lloraría pero se contuvo. Era increíble que no contaran con el nocturno.

Y Sergio recordó de pronto que, en su computadora, allá en México, había un archivo de texto con una especie de testamento, una carta de despedida para todos sus amigos. El testamento de un niño de trece años con muy mal sino. Miró su reloj y pidió la cuenta. Belfegor le sostenía la mirada.

***

—¿Vas a estar bien?

La pregunta de Alicia resonó en sus oídos. El teniente seguía dormido. En México serían las cinco de la mañana. "¿Voy a estar bien?"

—No lo sé —se atrevió a responder.

Le había contado a su hermana todo lo acontecido. Todo excepto lo de su angustiosa espera y lo que había podido confirmar con la mamá de Brianda. Alicia había leído en la voz de Sergio lo que le pasaba.

Estaba dormida cuando llegó la llamada de Sergio. No le importó despertar pues supuso que éste la llamaba por alguna poderosa razón. Una que él jamás se habría atrevido a admitir pero que recordaba a Alicia las noches en que su hermano despertaba gritando por las pesadillas y corría a sus brazos.

—Vas a estar bien —ahora era una afirmación, no una pregunta.

—No puedes saberlo, Alicia.

Había estado meditando sobre ello durante esos días. Desde que se hizo cargo de él, cuando ella misma tenía trece años, sólo se habían apartado por breves periodos. Y aunque Julio, su novio, había sido un buen apoyo en la soledad de esos días, extrañaba a Sergio. Supo reconocer que lo que le acontecía era por alguna razón que escapaba a su entendimiento pero que hacía a su hermano más especial de lo que jamás hubiera supuesto.

—Claro que lo sé —afirmó.

—No, Alicia, no puedes saberlo —se molestó Sergio. No quería abrigar falsas esperanzas.

—Lo sé porque hace trece años te respetaron la vida los lobos. Y eso no le ocurre a cualquiera, hermanito. Algo como eso no pasa nada más porque sí.

Trató de asimilar lo que le decía Alicia. No le resultaba fácil. El miedo lo tenía puesto en tal estado de crispación nerviosa que cualquier indicio de optimismo terminaba por molestarlo más de la cuenta. Estaba seguro de que todo terminaría mal.

—Adiós —prefirió terminar la llamada.

—No. Hasta luego —respondió Alicia.

Colgó y se dedicó a mirar la televisión mientras Guillén despertaba. Le había pedido a Brianda esos minutos para hablar con Alicia pero en realidad quería estar solo. Solo de la única manera en que podía estarlo: acompañado por la estática presencia del policía dormido. Cuando el teniente despertó, casi lamentó que no hubiese entrado por la ventana alguna horrible advocación demoníaca para llevárselo y poner fin a todo eso.

—¿Todo bien, Sergio? —preguntó el teniente, sin imaginar que Sergio llevaba horas despierto.

—Todo bien, teniente.

Guillén se incorporó. Se frotó la cara.

—¿Crees necesario que iniciemos la búsqueda de Morné?

—Para nada —respondió, apagando la tele—. Él dará con nosotros. De eso estoy seguro.

Iba a decir "conmigo", pero no quiso alarmar más a Guillén.

—Teniente...

Le costaba encontrar las palabras.

—¿Cree que una persona que lleva una vida tranquila, que disfruta de sus amigos y de su familia, de su trabajo, es más cobarde que otra que enfrenta demonios o delincuentes sólo porque no lucha contra el mal todos los días?

Por su parte, Guillén lamentaba no poder ofrecer una verdadera mano a Sergio. Lo que le acontecía no era, en lo absoluto, parecido a lo del caso Nicte. No podía decirle simplemente que abandonara. Respondió con franqueza.

—No, Sergio. No lo creo.

—¿Cree que puede haber verdadero heroísmo en vidas comunes y corrientes?

—Sí —se levantó de la cama para apresurar el desenlace de tan extraña conversación—. ¿Quieres ir a comer algo?

Sergio también se levantó. Se le veía un tanto aliviado.

—Ya almorcé. Pero si gusta lo acompaño.

No bien dijo esto cuando llamaron a la puerta con gentileza. Se miraron, temiendo que hubiera iniciado el desenlace. Sergio abrió. Era Pereda.

—Disculpen… ¿no está con ustedes Alfredo?

—No.

—Salió desde la mañana y no me avisó a dónde.

El muchacho sintió el golpe de la angustia. El miedo volvía, el terror se disparaba.

—No me he querido preocupar porque se llevó su cámara, pero… como no trae celular y lleva varias horas fuera…

Sergio no quiso dar más razones al chofer para angustiarse, aunque sabía que todo estaba relacionado, que era dos de enero y todo apuntaba hacia la más oscura de las noches.

—Estoy seguro de que está bien —mintió—. Ya sabes cómo es Jop, Pereda.

En ese instante se abrió la puerta de la habitación del otro lado del pasillo. De ésta surgió el padre Ernesto.

—Buenas tardes, ¿qué ocurre?

—Es que Pereda está preocupado por Jop. Hace rato que salió y no ha vuelto —informó Sergio, sintiendo cómo el miedo se incrementaba poco a poco.

—¿Con qué cara me presento con el señor Otis si algo le pasa al niño Alfredo? —se lamentó Pereda—. ¡Sabía que no debí hacerle caso con esta idea tonta del viaje!

—Comprendo —dijo el padre Ernesto—. No debería haber salido solo. Por muy bien que hable inglés.

Sergio quiso infundirle ánimo a Pereda.

—No creo que sea para tanto. Jop es así, siempre ha sido un rebelde. Sugiero que le demos hasta la hora de la comida y, si no ha vuelto, entonces sí nos preocupamos.

Sabía, de cualquier forma, que era el principio del fin, que todo se despeñaba hacia el mismo acantilado.

Aguardaron reunidos en la sala del lobby, pese a que Guillén se empeñaba en dar parte a la policía local. Estaba convencido de que el robo de la partitura y la ausencia de Jop estaban relacionados, y que todo tenía que ver con Morné.

—Nocturnos malditos o no, hay un muchacho perdido —reclamaba—. Tenemos que dar parte a la policía. Además, Morné tuvo que haber notificado su ingreso al país. Bastaría con preguntar en dónde está hospedado...

Pero Guillén siguió conteniéndose porque Sergio pensaba que lo mejor era esperar. En ocasiones, lo único que se escuchaba, eran los rezos del padre Ernesto, pasando una a una las cuentas de su rosario bajo la mirada de los demás, bajo la mirada apesadumbrada de Sergio.

Decidieron ir por turnos a un *ékezde* no muy lejano en donde podrían probar comida casera y no gastar demasiado. Pereda y el padre Ernesto fueron primero. Cuando tocó el turno a Guillén, Sergio y Brianda, el primero estaba de un humor de perros.

Comieron en una mesa compartida con otros cuatro parroquianos en un lugar bullicioso y repleto de gente, hasta que Guillén no pudo más. Abandonó la *káposzta* que había ordenado, una especie de picadillo condimentado, y se levantó sin esperar al postre.

—Lo siento mucho, pero tengo que hacer algo. Me avisan al celular si saben algo.

Ni Sergio ni Brianda se opusieron a la decisión del teniente. En el fondo, el muchacho sabía que algo ocurriría. La ausencia de Jop era el detonante de lo que seguía, pero nada le indicaba que la espera no sería demasiado larga o infructuosa. Tal vez Guillén tenía razón, tal vez con la ayuda de la policía...

—¿Y ahora...? —preguntó Brianda.

Sergio levantó la vista de su pedazo de strudel. Iba a decirle que justo por eso había sido una pésima idea que viajaran hasta ahí cuando notó algo que no podía dejar pasar. Sólo que tenía que estar seguro antes, para no ir en pos de una maléfica alucinación.

—¡Brianda! ¿Lo ves? —señaló.

—¿Qué?

—Esa persona en la calle. Fíjate en su cámara de video.

Brianda tardó en darse cuenta. Pero al poner más atención identificó el detalle al que se refería Sergio. De la cámara pendía aquella escultura que le había obsequiado a Jop en México: la araña de arcilla compuesta por ocho brazos humanos. Jop la había colgado de su cámara a manera de amuleto.

—¡Es la cámara de Jop! —exclamó Brianda.

—Ve tras ellos mientras yo pago —dijo Sergio, al momento en que se ponía de pie y hurgaba en sus bolsillos.

Brianda obedeció al instante. Cuando salió de la fonda, el hombre que sostenía la cámara caminaba de mano de una niña hacia el otro lado de la calle.

Corrió hacia ellos y notó con el rabillo del ojo que Sergio se le había unido. Sabía que Sergio no podía correr a la misma velocidad que ella aunque se lo propusiera, así que no lo esperó. Él apenas libró el cambio de luz en el semáforo, pero Brianda, del otro lado de la calle, ya casi daba alcance al hombre.

—*Please! Wait!* —gritó ella con el corazón en la boca.

Tuvo que tocar al hombre en un hombro para que supiera que se dirigía a él. El individuo, un hombre moreno de bigote poblado, se detuvo, extrañado. Lo mismo hizo la niña. Brianda les preguntó, en inglés, de dónde habían sacado esa cámara.

El hombre la miró como si no valiera la pena escucharla, como si la entendiera pero la tomara por loca. Se dio la vuelta y siguió su camino. La niña miró a Brianda con el mismo fastidio.

—¡Qué groseros! —se quejó Brianda. Sergio llegaba a su lado.

—¿Qué te dijeron?

—¡Nada! Vamos tras ellos. Esa cámara es de Jop y, aunque no hablen inglés, deben saber algo.

El hombre y la niña iban más de prisa. Para Sergio y Brianda quedó claro que ahora huían de ellos. Dieron la vuelta a la esquina, procurando no perderlos.

Brianda se dio cuenta de que tendría que correr de nuevo o se escaparían. Tratando de sortear a la gente, que, a diferencia de las primeras horas del día, cubría por completo la calle, Brianda se esmeraba por acortar la distancia. El hombre y la niña se apresuraban del mismo modo, pero no parecían sufrir lo que Brianda para encontrar huecos entre la multitud. La chica, incluso, se dio el lujo de voltear un par de veces y reír de su perseguidora.

—¡No puede ser! —gritó Brianda.

Era como si estuviera en una de esas pesadillas en las que las piernas se transforman en materia viscosa y correr se vuelve imposible. Como si, en vez de adelantar, retrocediera. Golpeó a varios transeúntes para no perder al hombre y a la niña de vista, pero a cada paso los veía más y más lejos. Sergio, tras ella, hacía lo que podía por alcanzarla.

Al llegar a una avenida principal en la que el tráfico se incrementaba, Brianda pudo ver cómo al fin se detenían y miraban hacia el flujo vehicular, quizás esperando detener un taxi. Le imprimió más velocidad a su carrera, cruzando los dedos por llegar a tiempo hasta ellos, aunque sin saber cómo habría de enfrentarlos ahora.

En pocos segundos, una camioneta se detuvo frente a los dos misteriosos personajes y alguien del interior les abrió la puerta corrediza. Brianda siguió corriendo, puesto que el auto no arrancó en seguida. Increíblemente, pudo llegar hasta él y golpeó de inmediato sobre la puerta, con vidrios polarizados. No se podía ver nada hacia el interior.

—*That camera is stolen!* —gritó y siguió golpeando.

Pronto se dio cuenta de que la camioneta no deseaba marcharse todavía, que algo estaban esperando. Siguió golpeando con la palma abierta, tratando de hacer todo el escándalo posible. Sin embargo, aunque los peatones sí se sentían interesados por la escena, nadie se aproximó a ayudarle. Ni siquiera un policía de tránsito que, desde la contraesquina, analizaba la necesidad de su intervención.

Por fin llegó Sergio a su lado. Fue entonces cuando el auto arrancó, haciendo a Brianda perder el piso. Un hombre la ayudó a ponerse en pie pero, al final, en eso quedó todo. La multitud siguió con su rutinario andar. La esquina volvió a ser una esquina más de la indiferente capital húngara. El policía ya no estaba a la vista.

—¡Maldita sea! ¡Me hubiera fijado en las placas! —se lamentó Brianda.

—No tenía placas —la confortó Sergio—. Ven, volvamos al hotel. Hay que avisarle a Guillén.

Era un hecho: la ausencia de Jop se debía a algo malo. Caminaron de regreso a la pensión tratando de poner en orden sus pensamientos. Ninguno supo qué decir del incidente e hicieron todo el camino de vuelta en silencio.

Al ingresar a la pensión, encontraron los sillones del vestíbulo vacíos. El hombre de la recepción los llamó.

Les informó en inglés, claramente preocupado, que el padre Ernesto se encontraba en su cuarto, y que había pedido que lo llamaran cuando alguno del grupo volviera. En cuanto a Pereda, el propio Guillén había ido por él para que hiciera una fiel descripción del muchacho desaparecido en la estación de policía.

Luego colocó la cámara de Jop sobre el mostrador. Les explicó que un hombre acababa de pasar a dejarla para ellos.

Sergio y Brianda se miraron, extrañados. Él supo de inmediato el por qué de dicha entrega. Deseó con todas sus fuerzas que Brianda no se diera cuenta de lo que pensaba hacer.

—¿Podrías ir por el padre Ernesto? —se arriesgó a pedirle—. La verdad, no puedo dar un paso más.

—Se me hace muy raro... —respondió Brianda, intrigada, mientras Sergio se sentaba en la sala del vestíbulo—. ¿Por qué huyeron y luego vienen a dejarla?

—Debe ser gente loca. Ve a avisarle al padre Ernesto, porfa. Aquí te espero.

Brianda asintió. Subió por las escaleras al tiempo en que él extraía la cámara del estuche y se apresuraba a reproducir la cinta.

Creyó que se le detendría el corazón.

Jop, amarrado a una silla, lloraba desesperado. El ambiente era tétrico: una lujosa estancia, probablemente una amplia biblioteca, apenas iluminada por un candelabro sobre una mesa lateral pequeña. Al lado izquierdo de la silla Sergio reconoció a Morné.

Y supo que en esta ocasión no se trataba de un producto de sus miedos. El millonario, de pie, ponía una de sus manos sobre el respaldo de la silla, mientras, con la otra, sostenía una pizarra con un críptico mensaje.

Szent István-templom, Nagybörzsöny

Jop emitió un sonoro chillido, como si algo horrible ocurriera ante sus ojos, al momento en que fue interrumpida la escena. La siguiente secuencia mostró a Brianda golpeando las ventanillas de la camioneta, grabada desde el interior de ésta. El video se terminó justo cuando llegó Sergio al lado de Brianda.

Para su mala fortuna, no le dio tiempo de apagar la cámara. Brianda, quien llegaba acompañada por el padre Ernesto, se dio cuenta en seguida.

—Lo sabía —se indignó—. Sabía que algo se te había ocurrido y por eso me mandaste por el padre.

—Discúlpame.

—¿Qué hay en la cámara?

—Un mensaje —hizo una pausa—. Un mensaje... para mí.

—¿Qué tipo de mensaje?

—Ahorita te digo —fue al mostrador y pidió al encargado papel y pluma—. Escribió lo que había visto en el video y le preguntó qué le decía eso. El hombre le respondió que se trataba de una iglesia en un poblado a unos cincuenta kilómetros de Budapest: Nagybörzsöny. Sergio volvió al lado de Brianda después de encargar la cámara. Sentía el latir de su corazón en cada centímetro de la piel, el miedo se estaba volviendo insoportable, como si ningún otro sentimiento cupiera en su cuerpo.

Pero no tenía opción.

—Tengo algo que decirte, Brianda.

—¡Ni se te ocurra!

—¿Todo está bien? —preguntó el padre Ernesto.

Sergio se sintió descompuesto. Estaba cierto de lo que tenía que hacer, pero no hallaba el valor.

—Escúchame —insistió Sergio, tomándole las manos, buscando su mirada.

—¡No, Checho! —se resistió ella. Los ojos se le llenaron de lágrimas.

—Es una pregunta. ¿Entiendes? Quiero preguntarte algo.

—No me interesa.

—¿Recuerdas cuánto deseabas que te lo preguntara? Ahora quiero hacerlo.

—¡Ya te dije que no me interesa!

—Es por si no regreso, Brianda.

—¡No, Sergio! ¡No!

El empleado del mostrador se interesó. Lo mismo una pareja sexagenaria que registraba su llegada y el muchacho pelirrojo.

—Ahora escúchame tú a mí —contraatacó Brianda después de unos segundos—. No vine hasta acá para eso. Prefiero que no me hagas nunca esa pregunta en la vida a tener que quedarme aquí con esta angustia de que no vuelvas. No me importa a dónde tienes que ir, yo te acompaño.

—Pero es peligroso.

—¿Y crees que no lo sé? —se limpió las mejillas pasándose una mano—. Nunca dije que viniera de paseo.

Cayeron en un pozo de silencio, uno en el que todo quedó dicho. Sergio suspiró y soltó las manos de Brianda. Entonces habló el padre Ernesto.

—Brianda tiene razón, Sergio. Y ni creas que yo me voy a quedar aquí a mirar la televisión.

Todo estaba dicho.

No obstante, Sergio se sintió protegido por el cariño. Sabía que, si no acudía solo a la cita, estaría poniendo en un grave riesgo a Brianda. Morné lo estaba citando a él; Jop no era sino el cebo para atrapar a su presa. Era una gran irresponsabilidad de su parte. Tal vez nunca se lo perdonaría. Pero también reconocía que, por el momento, necesitaba esa sensación de seguridad que le inspiraba la presencia de Brianda. Discutir cualquier otra salida sería imposible. Agradeció al cielo que el teniente no estuviera presente.

—Entonces... no perdamos el tiempo —concluyó, resignado.

La ciudad se precipitaba hacia la noche. Sergio recordó, al notar cómo la luz iba cediendo su lugar a la oscuridad, que su plazo se agotaba en pocas horas. Se detuvo frente a la puerta del hotel.

"Si la sentencia de Belcebú se cumple", pensó, "éste es el último día de mi vida".

Aguardó a que Brianda y el padre Ernesto salieran.

Se regocijó por unos instantes en los colores que el ocaso pintaba en el cielo. Era una tarde hermosa.

Buscó un taxi con la mirada.

Quinta parte

Capítulo veintinueve

Tomaron la carretera hacia el norte, por toda la orilla del Danubio. En las bocinas del radio se escuchaba un dramático concierto de violín que Sergio trató de utilizar para escapar de sus propios pensamientos. En cierto modo lo vio como un descanso. La música de piano se había vuelto demasiado trágica en su vida. Lamentó no haber llevado en el viaje ni un solo disco de Zeppelin. Hubiera dado lo que fuera por escuchar *Stairway to heaven* en esos momentos.

Brianda no dejaba de morderse las uñas. Cada vez que podía recargaba su cabeza en el hombro de Sergio. El constante temblor de su amigo no dejaba de inquietarla, pero no sabía qué hacer para detenerlo. De hecho, no estaba segura de cómo habría de ayudar allá adonde se dirigían. Por breves lapsos iniciaba rezos que terminaban por apagarse. Le sorprendió que el padre Ernesto no se decidiera a hacer otra cosa que mirar por la ventana.

—Tal vez comience a nevar —fue todo lo que dijo el sacerdote a mitad del camino, cuando habían dejado atrás el río y seguían enfilando hacia el norte. Siempre al norte.

En efecto, el cielo se había cubierto de nubes oscuras. La noche había caído con todo su peso y, después del comentario del padre, el único sonido que se sobrepuso a la música de violín fue el rugido del motor.

Giraron al fin hacia el oriente e ingresaron en la estrecha calle Petofi, que había de conducirlos a Nagybörzsöny, según les indicó el taxista en húngaro con cierto entusiasmo. No hubo reacción en ninguno de sus pasajeros, así que volvió a intentar hacerse entender con señas, pues su inglés no era muy bueno. Tampoco hubo respuesta. Volvió a su volante y a su mutismo.

La población, a la distancia, se mostraba como una reducida comunidad en plena zona boscosa, de casas pequeñas y apartadas entre sí. Dejaron atrás algunos aserraderos, granjas y parcelas a la espera de los meses de siembra. La temperatura había descendido en el trayecto y todos lo resintieron, pese a sus gruesos abrigos. Sólo el taxista parecía no enterarse, probablemente porque él no iba a ninguna cita con el diablo.

Ingresaron al apacible Nagybörzsöny y una gruesa capa de nieve a los lados del camino fue lo primero que llamó la atención de los pasajeros. Por lo visto, en esa zona de Hungría, el frío y el cielo cargado de nubes habían hecho de las suyas. El auto se enfiló por calles vacías. No se veía gente por ningún lado. Las luces del auto eran la única iluminación.

En cierto momento, el taxista se detuvo, dudoso. Pidió a Sergio nuevamente el papel en el que había plasmado el lugar de la cita. Se bajó y llamó a la puerta de una casa con techo de dos aguas y luz en el porche. Al poco rato de charlar con alguien a través de la madera, volvió y continuó la marcha. Tomó una solitaria calle y, luego, una cuesta pronunciada.

Se detuvo nuevamente y señaló a la única torre de la iglesia, a pocos metros de ahí. Tomó al fin un camino de terracería y se orilló.

—*Szent István-templom* —dijo, poniendo fin al viaje—. "Catholic church."

La iglesia de San Esteban, lugar de la cita, era un edificio poco imponente, aunque muy viejo y hermoso. A la escasa luz de la noche, apenas dibujaba su contorno contra el cielo, pero lograba transmitir, junto con el poblado, ese mítico aire de atmósfera encantada, atrapada en el tiempo.

Sergio pagó al taxista los diez mil florines del viaje y se apearon. Al igual que a Brianda, le castañeteaban los dientes. El taxi se echó en reversa y los despojó de la única luz cercana. Sergio se sintió obligado a iniciar el paso, sobre la colina, hacia las puertas de la iglesia, rodeada por una barda de mampostería.

El viento aulló en los árboles. La soledad del paraje se volvió opresiva. De pronto sintió Sergio como si hubiera sido convocado al fin del mundo.

—¿Llamamos a la puerta? —sugirió Brianda.

—No se me ocurre otra cosa.

Se sintió ridículo de pie frente a la vetusta puerta de la iglesia. Tal vez lo mejor sería gritar aunque...

Repentinamente, el furioso relincho que hacen los caballos cuando están siendo llevados a todo galope, más allá de sus fuerzas. Ruedas sobre la grava. El azote de las riendas sobre el lomo de los animales.

—¿Qué es eso? —preguntó Brianda, impresionada por el intempestivo despertar de la noche.

—No lo sé —respondió Sergio.

El padre Ernesto, inexpresivo, sólo observaba. Señaló entonces hacia el camino que habían seguido ellos mismos antes de entrar a la hierba que rodeaba a la iglesia. Una rojiza llamarada volaba a través de la noche en dirección a ellos.

En breve lo notaron. Una vieja carreta de madera, tirada por dos corceles negros, se aproximaba a toda velocidad por el sendero.

—¡Dios...! —exclamó Brianda. La carreta era conducida por un individuo del que no se alcanzaban a distinguir ni la cara ni las manos; iba cubierto por una larga y oscura túnica. Los dos caballos tenían los ojos del color de la sangre, y el vapor de sus alientos parecía una alegoría de su rabia, como si fuesen bestias salvajes obligadas por una fuerza sobrenatural a ese tipo de servidumbre.

La carreta se detuvo frente a ellos y el conductor no emitió ningún sonido. Sólo aguardó, refrenando a sus animales. La antorcha que llevaba el vehículo, atorada a un lado del asiento del conductor, confería una fantástica iluminación a la escena. Un transporte de pesadilla, uno que nadie, en su sano juicio, se animaría a abordar. Mas ninguno tuvo que preguntarle al otro lo que correspondía hacer.

Sergio, suspirando, se encaramó en la carreta apoyando su pierna buena; luego, lo imitó Brianda. Y arriba, ayudaron a subir al padre Ernesto. En cuanto ocuparon los rústicos asientos de madera, el cochero volvió a fustigar a las bestias y éstas, a toda prisa, volvieron sobre el camino.

Brianda, con el golpe de rienda, tuvo que sostenerse de Sergio para no caer al suelo del carro. El padre Ernesto, en cambio, prefirió sentarse en el interior, sobre el traqueteante suelo de madera, la mirada torva, el semblante adusto.

Pronto ingresaron al bosque, y el frío del viento sobre sus rostros se volvió insoportable. En esa región la nieve era una blanca e interminable alfombra. Los árboles, cadavéricos huesos. La carreta siguió un intrincado curso, imposible de definir, pues no parecía obedecer a un orden preciso. Iban a la derecha, a la izquierda. Bajaban por pendientes angulosas, subían por cuestas llenas de abrojos. Pasaban a través de tupidos matorrales, atravesaban arroyos muertos.

Sergio pensó que la rabia con la que estaban siendo conducidos era insólita, como si hubieran llegado con mucho retraso y esto hubiera enojado terriblemente al encargado de llevarlos. Con todo, estaba seguro de que habría sido imposible no ser puntuales a esa cita.

Comenzó a preguntarse si no sería demasiado tarde para hacer algo por Brianda. La miró y reconoció el sentimiento: miedo. En los ojos de Brianda se reflejaba lo que él mismo sentía, lo que había sido incapaz de controlar desde el 25 de diciembre, sólo que de otra naturaleza. Su miedo era acaso más indefenso, más inocente, más enternecedor.

Decidió que había sido muy inconsciente, que tendría que hacer algo. Se irguió en su asiento.

La luz de la antorcha apenas hacía visible el bosque, haciéndolo más aterrador. Parecía como si se adentraran en oscuras bóvedas siniestras que se abrieran sincronizadamente con el avance de la carreta y se cerraran una vez que hubieran entrado. Mirar hacia el frente hacía pensar en la caída hacia un abismo; mirar hacia atrás, en el abandono de toda esperanza.

Fijó sus ojos en el padre Ernesto. La bufanda le cubría la mitad del rostro.

De pronto, el espectral conductor jaló las riendas por completo. Los animales se detuvieron como si hubieran estado a punto de caer a un acantilado. Brianda, temblorosa, golpeó contra Sergio, pero ninguno perdió el equilibrio.

Sólo se escuchaba el resoplar de los caballos, al pendiente de la siguiente orden del chofer, el crujido de la antorcha.

Algo esperaban. Transcurrió un minuto. Otro.

Otro.

Frente a ellos no había sino una pared de árboles. A los costados, el fin de un reducido desfiladero que habían tomado segundos antes, una especie de corredor hacia ninguna parte.

Un minuto más. Sergio comenzaba a dudar si debían bajar, si sería eso lo que les demandaba el chofer. Se puso de pie y, al instante, fue derribado por un sutil movimiento de la carreta. El chofer sólo negó con la cabeza, dando a entender que debía quedarse quieto.

Otro minuto.

Y entonces, pudo enfocar la mirada hacia lo único que desentonaba con el tétrico paisaje.

Frente a la carreta, sobre uno de los árboles, se encontraba una rústica señalización.

Sötét vár, indicaba el letrero. Mas no fue eso lo que hizo que se detonara el terror en su interior, sino el escudo de armas que descubrió debajo de las letras.

Un león, un dragón, una torre.

Un escudo que ya había visto antes y que pudo recordar en seguida, como si lo hubiera confrontado apenas un par de días atrás en la mansión de los Ferreira.

Justo donde todo había comenzado. Miró a los ojos al padre Ernesto. Hubo una breve confrontación.

Lo supo desde que hizo la llamada a la mamá de Brianda, horas antes. Lo sospechó desde que leyó el mensaje de Pancho. Y con la desaparición de la carta de Liszt. Pero apenas lo pudo comprobar.

Fue como si una presa llena de inmundicias se desbordara y dejara ver que, detrás de su benevolente fachada sólo hubiera vicio y corrupción.

No pensó. Sólo quiso actuar. Quiso, al menos, intentar salvar a Brianda. Ahora estaba seguro y no quería correr riesgos innecesarios. Eran preferibles el frío y la noche a lo que había del otro lado del escudo.

Midió la distancia y se aproximó a Brianda.

—Tenemos que huir —le dijo al oído.

—¿Por qué? —respondió ella, en voz baja, alarmada.

—A la cuenta de tres saltamos.

—¿Por qué?

La mirada del padre Ernesto. Su rostro iluminado por la antorcha. Los caballos a la espera. El frío. La noche.

—La razón por la que le llamé a tu mamá... —midió de reojo cuán difícil sería dar el salto.

Frente a ellos, detrás de la cerrada pared de árboles, algo empezó a surgir de la nada. Primero fue un dibujo de luminosa neblina; luego, un fantasmal edificio que se reconstituía por encima del apretado entorno del bosque. Poco a poco, Sergio se dio cuenta de que no era el castillo lo que aparecía frente a sus ojos, sino los árboles los que se difuminaban, como una engañosa protección que, súbitamente, ya no era necesaria.

—...quería que me hiciera una descripción del padre Ernesto Cano, de la parroquia del Sagrado Corazón, ya que ella sí lo conoce.

—¿Qué tontería dices? —espetó Brianda, aterrorizada—. Pero si...

Sergio se puso de pie.

—No, Brianda. El padre Ernesto, el verdadero, es moreno y de baja estatura. Todo ha sido un engaño desde el principio.

Un colosal castillo negro, oculto por un bosque inexistente, apareció frente al carruaje. Las precarias luces de sus ventanas iluminaron el paisaje. La oscuridad cedió terreno para dar paso a la carroza.

—¡Salta! —gritó Sergio.

Y Brianda obedeció, alcanzando el suelo en un santiamén. Pero Sergio ni siquiera lo intentó. La miró con una terrible desolación metida en el cuerpo. Le hubiera pedido perdón, pero no pudo producir una sola palabra.

—¿Qué haces? —le gritó ella, con la nieve hasta las rodillas—. ¡Saaaltaaa!

Sergio prefirió mirar a Oodak. Intentó hablarle con calma, que la ira no se apoderara de él. Deseaba negociar el bienestar de Brianda. Lo necesitaba.

—Déjala regresar.

—Me sorprendes, Mendhoza. En verdad eres todo lo que me habían contado. Estoy muy impresionado.

—¡Déjala volver, por favor!

Brianda intentó subir de nuevo, pero el carro retomó su marcha y ella cayó de bruces.

Sergio la miró correr desesperada en pos de ellos con el terror en el rostro, mientras la carreta era engullida por una enorme puerta de hierro detrás de un fantasmagórico bosque que volvía a aparecer con la bruma.

Capítulo treinta

Los lobos.

En realidad, lo que más pánico le causó fueron los aullidos de lobos a la distancia. Ni siquiera el sentimiento de desamparo que lo acometió al traspasar la puerta lo consternó tanto. Brianda se encontraba sola en el bosque. Y en el bosque había lobos.

Comenzaba a nevar.

En cuanto entró la carreta al castillo, cuando estuvieron detrás de las cuatro torres almenadas que se distinguían desde el exterior, Sergio fue arrojado por el cochero hacia el empedrado. Apenas pudo observar cómo Oodak y su lacayo se adentraban en un largo y tenebroso túnel, olvidándolo detrás.

Se puso en pie y fue recogido al instante por un hombre corpulento, el moreno de bigote poblado que había visto huir con la cámara de Jop por las calles de Budapest. Éste lo condujo a la fuerza al interior del edificio y lo llevó a través de oscuros pasajes y sinuosas escaleras a una de las salas principales del castillo.

Durante el trayecto, Sergio había procurado recordar las vueltas en el camino, afianzarse de algún detalle en los arcos, en las puertas, pero el miedo que sentía era tan poderoso que no se lo permitió.

El recinto era una especie de salón de esparcimiento, con amplios sillones de madera y mullidos cojines escarlata. Una chimenea encendida era la única luz; los candiles estaban apagados. Y en las paredes colgaban cuadros de rostros añejos, de tiempos muy lejanos que daban la falsa impresión de interesarse en lo que estaba por acontecer.

Ferreira aguardaba con las manos entrelazadas, sentado en uno de los sillones.

—Nos volvemos a encontrar, Mendhoza —dijo al ponerse de pie. Tenía el rostro blanquecino, del mismo color que el de los muertos —. ¿Qué tal tu vuelo? ¿Placentero?

La pequeña Daniela, con una grotesca sonrisa en el rostro, también se puso de pie, abandonando el sillón aledaño. Sostenía una especie de muñeco de peluche entre las manos y portaba un vestido largo, negro, de terciopelo.

—*That camera is stolen, that camera is stolen* —se burló, soltando una espantosa carcajada.

—¿Dónde está Jop? —preguntó al instante Sergio, cuando al fin fue soltado por el hombre de bigote poblado.

Se dio cuenta de que era la misma sala en la que habían grabado a su amigo. El candelabro del video estaba sobre una mesa con un juego de ajedrez abandonado a la mitad. Un piano de cola negro, una mesa de billar y cientos de libros de antiquísima encuadernación sobre vastos libreros conformaban el resto de la sala.

—"¿Dónde está Jop?" —lo remedó la niña.

—Supongo que es a mí a quien quieren —insistió Sergio—. Dejen ir a Jop.

—Calma, mediador. Todo esto tiene un sentido. ¿Por qué no te sientas mientras llega nuestro señor? Toma un poco de té.

Ferreira hizo una seña y el hombre de bigote poblado le acercó a Sergio una taza, misma que éste rechazó.

—Nos hubieras podido ahorrar mucho de esto... —dijo Ferreira— si hubieras accedido desde el principio.

Sergio no quiso preguntar a qué debía acceder pero se lo imaginó. Miraba con suspicacia hacia todos lados. El hombre de bigote poblado lo obligó a sentarse a la fuerza en la misma silla en la que habían videograbado a Jop. Hasta entonces reconoció en él a Genaro, el supuesto seminarista de aquella noche llena de engaños.

—Vamos, vamos... —negó con la cabeza Ferreira, reprobando la violenta actitud de aquél que le había revelado a Sergio la existencia de Pancho—. Todo a su tiempo, todo a su tiempo.

Sergio enlazaba cadenas mentales. Oodak andaba tras de él. Genaro lo puso en contacto con Pancho. Pancho había sido obligado a tomar parte en la conjura y, sin embargo, se negó a entregarlo. Tuvo un último pensamiento de gratitud para el guitarrista.

Un furioso bramido corrió entonces por las cámaras del castillo hasta llegar a esa habitación. Daniela sonrió. Sergio notó con asco que la niña no sostenía entre sus manos un muñeco, sino que lamía el cuello ensangrentado de un lánguido gato blanco que no oponía resistencia.

—Aquí vienen —repuso Ferreira, mirando hacia la puerta principal de la sala.

Sergio trataba de dar con una solución a todo eso. Tal vez hubieran atrapado a Brianda; tal vez le hubieran hecho daño a Jop. El miedo no le permitía pensar correctamente. Se odió por sentirse acorralado.

Apareció entonces Oodak, seguido de Morné en su más aterradora apariencia: un fascinante hombre de torso desnudo y cabeza de toro. La cornamenta, imponente, majestuosa, bestial, lo mismo que el aberrante hocico del que salían apagados gruñidos, eran el producto de su ingreso a las huestes demoníacas de Lucifer.

—Perdona la tardanza, Sergio —dijo Oodak—, pero quería tenerlo todo listo. ¿Ya te ofrecieron té?

—¿Dónde está Jop?

—Claro. Olvidaba ese pequeño detalle.

Fue al lado de Sergio, quien no pudo ocultar la repulsión que le producía el demonio. El minotauro volvió a bramar y Oodak lo serenó con un ademán. Puso una mano sobre el hombro de Sergio y lo condujo a una de las únicas dos enormes ventanas en forma de arco con las que contaba ese recinto. Ahí, le pidió que mirara hacia el bosque colindante, apenas alumbrado por la luz del castillo.

Jop era llevado por dos encapuchados hacia el interior del bosque.

—¿Qué le van a hacer? —se alarmó.

—Nada. Lo están poniendo en libertad. Ni él ni tu amiga me interesan.

—Pero...

—¿Te preocupan Farkas y sus esbirros? —interrumpió Oodak—. Ése es otro asunto que tampoco me interesa. Ven.

Volvió a empujarlo suavemente hacia el centro de la estancia. Sergio intentaba pensar con claridad pero no podía. El miedo no cedía sino que era cada vez más acuciante, más insoportable. Sentía que todo lo había hecho mal. Brianda y Jop en el bosque; él, atrapado en un espantoso castillo en compañía de los peores engendros. Una lágrima asomó por su ojo derecho, una lágrima que festejó la niña con nuevas carcajadas.

—No hagas caso—dijo Oodak—, hablemos en privado. ¡Tú! —gritó al minotauro—. Toca algo y evita, por favor, ser tan vulgar como hasta ahora.

Morné se sentó al piano y comenzó una vertiginosa *tarantella*.

Oodak condujo a Sergio fuera del salón, a través de una puerta entre los dos ventanales que llevaba a un balcón. Dispersos copos de nieve caían con suavidad. Cerraron la puerta, quedando aislados del interior, y Oodak miró hacia el oscuro bosque. Sergio, a su lado, sintió una angustia como no había sentido jamás antes, ni siquiera en presencia de Guntra. Miró también hacia la espesa arboleda frente al castillo. Pensó incluso en saltar al vacío. Por lo menos calculó unos quince metros. Imposible salir bien librado. Y estaba ese otro detalle mencionado por Oodak...

"Farkas y sus esbirros"

—Es una acrobacia bastante difícil de mantener, ¿sabes? —dijo Oodak—, ocultar la naturaleza demoníaca. Por eso me evadía tanto en estos días. No es lo mismo conseguirlo por una o dos horas que por varios días. El esfuerzo que hice en el avión casi me consume. Lo mismo el último día del año, cuando tuviste que echar a correr al muelle; creí que reventaría.

Hablaba como un funcionario. No parecía molesto ni vengativo. Pero el terror que Sergio sentía ahora era tan real como jamás hubiera imaginado.

—¿Desde cuándo lo sabes? —se interesó Oodak. La música apenas llegaba a sus oídos, pero seguía de vez en cuando la melodía con desenfadados canturreos.

—Lo sospeché desde ayer, pero lo comprobé apenas hoy.

—Lo has hecho bien, aunque tarde. Un mediador no debe confiar ni en su sombra.

Dicho esto, le entregó la copia del nocturno. La copia que había hurtado él mismo.—¿Cómo lo hace? ¿Cómo es que puede rezar y todo eso si es un demonio?

—Vaya, Sergio... —extrajo Oodak un cigarrillo y lo encendió—, es algo que hace todo el mundo, ¿por qué habría de ser tan difícil para un servidor de Satán? Rezar sin convicción es sólo repetir palabras. No me digas que aún crees que los crucifijos aniquilan a los vampiros.

Sergio sabía por el Libro de los Héroes que no era tan sencillo, en efecto. Pero jamás se hubiera imaginado que un demonio pudiera jugar ese juego. Recordó que jamás había visto al padre Ernesto en la iglesia y que siempre se lo encontraba por casualidad en la calle.

—¿En todo me mintió? ¿En todo?

—Bueno... es algo que hago bastante bien.

—El mediador al que usted no ayudó en Roma...

—Oh, eso. Existió, claro. Y murió atravesado por una lanza. Yo mismo los empalé a los tres, a él y a sus dos héroes. Andaban tras de uno de mis mejores servidores, uno que tengo trabajando en Italia desde hace siglos. No iba a permitirlo, ¿estás de acuerdo?

"Un mediador no debe confiar ni en su sombra", pensó Sergio. Le pareció irónico que tal consejo no apareciera en el Libro de los Héroes y que viniera a escucharlo por primera vez en tales circunstancias y en boca de uno de los más detestables demonios.

—Siento tu miedo, Sergio. En verdad toleras bien el terror. ¿Quién te preparó?

Miró al muchacho con interés y éste pudo descubrir, detrás de sus ojos claros y engañosamente bondadosos, todo aquello de lo que en verdad era capaz. Los asesinatos, las abominaciones, la tortura, el horror, todo estaba ahí. No podía dejarse engañar por esa máscara otra vez. Mucho menos ahora que el miedo era tangible, innegable.

—No importa —gruñó Oodak—. No estamos aquí por tu currículum.

Dio una fumada a su cigarro.

—¿Sabes que aquí en Nagybörzsöny terminó y comenzó todo? En el siglo trece, cuando los demonios fueron aniquilados y se escribió el Libro de los Héroes, se colocó la primera piedra de la iglesia de San Esteban. Fue cuando juré que no descansaría hasta terminar con todos los súbditos de Edeth. Por eso levanté este castillo aquí, para nunca olvidar mi promesa.

Se recargó en la dura piedra del balcón, inclinando el cuerpo hacia adelante.

—Dime, Sergio... ¿quién te está protegiendo?

—¿Cómo?

Oodak aguardó, sin voltear hacia él.

—No finjas ignorancia, Sergio... me enerva cuando alguien juega al imbécil.

Sergio no respondió. No sabía a lo que se refería y tampoco quería ceder a tales provocaciones. Oodak retuvo el humo del cigarro.

—A los de tu estirpe les está reservado cierto destino, Sergio. A los doce años aproximadamente, a las 144 lunas, deben pasar por cierta... transformación. A ti no te ha ocurrido porque alguien te está protegiendo. ¿Quién es y cómo lo hace?

El corazón de Sergio parecía una máquina. Había comenzado a sudar pese al frío. ¿Transformación? ¿De qué hablaba? ¿Alguien lo estaba protegiendo?

—Piensa en alguien que te aprecie mucho.

Su mente viajó hasta México, hasta la colonia Juárez.

—No, tu hermana no puede ser —se anticipó Oodak, a sabiendas de lo que Sergio respondería—. Tiene que ser un varón. Esto... sólo les ocurre a los varones. Sólo puedes ser protegido por alguien de tu mismo sexo.

—No tengo idea de lo que me está hablando.

Oodak arrojó el cigarrillo por encima del balcón, hacia la nieve.

—Dime la verdad, ¿por qué arrancaste el *Prefacium* de tu libro?

—Yo no lo arranqué. Así me fue entregado.

Recordó cuando el padre Ernesto le había hecho aquella visita a su casa y le había solicitado ver el Libro de los Héroes. Lamentó haber sido tan poco suspicaz.

El demonio lo estudió. Parecía querer descubrir la mentira en sus ojos. La nieve caía sin prisa, sin pausa.

—No puede ser —exclamó, incrédulo—. ¡Maldita sea! ¡No juegues conmigo!

Sergio apartó la vista. En las pupilas de Oodak estaban, ahora sin protección alguna, todas las atrocidades que el demonio podía cometer y había cometido. Trató de desviar su atención hacia los árboles, los blancos cúmulos, la noche. Trató de ocultar su miedo.

—¿Pero sabes que eres un Wolfdietrich, no es así?

—No entiendo. ¿Wolf...?

Oodak se llevó las manos a la cabeza; una gran revelación lo había asaltado. Comenzó a caminar por el balcón, asimilando su descubrimiento.

—¡Ahora entiendo! ¡Por eso la oferta del Príncipe! ¡Por eso quiso que te trajera aquí!

Sergio retrocedió instintivamente. Le pareció como si Oodak estuviera listo para atacar, como si hubiera estado esperando ese momento para saltar sobre él.

—¡Tú nos puedes llevar hacia Edeth! Tu inocencia te hace... ¡Por Asmodeo...! ¡Te hace una especie de... héroe!

El cambio en la actitud de Oodak fue sorpresivo. Súbitamente ardió en cólera, como si la excitación de su conclusión lo obligara a actuar así.

—¡Debes convertirte, Dietrich! ¡Debes convertirte!

Lo tomó por el brazo, haciéndole daño. Sergio no podía creer lo que sentía. Era lo peor que había vivido. Todo parecía una pesadilla. Completamente solo en un lejano y oscuro palacio en medio de la nada, al lado del propio Señor de los Demonios, conminado a cambiarse al lado oscuro, sin una escapatoria visible...

—¿Me oíste? ¡Debes acceder a la oferta de mi amo! —sus ojos eran dos ascuas encendidas. Su boca se volvió un asqueroso morro lleno de colmillos.

El muchacho sintió cómo las lágrimas volvían a asomar a sus ojos. El terror era demasiado. No veía salida. No sabía cómo podría huir de algo así. Estrujó el nocturno en sus manos.

Y, sin embargo, desde un ínfimo rincón de su mente, pudo advertir que el propio Oodak le había dado la respuesta minutos antes.

—¡Debes hacerlo! —tronó el demonio.

La respuesta.

Era un gran riesgo el que debería correr pero...

"Dios mío... el terror", se escuchó suplicando, "...debo sacarlo de mí... debo..."

Una infernal garra sobre su antebrazo.

"Si juego bien mis cartas... tal vez..."

"...el Libro de los Héroes, los minotauros..."

Aunque... el terror...

...el terror...

"Debo... darle su lugar... debo..."

—Está bien —se oyó decir.

—¿Qué dices? —exclamó Oodak, entusiasta.

—Que está bien.

—¡Debes probarlo!

—Lo probaré.

—¿Cómo?

—Belcebú me dijo que si le entregaba un héroe...

Oodak dejó escapar un rugido atronador, un rugido que fue contestado por múltiples aullidos a la distancia.

—Que vayan por el teniente a la iglesia de San Esteban —concluyó Sergio—. Yo mismo hundiré en su pecho el arma que tú me indiques.

Miró a Oodak. No se había dado cuenta. Era como rezar sin convicción.

0:44 - 3 de enero. Miércoles. Finale

Rezar sin convicción.

Sergio se dio cuenta de que, si se esmeraba, podría llevar los acontecimientos hacia donde él deseaba. "Una acrobacia muy difícil de sostener", se dijo. Pero sólo tenía que concentrarse, concentrarse, concentrarse, concentrarse... y...

Sí. Ubicar correctamente el miedo, el terror.

Se dio cuenta cuando volvieron al interior del castillo. Cuando enfrentó a Ferreira, el pequeño engendro que siempre había sido Daniela, el oscuro ente que en realidad era Genaro, el minotauro al piano. Lo comprendió a la perfección.

Darle su justo lugar al miedo.

Todo el tiempo había estado intentando sacarlo de sí cuando en realidad lo que había que hacer era absorberlo, apresarlo, volverse uno con él.

Sólo así podría derrotarlo.

El terror. No fuera, sino dentro.

Nada que puedas soportar es, en realidad, insoportable, le había dicho Guillén.

De eso se trataba. De sobrepasar cada vez un nuevo límite. Y uno más. Y uno más. Así hasta hacerse tan fuerte que el terror más espantoso quedara reducido a nada. Así hasta morir o crecer. Sobrevivir al infierno, al pánico, al dolor... fortalecido o aniquilado.

Era duro. Acostumbrarse al terror, convivir con él, moldearlo, manejarlo, dormir a su lado. Pero sintió, en cuanto logró este hallazgo, cómo recobraba el control de sus manos, de su mente, de su andar.

Le sostuvo a cada uno de los demonios la mirada. Giordano Bruno tenía razón. Ubicar el miedo en donde lo puedas tener siempre dominado, siempre a la vista, vigilado y sometido. No fuera, donde alimenta a las alimañas sino dentro, oculto, mordiéndote las entrañas pero atrapado.

No apartarlo sino abrazarlo. Fundirse con él. Comprenderlo y conquistarlo.

"Yo y el miedo... uno solo."

Los demonios se dieron cuenta del cambio que había operado en Sergio. Volvió al recinto y, enfrente de todos, hizo la llamada al teniente, indicándole dónde había de presentarse. Cuando colgó, tomó la taza de té frío que le habían ofrecido y la bebió de un solo trago. Oodak lo rodeó con un brazo y puso la copia del nocturno, la carta no entregada de Liszt a Wagner, sobre la mesa al lado del apagado candelabro.

—Ya lo oyeron —sentenció—. Mendhoza ha decidido. Y ha decidido bien. Con excepción de Morné, todos lárguense de aquí. Ya no son necesarios.

La reacción fue de desconcierto. Sergio comprendió que, entre los siervos del Maligno, los ahí congregados no eran sino soldados menores que habían participado en la captura, acaso por mera fortuna. Pero notó que ninguno tomó a bien la decisión de Oodak. Con toda seguridad, las cosas no habían ido por donde esperaban.

Dando un pavoroso alarido, Daniela se arrojó en contra de Sergio, mas, con un sutil movimiento de mano, sin siquiera tocarla, Oodak la hizo estrellarse contra uno de los muros.

—Me decepcionas, Sabina... —exclamó—. El Príncipe entró en tu cuerpo y así le pagas, con arranques de esta naturaleza... lárgate antes de que te triture yo mismo.

Nadie agregó nada. Al poco rato, en la sala sólo quedaron Oodak, Morné y Sergio.

Y la sombra de Belfegor. Sergio notó cómo se hacía presente a un lado de la chimenea en cuanto salían los otros demonios.

El millonario recobró su forma humana. Sergio no dejó de sorprenderse ante la metamorfosis inversa. Morné había logrado una impresionante reconstitución de sus ropas humanas sobre la negra piel desnuda del minotauro. El millonario, aunque en holgadas vestiduras, se encontraba completamente vestido al momento de la reconversión. Lo había leído en el Libro de los Héroes, pero sólo al contemplarlo pudo creer en un fenómeno tan asombroso.

—Yo mismo iré por Guillén, Sergio —dijo Oodak, tomando su rostro y obligándolo a mirarlo—. Y en esta misma sala habrás de entregarlo a nuestro amo.

—Es un trato, "padre" —exclamó Sergio ufano, estrechándole la mano.

"Como rezar sin convicción: sólo repetir palabras."

Oodak le revolvió el cabello. No podía ocultar su entusiasmo. Fue a una de las paredes y, de ésta, descolgó una espada, un estoque medieval con hoja dentada que acarició con concupiscencia.

—No importa si no hallamos al que te está protegiendo... —dijo, mirando hacia cierto cuadro que quedaba fuera de la vista de Sergio—. Pero más agradarías a tu nuevo amo si adquirieras la forma que corresponde a tu estirpe. Es una lástima.

Miró a Morné y volvió a posar una de sus manos sobre el hombro de Sergio.

—Sólo por si acaso, Thalberg... —exclamó—, vigílalo hasta mi regreso, aunque en realidad... —hizo una pausa y volvió a hurgar en la mirada de Sergio—, tengo pocas dudas.

El negro océano de abominaciones seguía ahí, pero Sergio lo contempló con una nueva actitud. Lo mismo, Belfegor se había aproximado a él, lo rodeaba amenazante, pero ni Oodak ni Morné parecían haberlo percibido.

—Tu miedo... —dijo Oodak entregándole la espada—, ¿qué le has hecho?

Sergio, insolente, se encogió de hombros. El demonio sonrió, satisfecho.

Salió de la sala y dejó solos a Sergio y a Morné. El muchacho confrontó al millonario con un terror descomunal encerrado en sí mismo, un terror que, como una alimaña atrapada con un alfiler sobre una tabla, peleaba, luchaba, pero no conseguía liberarse. Morné giró en el banquillo del piano, recargó sus codos sobre el teclado. Sergio puso la horrible arma en uno de los sillones.

—Te crees muy listo, ¿no? —dijo el demonio, mientras Sergio se paseaba por la estancia, como si de víctima hubiera pasado a invitado de honor. Belfegor caminaba detrás de él.

—Estás celoso.

—No eres más que un pobre chiquillo presuntuoso. Con gusto te arrancaba el corazón.

—No lo dudo. Pero ya veremos a quién de los dos prefiere Oodak a partir de hoy.

En los ojos de Morné se reflejó la envidia. Sufrió una ligera transformación que fue inmediatamente sosegada. Su rostro se desfiguró en el de un animal que, a los pocos segundos, desapareció.

Sergio se alegró. El Libro de los Héroes era muy claro al respecto de cómo tratar con minotauros.

—Estás fanfarroneando —dijo—. Estoy seguro de que serás incapaz de entregar a tu héroe. Yo mismo habré de beber cada gota de tu sangre cuando esto ocurra.

Sergio supo que había llegado el momento de apostarlo todo. Dejó de pasearse por la estancia y se dio la vuelta para confrontar a Belfegor. Para su mala fortuna, tuvo frente a sí el cuadro en el que había posado la mirada Oodak mientras hablaba de esa "forma" que correspondía a su estirpe. Frente a una rústica casa, un hombre lobo devoraba con ferocidad a un niño. La madre del muchacho, desde la seguridad de su hogar, chillaba de terror. La reproducción era terrible, la sangre increíblemente real, el cuello destrozado de la víctima mostraba partes de la columna vertebral y de la vencida garganta. Por un breve momento perdió el control. La alimaña se soltó de sus amarras. El miedo fue real y Morné lo sintió.

—¡Tienes dudas!

Sergio se controló al instante. Volvió a ubicar el miedo, a dominarlo, a sujetarlo con cien amarras. Miró a Morné.

—¡No las tengo! —gritó. Y luego, miró de frente a Belfegor.

Por primera vez desde que lo había empezado a atormentar, miró sin titubeos al horrible demonio cara a cara. El monstruo no se arredró, pero sintió el cambio. Rugió, aunque sólo Sergio pudo escucharlo.

—Te lo demuestro, pedazo de inmundicia —exclamó el muchacho sin apartar la vista de Belfegor—. Toca el nocturno.

Morné sonrió, victorioso. El Libro de los Héroes era muy claro...

—¡Tócalo, te he dicho!

Morné se levantó del piano y fue hacia un escritorio cercano. Sobre la lujosa superficie se encontraba un portafolios que abrió con cuidado. Extrajo la partitura.

—Será un placer —respondió al momento de volver al piano.

Belfegor volvió a rugir. La frente de Sergio brilló con el sudor. Estaba apostando todo a esa carta. No estaba seguro de que funcionaría, pero no tenía otra opción. Además, por la reacción furiosa del demonio, era posible. Que acaso el *ritornello* funcionara todavía, aunque hubiera pasado más de una semana después de haber escuchado el nocturno por primera vez.

Morné puso las manos sobre el teclado y se dio a la ejecución de la pieza con una macabra sonrisa en el rostro.

Las ventanas estallaron. Un enjambre de horribles insectos entró al salón.

"Dentro de mí", se dijo. "Fuera nada está pasando."

"Nada."

Los bichos golpearon su cuerpo, mordieron su piel. "Puedo con esto." La música seguía. Belfegor levantó sus garras y, con un rápido movimiento introdujo una de ellas en el pecho de Sergio, atravesándolo, salpicando todo de sangre y vísceras. Sergio ni siquiera cerró los ojos al sentir las gotas resbalar por sus mejillas.

"Nada está pasando."

"Nada."

El nocturno terminó. La segunda vez que lo escuchaba Sergio en su vida.

"¿Todo lo que hace falta es escuchar el nocturno dos veces?", había preguntado a Jop cuando descubrió el símbolo.

"Así parece", contestó el muchacho.

Tan simple que parecía increíble. Tan simple que todo adquiría tintes de broma. Podía imaginar a Franz Liszt sonriendo al final, burlándose de Belfegor, riendo de aquél que le había robado la partitura, de todos los que la habían tocado para su propio beneficio.

Todo fue reconstituido en segundos. Morné giró en el banquillo. No había insectos por ningún lado. La sombra de Belfegor se había ido para siempre.

Sergio se llevó una mano a la cara. Tan simple...

Tan simple como los años de estudio que habían llevado a Liszt a volverse el mejor pianista de su tiempo, sin atajos de ninguna especie. Tan simple como eso, diría el profesor Baranyai.

El millonario miró a Sergio y comprendió que algo no marchaba. En efecto, el muchacho había escuchado el nocturno sin temor, sin experimentar cambio alguno, tal y como había alardeado. Tardó demasiado en darse cuenta de la verdadera razón.

Sergio miró la partitura.

Había escuchado el nocturno como Liszt lo había escrito.

Tenía el control.

Frente a la aterrorizada mirada de Morné, el papel se incendió. Se redujo a cenizas, lo mismo que la copia, sobre la pequeña mesa. Y Sergio supo que lo mismo sucedería a cualquier grabación que pudiera existir. Cualquier otra copia en cualquier otro lugar. Se perderían para siempre.

—¡No puede ser...! —tronó el millonario. Se puso en pie. Derribó el banquillo. Empujó el piano hacia la pared. Desesperado, se transfiguró a los ojos de Sergio en el bestial y espantoso minotauro con que servía a sus amos.

Su aullido fue espantoso, sí, pero Sergio se mantuvo firme en su sitio. Después de tantos días de ser perseguido por el terror sin que se le concediera tregua alguna, la figura del monstruo le pareció fácil de enfrentar.

—¿Qué piensas decirle a Oodak ahora que vuelva? ¿Que fuiste tan estúpido como para perder el nocturno?

El monstruo miró con rabia a Sergio, pero en vez de intentar embestirlo, volvió al piano. Morné intentaba tocar la pieza de memoria, pero un gran cambio había ocurrido. Era como escuchar a un pequeño que jamás ha tomado lecciones de piano intentar emular a los grandes maestros. El resultado era infame, grotesco, ridículo.

Y, en cierto modo, gratificante.

Capítulo treinta y uno

No contaba con mucho tiempo.

Echó a correr fuera del salón. Intentó traer a su mente la secuencia de pasillos y escaleras que había seguido en compañía de Genaro para llegar hasta ahí y hacer el mismo camino a la inversa. Pero el castillo estaba en penumbra en la mayoría de sus cámaras, y apenas podía ver más allá de unos cuantos metros.

Varias veces se golpeó contra las paredes. En una ocasión cayó y rodó por las escaleras, temiendo perder la prótesis. Su intención era escapar, huir antes de que fuera demasiado tarde. Pero la agitación había liberado momentáneamente al miedo y, por ende, había perdido la concentración. Corrió sin detenerse, pero sin llegar a ninguna parte. Los fallidos intentos de Morné por recuperar el nocturno eran casi imperceptibles pero él no daba con la puerta de salida.

Le parecía que el castillo había sido creado con la única intención de confundir, que sólo aquellos que conocieran su diseño podían salir de él.

Se detuvo en un rellano en el que debía seguir a la derecha o a la izquierda. Trató de recomponer el mapa en su cabeza. Miró hacia un lado, hacia el otro, no recordaba el camino. Reconoció que estaba perdido.

"Dios..."

Se decidió por el pasillo de la derecha. A los pocos metros descubrió que el corredor lo conducía a una larga hilera de puertas y que en realidad no desembocaba a ningún lado. Volvió sobre sus pasos.

Altos muros con vitrales representando escenas que parecían sacadas del Libro de los Héroes. Espirales y rampas. Pasadizos circulares y huecos sin salida. Puertas que no conducían sino a otras puertas. Puertas que conducían a muros. Muros. Muros y más muros.

¿Y las habitaciones? ¿Las otras salas del castillo? ¿Habría alguna cocina, un comedor, dormitorios? ¿Otros residentes?

Entonces, un ruido inconfundible: la puerta principal. Sus pesados goznes. Una voz familiar que discutía con otra muy estentórea. Forcejeo, resistencia. Alguien era llevado a la fuerza.

Detuvo su andar antes de volver al rellano, siguiendo la súbita luz que iluminó un acceso.

—No lamento en lo absoluto que esto termine así, porquería de héroe —dijo Oodak—. El muchacho ahora es mío. Y será un placer verte morir en sus manos.

—Estoy seguro de que te equivocas —replicó el teniente.

—Ya te sorprenderás. Él mismo te hará pasar por terrores inimaginables. La llamada no la hizo bajo presión de nadie, estaba completamente convencido. El muchacho es inteligente y sabe lo que le conviene.

Oculto en la sombra, Sergio controló el miedo y se aproximó al pasillo. Se pegó a la pared justo para ver pasar de largo a Guillén maniatado, siendo llevado a la fuerza por la horripilante bestia en la que se había transformado Oodak, una especie de demonio alado con forma de reptil. Los iluminó uno de los vitrales que, en la noche sin luna, apenas y fue suficiente para que Sergio adivinara sus lóbregos contornos.

"Perdóneme, teniente", musitó.

En cuanto se perdieron por las escaleras, Sergio volvió al rellano y tomó el camino de la izquierda. En breve, adivinando el camino que habrían hecho Guillén y Oodak hasta ahí, consiguió alcanzar la puerta principal pero estaba cerrada. O resultaba demasiado pesada para Sergio. En la planta baja no había ventanas.

"Piensa...", la desesperación había vuelto. "Piensa." La necesidad de escapar lo había obligado a desconcentrarse y por momentos se sentía aturdido, incapaz de seguir una línea clara de pensamiento.

No vio otra opción que regresar. Tal vez alguna ventana de los pisos superiores. Tal vez algún árbol cercano. Tal vez...

Escuchó entonces el grito atronador del minotauro, seguido por una discusión. Luego, pasos apresurados. El monstruo recorriendo los pasadizos del castillo.

Ahora iba en su contra, enfurecido.

"El miedo... ubícalo, ubícalo."

"Piensa..."

Cualquier demonio, incluso uno de reciente creación, podría dar con él por su miedo. Se concentró. Volvió a correr por las escaleras. Quería regresar a la parte alta, saltar desde una ventana, cualquier cosa que le permitiera salir del palacio de Oodak. Una posible fractura parecía un asunto menor.

Se detuvo. Aguzó el oído. Pudo definir hacia dónde iba la frenética carrera de Morné y corrió en dirección contraria. Sin noción del rumbo que seguía, sólo deseaba apartarse del monstruo, huir, confiar en su buena fortuna. Comprobó con horror, después de atravesar un par de cámaras, que se dirigía de nueva cuenta al salón del que había escapado, pues la única luz encendida del castillo, la del fuego de la chimenea, lo alcanzaba en el pasillo por el que caminaba.

Decidió correr el riesgo y no volver hacia el laberinto de pasadizos. Aprestó sus sentidos. No podía decir si Oodak se había unido a la persecución. A la distancia, no escuchaba sus pasos, sólo los del minotauro. Debía arriesgarse a pasar frente a la puerta para ir hacia alguna otra sección del castillo. Se acercó con cautela. Sólo deseaba seguir de largo, no quería enterarse de lo que podía estarse llevando a cabo en el interior de la sala. Se concentró. Tragó saliva. Aprisionó vigorosamente al miedo.

Con todo, al sortear con rapidez la puerta, no pudo evitar mirar al interior. Guillén parecía hallarse solo en el recinto, de pie, con las manos atadas a la espalda, aguardando alguna espantosa suerte.

Sergio retrocedió y volvió a asomarse.

Se miraron.

El teniente iba a decir algo pero comprendió en el acto que Sergio no había vuelto ahí por él, que no iba a rescatarlo, y que cualquier cosa que dijera sería delatarlo.

Fueron apenas un par de segundos. Un par de interminables segundos en los que se miraron en silencio.

"Discúlpeme, teniente", repitió el muchacho en su mente. Y echó a correr por el pasillo.

Guillén tuvo que luchar contra la oleada de sentimientos que lo abrumaron. Sorpresa, coraje, desilusión, tristeza. Pero se sobrepuso en seguida. Se esforzó por creer que nada era lo que parecía. Que todo era como tenía que ser.

—¿Pasa algo, teniente? —dijo Oodak, en ese momento de espaldas, sirviendo un poco de licor en una copa, haciendo suyo el miedo del policía, que colmaba el recinto.

—Nada.

—Tal vez un momento de duda... —sentenció Oodak—, pero nada grave. Es un muchacho. Ya verá cómo se decide en cuanto lo traiga Morné de vuelta.

Y Guillén se descubrió a sí mismo sintiendo alivio. Se dijo que si Sergio se salvaba todo estaría bien, que nada más importaba. Miró a Oodak, quien había vuelto a su forma humana, aquélla con la que lo había conocido en México y sintió enormes deseos de romperle el alma a puñetazos.

—Eso quiero verlo, "padre" —fue lo que se animó a decir.

Mientras tanto, Sergio intentaba dar con alguna salida en un ala del castillo que se parecía tanto a la que había dejado atrás, que creyó que eran la misma; ¿cuántas torres? ¿Cuántos lados del castillo? Había perdido el sentido de orientación y sólo se guiaba por el ruido de los pasos del monstruo para ir en dirección contraria. Esto lo llevó a subir más y más escaleras, hasta que alcanzó lo que parecía ser el último piso de la torre en la que se encontraba, donde sólo había trebejos, antiguallas y objetos olvidados, un ruinoso almacén de desechos de toda clase, desde armas y peroles hasta instrumentos de tortura. Se arrepintió de haber llegado ahí en cuanto notó que no había más que una puerta, al fondo del perímetro.

Y súbitamente los pasos se detuvieron.

Se había traicionado a sí mismo permitiéndose esa pizca de terror. El ruido de pasos lo volvió a alcanzar, pero la carrera del monstruo ahora se escuchaba más precisa. Se preguntó si debía regresar pero se percató en seguida de que no sería buena idea. Morné iba justo hacia allá, justo en esa dirección, y cada vez se oía más cerca.

Pasó por encima de tablones, telas, hierro oxidado, hasta llegar a la única puerta de ese piso. Pensó que, si la habitación tenía una ventana y acaso corría con suerte...

El terror en su interior se había desatado.

Abrió la puerta y entró. Más que una ventana, un hueco en la pared. Recordó la imagen. Una escena que había ocupado un lugar en sus terrores. La reducida celda, la puerta de madera, las sangrientas marcas de uñas, de dientes, tétrica evidencia de lo que habían intentado otros por conseguir escapar.

Fue al hueco y se asomó. También estaba ahí el acantilado que separaba al castillo de un nevado paraje. Apenas un par de metros. Se preguntó si...

De nuevo los pasos. Morné había llegado hasta ese último piso.

Miró hacia abajo desde la ventana. Una gruesa capa de nieve los ocultaba, pero sabía que ahí se encontraban. Huesos. Tibias, cráneos, fémures. Los restos de aquellos cuyo escape del oscuro castillo había sido la muerte.

Los pasos de la bestia resonaron a través del desperdicio de tantos y tantos siglos.

Pasos.

Pasos.

Pasos.

Apoyó una rodilla en la ventana. Era un hecho: el terror se había apoderado de él. Lo único que quería era huir. No pensaba en nada. Había sido una acrobacia muy difícil de sostener, en verdad.

El cerrojo. La puerta.

El minotauro hizo su aparición. Llevaba en sus manos la espada de hoja resquebrajada, espinosa, letal, pensada para causar una sangrienta y dolorosa muerte.

Sergio no lo pensó más. Se apoyó en la orilla y se arrojó hacia el exterior.

Al instante notó que el impulso había sido insuficiente.

Cayó a plomo, junto con la nieve, por el acantilado.

Capítulo treinta y dos

¡Alicia!

Creyó estar en su casa, presa de una más de sus tantas pesadillas. Creyó haber imaginado las escenas que más frescas tenía en la memoria: la caída en los fuertes brazos de alguien, la huida por el bosque, el miedo. Los aullidos.

Se apoyó en los codos sobre la piel de oso en la que estaba recostado. Advirtió que se encontraba en el interior de una acogedora tienda hecha de pieles curtidas, acopladas entre sí, sostenida por gruesas ramas a la manera de los indígenas americanos. Una llama dentro de una lámpara de cristal alumbraba el interior. El frío era prácticamente nulo ahí. Miró en derredor y descubrió, vigilándolo, el rostro sucio de un hombre que mordisqueaba un pedazo de carne seca, acuclillado a su lado. Un hombre barbudo de tosco aspecto que, en cuanto notó que Sergio había despertado, abandonó la tienda a toda prisa.

Pudo distinguir una rústica cama hecha de madera y pieles, a su lado. La mesita que sostenía la lámpara. Un cuaderno. Algunas fotografías y grabados antiguos. Un espejo, una escudilla. Utensilios de arreglo personal: un peine, una navaja de barbero, un jabón. Al fondo, trajes sostenidos por un travesaño. Varios pares de botas. Crípticas inscripciones en las paredes.

A través de la abertura de la tienda escuchó ruido de gente, un barullo del que no supo identificar el motivo. Se sentó.

Tenía en la cabeza múltiples interrogantes. Alguien lo había rescatado, eso era seguro, pero... ¿quién? ¿A dónde había sido llevado? Tomó su prótesis, a su lado, y se la colocó. No pensaba quedarse sentado a esperar las respuestas.

Y entonces, un lobo gris asomó la cara por la puerta de la tienda. Un hermoso lobo que lo contempló con interés.

El muchacho se puso de pie y se arrinconó hacia el otro lado. Instintivamente tomó una cuchara de madera y la sostuvo frente a sí. Pese a todo, el animal no parecía querer hacerle daño.

Casi en seguida, asomó por la abertura de la tienda otra figura de pie. Un hombre alto con el semblante fuerte y apacible, de barba negra y cejas espesas que parecía venir de un siglo remoto. Portaba una vestimenta que le fue imposible a Sergio ubicar en el tiempo; un rey noble de la Europa más lejana que ha decidido salir de caza en la nieve, con grueso abrigo de piel y grandes botas, capa sobre los hombros y múltiples cadenas de hierro cubriéndole el pecho. Sergio tuvo que admitir que algo investía al recién llegado de un porte majestuoso, una gran dignidad y una enorme fortaleza de carácter.

Pero bastó una mirada a los negros ojos de éste para que Sergio volviera a vivir horrores que creía olvidados y comprendiera con quién estaba tratando.

—Farkas.

El hombre dio una palmada al lobo gris y éste, obedeciendo una tácita orden, salió de la tienda.

—Muy ingenioso, Mendhoza... —exclamó Farkas en cuanto estuvo dentro—. Muy ingenioso.

Un escalofrío recorrió el cuerpo de Sergio. Era la primera vez que escuchaba la voz del hombre lobo. Era la primera vez que confrontaba al ser de carne y hueso que lo había instruido y lo había marcado. No pudo ocultar su miedo. El encuentro no le parecía trivial, por algo había sido llevado a Hungría, por algo se encontraba ahí esa noche.

—Casi diría que magistral, tu forma de salir del aprieto —volvió a decir Farkas—, excepto por el detalle de tu caída al vacío. ¿Cómo pensabas sobrevivir al golpe, eh, Mendhoza?

Sergio recordó el trato que solía darle Farkas en la computadora. Recordó cómo lo fustigaba. Trajo a su memoria el tiempo en que el miedo lo había hecho romper el capullo en el que estaba metido. Era una rara sensación. No podía decir que del todo incómoda. Era el tipo de rabia, de furia contenida, que un líder espera de sus ejércitos para obtener lo mejor de ellos.

—Tal vez no pensaba sobrevivir —contestó insolente—. Tal vez sólo quería terminar con todo esto.

—Sí. Supongo —se frotó la barba—, pero aún no llega tu tiempo. Así que tuve que hacer un poco de trampa...

—No me hagas favores —dejó la cuchara en el suelo. Al menos Farkas no parecía resuelto a lastimarlo. No todavía. Se relajó.

—Si de veras quisieras terminar con todo, habrías utilizado el *clipeus* en ti, no en el teniente.

Sergio volvió a sentirse desconcertado con la capacidad de Farkas de estar presente en su vida. Desde el caso Nicte hablaba de lo que le acontecía como si viera el mundo a través de sus ojos. Casi pudo imaginárselo a su lado en el momento en que, aprovechando que Guillén dormía profundamente, había tomado un frasco de crema y había hecho el trazo del *clipeus* sobre su pecho, el sol negro, el triángulo, el círculo. Casi pudo ver al hombre lobo sentado en la orilla de la cama, atisbando desde el baño o desde el otro lado de la ventana del cuarto de hotel.

—Como si eso sirviera para algo —gruñó—. Supongo que sabes cómo terminó Pancho.

—Si no creyeras en el símbolo no lo habrías utilizado. Y sirve. Claro que sirve. No hace más de media hora que Guillén fue arrojado del castillo. En cuanto Oodak lo entregó a Morné para que hiciera una carnicería con él y la pobre bestia se dio cuenta de que no podía tocarle un pelo, fue devuelto a la noche y a la nieve. Desde que salió de *Sötét vár* no cesa de gritar tu nombre. Pero no te preocupes, ya le he enviado ayuda.

Sergio recordó en seguida cierto pendiente que no había resuelto. Mas temió preguntar. No podía confiar en Farkas. No obstante, fue incapaz de ocultar lo que sentía. Un nudo muy apretado en la garganta le impidió abrir la boca.

Farkas, tal vez leyendo en su rostro, lo hizo acercarse. Recorrió un pedazo de piel de la tienda y le mostró el exterior. Sergio pudo comprobar entonces que se encontraba en un campamento conformado por varias tiendas. Al centro, una enorme fogata. En torno a ella, algunos hombres con la misma apariencia de aquél que había estado vigilando su sueño, soldados arrancados de tajo de la Edad Media, listos para partir a Las Cruzadas o a combatir dragones. Y, dentro del apretado corrillo, dos muchachos de su edad calentándose las manos, con los rostros alumbrados por el fuego.

No pudo evitarlo. Sus ojos se volvieron cristalinos. Luchó por que Farkas no lo notara.

—Gracias —musitó.

—Has crecido, Mendhoza, te felicito. Y en muy poco tiempo. Pero debes dejar de ser tan irreflexivo, porque todos tus actos tienen consecuencias. Y todo demanda un pago.

Sergio buscó la mirada de Farkas. Quería descubrir qué era lo que lo hacía tan incomprensible, tan contradictorio.

—¿Sabes por qué te hicieron venir hasta acá? —preguntó éste.

—Me dijo Oodak que aquí terminó y comenzó todo.

—Aquí decidió iniciar la reconstrucción de su maltrecho imperio. Y por Lucifer que no lo ha hecho mal. Pero en realidad, fue el Príncipe del mal el que pidió que te trajeran. ¿Sabes por qué? Porque aquí debe iniciar la búsqueda de Edeth. Y Oodak se dio cuenta de que tú puedes conducirlo a él.

Sergio le sostenía la mirada a Farkas, algo en sus ojos lo convenció de arrojar el anzuelo.

—También me dijo... que alguien me estaba protegiendo.

Farkas apartó la vista. Le dio la espalda y, al poco rato, volvió a confrontarlo. Introdujo una mano por debajo de su abrigo, de su camisa y, desde ahí, jaló una cuerda que le rodeaba el cuello, una cuerda que sostenía una pequeña bolsa negra de cuero. Sergio recordó que la había visto antes, tiempo atrás, en el hombre aquel que lo hostigaba tanto en la plaza Giordano Bruno.

—No será por mucho tiempo —aclaró—. Y cuando te entregue esto, tendrás que enfrentar lo que te toca ser.

—Pero...

—¡Te lo dije una vez y te lo repito ahora! No te confundas, mediador. Yo sirvo a Oodak.

—¡¿Entonces por qué me ayudas?! Si Oodak se enterara...

—No se va a enterar.

—Pero...

—¡No se va a enterar!

Farkas devolvió la bolsa al interior de sus ropas. Se serenó. Arrastró un tocón de una de las orillas de la tienda y se sentó, recargando su espalda en una de las fuertes ramas que sostenían la tienda.

—Ahora... hablemos de negocios.

Sergio se sintió confundido. Había demasiadas cosas que no alcanzaba a comprender. "Enfrentar lo que me toca ser..."

—¿Brianda o Jop? —dijo Farkas, mientras tomaba dos piedras del suelo.

—¿Cómo dices?

—¿Brianda o Jop? Te lo dije. Tus actos tienen consecuencias. Y el pago de tus acciones es uno de ellos.

Un espantoso sentimiento surgió en el interior de Sergio. ¿El pago? Comprendía que había sido irreflexivo, como bien había afirmado Farkas, que debía haber hecho volver a sus amigos a México antes de que las cosas terminaran así, cautivos en un campamento de hombres lobo, pero tampoco entendía por qué debía pagar.

—¿Es... —titubeó— por haberme salvado?

—No me ofendas. Te lo dije, tu tiempo no ha llegado. Eso fue gratis.

—¿Entonces...?

—¿No crees que Oodak sospecharía si no le entrego aunque sea el cadáver de uno de ustedes? ¡Los tres corrieron a mis dominios! ¿Qué crees que voy a decirle? ¿Que se me escaparon?

Sergio dirigió la mirada hacia el exterior de la tienda.

—Y, desde luego... no puedes ser tú, así que... —concluyó Farkas, sopesando ambas piedras—. ¿Brianda o Jop?

Sergio se aproximó a la abertura de la tienda. Tenía que haber una salida a eso. Tenía que haberla. Y, sin embargo, sabía que no estaba en condiciones de pedir nada, de suplicar siquiera. Bastante había hecho Farkas con respetarles la vida a los tres hasta ese momento. Maldijo su falta de carácter, debía haberse opuesto a que sus amigos se quedaran en Hungría. Tenía que haber una salida... una escapatoria...

Se puso a estudiarlos a la distancia. No se veían contentos pero tampoco aterrorizados. Brianda o Jop... Brianda o Jop...

No podía creer que en verdad lo estuviera pensando.

Se limpió el sudor.

Brianda o Jop.

Brianda o Jop.

Se frotó los ojos.

Brianda o Jop.

Sus ojos se detuvieron en Brianda.

—Fue lo que pensé —dijo Farkas, poniéndose de pie—. No te preocupes. Procuraremos que no sufra demasiado el muchacho.

Sergio se rebeló. Impidió que saliera de la tienda.

—¡No! No puedes hacerlo. Dime que hay otra forma de pagarte. Por favor... dime. Lo que sea.

—"Poor Sergio" —se burló.

—Haré lo que tú me digas —comenzó a sollozar. Tomó las manos de Farkas y las apretó con fuerza.

El licántropo se detuvo. Aguardó unos instantes.

—Lo siento, Mendhoza.

—¡No, por favor! Piensa, Farkas, por favor. Debe haber algo, lo que sea. Te lo suplico... te lo suplico...

Siguió apretando las manos de Farkas. Se pondría de rodillas de ser necesario. Éste lo estudió con interés.

Y Sergio sintió... aunque no podía estar seguro...

—Está bien —repuso el hombre lobo.

Sergio se recompuso. Levantó la vista.

—¿En verdad?

—No será fácil.

—No importa.

—Tienes que jurarlo.

—Lo juro.

—Bien —resopló Farkas—, tengo tu palabra. Otro acto irreflexivo de tu parte. Pero comprendo tus razones.

Volvió a darle la espalda. Clavó sus enigmáticos ojos en la llama de la lámpara.

—Esto es lo que tienes que hacer: Cuando llegue el momento, te entregarás a mí.

El miedo.

—¿Cuando llegue...?

—Te lo dije. Trabajo para Oodak. Yo quiero ser quien dé cuenta de ti. Quiero ser quien te entregue a mi señor.

El terror. Sergio volvió a sentir esa terrible angustia que, por pocos momentos, había quedado atrás. Con todo...

—Está bien.

—¿Lo juras?

—Lo juro.

El terror. La desolación. La tristeza.

—No te preocupes por reconocer el momento en que esto tenga que ocurrir. Lo sabrás. Ahora, si me das unos minutos, podrás irte. Podrán irse... los tres.

Fue hacia el fondo de la tienda y extrajo un par de raquetas de madera para los pies. Se las entregó a Sergio.

—No te muevas de aquí. Ya regreso.

Sergio se sentó en uno de los tocones para sujetar las raquetas a sus botas. Anhelaba que llegara el alba, anhelaba volver a casa.

***

—¡Checho!

Brianda ingresó en la tienda y corrió a abrazar a Sergio.

—¿Estás bien? —sostuvo su cara con ambas manos.

—Sí. ¿Y ustedes?

—También.

Ella volvió a abrazarlo, sorprendida aún.

—Por un momento creí que no te volvería a ver.

—¿Y Jop?

—Está con Farkas.

Sergio se aproximó a la entrada de la tienda. Le había ordenado Farkas que no se moviera de ahí, pero...

No le gustó nada lo que vio. El hombre lobo conversaba con Jop a la luz de la hoguera, como si no fuera un demonio repugnante sino un profesor de escuela. Y el muchacho no parecía en lo absoluto atemorizado. Se veía, incluso, contento.

Salió de la tienda a toda prisa y fue hacia ellos.

—¿Podemos irnos? —increpó a Farkas.

—¡Serch! —lo recibió Jop, sonriente—. ¡Qué bueno que estás bien!

—¿Podemos irnos? —insistió Sergio, castigando con la mirada a Farkas.

Éste lo miró con desdén, como si Sergio hubiese incurrido en un exceso de muy mal gusto.

—Dos de mis hermanos los harán volver al poblado —respondió Farkas—. Sólo estaba... disponiendo las cosas.

—¿Pasa algo? —preguntó Jop. Brianda estaba al lado de ellos.

—Mejor no hables con este demonio, Jop.

Farkas sonrió condescendiente. Hizo una seña y uno de sus hombres, con una antorcha, se acercó. A su lado iban dos grandes lobos, uno gris y el otro blanco.

—Síganlos. Y traten de no hacer nada estúpido. No son precisamente unos dóciles cachorros.

Los lobos se detuvieron al lado de los muchachos. Parecían aguardar una señal. Farkas entregó la antorcha a Jop y le ofreció su mano a modo de despedida, misma que Jop estrechó. Luego, se despidió del mismo modo de Brianda. Al final, quiso hacerlo también con Sergio, pero éste no quiso corresponderle.

—Has crecido, Mendhoza. Eres valiente. Pero tendrás que serlo aún más a partir de ahora. La pregunta ya no es cuánto miedo puedes soportar. Ahora la pregunta es... si sabrás manipular el terror o éste te manipulará a ti. ¿Quién controlará a quién?

—Vámonos —exclamó Sergio.

—Un último consejo: No todas las respuestas están en el Libro de los Héroes.

—Como si no lo supiera.

—Curiosamente... como bien te dijo mi señor en México, en tu propia casa, frente al árbol de navidad... todo es un asunto de fe. Todo tiene que ver con aquello en lo que tú decidas creer.

—Adiós. Y ya deja de espiarme.

Comenzó a andar fuera del campamento. Y los lobos se adelantaron a la señal de Farkas. Brianda y Jop no tardaron en unirse a él, aunque no comprendían su súbita molestia. Después de todo, a ambos los había salvado Farkas del frío y de la oscuridad. A ambos los había llevado a su campamento y los había tratado bien.

—Línea directa hacia el suroeste —se escuchó, a sus espaldas, el último grito del licántropo.

Sergio no quiso mirar atrás. Intentaba caminar a la par de los lobos sin perder la prótesis... trataba de dejar en ese sombrío campamento la nueva sentencia de muerte que había aceptado al dar su palabra. Sólo quería salir de la noche, volver a casa.

—¿Estás bien, Serch? —le preguntó Jop cuando estaban en pleno bosque.

—¿Qué tanto te decía, Jop? —quiso indagar Sergio, sin apartar la vista del sendero virtual que iban dibujando los lobos con sus huellas.

—No te enojes. Nunca antes había hablado con un hombre lobo.

—No es un chiste, Jop —se enfadó Sergio—. No tienes idea de lo que es capaz un demonio de esa especie.

Jop miró a Brianda buscando apoyo y ésta sólo le obsequió una ligera sonrisa.

Continuaron avanzando en silencio, tratando de no quedarse atrás. En cierto momento Brianda se detuvo a descansar, recargada en un árbol, y uno de los lobos abandonó el liderazgo para ir a gruñirle. Sólo hasta que ella retomó la marcha, volvió al lado del otro animal para continuar guiándolos.

La antorcha los calentaba y alumbraba, pero no conseguía infundirles ánimo. Cierto que estaban a salvo, bien escoltados y en vías de salir del bosque... pero mientras no lo hicieran, no se sentían optimistas, en especial Sergio, que no dejaba de mirar en derredor.

—¿Qué fue eso? —dijo de pronto Jop.

Sergio también lo había escuchado, una especie de gruesa rama cayendo a la nieve, pero prefirió no darle importancia. Le urgía salir del bosque, atravesar esa jornada oscura, echar por tierra la posibilidad de que la amenaza de Belcebú se cumpliera todavía. El decimotercer aniversario. No había luna en el cielo. La unión con la prótesis le escocía.

Siguieron tras de los lobos en silencio. La ardua caminata había conseguido sumirlos en una especie de trance hipnótico en el que sólo se veían árboles, arbustos, piedras, tierra, musgo, nieve, árboles y más árboles...

Transcurrió poco más de media hora cuando, de nueva cuenta...

Ahora fue claro para los tres. Y aun para los lobos, que se detuvieron y levantaron las orejas. A su derecha, un golpe seco contra un tronco.

—¿Oyeron? —dijo Jop.

Los lobos gruñeron pero, al cabo de un rato, retomaron la marcha.

—¿Cuánto falta para que amanezca? —preguntó Jop, quien había pasado la antorcha a Brianda.

—Espero que no mucho —respondió ella, esforzándose por no aminorar el paso.

Sergio era el que iba más atento a los ruidos del bosque, al engañoso paisaje, a la conducta de los lobos... sabía que eso no terminaría para él hasta que no surgiera el primer rayo de sol por el oculto horizonte.

Continuaron avanzando por unos minutos más. Nagybörzsöny no podía estar muy lejos.

Entonces... una presencia, a su derecha. Todos lo notaron. Los lobos protestaron.

Y aguardaron.

Fue como si hubiesen ingresado a una zona que se tragara todos los sonidos, como si se hubiera detenido el tiempo.

Los lobos no dejaban de escudriñar la infranqueable oscuridad.

Y aguardaron un poco más, todos atentos al menor sonido.

Pero Sergio fue el primero que comprobó que el peligro venía justo frente a ellos. Sintió que el terror lo dominaba.

Los lobos reaccionaron también, poniéndose alertas, tensando sus músculos.

Farkas, que los había estado siguiendo subrepticiamente por todo el trayecto, se agazapó detrás de una saliente de rocas, a la derecha del grupo.

Brianda y Jop dirigieron la vista hacia donde la tenía Sergio. Y lo vieron también, a la luz de la antorcha.

—¡Dios mío...! —exclamó Brianda, recordando con nitidez sus más recientes pesadillas.

A toda velocidad, el minotauro corría hacia ellos como una furiosa máquina asesina. Se hundía en la nieve pero esto no parecía detenerlo en lo absoluto.

Los lobos volvieron a gruñir y se prepararon para atacar. Sus pelajes se erizaron. Sus hocicos se contrajeron amenazantes.

Farkas apretó sobre su pecho la pequeña bolsa de cuero. Se preguntó si no sería buen momento para dejar que Sergio utilizara esa parte oculta de su ser. "No me hagas favores", resonó en su interior.

—¡Sergio! ¿Qué hacemos? —gritó Jop.

Los tres estaban petrificados. El monstruo atacaría en cualquier momento. Ni siquiera se veía intimidado por los lobos, que no dejaban de gruñir y mostrar sus afilados dientes.

—¡Dame la antorcha, Brianda! —ordenó Sergio.

El Libro de los Héroes lo decía muy claro. "Al minotauro se le vence con su propia furia. No hay otro modo de derrotarlo." Y Sergio se aprestó con el fuego en su mano.

Morné se arrojó contra ellos, aunque en su rabiosa mirada se distinguía que iba por uno solo, aquél que ahora portaba la antorcha. Sin embargo, los lobos le cercaron el paso. Uno se le arrojó al cuello. El otro, a uno de los brazos. La bestia rugió.

—¡Corran! —gritó Sergio.

Jop y Brianda obedecieron. Él también corrió, dejando que los lobos libraran esa batalla. Pero ninguna de las dos fieras fue rival para tan monumental demonio. A los pocos segundos de carrera, Sergio escuchó, detrás de él, cómo trozaba la columna de uno de los animales mientras que, al otro, lo arrojaba contra un árbol y moría en un apagado y lastimero gemido.

—¡No se detengan! —gritó Sergio a sus amigos, más adelantados que él.

Esgrimiendo la antorcha, se dio la vuelta para enfrentar al monstruo.

El minotauro se aproximó a él, sin prisa. Mala señal. Del cuello del monstruo manaba sangre que no le causaba ninguna molestia. Recordaba a uno de esos toros de lidia que aceptan sus heridas con coraje y beneplácito.

—¿En serio creías que escaparías...? —tronó Morné.

Farkas, oculto, seguía dudando.

—No te tengo miedo —respondió Sergio sosteniendo la antorcha con ambas manos, tratando de ganar tiempo.

—Mientes —se aproximaba más—. Eso sí puedo asegurarlo.

—En el fondo eres un fanfarrón. Un pobre demonio de tercera —miraba hacia atrás, dando pequeños pasos. Tal vez si hubiera algún agujero... tal vez si hallara alguna trampa de la naturaleza... —no serías nada si no hubieras cometido esos asesinatos sin ninguna gracia.

—Si eso es lo que te preocupa... pierde cuidado, a ti pienso destrozarte con gran cuidado. Ni siquiera tus huesos quedarán reconocibles.

—Cualquier imbécil empuja un niño al fuego, ¿no, Thalberg?

El minotauro dejó de avanzar. Farkas observaba maravillado. Sergio hacía todo lo posible pero, en el fondo, sabía que no sería suficiente.

Brianda y Jop habían dejado de huir. Buscaban palos y piedras para ayudar a Sergio.

—Cualquier imbécil... sin talento —arremetió Sergio sin dejar de retroceder. Nada en los alrededores le daba una idea de posible fuga. Presentía que tal vez hasta ahí llegaría todo, que sería inútil dar la lucha.

—¡Siempre tuve más talento que todos! —rugió la bestia iracunda—. ¡Siempre fui el mejor! ¡El mejor!

Se arrojó contra Sergio y éste pudo comprobar que los ojos, inyectados en sangre, estaban ciegos de ira. No era una metáfora sacada de un libro. Era un hecho fehaciente. Lo recibió con la llama de frente y el fuego encontró la carne del minotauro. Éste se replegó, rugió de nueva cuenta, y se abalanzó contra Sergio, guiado por el calor.

El muchacho se dio cuenta de esto y arrojó la antorcha al suelo. Morné golpeó de frente contra un árbol, despojándolo de nieve con la acometida, haciendo que todo el bosque se sacudiera.

Farkas sonrió. La antorcha fue consumida por la nieve. Por unos momentos estuvieron, todos, en la misma condición que el monstruo: a ciegas.

La rabia de Morné era gigantesca. Lanzó un nuevo bramido y buscó a Sergio a embestidas entre los árboles. Éste hacía lo posible por huir en silencio, por no delatarse, pero no le resultaba fácil. Todavía estaba muy cerca del minotauro, tenía que hacer distancia entre ellos antes de que fuera demasiado tarde. Antes de que se serenara y pudiera localizarlo por el gran terror que sentía.

Morné recibió entonces una pedrada. Jop intentaba separarlo de Sergio pero, para su mala fortuna, Morné adivinó sus intenciones y fue en la otra dirección.

No acertó la primera vez y cayó en un desnivel que lo hizo trastabillar. Sergio, a pocos metros, intentaba correr fuera de su alcance. Jop comprendió su error y abrió el campo de acción. Brianda lo acompañó rodeando a Sergio y al monstruo y arrojaron piedras simultáneamente. Ninguno dio en el blanco.

—¡Eeeh! —gritó Jop, impotente.

Entonces Sergio perdió una de sus raquetas y hundió el pie en la nieve, dejando escapar un lamento. Un fatídico lamento que dio al monstruo, al igual que había ocurrido con el miedo en el laberinto del palacio, la mejor pista para dar con él.

Ya no dudó. Envuelto en un poderoso rugido se arrojó contra Sergio y lo tomó de los brazos. Abrió el hocico y se preparó para tirar una furiosa dentellada.

"Aquí termina todo", se sorprendió Sergio pensando mientras era levantado por Morné. Hizo un esfuerzo por transportarse a su casa, a su cuarto, a su batería, a la vida como la conocía cuando el miedo no se hacía presente. Vio frente a sí a Jop y a Brianda, aterrorizados a lo lejos. Vio en su mente a Alicia. Al teniente Guillén. Cerró los ojos.

Luego, cayó al suelo.

Un rugido se opuso al otro.

Ante sus ojos, un enorme hombre lobo negro, de grueso pelambre y ojos amarillos, se lanzó contra el minotauro. Poco pudo distinguir una vez que un monstruo arrastró al otro a la penumbra. Pero sí pudo darse cuenta de que, frente al licántropo, el minotauro no era sino un demonio amateur, un demonio que no ha peleado las guerras de siglos y siglos, las guerras que se desataron por el mundo y concluyeron ahí mismo, en ese intacto territorio, hacía más de setecientos años.

Escuchó los gemidos del toro hombre. Escuchó los ecos de la lucha y el aullido final. Se escuchó a sí mismo agradecer esa nueva prórroga.

Se puso en pie y corrió hacia sus amigos en línea recta hacia el suroeste.

A sus espaldas, el cielo comenzaba a pintarse de un frío azul blanquecino.

Capítulo treinta y tres

Theoderich.

Contemplaba la hoja de "Nádor Panzió" en la que había escrito las palabras exactas de Farkas en el Messenger, hacía tanto tiempo: "Detrás del nombre de Teodorico está oculto el nombre del Señor de los héroes". No dejaba de preguntarse, desde que había vuelto a casa, cuál sería su papel en esa lucha, por qué parecía tener una importancia que no lograba comprender.

Era una noche muy distinta a las que había vivido en los últimos días. Una noche en la que —lo sabía—, dormiría bien, descansaría. Postergaría sus inquietudes, encerraría bajo llave sus infinitas preguntas.

Alicia se esmeraba en la cocina desde la tarde. Y todo apuntaba a que ahora sí podría conocer al huidizo novio que nunca había coincidido con él. Sería una velada en verdad disfrutable. Los aromas que despedía el horno lo confirmaban.

Sonaba, en su computadora vieja, la música de algunas piezas de Liszt que había bajado de internet. De pronto le había encontrado el gusto al piano del maestro húngaro. La computadora nueva había sido tirada a la basura con todo y la caja (y empaques de unicel).

Odoaker.

Plasmó el nombre al lado del otro en la misma hoja de papel. "Detrás del nombre de Odoacro…" Se preguntó si volvería a encontrarse con él en el futuro. Si volvería a descubrir en sus ojos los ríos de sangre, los niños muertos, los héroes aniquilados, la podredumbre humana.

Abandonó su escritorio y fue a la ventana. Miró la estatua de Giordano Bruno y aventuró una pregunta que le había perturbado desde que habían tomado el vuelo de regreso en Budapest. Desde que se había dado a la tarea de contar a Guillén todo respecto al Libro de los Héroes, ahora que no podía participar en la lucha.

"¿Qué hace un mediador sin héroe?"

Guillén lo había escuchado con solemnidad y recelo durante el viaje. Sergio aprovechó las horas de vuelo para ponerlo al tanto de aquello en lo que había tomado parte sin saberlo. La lucha milenaria contra el mal. Guillén escuchó con paciencia, haciendo preguntas muy precisas. Al final, destrozó la argumentación de Sergio con un solo cuestionamiento, simple pero terminante:

—¿Por qué?

Se refería, desde luego, al símbolo que llevaba ahora en el pecho como una marca indeleble. A la decisión que Sergio había tomado de apartarlo de la lucha sin consultarlo antes. La decisión de salvarle la vida a ultranza.

"¿Por qué?" El mismo Sergio se lo había preguntado más de una vez. Y su única respuesta, que no supo esgrimir al teniente, fue: "Porque sé que es lo que usted habría hecho por mí. Salvarme la vida aunque yo no lo consintiera".

Sólo había una verdad, sin embargo: que había renunciado a Guillén. Había renunciado a pelear a su lado. A resolver oscuros casos llenos de maldad en su compañía. Y eso lo tenía triste. Muy triste. Inquieto, también. Pero, a la vez, feliz de saber que ningún monstruo acabaría jamás con la vida del teniente. Una más de las razones por las que había dormido tranquilo desde que dibujó el *clipeus* en el pecho de su amigo.

"¿Qué hace un mediador sin héroe?"

No hubo respuesta. Desde su regreso, había buscado la voz de Giordano Bruno en su cabeza y ésta no había vuelto a aparecer. Sabía que no era la voz de Farkas, puesto que ya la conocía. De cualquier modo, poco importaba si la estatua no volvía a comunicarse con él.

Había pasado un par de horas en la mañana hablándole a la fría piedra sin resultado alguno.

"Hacerse de un nuevo héroe", se respondió a sí mismo. "Buscando entre la gente", replicó. "Así como se descubre a los demonios. Sólo que en sentido inverso." Es lo mejor de ser mediador, le había dicho alguna vez Farkas. Y tal vez tuviera razón. Reconocer a los héroes. Detectarlos entre miles, entre millones. Cobijarse con su aura protectora. Convencerlos de dar la lucha.

"¿Y si...?"

Desde su sitio, a través de las cortinas corridas, podía ver al monumento. Giordano Bruno sostenía un enorme libro con sus pétreas manos. "¿Y si...?", volvió a preguntarse. El profesor Baranyai le había dicho que muchos hombres célebres habían sido mediadores en el pasado. "¿Y si... el propio Bruno... el filósofo italiano del siglo dieciséis..."?

El ruido del timbre exterior lo sacó de tales cavilaciones. Se asomó por la ventana.

Sintió una oleada de buenos sentimientos. Y recordó que no había cumplido con cierta promesa que se había hecho durante el viaje a Hungría.

—¡Ahorita te abro! —gritó.

—¡No, mejor baja, porfa! —gritó Brianda desde la calle.

Abrió el cajón de su escritorio. Cumplió. Y se dispuso a bajar.

—¿Quién es? —preguntó Alicia desde la cocina.

—Es Brianda, ahorita vengo —respondió Sergio en la puerta.

—¡Invítala a cenar si quiere!

Bajó lo más rápido que pudo. Pese a que aún no se cumplía ni un día de haber vuelto de Europa, extrañaba a sus amigos. Cierto que lo que habían vivido allá invitaba a un descanso, pero no le parecía que pudieran estar apartados por mucho tiempo. Hay viajes que afianzan los lazos, se dijo. Y aunque tenía pensado dedicar el domingo a estar con Alicia, quizás el lunes, después de la escuela...

Abrió la puerta del edificio y saludó a Brianda con un beso en la mejilla.

—Hola. ¿Qué pasó?

—¿Te gusta?

—Qué —fingió no darse cuenta.

—¡Como que qué! —le dio un empujón—. ¡Te pasas, Sergio Mendhoza!

Se había cambiado el peinado. Un montón de rizos le colgaban de la cabeza.

—Ah... No está mal.

—Lo sabía —refunfuñó ella—. Voy a pedir que me lo alisen de nuevo. Es que acompañé a mi mamá al salón de belleza hace rato y me convenció. ¡No sé cómo me dejé convencer! ¡Me lleva!

—Está padre, Brianda. Cálmate.

Y de repente, el silencio. Se sonrieron. Sergio hubiera querido decirle muchas cosas pero ninguna le pareció apropiada. Últimamente sentía que con Brianda no necesitaba decir nada para sentirse bien. Y eso le gustaba.

—Dice Alicia que si quieres apuntarte a cenar. Va a venir su novio.

—¿Con estos chinos horribles? ¡Ni muerta! Mañana mismo me voy a rapar o a ver qué invento.

—Ya te dije que están padres.

—Eres malísimo para mentir.

Más silencio. Aunque de la misma sustancia. Apacible, conciliador.

—Bueno... me voy —remató Brianda—. Por cierto... te quería decir algo desde que salimos de Europa, pero como no te le despegabas al teniente...

—Sí, lo siento. Tenía que contarle.

—En fin. Es por la pregunta que quisiste hacerme antes de que saliéramos a rescatar a Jop.

—Sí. ¿Qué tiene?

—Estaba pensando que...

Se mordió las uñas. Miró en derredor. Se fijó por primera vez en las manos de Sergio, en el anillo que lucía en la izquierda. Un anillo de oro blanco que había comprado con todos sus ahorros. Un anillo con sus propias iniciales. Se sintió feliz.

—¿Qué estabas pensando?

—Nada. Ya nada. Pasará cuando tenga que pasar —dio dos pasos hacia atrás. Le hizo un rápido ademán de despedida—. Nos vemos.

Echó a correr por la calle. Nadie hubiera podido quitarle lo que sentía, arrancarle la sonrisa de la cara, rulos y todo, por el resto de la semana. Por el resto de su vida. Hasta que pasara lo que tuviera que pasar.

—Nos vemos, "latosa" —musitó Sergio, a sabiendas de que ella no podría escucharlo, colmado también de esos sentimientos tan gratos que, al parecer, sólo sentía en compañía de sus amigos, en compañía de Brianda.

Volvió a su casa, a los agradables aromas de lo que se guisaba en la cocina, a la espera del célebre y enigmático Julio. Pidió un adelanto del espagueti que le fue negado. Se refugió en su habitación y, después de mirar el reloj, se dijo que era buen tiempo para resolver ese nuevo pendiente.

Marcó al celular de Guillén.

Era sábado por la noche. Y puesto que había faltado a la clase del día anterior, Guillén se había hecho ese firme propósito. A fin de cuentas, tenía métodos para investigar esa clase de cosas. Se encontraba frente a la puerta del departamento en la colonia Narvarte en el que vivía cierta veracruzana de ojos encantadores y temperamento irresistible. Llevaba consigo un ramo de flores que había tardado más de una hora en escoger, pues ninguno le parecía lo suficientemente bueno.

Arrojó el cigarro al suelo. Lo aplastó con el pie.

Iba a llamar al timbre cuando sonó su celular.

Ni siquiera se fijó quién llamaba. Pulsó el botón verde.

—Teniente, sólo quería decirle... —dijo Sergio.

Para quedarse callado en seguida. Había pensado un millón de formas de decirlo. Ninguna le había parecido adecuada. Se sorprendió con los ojos puestos en el monitor, confrontando aquel inútil archivo de su testamento, devuelto junto con otros archivos personales, de la computadora nueva a la vieja. No encontraba las palabras.

Guillén aguardó. Y sin que él lo supiera, Mari también esperó. Lo había observado desde la ventana de la calle, desde que estacionó su inconfundible automóvil, desde que ingresó al edificio por una puerta que casi siempre se encontraba abierta o descompuesta.

—...quería decirle...

No hallaba cómo continuar. Pensó que tendría que disculparse y colgar. El teniente lo rescató.

—Sí, lo sé, "ahijado". No te preocupes. Yo también.

Y Sergio descansó. Quería creer que había sentimientos, como ese que es completamente contrario al terror, que lo dicen todo, que no deben ser explicados y acaso ni siquiera tienen un nombre.

—Y por cierto... gracias, Sergio. Gracias de veras —fue lo último que dijo Guillén, antes de colgar, antes de presionar el timbre.

"¿Qué hace un mediador sin un héroe?"

Dio un clic con el botón derecho del mouse sobre el archivo de su testamento y lo mandó a la papelera de reciclaje.

Se puso a revisar la música que había bajado de Franz Liszt. Sonaba, en ese momento, el vals *Mefisto*.

—¿Así que eres músico, Sergio?

Se volvió. Un hombre joven, de mirada limpia, lo saludaba desde la puerta de su habitación. Y sintió...

—Sí... O eso pretendo —explicó.

—Hasta que se nos hizo conocernos—se aproximó y le extendió la mano—. Julio Andrade.

—Sergio.

—Un gustazo.

Sí. Parecía... cualquiera hubiera dicho que... pero no quería creerlo. Sería demasiado bueno para ser real.

—Bueno... no es de extrañarse. Dada la historia de tu familia.

El "halo de fortaleza". Así lo había llamado el profesor Baranyai. Una gran capacidad para luchar con los demonios, había dicho Baranyai, pero...

—¿La historia de mi familia? —preguntó Sergio.

—Sí. Ya ves que tu padre era artista y...

Sergio se sobresaltó. ¿Alicia le había contado a su novio cosas de su familia que ni él mismo sabía? Pero había sido apenas un segundo. La sola presencia de Julio lo hacía sentir...

—Oh, oh... creo que metí la pata —reconoció éste al darse cuenta de su imprudencia—. Mejor voy a ver si necesita algo tu hermana.

Y desapareció. Pero esa sensación... esa sensación...

Sergio prefirió no creer nada. Prefirió ir a la computadora y concluir lo que había dejado pendiente: ir a la papelera de reciclaje y vaciarla. Mandar su testamento al limbo. Para siempre.

O, al menos, hasta la siguiente vez.

Entonces... se le ocurrió. Acaso por la alusión a su familia. O porque las cosas están predefinidas desde tiempos inmemoriales. Abrió el Buscador y comenzó a teclear cuando fue interrumpido.

—*¿Qué onda?* —dijo Jop en el Messenger.

—*¿Qué onda?* —respondió feliz—. *¿Cómo te fue con tu papá?*

—*Me dejó vivir, que ya es ganancia.*

—*¿Ya se enteró de todo lo que le debemos?* —tecleó Sergio, recordando que los cinco boletos de avión de regreso a México habían sido cargados también a la Gold Card del señor Otis.

—*Dice que siempre lo supo. Que le hablaron a su celular los de la tarjeta de crédito cuando compré los primero boletos por internet. Pero que me dejó continuar porque no quería estropearse su quinta luna de miel.*

—*Dile que le voy a pagar mi boleto, aunque me tarde mil años.*

—*Mejor ni digas nada, que tú, Brianda y el tte. están disculpados. Me dijo que al contrario, que le da gusto haberlos patrocinado. En cambio, Pereda y yo seremos sus esclavos esta vida y la que sigue.*

Sergio reprimió una risa. Agradeció en secreto el tono informal de Jop. Agradeció que estuviera ahí, en algún lugar de la ciudad, tomando una actitud desenfadada ante lo que habían vivido.

—*¿Ya hiciste el trabajo que nos dejó el de Física?* —tecleó.

Pero Jop no pudo responder. Repentinamente algo se revolucionó en su interior. Recibió un mensaje que le obligó a detenerlo todo.

Farkas desea iniciar una conversación contigo, ¿Aceptas?

Sintió los latidos de su corazón bajo el pecho.

Pasó más de un minuto y Jop no respondía a su pregunta en el chat, así que Sergio supuso que se habría levantado de la computadora. No le dio importancia. Volvió al Buscador y terminó de teclear lo que deseaba consultar en la barra.

"Wolfdietrich"

Jop miró por encima de su hombro. Se sintió observado. Decidió terminar la conversación con su amigo.

—Me llaman mis papás. Luego nos vemos, Serch.

—OK

Farkas desea iniciar una conversación contigo, ¿Aceptas?

Era una mezcla de miedo y entusiasmo. Jamás se había sentido así. Llevó su mano al mouse.

Sergio hizo lo mismo, conduciendo el cursor hacia el botón que indicaba "Voy a tener suerte". Porque eso es lo que deseaba con más fervor a partir de ese día. Algo en el ambiente, en la noche cálida y tranquila, en la música de Liszt, en la visita de Julio y el aroma proveniente de la cocina, lo hacía creer que así sería.

No lo sabrían nunca, pero ambos muchachos presionarían al mismo tiempo, en distintos puntos de la ciudad, el botón izquierdo del dispositivo.

Jop leyó la primera frase de Farkas.

Sergio, la primera frase de la enciclopedia virtual.

Ambos con idéntica excitación en el rostro. ❦

Índice